Un reto, una boda

AF274899

La heredera rebelde
Sophie Weston

Editado por Harlequin Ibérica.
Una división de HarperCollins Ibérica, S.A.
Avenida de Burgos, 8B - Planta 18
28036 Madrid
www.harlequiniberica.com

© 2025 Harlequin Ibérica, una división de HarperCollins Ibérica, S.A.
N.º 68 - 3.4.25

© 2003 Sophie Weston
La heredera rebelde
Título original: The Independent Bride
Publicada originalmente por Harlequin Enterprises, Ltd.

© 2003 Sophie Weston
Novia por accidente
Título original: The Accidental Mistress
Publicada originalmente por Harlequin Enterprises, Ltd.

© 2004 Sophie Weston
La proposición del duque
Título original: The Duke's Proposal
Publicada originalmente por Harlequin Enterprises, Ltd.
Estos títulos fueron publicados originalmente en español en 2004

I.S.B.N.: 978-84-1074-536-0
Depósito legal: M-2129-2025
Impreso en España por: BLACK PRINT
Fecha impresión para Argentina: 30.9.25
Distribuidor exclusivo para España: LOGISTA
Distribuidor para México: Distibuidora Intermex, S.A. de C.V.
Distribuidores para Argentina: Interior, DGP, S.A. Alvarado 2118. Cap. Fed./
Buenos Aires y Gran Buenos Aires, VACCARO HNOS.

PRÓLOGO

EL ÚLTIMO de los vuelos nocturnos desde Nueva York a Londres pronto iba a despegar.
La sala de embarque estaba llena y un periodista miraba las caras de los pasajeros con atención. Al fin su esfuerzo se vio recompensado y entonces propinó un codazo en las costillas de su compañero.

–¿Lo has visto?

El compañero era bastante mayor que el joven periodista y productor de televisión. No se impresionaba con facilidad.

–Si te refieres a Steven Konig, lo he visto entre la concurrencia.

–¿De veras? ¿Konig, el tipo de los alimentos para aliviar las hambrunas? ¿Está aquí? ¿Dónde?

–Ya lo han embarcado –dijo el otro, aburrido.

–Claro, es de los que tienen preferencia. ¿Sabes si lo escoltaba el jefazo?

–Si te refieres a David Guber, debo decirte que son amigos. Estudiaron juntos en Oxford –respondió el otro, aún más aburrido.

Esa información tendría que silenciar al principiante, pensó.

Pero no fue así. Sorprendentemente, al cabo de unos minutos volvió junto a él con el ansia reflejada en la cara.

—No pude ver a Konig, pero sí a alguien mucho más interesante —anunció. El otro se limitó a bostezar—. He visto a la Pequeña Tigresa.

Habría sido una exageración decir que el otro se sintió impresionado, pero de alguna manera el joven y prometedor periodista captó su interés.

—¿Te refieres a la chica Calhoun?—preguntó finalmente.

—Sí, Pepper Calhoun —contestó el joven, un tanto desilusionado.

Por lo menos sabía que a Penelope Anne Calhoun sus íntimos la llamaban Pepper.

—Sí, eso es interesante —dijo el compañero al tiempo que miraba a su alrededor con los ojos entornados.

—Sí, es lo que pensé. ¿Crees que la Calhoun Carter tiene intenciones de adquirir otra empresa en Inglaterra? Sé que hay un par de compañías disponibles —comentó mientras pensaba que podría ser el primero en llegar a Londres con la noticia. Tal vez podría, si Sandy Franks era tan indiferente como parecía.

—Lo último que he sabido es que la chica ya no trabaja para la Calhoun Carter. Mary Ellen Calhoun ha difundido la noticia de que su nieta va a al extranjero para ganar experiencia antes de incorporarse definitivamente a la empresa de los Calhoun —informó Franks.

—¿Tú lo crees?

—Es posible. Quizá Pepper Calhoun haya decidido montar su propio negocio. O hacer turismo. O tal vez visitar a un novio. ¿Cuántos años tiene? ¿Veinticinco? ¿Veintiséis? Tiene derecho a divertirse un poco antes de entregarse profesionalmente al mundo de la avaricia corporativa.

–¿La Pequeña Tigresa? Esa no se divierte. Pasarlo bien para ella consiste en trabajar dieciocho horas diarias y pasar la noche en conferencias telefónicas. Y no ha tenido novio desde que estudiaba en la Escuela de Negocios.

–Entonces un episodio romántico le vendría muy bien.

El joven no quedó convencido.

–Lo único absolutamente cierto acerca de Pepper Calhoun es que el romance no es lo suyo. Nunca lo ha sido ni lo será.

–¿Cómo puedes estar tan seguro?

–Va a heredar una empresa gigantesca. Tengo un archivo completo sobre su vida. Créeme, es la heredera de su abuela en todo el sentido de la palabra. Tiene un cerebro diseñado como un ordenador, una lengua como una navaja y un corazón como el espacio exterior –comentó el joven.

Sandy Franks parpadeó.

–¿Qué tiene que ver el espacio exterior con el corazón de Pepper Calhoun?

–Ambos son fríos y vacíos. Y totalmente inaccesibles.

CAPÍTULO 1

PENELOPE Anne Calhoun apoyó la cansada cabeza pelirroja contra una pared de la sala de embarque.

Hacía exactamente una semana que había pensado que su vida iba por buen camino. Tenía amigos de confianza, un nuevo proyecto en el que creía y la mejor casa en Nueva York.

Sólo había un pequeña nube en el horizonte y Pepper estaba segura de que podría disiparla. Bueno, cuando concluyeran los trámites de financiación de su proyecto En el desván y pudiera decir a su abuela: «Esto es lo que voy a hacer»

Y no era que no hubieran intentado advertirle.

—Pepper, ¿estás segura de que es una buena idea? —preguntó su antiguo tutor de la Escuela de Negocios—. Me refiero a tu proyecto de abrir un negocio basado en la compra temática, como podríamos llamarlo. La idea me encanta. ¿Pero qué sucederá cuando tu abuela lo sepa?

—No pasará nada —contestó ella, muy confiada.

—¿Estás segura? —preguntó el profesor, dudoso.

—Totalmente —dijo ella con toda seguridad.

—¿No pensará la señora Calhoun que tu empresa va a rivalizar con la Calhoun Carter?

Pepper se echó a reír de buena gana.

–La Calhoun Carter tiene filiales en todas la ciudades importantes de Estados Unidos y en otros cinco países. En comparación con la Calhoun, En el desván no es nada.

–No me refería a eso. Pensaba más en un pretendiente rival.

–De acuerdo. Puede que se enfade un poco al principio. Pero después lo entenderá. Ella sabe que tengo que probarme a mí misma.

–¿Lo sabe?

–Sí –dijo Pepper con la confianza de una mujer que desde los ocho años había sido la pequeña princesa de Mary Ellen Calhoun–. Mi abuela desea lo mejor para mí. Ella me quiere mucho.

El profesor no había dicho nada más.

¡Qué equivocada había estado!

El día que Ed la secuestró, empezó a darse cuenta de que las cosas no iban a resultar como había pensado.

No estaba asustada. Conocía a Ed Ivanov desde siempre. Por otra parte, los Calhoun no se asustaban fácilmente.

–¿De qué va esto, Ed?

Él negó con la cabeza. El ruido del helicóptero era una buena excusa.

Ed la había hecho subir al aparato tras decirle que unos posibles inversores querían reunirse con ella. Ed formaba parte de su reducido grupo de amigos de confianza que sabían lo de su proyecto. Así que lo había acompañado confiadamente.

Sin embargo, cuando estuvieron fuera de la zona metropolitana, ella empezó a inquietarse.

–Hay tres razones para hacer esto, Ed. Un rescate, una pasión incontrolada o que te has vuelto loco.

Pero él no contestó. Se limitó a indicar las ruidosas paletas del rotor.

Ed no necesitaba dinero. Tenía mucho éxito como analista de Wall Street. Y la idea de una pasión era cómica. Habían salido un corto tiempo cuando eran compañeros en la Escuela de Negocios, pero la relación había acabado pacíficamente, sin dejar corazones destrozados.

Pepper lo miró por debajo de las largas pestañas. Eran sorprendentemente oscuras comparadas con el cabello rojo. Uno de sus puntos buenos, solía decir. Era muy realista en cuanto a su falta de atractivo físico.

De pronto, el helicóptero empezó a descender en medio de un claro.

–Esta es la cabaña de pesca de mi padre –explicó Ed al tiempo que la ayudaba a bajar.

–¿Desde cuándo me dedico a la pesca, Ed?

Él le dirigió una sonrisa preocupada.

–Te dije que vendríamos a una reunión.

Fue en ese momento cuando Pepper empezó a tener un mal presentimiento, pero lo ocultó.

–De acuerdo. Vamos.

El camino hacia la puerta de la cabaña estaba lleno de charcos. Sus carísimos y relucientes zapatos negros nunca volverían a ser los mismos.

La lluvia caía a través de los árboles. Muy pronto la ondulada melena quedó empapada, se volvió lisa y oscura y mojó los hombros de la chaqueta de diseño de color azul marino. Sintió un desagradable goteo bajo el cuello de la blusa de seda en tono perla. Pero no era la lluvia primaveral la causa de los escalofríos en la espalda.

Alguien se asomaba a la rústica galería. Era su abuela.

Pepper se paró en seco. Luego lanzó una furiosa mirada a Ed.

—No es necesario hacer un drama. Sólo son negocios —dijo él con displicencia culpable.

—No, Ed. Es mi vida —replicó antes de volverse para mirar hacia la cabaña.

Mary Ellen Calhoun los observaba atentamente. Incluso en el bosque, bajo la lluvia primaveral, iba vestida con un diseño de París y diamantes. Pepper miró su cabello reluciente. La señora Calhoun tenía setenta y tres años, pero iría a la tumba con el pelo negro.

—¿Qué te prometió mi abuela para que me trajeras aquí?

Ed la miró con expresión de auténtica sorpresa.

—Nada. Sólo quería que te impidiera cometer un gran error.

—¿Es un error respaldar mi proyecto?

—Mira, Pepper —dijo Ed con paciencia—. En el desván es una empresa de distribución de nueva creación. Como poco vas a desperdiciar cinco años de tu vida. Mary Ellen no quiere esperar cinco años para que vuelvas a la Calhoun Carter.

—¿Desde cuándo la llamas Mary Ellen? ¿Has estado con ella hace poco, Ed?

—Realmente no. Nosotros... bueno, hace un par de semanas nos encontramos casualmente en una recepción con fines benéficos.

—Mi abuela no asiste a ese tipo de recepciones por puro placer. Y tampoco se encuentra con nadie casualmente. De acuerdo, supongo que alguna vez tenía que suceder. Espera aquí. Esto no va a ser agradable.

Pepper cuadró los hombros.

En el mismo instante en que se enfrentó a su abuela, supo lo que iba a ocurrir. Le bastó una mirada.

Estaba allí, en los ojos negros de Mary Ellen. Ella quería al último de los Calhoun de vuelta en la empresa.

Y no lo supo por su modo de conducirse. Mary Ellen se adelantó, con las manos extendidas, sonriente, como siempre. Pegajosamente inocente. Pepper había aprendido a desconfiar de esa inocencia del mismo modo que desconfiaba de una serpiente.

Además, Mary Ellen no era una abuela corriente. Era presidente de la Calhoun Carter desde la muerte de su marido hacía ya treinta años. Pepper desconfiaba de ella, pero también la respetaba.

—Hola, abuela —dijo con calma, sin tomarle las manos.

Mary Ellen quedó desconcertada. No reconoció ese tono de voz, como tampoco lo hizo la misma Pepper.

—Es un placer verte, cariño —dijo Mary Ellen con su suave y engañoso tono bien educado.

—No es cierto. Se trata de negocios, así que vamos al grano.

Las dos mujeres se miraron fijamente.

Luego Mary Ellen dejó escapar la risa cantarina que había perfeccionado en sus días de joven y popular debutante, la risa que prodigó antes de casarse para más tarde asaltar la empresa de su marido convirtiéndose en un implacable magnate con faldas.

—Entonces será mejor que entres para que no te mojes —dijo en un tono encantador.

–¿Y Ed? ¿Quieres que se quede bajo la lluvia? –preguntó en tono de burla.

–Es hombre. Un poco de lluvia no le hará daño.

–Cierto, no quieres testigos –acusó Pepper. Mary Ellen no se dignó a responder. Se dirigió al interior de la casa como una emperatriz. Cuando la puerta se cerró tras ella, abandonó la inocencia y el fino encanto. Repentinamente se mostró tal cual era. Una mujer mala, pensó Pepper respirando a fondo–. De acuerdo. Veo que te has enterado de mi proyecto. ¿Qué piensas que puedes hacer para detenerme?

–Ya lo he hecho –dijo ella con una sonrisa–. Realmente eres una niña. He dicho al departamento de finanzas que haga saber que todo aquel que te preste dinero puede renunciar a hacer negocios con la Calhoun Carter. Para siempre.

–Siempre juegas sucio. ¿Cómo he podido olvidarlo?

Mary Ellen estaba impaciente.

–Quiero que vuelvas a la empresa. Lo sabes. Esa idea tuya es una pérdida de tiempo. ¿Digamos a mediados de la próxima semana? Tendrás tiempo para trasladarte de ese horrible apartamento y volver a casa, donde perteneces. Le diré a Jim que te organice un despacho.

–No –dijo Pepper, con calma.

–El miércoles a las ocho menos cuarto. Ve a la planta y habla con Connie. Ahora es la directora de Recursos Humanos. Ella encontrará...

Pepper alzó la voz.

–He dicho que no.

El interior de la cabaña estaba lleno de polvo. Mary Ellen se sentó en la mejor silla de la habitación.

–No tienes opción –dijo tranquilamente–. Tu pequeño negocio es una insensatez. ¿Quién más que yo te daría un empleo? –preguntó.

«Creí que me quería, pero no es así. Lo único que quiere es que todo el mundo la obedezca. ¿Cómo no me di cuenta antes?», pensó Pepper con dolor.

–Míralo de esta manera –continuó diciendo su abuela–. Eres la última de los Calhoun. Cualquier dirigente de la pequeña empresa va a pensar que eres una espía. Organizar un negocio en otro sector les hará pensar que tienes que ser un lastre, de lo contrario estarías en la empresa familiar donde perteneces. Tu idea no es nada inteligente.

Pepper temblaba.

–Nada inteligente –convino con gran ironía.

Mary Ellen le dedicó su encantadora y traviesa sonrisa.

–Claro que sí. Me alegro de que lo veas con claridad. Tu idea no tiene futuro. Nadie financiará tu proyecto en Norteamérica. Nos vemos el miércoles.

Pepper tomó aire. «Pierde la paciencia y ella ganará. Esta es tu última oportunidad», pensó.

–No –dijo con toda tranquilidad.

Tenía razón. Mary Ellen había creído ganar la partida. Sorprendida, incrédula y furiosa, arremetió contra la joven.

Pepper tuvo que soportar una lluvia de palabras, como una granizada. Al final todas convergían en el mismo punto. Pepper era propiedad de las industrias Calhoun Carter, comprada y pagada durante años. Había recibido la mejor educación que el dinero podía comprar para ese fin. Junto con la casa en el sur de Francia, el apartamento en Nueva York, el refugio en la montaña en South Sea Island, su habitación en la mansión Calhoun...

—Pero no me pertenecen.

—Por fin lo has entendido —dijo la abuela con una sonrisa de tiburón.

Pepper lo entendió. Lentamente, a disgusto, con incredulidad.

—Quieres decir que lo que me has dado durante todos estos años...

—Invertido —corrigió Mary Ellen con frialdad—. Eres una inversión. Nada más —añadió. La palidez de Pepper se acentuó. ¿Esa era la mujer que la presentaba en las fiestas como «mi princesita»?—. Piénsalo. Los colegios europeos, el año en París... Incluso te hice ingresar en la Escuela de Negocios cinco años más joven que el resto de tus compañeros para que tuvieras la edad adecuada cuando la compañía te necesitara.

—La Escuela me aceptó por mis propios méritos. Incluso gané un premio.

—¿Pero cuándo has resuelto tus asuntos? Todos han sido comprados con el dinero de la Calhoun.

Mary Ellen empezó a recitar su lista. No sólo los colegios adecuados, los apartamentos adecuados, los amigos adecuados. Los ejecutivos mayores que la habían tratado como a una igual. Los ejecutivos más jóvenes que habían salido con ella...

—¿Qué quieres decir? ¿Qué tienen que ver mis citas con esto?

Mary Ellen se dio cuenta de que había dado en el blanco. Sus ojos brillaron.

—No tienes idea de lo que me costó introducirte en sociedad. No eres más que una patata. ¿Quién se molestaría en interesarse por ti si no fueras mi nieta?

De pronto esas crueles palabras fueron horriblemente creíbles.

Pepper era la primera en admitir que no era tan esbelta como dictaban los cánones, pero siempre había creído que era una buena compañía. Que sus amigos la estimaban por eso.

—Yo...

—Y supongo que piensas que un día encontrarás tu príncipe azul y te casarás, ¿no es así? Tienes una sola oportunidad de llegar a ser una novia, y sólo será si te compro un marido. Después de todas esas citas que tuve que pagar, ahora dispongo de una larga lista de candidatos adecuados —dijo Mary Ellen con frialdad.

En ese instante Pepper supo que no podría soportar más. Con un esfuerzo sobrehumano ordenó a sus músculos que dejaran de temblar y que se pusieran en movimiento. Entonces salió de la habitación.

Mary Ellen no esperaba esa reacción.

—¿Dónde vas? ¡Vuelve inmediatamente! —chilló perdiendo la compostura y olvidando por un momento su distinguido tono de voz.

Pepper no se detuvo. Siguió corriendo por el camino mojado hasta el lugar donde Ed esperaba. No le importó tropezar, caer de rodillas y desgarrarse los panties. No le importaba nada sino alejarse de esa abuela cuyo afecto había sido una mentira desde el comienzo.

—Llévame a Nueva York. Ahora —dijo jadeando cuando llegó junto a Ed.

Él vaciló, pero sólo un segundo. Luego tomó el brazo de Pepper y corrió con ella al claro donde esperaba el helicóptero.

–Nunca lo lograrás por ti misma, Penelope Anne Calhoun, ¿me oyes? Tú me perteneces.

Fueron las últimas palabras que Pepper escuchó.

Una semana después, Pepper supo exactamente cuán ciertas fueron las palabras de la abuela. Se encontraba apoyada contra la pared acechando al grupo de VIPs que embarcaban antes que los demás. No le importaba, pero alguien podía reconocerla. Después de todo, Mary Ellen era una VIP. Como Pepper, la heredera de los Calhoun, que lo había sido toda su vida.

Bueno, eso había acabado. «También es bueno», se dijo a sí misma.

Llegaría a Londres. Emprendería una nueva vida. Y sobreviviría.

Era obvio que la auxiliar de vuelo los estaba esperando.

–¿Profesor Konig? Bienvenido a bordo, señor –saludó la azafata con una sonrisa–. Por aquí, señor.

El profesor universitario y el director de la compañía aérea la siguieron al interior.

–Así que estos son los beneficios de viajar en clase preferente –murmuró Steven Konig a David Guber, mientras la auxiliar se hacía cargo de su chaqueta–. Confirmación de la identidad al instante y escolta personal hasta el asiento. Mi pregunto si eso justifica el precio del billete.

–¡Viejo puritano! ¿Todavía te guías por el principio «estoy incómodo, luego existo»?

Steven rió.

–Puede que tengas razón.

–Eres lo suficientemente importante como para no tener que cruzar el Atlántico con las rodillas pegadas al mentón, Steven –dijo. Dave Guber no sólo era un antiguo amigo, también era uno de los principales ejecutivos de esa compañía aérea–. Te estoy realmente agradecido, Steven. Si no hubieras venido habríamos inaugurado el congreso sin discurso de apertura. Eres un gran orador.

Steven se encogió de hombros.

–Me gustó hacerlo. Es un cambio. Parece que todo lo que hago en estos tiempos es asistir a reuniones y más reuniones. Uno se despide de la paz cuando abre su propia empresa.

–¿Te gustaría volver a dedicarte a un solo trabajo?

–Mi puesto como presidente de Kplant es mi trabajo. Ser rector del colegio universitario Queen Margaret no es un trabajo, es una vocación. Pregúntale al decano.

Ambos sonrieron. Se entendían perfectamente bien. Se habían conocido cuando eran estudiantes en el College Queen Margaret de Oxford hacía muchos años. Y regularmente el decano los castigaba por mala conducta.

Dave había hecho su carrera a través de las grandes corporaciones multinacionales.

–¿Y vale la pena?

–Sí, es magnífico–declaró Steven con entusiasmo.

–¿Y nunca quieres reducir la velocidad? –preguntó Dave, vacilante. Recordaba la maravillosa rubia con la que Steven había salido durante aquellos años universitarios. Después nadie volvió a mencionarla. Y nadie volvió a relacionar el nombre de Steven con el de otra persona. Dave pensó que nunca había conocido a nadie tan solitario como Steve Konig–. ¿Nunca piensas en... formar una familia? –inquirió, titubeante. La expresión de Steven cambió totalmente. De pronto Dave ya no le hablaba a su buen amigo. Steven guardó silencio–. Bueno, no olvides ir a visitarnos en tus próximas vacaciones. Marise y yo contamos con ello.

–¿Vacaciones? –Steven reprimió una risa irónica–. Las pondré en el plan quinquenal –añadió con una mirada divertida.

Era un respuesta vaga que no podía considerarse como una promesa. Steven siempre cumplía su palabra.

–Estás loco –exclamó Dave con burlona desesperación.

–Tú lo has dicho. Soy una gran figura, y eso tiene un precio.

David Guber era un hombre importante, con opción de compra de acciones y facultado para contratar y despedir a cualquiera. Pero no era Steven Konig que, sin ayuda de nadie, había convertido su pequeña empresa de investigación alimentaria en una poderosa compañía. La prensa de los cinco continentes se peleaba para conseguir una entrevista con él. Y eso tenía un precio.

–Bueno, si algunas vez te bajas del tiovivo, ven a vernos –dijo al tiempo que se volvía a la auxiliar de vuelo–. Asegúrese de que el profesor Konig disfrute del viaje. Steven, eres un tipo estupendo. Que tengas un buen vuelo.

Steven había abierto su cartera antes de que Guber abandonara el avión. ¿Así que Dave pensaba que tenía que salir con otras mujeres?

—¿Una copa? ¿Café? —preguntó la auxiliar de vuelo.

—No, nada —respondió con una sonrisa—. Me dará todo lo que necesito si mantiene lejos a la gente —añadió tras observar que había varios delegados del congreso a bordo—. Realmente agradecería un poco de paz.

—La tendrá —dijo la auxiliar con alivio.

Steven trabajó hasta muy tarde. Las luces de la cabina se habían apagado y los pasajeros dormían cuando él se acomodó en la cama destinada a los pasajeros de clase preferente y apagó su luz.

Pepper nunca antes había viajado en clase turista. El asiento era muy estrecho. La mujer sentada a su lado le dio frecuentes codazos en las costillas y mantuvo un agitado monólogo hasta que finalmente se quedó dormida. En la fila de atrás, un grupo de jóvenes empresarios bebían y reían. Pepper supo que no podría dormir.

«Se supone que este es el precio de la huida», se dijo a sí misma. Sentía el estómago encogido, y no por la falta de comodidades. Siempre había sabido que era arriesgado enfrentarse a su abuela. Pero nunca había sospechado hasta dónde podía llegar Mary Ellen.

Dos días después del encuentro secreto, Pepper recibió la noticia de que debía abandonar el apartamento. Bueno, se lo esperaba, ya que su abuela se lo había alquilado. Pero lo que no había esperado era encontrar su agenda repentinamente vacía. Ni que la empresa que le alquilaba la oficina hubiera decidido que debía pagar un año de renta por anticipado o tendría que dejarla en una semana. Ni que de pronto le hubieran retirado la tarjeta de crédito más importante.

Había intentado hablar con Mary Ellen. Pero su abuela se negó a atender sus llamadas. Así que Pepper tuvo que ir a la sede de la Calhoun Carter.

Mary Ellen se negó a recibirla.

—¿Por qué? —preguntó a Carmen, ayudante personal de su abuela, a quien conocía desde siempre.

Carmen la miró como si estuviera a punto de llorar.

—La señora Calhoun dice que querías independencia y que ahora la tienes.

Pepper volvió a su apartamento e hizo una lista de sus pertenencias, alarmantemente escasas. Un buen cerebro para los negocios, un armario con trajes de mujer ejecutiva, suficiente dinero para vivir seis meses si lo administraba con cuidado, y la habilidad para hablar tres idiomas. Ah, y En el desván, un proyecto verdaderamente bueno. Sólo que su abuela se iba a asegurar de que nunca saliera al mercado.

Estaba haciendo el equipaje cuando sonó el timbre. Pepper fue a abrir la puerta. Era Ed Ivanov.

—¿Qué quieres, Ed? —preguntó en tono cansado.

Ed se sentó en el sofá con ella y le tomó la mano.

—Yo...

—No hace falta que me mires así, nadie se ha muerto —dijo Pepper al tiempo que retiraba la mano.

Ed la miró con sincero remordimiento.

—Todavía no. Pero tu carrera casi está arruinada. ¿Por qué no haces las paces con Mary Ellen? Es una locura tirar Calhoun Carter por un capricho.

Pepper aspiró una bocanada de aire.

—Quiero que me digas una cosa, Ed.

—Si puedo...

—Cuando salimos juntos, ¿lo hiciste por compasión? —preguntó. Él titubeó unos segundos demasiado largos. Así que su abuela no había mentido–. Gracias. Adiós, Ed–dijo con toda calma.

Esa fue una noche de desesperación. Nunca se había sentido tan sola en su vida. También fue una noche de decisiones. Tenía que marcharse a un lugar donde a nadie le importara que fuera la nieta de Mary Ellen Calhoun.

Pepper se deshizo de los muebles, regaló sus libros y discos, se despidió de las dos o tres personas que se preocupaban por ella y dejó el apartamento antes de que Mary Ellen enviara a un policía a desalojarla.

Luego pensó si verdaderamente había merecido el premio que le habían otorgado por su capacidad en la resolución de problemas.

Si era así, sobreviviría en Londres. Instalaría En el desván en Inglaterra en lugar de en Estados Unidos.

¿Y encontraría a su príncipe azul?

Pepper cerró los ojos. No había que ser demasiado ambiciosa. «Creo que tienes que despedirte de esa idea», se dijo a sí misma. En ese aspecto, Mary Ellen había tenido razón.

«Y nunca aceptaré otra cita por compasión», pensó.

En el sector de primera clase, Steve Konig despertó con el aroma del café. La auxiliar vio que se movía y se acercó a él.

–Profesor.

Él se sentó al tiempo que se frotaba los ojos.

–¿Podría dejar de llamarme profesor hasta que no me haya tomado el zumo de naranja?

–Puede continuar durmiendo si lo desea. Falta más de una hora para aterrizar.

Él le sonrió mientras se liberaba de las mantas y almohadones.

—No, está bien. Tengo que trabajar y siempre me gusta contemplar el amanecer.

Con un gesto de asentimiento, ella se alejó.

Steven se pasó la mano por la barba. Años atrás, Courtney le había dicho que se iba a la cama con Don Juan y amanecía con el Pirata King. Eso era cuando ella todavía formaba parte de su vida y ambos se reían de su amor secreto. Antes de que decidiera que el acaudalado Tom Underwood era una apuesta mejor que un hombre que había tenido que pagar su doctorado en Filosofía atendiendo una gasolinera. A Courtney no le había importado que Tom fuera su mejor amigo, como tampoco le había importado que Steven la amara.

Bueno, eso había sucedido hacía mucho tiempo.

Steven fue a lavarse al cuarto de baño. Pero se detuvo en el momento de empezar a afeitarse. Había estado ocupado más de una semana en aquel maldito congreso. Y todo ese tiempo se había afeitado dos veces al día y siempre hablando de negocios. Estaba cansado de conducirse debidamente.

Steven miró su imagen en el espejo y, pensativamente, se pasó la mano por la dura barba. Parecía un pistolero de una película antigua, pensó divertido. Decididamente, no tenía el aspecto de un profesor universitario.

Luego se puso una camisa limpia, pero la dejó fuera del pantalón en un gesto de desafío. La auxiliar sufriría una conmoción cuando lo viera. ¡Excelente!

Salió del pequeño cuarto de baño con una sonrisa. Estaba tan distraído que chocó con un cuerpo.

–Perdone –dijo el cuerpo al tiempo que dejaba caer el neceser de aseo.

Steven lo recogió. El cuerpo correspondía a una mujer alta con una desordenada mata de pelo y expresión cansada. Mientras le entregaba el neceser, a Steve le pareció que no había dormido desde que dejaron Nueva York.

–La culpa es mía. Lo siento –dijo compasivamente.

Ella negó con la cabeza.

–No se preocupe. De todos modos no debería estar aquí.

–¿Debo pensar que viene de la clase turista?

–Sí –dijo ella con cautela.

Steven se impacientó. ¿Pensaba que iba a llamar a una auxiliar para quejarse?

–Buena suerte.

En ese momento se dio cuenta de que le bloqueaba el paso. Cuando empezó a moverse hacia un lado con una palabra de disculpa, el avión se ladeó.

Dos cosas sucedieron simultáneamente. Un rayo de sol iluminó la cabina y la mujer se tambaleó.

Steven se apresuró a sostenerla. Lo hizo porque era un caballero, estaba hecho para eso. Un hombre musculoso, fuerte y estable. No era encantador y nunca había sido apuesto, pero siempre se le había dado bien impedir que las mujeres cayeran al suelo.

Steve reprimió la excitación que se apoderó de él, porque en el luminoso amanecer, de pronto ella se había convertido en una imagen sorprendente. Ya no era una mujer cansada con el pelo enmarañado. Era una diosa de piel dorada con una roja melena salvaje. Más que roja: era el vivo color del fuego. Y olía a hojas. En sus brazos, su cuerpo era increíblemente suave.

Steven tragó saliva. «Para, Steven Konig. No eres el Capitán Blood y nunca lo has sido».

Rápidamente la volvió a poner en pie y se separó de ella.

–Lo siento –dijo la diosa, confundida y adorablemente compungida.

–No es nada.

–¿Le he hecho daño?

La suave voz tenía un tono que él no reconoció. Hacía mucho tiempo que nadie le preguntaba si le habían hecho daño. Se suponía que el brillante e influyente Steven Konig no podía permitirse el lujo de ser vulnerable.

–No se preocupe. Me interponía en su camino.

Ella le dirigió una sonrisa tímida y agradecida.

–No, fue culpa mía. Tenía el pensamiento en otra parte.

Confundida, cansada y sincera. Era lo más dulce que había visto en mucho tiempo. De pronto sintió la urgencia de no dejarla marchar.

–¿Es su primer viaje a Inglaterra? –preguntó él.

–No, pero hace años que no voy. Tendré que volver a visitar la Torre de Londres y la Catedral de San Pablo. Si tengo tiempo.

–¿Tiempo? ¿Entonces es un viaje de negocios?

–Podría decirse que sí.

Steven notó que tenía un hoyuelo en la comisura de la boca y lo miró fascinado.

–Si realiza alguna visita turística, debería ir a Oxford. Los antiguos colegios universitarios son un auténtico cuento de hadas –dijo Steven impulsivamente.

Ella se echó a reír. Tenía exactamente la misma risa cálida de una diosa.

–Vende muy bien el producto. ¿Lo ha contratado el pueblo?

–Ciudad –dijo automáticamente–. No, pero vivo allí –añadió sonriente, la mirada prendida en los cálidos ojos marrones–. El lugar es una joya. Debería verlo si es que no lo conoce.

–No, que yo recuerde.

–¿Amnesia? –preguntó, intrigado.

–Ojalá –contestó ella con un suspiro–. Nací en Inglaterra, pero mi madre falleció cuando tenía cinco años y mi padre me llevó a Perú.

–¿Y nunca ha vuelto? –preguntó, fascinado.

–Bueno, hace mucho tiempo. En un viaje de estudios –dijo, y al instante se detuvo–. Bueno, ¿para qué ocultarlo más? –añadió explosivamente–. Mi ausencia se debe a una prolongada enemistad familiar. Y resulta que la otra parte vive en Inglaterra.

–Sí que es serio. Como no tengo familia, no sabía que todavía hubiera reyertas familiares, como los Capuleto y los Montesco.

–Lo felicito.

Él se echó a reír, encantado.

–¿Así que el objeto de este viaje es intentar la firma de la paz?

–Realmente no. Aunque lo he pensado. Pero no sé por dónde empezar.

La diosa tenía una boca vulnerable y voluptuosa.

–Apuesto a que encontrará la manera de hacerlo. Apuesto a que usted es capaz de hacer todo lo que se proponga.

Ella le dirigió una sonrisa como un repentino rayo de sol.

–Eso es lo que siempre me han dicho.

—¿Entonces?

Ella rió.

—Puede que no quieran verme.

—Estarán fascinados, créame.

—¿Lo cree así? —preguntó, dudosa.

—Seguro que sí. Y definitivamente, debe ir a Oxford. Es como si volviera a casa —dijo al tiempo que buscaba en el bolsillo una tarjeta de visita.

La maravillosa sonrisa desapareció abruptamente.

—¡Al hogar! No lo creo.

«Un hombre», pensó Steven de inmediato. ¿Huía de una relación desdichada? ¿O tal vez el hombre no quiso formar un hogar con ella? Por alguna razón la idea le desagradó.

Steven detuvo sus pensamientos en ese punto. Todo eso no tenía nada que ver con él. No era el tipo de hombre que se dedicaba a ligar en un avión y ella no parecía ser una mujer dispuesta a aceptar a alguien de buenas a primeras.

«Ve a afeitarte, arréglate la camisa, ponte una corbata y vuelve a la normalidad», se dijo a sí mismo al tiempo que dejaba caer la tarjeta en el bolsillo.

Luego retrocedió unos pasos y le dirigió una de sus sonrisas de hombre público, cortés y distante. Otra vez volvía a ser el invulnerable Steven Konig.

—Bueno, que tenga mucho éxito en lo que decida hacer.

—Gracias.

Steven volvió a su asiento. Tenía treinta y nueve años y debía mantener la cabeza en su sitio porque mucha gente dependía de él. Tener fantasías con las diosas era cosa de adolescentes.

PEPPER se cepilló los dientes e hizo lo que pudo para poner en orden sus alborotados cabellos. Debía de tener el aspecto de una zombi, porque el hombre la había mirado con sorprendida intensidad.

Pero al menos no lo había hecho como si fuera una patata. Había ocurrido algo entre ellos.

Sus ojos brillaron al recordar esas manos en torno a su cuerpo. Apenas había podido verle la cara porque la repentina luz del amanecer casi la cegó. Pero había percibido que la expresión del hombre se había vuelto atenta, como si de pronto hubiera tocado una energía viviente. Lo había notado porque a ella le había ocurrido lo mismo. Energía pura. Atracción magnética. Sexo. «De acuerdo, puede que en ese instante te hubieras sentido como una adolescente, Pepper. Pero no estás en tu mejor momento ahora. No hay ninguna razón para que le apetezcas como mujer. Concéntrate en la evidencia. Tú tropezaste con él y fue amable contigo. Eso fue todo. Debes agradecer los buenos modales de un inglés civilizado y no pedir la luna», se dijo a sí misma.

De todos modos, volvió a su asiento con una sonrisa.

El avión llegó muy temprano. El sol apenas había despuntado cuando empezó a aterrizar en Heathrow.

Quizá el inglés tuviera razón. Tal vez debería buscar a sus primas. Iba a disponer de mucho tiempo para hacerlo. La mujer sentada a su lado resultó ser una abuela de Montana que nunca había estado en Londres. A decir verdad, nunca había hecho un vuelo tan largo. Iba a conocer a su yerno inglés y a sus dos nietos. Luego le confesó a Pepper que estaba muy nerviosa.

Cuando el avión tomó tierra con gran estrépito, Pepper le apretó la mano.

—Todo va bien. Estos aparatos siempre hacen mucho ruido al aterrizar.

—Muchas gracias. Usted es muy amable —dijo la señora, con una sonrisa.

¡Amabilidad! Aparte de los Calhoun, las personas eran amables sin esperar nada a cambio. El hombre con el que había chocado había sido amable. Y en ese momento la mujer le daba las gracias por un gesto que habría hecho reír a su abuela.

«No, no soy amable. Nunca lo he sido. No hay lugar para la amabilidad en el mundo de los negocios. Y yo soy una mujer de negocios de los pies a la cabeza. Tengo tres títulos para probarlo», se dijo a sí misma.

El hombre sin afeitar, que poseía tanto magnetismo sexual, le había dicho que podía lograr cualquier cosa que se propusiera. Podría hacerlo.

—¿Vendrá a buscarla su familia? —preguntó Pepper.

—Espero que sí. Pero puede que no hayan llegado al aeropuerto todavía. Es muy pronto.

—¿Quiere que la acompañe hasta que se reúna con su hija? —sugirió, sorprendida de sí misma.

A Pepper le pareció que la mujer había ganado la lotería.

–¿Lo haría?

–Claro que sí. No hay problema.

–Pero tal vez la estén esperando.

–No, nadie me espera. La acompañaré con mucho gusto.

Pero cuando llegaron a la terminal, Pepper oyó una voz a sus espaldas.

–¿Señorita Calhoun? –llamó la voz. Ella se volvió instintivamente. Era un periodista al que conocía de vista, especializado en temas financieros–. La reconocí en el avión. Iba sentado detrás de usted. ¿Qué hace aquí? ¿Los Calhoun piensan comprar una compañía inglesa?

Pepper se mordió el labio. Realmente no deseaba que la descubrieran en Londres.

–No es un viaje de negocios –dijo con firmeza–. ¿Cómo está, señor Franks?

–De vuelta de Nueva York. He estado en la reunión cumbre sobre comercio sostenible internacional. ¿Qué está haciendo en Londres?

Pepper recordó la conversación con el inglés sin afeitar.

–Tengo familia aquí. Hace tiempo que no me tomo unas vacaciones. Me han dicho que la primavera en Londres es muy bonita.

Él no quedó muy convencido.

–Que lo pase bien. Y si necesita compañía, no deje de llamarme –dijo al tiempo que le tendía una tarjeta comercial.

–Gracias. Y ahora debo marcharme. Voy a acompañar a la aduana a una persona que nunca ha estado en Londres. Adiós, señor Franks. Encantada de haberlo visto.

Pepper guardó la tarjeta sin mirarla. En el juego de la supervivencia había que conservar todas las ventajas posibles, por improbables que fueran.

Steven buscó a la gloriosa pelirroja en la sala de entrega de equipajes. Había tanta gente que habría sido un milagro encontrarla. Pero siguió buscándola con la mirada.

Aunque había otras personas que lo importunaban. Martin Tammery, un emprendedor alumno del Queen Margaret, volvió al ataque. Intentaba persuadirlo para que participara en un nuevo programa televisivo del que era productor. Sandy Franks y él continuaban hablando de una persona que habían visto entre el grupo de gente. Se referían a ella como la Pequeña Tigresa.

Steven apenas escuchaba. Él quería una diosa, no un cachorro.

—¿Crees que se quedará mucho tiempo aquí? ¿Podría invitarla al programa *Mis experiencias*?—preguntó Tammery a Franks.

—Tendrías que moverte rápido. Nunca permanece demasiado tiempo en algún sitio. Pero intentaré ayudarte.

—Steven, esa es la clase de compañía que tendrías si vienes al nuevo programa. Si consigo llevar a Pepper Calhoun, dejarás de ser tan esquivo respecto a mi invitación.

—No tengo idea de quién es Pepper Calhoun —replicó Steven sin dejar de observar a la gente.

Ambos empezaron a darle una detallada biografía de la señorita Calhoun, pero Steven no prestó atención. De pronto vio una melena roja al otro lado de la cinta transportadora y corrió hacia ella, pero fue en vano.

Debió haberle pedido el número de teléfono cuando tuvo la oportunidad de hacerlo, o por lo menos darle su tarjeta.

Los otros dos se aproximaron a él.

—Entonces, ¿qué me respondes, Steven? —preguntó Martin Tammery.

Steven dejó escapar un suspiro. Pero como rector recién nombrado tenía obligaciones con los antiguos alumnos.

—Envíame tu propuesta. Tendré que consultar mi agenda, pero en principio haré todo lo que pueda.

—Formidable. Cuento con ello —dijo Martin Tammery, exuberante.

Luego Steven aceptó compartir el taxi que los llevaría al centro de Londres.

«¿Qué habría sucedido si le hubiera dado mi tarjeta? ¿Habría aceptado que nos volviéramos a ver? ¿Y dónde habríamos ido?

La sola pregunta lo llenó de anhelos.

Pepper descubrió que la vida de una persona sin grandes recursos económicos era sorprendentemente fácil, incluso hasta divertida en algunos aspectos. Y lo mejor de todo era que no tenía que pensar en las posibles reacciones de su abuela acerca de todo lo que quisiera hacer.

Nunca se había hospedado más que en hoteles de lujo, todos reservados por la eficiente Carmen. Así que fue como una aventura para ella encontrar un modesto hotel.

En ese momento se encontraba tendida en la dura cama de su habitación con los ojos cerrados.

–Primer problema resuelto –se dijo a sí misma, soñolienta.

No despertó hasta el atardecer, cuando se levantó y dio un paseo por las oscuras calles antes de volver a la cama.

A la mañana siguiente se sentía totalmente nueva. Tras una buena noche de sueño, estaba dispuesta a todo. Incluso había trazado un plan. Tras salir del hotel, lo primero que hizo fue comprar un teléfono móvil. Al finalizar el día, un antiguo contacto había aceptado estudiar su proyecto En el desván. Otro se había ofrecido para presentarla a personas influyentes. Además había encontrado un empleo temporal para pasar las próximas semanas. Sólo tendría que ocuparse de tratamiento de textos, pero al menos no tendría que hacer uso de su escaso capital.

Incluso tomó una decisión que llegó a sorprenderla. Guardaba el número de teléfono de un abogado que hacía años había representado a la familia de su madre. Buscó en el archivo de su ordenador portátil y al fin encontró la respuesta a una carta que él le había enviado cuando cumplió veinticinco años.

–Diles que no quieres saber nada de ellos –había dicho Mary Ellen.

Y Pepper lo había hecho. Así que se sentía un poco cohibida cuando lo llamó.

El abogado se había mostrado frío, pero no se negó a recibirla.

–Sí que es una sorpresa –dijo cuando ella entró en su despecho–. La señora Calhoun siempre insistió que usted no quería ver a nadie de la familia Dare.

–Eso fue en el pasado. Me han desheredado.

–Vaya –dijo el abogado al tiempo que fruncía los labios–. ¿Exactamente qué es lo que desea de la familia Dare?

Pepper se sonrojó.

–No busco dinero, si eso es lo que piensa –protestó indignada–. Puedo cuidar de mí misma. Pero me preguntaba si alguien de mi familia querría verme. Estaré un tiempo en Londres. Me gustaría compartir un café con alguno de ellos. Eso es todo.

–Comprendo –dijo el abogado.

–Verá, no recuerdo a mi madre. Últimamente he estado pensando en ella. Creo que me gustaría ver a mi tía. Pienso que la querella familiar se ha prolongado demasiado. Y ni siquiera sé el motivo.

El abogado sonrió por primera vez.

–Veré qué puedo hacer –le prometió.

Al parecer lo hizo rápidamente, porque al atardecer, cuando ya se encontraba en el hotel, sonó el teléfono.

–¿Pepper? –oyó una voz entusiasmada–. No puedo creerlo. Es una alegría comunicarme contigo después de todos estos años.

–¿Con quién hablo? ¿Isabel? ¿Izzy? ¿Eres tú? –preguntó, incrédula.

La risa de Izzy no había cambiado. Mary Ellen le había dicho que sus recuerdos eran pura fantasía, pero ella no olvidaba que un día se habían visitado. Por ese entonces Izzy debía de tener ocho años y estaba cubierta de lodo. Pepper tendría diez años, llevaba su mejor vestido y anhelaba ensuciarse como su prima.

–Sí, soy yo. Me he enterado de que vas a quedarte un tiempo en Inglaterra. ¿Quieres venir a jugar conmigo?

Pepper se dejó caer en un asiento de la pequeña habitación. A través del espejo de la pared descubrió que sonreía.

–¿Y nos vamos a meter en el charco otra vez?

–¿Todavía te acuerdas, eh? –rió Izzy, divertida–. Mejor que eso. Dispongo de una habitación de invitados vacía. ¿Te apetece compartir un piso con tus primas?

Nunca había compartido nada con amigas de su misma edad. La experiencia fue toda una revelación.

En la mansión de los Calhoun, Pepper nunca había salido de su habitación si no estaba debidamente peinada. Isabel y Jemima se paseaban en ropa interior, con rulos en la cabeza mientras hacían planes para el día. Compartían la ropa, el cuidado de la casa e invitaciones con entera libertad. Se peleaban a muerte por un yogurt desnatado. Una le leía el horóscopo a la otra en voz alta los domingos a la hora del desayuno. Compartían las facturas sin discutir, pero peleaban cuando había que lavar un par de tazas de café.

Tras una semana de asombrada incredulidad, Pepper también empezó a hablar.

Al principio fueron pequeñas ironías.

–He vivido en Nueva York, París y Milán. Pero nunca en medio del caos –comentó un día.

–Una buena experiencia para ti, entonces –dijo Izzy alegremente.

–Pero tu fuiste estudiante, ¿verdad? Todos los estudiante viven en el desorden.

–Yo no. Tenía una doncella.

–¿Una doncella? –preguntaron las primas a coro.

–Bueno, alguien que se preocupaba de los quehaceres domésticos.

–Nosotras lo hacemos –replicó Jemima con firmeza.

–Especialmente cuando Jay Jay organiza una fiesta para sus fabulosos amigos.

Los amigos de Izzy eran casuales, pero Jemima tomaba muy en serio su vida social.

–Eso se debe a que es modelo –Izzy confió a Pepper cuando estuvieron solas–. Su agente dice que podría llegar a tener éxito. Para ella las relaciones son importantes. Precisamente se trata de mantener una red de contactos.

–Sé bastante acerca de redes de contactos. Son tus apoyos –dijo Pepper–. He estado intentando llevar a cabo una nueva idea comercial. El plan del negocio es muy bonito. Todo lo que tengo que hacer es conseguir el capital –explicó Pepper. En ese momento comenzaron las confidencias. No les contó todo, pero sí la razón de haber dejado a los Calhoun y lo que intentaba hacer en Londres–. Y si todo falla, puedo conseguir un contrato como asesora –concluyó con ligereza–. Eso es lo que hacen los empresarios entre un proyecto y otro.

–Cuéntanos cosas del proyecto En el desván –pidió Jemima, muy aficionada a las compras.

–Más que nada, mi proyecto considera las compras como un entretenimiento. Tiene que ser algo cómodo, estimulante y estéticamente placentero. De modo que convertimos una tienda en una especie de tesoro oculto. No hay que moverse entre estanterías ni percheros. No, se trata de descubrir las cosas. De hecho es como estar en un desván.

Jemima, profesional de la ropa, frunció los labios.

—¿Pero quieres que los clientes se muevan de prisa, que compren todo lo que puedan llevar?

—Pueden comprar. La mercancía está ahí mismo. Pero antes de decidir lo que se quieren probar, los clientes tienen la oportunidad de contemplar cosas dispuestas en un entorno agradable. Pueden dejar sus bolsas y los abrigos en un guardarropa. Pueden tomar café. Pueden sentarse y mirar las cosas.

Jemima no estaba muy convencida.

—Me parece que es un tremendo esfuerzo sólo para vender una prenda.

—Puede que sí. Pero la mayoría de los clientes comprará más de una. Y se llevarán un catálogo. Estamos hablando de un estilo de vida. Y de hacerse con una clientela —explicó Pepper con gran entusiasmo—. Pienso que se podría organizar una especie de «Juerga Nocturna para Chicas». Una función para unos pocos amigos después del trabajo.

—Fantástico —dijo Izzy con entusiasmo—. Te dedicas a comprar en medio de una fiesta.

—Eso es lo que pensaba —convino Pepper.

—Pero tú no vas de tiendas y no te gustan las fiestas —indicó Jemima.

—¿Y qué? No hay muchas personas con mi capacidad para montar un negocio. Sé lo que quiere la gente.

—¿Y cómo sería la ropa? —preguntó Jemima, todavía escéptica.

—Bueno, no se vendería ropa solamente. Pero la que venderíamos tendría que ser bonita y práctica. La mayoría de la ropa se diseña pensando en delgados cuerpos de adolescentes. Pero hay muchísimas mujeres que no poseen ese físico. Mi ropa será para ellas.

–¿Te refieres a ropa para tallas más grandes? –preguntó Jemima, con un resoplido.

Pepper la miró furiosa.

–¿Y qué tiene de malo? ¿Sabes cuántas mujeres tienen tallas más grandes que las que se llevan en la actualidad? Voy a hacer de En el desván algo tan fabuloso que nadie que entre en la tienda se sentirá avergonzada de sí misma, no importa la talla que tenga.

Jemima alzó los ojos al cielo.

–Son sueños.

–He hecho un estudio de mercado. Y yo misma he tenido que usar tallas más grandes. Las mujeres están esperando algo como En el desván. Ya lo veréis.

–Perdone, rector.

De pie junto al ventanal, el pensamiento de Steven se encontraba a kilómetros de distancia.

El colegio Queen Margaret era una antigua institución y un edificio histórico. Y también estaba en la ruina.

Valerie Holmes, que había sido secretaria del rector desde los tiempos en que Steven Konig todavía era un estudiante, lo miró con simpatía. Era el clásico candidato de compromiso: no era el académico puro que deseaba la vieja guardia ni tampoco el personaje favorito de los medios de comunicación, y por eso los políticos habían apostado tan fuerte. Como resultado, no gustaba a ninguno de los dos bandos. Y él lo sabía.

–Oh, es usted, Valerie –dijo, sorprendido–. ¿Ha llegado el coche?

Tenía una entrevista en la televisión y habían dicho que le enviarían un coche. Valerie sabía cuánto le desagradaba la publicidad. Pero había que hacerlo cuando se era rector de un colegio universitario que se venía abajo económicamente.

Pero no se trataba del coche enviado por Indigo Television. Era algo mucho más alarmante.

–No, rector. El coche llegará en una hora.

Steven suspiró al tiempo que se pasaba una mano por el pelo oscuro. Valerie pensó que tendría que haberle recordado que se lo cortara, aunque al menos esa mañana se había afeitado. A veces parecía más un guerrillero de la jungla que un miembro superior de la universidad.

Él le dedicó su mejor sonrisa conspiradora. No muchos conocían esa sonrisa.

–Entonces, ¿qué sucede, Val? No se preocupe, he leído a fondo las indicaciones.

–No se trata del programa para la televisión, señor.

Pero Steven ya había encontrado las notas que ella había preparado cuidadosamente.

–*Alcanzar la Luna* –leyó en voz alta–. *Buenas ideas y malos negocios*. «Debate, presidido por Gordon Ramsden. Con la asistencia de Penelope Anne Calhoun, estadounidense, asesora del Sector de la Distribución...»

–Rector...

–«Hija de la dinastía Calhoun» –prosiguió la lectura–. «Miembro del Consejo Administrativo de Calhoun Retail y vicepresidente asociado de Calhoun Carter, la empresa matriz, de la que renunció para asistir a la Escuela de Negocios a la edad de veintitrés años. Con sólo veintiocho años era ya una conferenciante muy solicitada». ¿Qué demonios va a saber acerca de sacar a flote nuevas ideas o de la lucha por aumentar un capital? A ella le han servido el capital en un plato. Y apuesto a que nunca ha tenido ideas nuevas.

–Steven, hay una mujer en la conserjería que dice que usted es el padre de su hija –dijo Valerie en voz muy alta.

Steven dejó de hablar y le dirigió una mirada de repentina incomprensión.

–¿Qué?

–El conserje dice que insiste en verlo –añadió Valerie con más suavidad–. Steven, hay estudiantes allí. La gente entra y sale de la conserjería todo el tiempo. ¡Piense en el escándalo!

–Doy por sentado que esa mujer tiene un nombre –dijo, al fin.

–Courtney. Y no añadió nada más. Le dije al conserje que su agenda está completa, que usted tiene un compromiso en Londres, que ella tiene que llamar y pedir una cita. Pero el conserje aseguró que la mujer no se quería marchar.

–No –convino, inexpresivo–. No lo hará. ¿De cuánto tiempo dispongo antes de ir a escuchar las consideraciones de Penelope Anne Calhoun acerca de por qué los inventores hacen malos negocios?

Valerie casi se echó a reír. Steven Konig era un brillante inventor y hombre de negocios con una creciente reputación en ambos campos.

–El coche llegará a las once.

Él asintió.

–Muy bien. He preparado unos apuntes con cifras estadísticas y todo eso –dijo tendiéndole un disquete–. Todo está aquí. ¿Quiere imprimirlo, por favor? Mientras tanto bajaré a la conserjería a ver a la señora Underwood.

–Señora...

–Su nombre es Courtney Underwood –explicó Steven deliberadamente–. Estuvo casada con Tom. Puede que usted lo recuerde. Un tipo grande, aficionado al alpinismo. Murió en los Andes hace cuatro años. Soy el padrino de su hija. Hace años que no la veo, ni a ella ni a su madre. ¿Más aliviada?

–No es asunto mío –replicó con arrogancia, pero secretamente aliviada.

–Miente, Val, pero la perdono. No olvide imprimir esas notas.

Steven desapareció por la puerta principal y salió a la lluviosa mañana primaveral.

La viuda, la señora Courtney Underwood, estaba tan hermosa como siempre. Hablaba animadamente con el conserje. Tenía el mismo aspecto de aquella mañana en que le había dicho que se iba a casar con Tom. Su pelo oscuro era brillante y suave, y su boca, voluptuosa.

–Está bien, señor Jackson, yo me encargaré de esto –dijo al llegar a la conserjería.

Courtney se volvió con la rapidez de una serpiente. «Como en los viejos tiempos», pensó Steven. A Courtney le gustaba mantener el control. No le gustaban las sorpresas.

–¡Steven! ¡Querido!

Dos estudiantes miraron descaradamente al rector y a la atractiva recién llegada.

Courtney se echó en los inermes brazos de Steven fingiendo ignorar a los espectadores. De pronto él recordó a su Venus dorada, tímida, confundida y divinamente inconsciente de su sensualidad. Por alguna razón ese recuerdo le infundió fuerzas.

—Hola, Courtney —dijo sin la menor calidez.

—¿Nada más? —le reprochó ella al tiempo que lo miraba a los ojos—. ¿Después de todo este tiempo?

Courtney pasó la mano bajo la oscura chaqueta gris del traje de Steven, que sintió el calor de los dedos a través de la tela de la camisa.

Sí, era la misma. Todavía lucía esa piel de camelia y las larguísimas pestañas. Todavía utilizaba el mismo truco de permitir que sus ojos se humedecieran para hacerlos brillar como diamantes, pero sin dejar correr las lágrimas. Y esos labios levemente entreabiertos, como a la espera de un beso.

Steven no la besó.

Hubo un tiempo en que esos ojos brillantes lo habían enloquecido. Y ella lo sabía. Cuando se marchó a la India con el acaudalado y temerario Tom, Steven pensó que nunca se recuperaría.

Pero eso había sucedido hacía quince años. Seguramente hasta Courtney, que se especializaba en ignorar las cosas que no le convenían, se daría cuenta de que Steven Konig ya no era su esclavo.

Él le apartó las manos y retrocedió.

—Iremos a mis habitaciones, será mejor.

—Eso suena divertido —rió ella, con un meneo de caderas.

—No te emociones tanto. Sólo es una oficina —dijo él al tiempo que salía al patio.

Hacía viento y los estudiantes pasaban alrededor de ellos.

—Con qué claridad recuerdo todo esto —comentó Courtney mirando a su alrededor.

–Me sorprende –replicó muy enfadado.

–¿Qué quieres decir? –preguntó ella, desconcertada.

–Hasta donde puedo recordar, viniste aquí sólo una vez. Al baile de graduación. ¿Te acuerdas? Cuando ligaste con Tom.

–¡Steven! –exclamó sinceramente conmocionada, pero a la vez muy complacida–. No estarás amargado todavía después de todos estos años, ¿verdad, querido?

–No, lo digo para aclarar los hechos. Nunca venías por aquí. Incluso te desagradaba que estuviera en esta universidad.

–No hace falta aclarar los hechos. Me acuerdo de... todo –la última palabra la pronunció como si fuera una caricia íntima.

Pero él también recordaba ese truco.

–Me alegro de oírlo.

Ella lo tomó del brazo obligándolo a detenerse al abrigo del antiguo muro del patio.

–Recuerdo ese baile –murmuró mientras miraba su boca–. ¿No fue aquí donde nos besamos? –preguntó acercándose más.

Steven dio un paso atrás.

–Nunca nos besamos en esta arcada que conduce a la Rectoría. Hace veinte años, los estudiantes no podíamos andar por aquí.

Steven abrió la verja y la condujo hacia la casa. Era la parte más antigua del colegio, una torre medieval, con una escalera de piedra en espiral y unas temibles gárgolas.

Steven asomó la cabeza por el despacho de la secretaria.

—La señora Underwood me acompañará al estudio un momento, Valerie. ¿Nos puede preparar un café, por favor? Y avíseme cuando llegue el coche.

Luego cerró la puerta del estudio.

—Siéntate. Bueno, esto es una sorpresa. ¿Qué haces en Oxford?

Ella no era estúpida. Sabía que deliberadamente se había refugiado tras el magnífico escritorio de roble.

—No seas malo conmigo, Steven —dijo en un tono entrecortado.

Él notó que todavía lo utilizaba. Desde los diecinueve hasta los veinticuatro años, ese tono le había acelerado el pulso. Pero en la actualidad tenía treinta y nueve años. ¿Cómo pudo haber sido tan estúpido?

Steven renunció a ser agradable.

—¿Qué quieres, Courtney?

Ella batió sus hermosas pestañas. Pero en todo ese tiempo él había conocido a muchas mujeres y podía reconocer los trucos encantadores, manejados a voluntad. ¡Oh, pero su confundida diosa no los utilizaba!

—¿Todavía te sientes herido, Steven?

Él consultó su reloj.

—Sea lo que sea, te sugiero que me lo digas rápidamente. Tengo que ir a Londres y me pasarán a recoger en cualquier momento.

—Cancela ese compromiso —dijo ella al tiempo que se humedecía los labios.

—¿Realmente piensas que puedes conseguir todo lo que quieres, Courtney?

—Siempre fuiste demasiado inteligente para mí, Steven.

—Depende de cómo definas la inteligencia. Courtney, no tengo tiempo para juegos. ¿De qué se trata? ¿Dinero?

–Necesito hablar contigo acerca de Windflower.

Cuando Tom falleció, Courtney se había presentado en casa de los Underwood asegurando que no tenía un centavo. Steven estaba en Australia entonces. A su regreso encontró a la madre de Tom, mujer viuda, al borde de la bancarrota. También había cuidado al bebé todas las noches, cuando Courtney salía a los elegantes restaurantes muy bien acompañada.

–Courtney es una sanguijuela –le había confesado la señora Underwood, desesperada–. La habría echado de casa, pero Windflower es mi nieta, pobrecita. Tú eres el único amigo de Tom con el que puedo hablar. Eres el padrino de la niña. Necesito ayuda, Steven.

Y él la había ayudado. Durante largos años se había encargado del pago de los colegios, vacaciones, médicos... La señora Underwood había dicho que era un santo.

–¿Qué le sucede?

–Necesito dejarla contigo.

–¿De qué demonios hablas? –preguntó, sorprendido.

–Voy a un centro de salud. Sólo para adultos. No puedo llevarla conmigo.

–¿Un centro de salud? ¿Qué tienes?

–Salud espiritual –dijo ella en tono desafiante–. Mi consejero dice que necesito tranquilidad.

–¿Hablas en serio? –preguntó Steven cuando al fin recuperó el habla.

–Mi niña interior necesita cuidados.

–¿Y qué necesita tu niña exterior? Me refiero a tu verdadera hija. Esa pobre pequeña que has arrastrado por media Europa durante los últimos años.

–Tú sí que eres un buen padrino. ¿Cuándo fue la última vez que estuviste con ella?

–¿Cuándo fue la última vez que estuvo en el país? –replicó él.

–Pudiste haberte quedado con ella, pero eso podría haber estropeado tu atractiva vida de hombre soltero.

–Fuiste tú la que dijiste que un niño necesita estar con su madre. A Rosemary Underwood le habría encantado adoptarla.

–No hablo de adopción. Windflower necesita relacionarse con una figura paterna. Y ahora ese eres tú.

En ese momento sonó el teléfono.

–¿Qué hay? –preguntó, cortante.

–Lo siento, señor –dijo Valerie–. Al parecer, una niña pequeña ha entrado en la conserjería. Dice que ha venido con la señora Underwood.

Steven comenzó a sentirse furioso.

–De acuerdo. Yo me encargaré –dijo antes de cortar la comunicación–. ¿Has traído a la niña?

–Desde luego –dijo ella con sorpresa–. No tenía con quién dejarla.

–¿Y dónde la dejaste precisamente?

Courtney se encogió de hombros.

–En la calle. Le dije que sólo sería un momento.

Steven comprendió por qué lo había hecho. Courtney no quería que la niña estorbara cuando batiera las pestañas ante el sensible Steven Konig.

Estaba tan furioso que apenas podía recordar que alguna vez la había deseado.

–Vamos a buscarla.

–Ve tú. Fuera está mojado.

–Vamos ahora, Courtney.

En la conserjería unos estudiantes conversaban alegremente con el señor Jackson y, casi invisible entre ellos, había un niña pequeña.

Steven se detuvo en seco.

La pequeña se volvió hacia ellos. En contraste con su madre, llevaba una ropa pasada de moda y totalmente inadecuada. Su cara estaba aterida y apretaba su cartera escolar con unos dedos casi azules por el frío.

—¿Te acuerdas de tu padrino, Windflower? —preguntó Courtney al tiempo que enlazaba su brazo con el de Steven—. Él cuidará de ti durante un tiempo —añadió con firmeza.

Steven se arrodilló frente a la niña.

—¿Sabes quién soy, Windflower?

La niña tragó saliva como si tuviera miedo.

—¿Uno de los antiguos amigos de mamá?

—¿Quieres quedarte conmigo?

—Mamá dice que eso es lo que voy a hacer.

Steven se puso de pie.

—Necesitaré sus papeles. Certificado de nacimiento, certificados médicos y escolares.

—Todo lo tiene en su cartera.

—¿Y sus cosas?

Courtney señaló una vieja maleta bajo el tablón de anuncios.

Steven tomó una de sus famosas decisiones relámpago.

—De acuerdo. Quieres que yo me encargue de ella —dijo con fría ira—. Lo haré. Jackson, necesito su ordenador.

Dentro del despacho escribió unas páginas con toda rapidez. Luego, mientras las imprimía, abrió la puerta.

—Vosotros dos —llamó a unos estudiantes—. Os necesito como testigos —dijo al tiempo que le tendía dos folios a Courtney–. Aquí está. Me asignas el cuidado total de tu hija. Escribe tu dirección y firma ambos folios –ordenó.

–De acuerdo –dijo Courtney.

Mientras ella firmaba, se dirigió a los estudiantes.

–¡Testigos! Nombre, dirección, fecha. En ambas páginas.

Ellos hicieron rápidamente y sin rechistar lo que Steven les pedía.

Jackson se acercó.

–El coche de Indigo Television acaba de llegar, señor.

–Dígales que enseguida voy. Estaré con ellos en diez minutos –dijo mientras le entregaba una copia a Courtney, doblaba la suya y la guardaba en un bolsillo.

–Guárdeme esa maleta, Jackson. La recogeré más tarde –pidió al tiempo que tomaba la mano de la niña–. ¿Quieres acompañarme al estudio y ver las cámaras de televisión? –preguntó. La pequeña hizo un gesto de asentimiento–. Entonces despídete de tu madre y ven conmigo.

–¿Despedirse? Pero tenemos mucho que hablar –protestó Courtney.

–Mi abogado se pondrá en contacto contigo –dijo Steven, impasible. Windflower besó a su madre sumisamente y luego tomó la mano de Steven. Él miró a Courtney con tanto desprecio que ella retrocedió. Ni siquiera se despidió. En cambio, se dirigió a la niña–. En el coche me puedes hablar de ti y de lo que te gustaría hacer. Ven conmigo. Tengo que recoger mis cosas. Jackson, ¿podría conducir a la señora Underwood a la puerta, por favor?

–Naturalmente, rector.

Sin volverse a mirar a Courtney, Steven condujo a la niña al interior del edificio.

Steven terminó de leer las indicaciones de Indigo y luego guardó los documentos en su cartera. Junto a él, Windflower iba tan sosegada como si toda su vida hubiera viajado en limusinas. Sus pies no llegaban al suelo.

–Me temo que esto pueda ser un poco aburrido –dijo Steven.

Windflower se volvió hacia él.

–Está bien. Mamá dice que nunca doy la lata –dijo en tono resignado.

–Tan pronto como acabe esto podrás dar toda la lata que quieras. Te lo prometo.

En ese momento, el coche giró por la entrada de una construcción que parecía una chatarrería. Steven comprendió que Indigo Television era una empresa joven y emprendedora.

–¿Quiere que venga a buscarlo a las dos? –dijo el chófer uniformado mientras estacionaba en un pequeño espacio al abrigo de una pared de calamina.

–Si, las dos es una buena hora.

El chófer abrió la puerta. Windflower bajó del vehículo y se estremeció de frío.

–Tendremos que comprar ropa de abrigo –dijo Steven.

En ese momento una mujer cruzaba el patio. Llevaba una capa y un impermeable mojados y un abultado pañuelo en la cabeza.

–¿Esto es un vertedero auténtico? –preguntó cuando se acercó a ellos.

–Me temo que sí. ¿Debo pensar que usted es el otro invitado de Indigo Television?

–¿Invitado? –bufó ella–. Más bien víctima. ¿Qué hacen para que uno se sienta bienvenido?

–Por aquí, señores –dijo el chófer.

La puerta era estrecha y comunicaba con un corredor que al menos estaba pintado en agradables tonos pálidos, con fotografías en las paredes y una iluminación colocada estratégicamente.

La dama del impermeable se detuvo.

–¿Hay alguien en casa? –preguntó alzando la voz.

Detrás de ella, Windflower dejó escapar una risita. Steven la miró con sorpresa. Era la primera vez que la oía reír.

No hubo respuesta. De pronto, la dama del impermeable se quitó un zapato y comenzó a golpear rítmicamente un radiador.

El ruido era indescriptible. Windflower se puso a brincar y luego se unió a los golpes.

–Suficiente –dijo Steven.

Windflower se detuvo, pero la mujer continuó. Steven observó que el zapato era de piel, de tacón alto, fino y caro. Así que bajo el impermeable había una mujer elegante, acostumbrada a conseguir lo que quería, pensó él.

–Yo me encargaré de esto –dijo.

Entonces fue por el corredor abriendo las puertas a su paso. A la tercera puerta tuvo éxito.

–Tenéis invitados –dijo a dos chicas que charlaban frente al espejo del tocador de señoras y que lo miraron sorprendidas–. Moveos.

Las chicas salieron apresuradamente al corredor y la mujer del impermeable dejó de golpear el radiador.

—Un café para ella, una silla y un lugar donde podamos dejar los abrigos —ordenó Steven.

Las chicas se apresuraron a obedecer.

—¿La gente siempre hace lo que usted quiere? —preguntó ella con una expresión furiosa mientras se ponía el zapato.

—Así es —dijo Steven con calma y una sonrisa traviesa—. Verá, siempre tengo razón.

CAPÍTULO 3

SIEMPRE tengo razón».

Pepper no podía creer que hubiera dicho eso. Nadie decía eso, aunque fuera superior, británico y masculino.

–¿Qué planeta ha dejado de gobernar para venir aquí?

Por un instante el hombre pareció absolutamente asombrado. ¡Bien!

–Steven Konig. Me han invitado al programa *Mis experiencias* –dijo al tiempo que le tendía la mano.

–Entonces debo de haberme equivocado de día –replicó ella.

–¿Por qué? –preguntó, confundido.

–Estoy aquí para intervenir en un programa de empresarios –contestó inocentemente–. No de tiranos.

–¿Tiranos? ¿Porque le dije que se pusiera el zapato? –preguntó. Steven Konig, o quienquiera que fuese, movió la cabeza de un lado a otro. Dejó de sentirse desconcertado y optó por el buen humor–. ¿No exagera un poco?

Pepper estaba furiosa. No le gustaba que se rieran de ella.

–Dígamelo usted, que siempre tiene razón.

–¿Quieren venir por aquí, por favor? Tenemos una sala de estar –dijo una de las jóvenes.

Pepper la miró con ojos llameantes.

–Y este hombre le dijo que también me sirviera un café, ¿no es cierto? Claro que sí. Entonces hagamos lo que ordena el alto mando.

La chica sonrió atemorizada.

–Martin está ansioso por verlos. Por aquí... –dijo, no muy convencida.

La sala de estar resultó ser una habitación sin ventanas y sin ventilación con unas sillas junto a la pared y, en un rincón, una mesa llena de tazas de plástico usadas. Steven Konig, a quién Pepper ya empezaba a detestar, alzó una ceja.

La joven recogió las tazas con rapidez.

–¿Quieren entregarme sus abrigos? –preguntó mirando la abultada figura de Pepper.

Sin embargo, fue directamente hacia Steven Konig para recibir su inmaculado abrigo gris de confección. Al parecer, Pepper podía quitárselo sola.

A pesar de su rabia, decidió no mostrarse quisquillosa. No era culpa de la chica apresurarse a obedecer al tirano. Habría apostado a que todo el mundo lo hacía.

Él se quitó el abrigo con una sonrisa encantadora pero ausente y sacó su teléfono móvil. Muy pronto se plantó en un rincón y empezó a hablar rápidamente ignorando al resto de los que estaban ahí.

Pepper dejó su cartera y empezó a quitarse una capa impermeable con capucha que Terry, su peluquera, había insistido en prestarle.

–No puedes mojarte el pelo –había dicho con firmeza–. Si tienes frío póntela sobre el impermeable. No he pasado horas con estos rizos para que la lluvia los arruine.

De pronto oyó un sonido alrededor de sus caderas. Sobresaltada, bajó la vista. La niña del tirano la contemplaba sin pestañear.

Ella se inquietó. No sabía nada de niñas pequeñas.

–¿Por qué llevas dos abrigos?

Era una pregunta razonable.

–Porque mi impermeable no tiene capucha y la capa sí la tiene.

–Pero llevas una bufanda en la cabeza. ¿Para qué necesitas una capucha?

–Porque la bufanda no es impermeable y acabo de ir a la peluquería –respondió mientras se quitaba la bufanda y sacudía la melena pelirroja.

El hombre dejó escapar un sonido entrecortado por el teléfono, como si su interlocutor le acabara de dar el susto de su vida. «Muy bien», pensó Pepper satisfecha.

La niña desvió la mirada de la cara de Pepper y la fijó en los brillantes cabellos

–Vaya –exclamó la joven, momentáneamente distraída de las tazas sucias–. Su pelo es maravilloso.

Pepper miró a su alrededor, pero no había espejos, así que se acomodó los rizos, que milagrosamente estaban en su lugar. Todo lo que tenía que hacer era asegurarse de que el peinado no se hubiera aplastado con la bufanda y entonces estaría lista para enfrentarse a las cámaras.

–¿Dónde encontró ese color rojo dorado?

–¿Qué?

–Siempre he deseado tener el pelo rojo. Pero cada vez que lo intento queda del color del coche de los bomberos. ¿Quién le puso ese tono?

–Mis padres.

–¿Es natural? –preguntó la joven con incredulidad. A Pepper la admiración de la joven le produjo incomodidad, aunque le hizo gracia–. No espera que la maquillen, ¿no es cierto? Indigo Television se acaba de inaugurar. Todavía no tenemos todo el equipo necesario.

Pepper frunció el ceño.

–¿Y entonces?

–Quizá quiera ir al lavabo de señoras. Para... retocarse el maquillaje. Usted me entiende, los focos de las cámaras y todo eso.

–Tu nariz está brillante –resumió la niña objetivamente.

Pepper reprimió el deseo de proferir un juramento. Normalmente apenas se maquillaba y esa mañana Terry le había lavado el pelo con entusiasmo. Así que cuando terminó, Pepper parecía una nadadora olímpica. Más tarde, pasó mucho frío en el taxi y luego tuvo que cruzar el patio de Indigo Television bajo la lluvia. ¡Por supuesto que la nariz tenía que estar brillante!

–Gracias –dijo a la pequeña–. ¿Dónde? –preguntó a la joven.

–Le indicaré el camino.

La mano de la niña se aferró a la suya. Pepper dio un respingo. No recordaba haber llevado de la mano a una niña en toda su vida. Bueno, la verdad era que no recordaba haber ido de la mano con nadie.

La pequeña, sin embargo, parecía encontrar perfectamente natural ir de la mano de un extraño.

–Yo también voy –dijo con firmeza.

En ese momento, el tirano levantó la vista del teléfono. Y se quedó mudo de asombro por unos segundos.

–¿Dónde vas? –preguntó a Windflower bruscamente.

La pequeña le lanzó una intensa mirada de advertencia.

–Quiero ir.

–¿Ir dónde? –preguntó, irritado. Y en ese instante comprendió la intención de la mirada–. Oh, sí, desde luego. ¿Estarás bien con la señorita... Eh...?

No importaba si la señorita «Eh» se sentía bien con esa responsabilidad no buscada, pensó Pepper con enfado.

–Gracias –dijo fríamente–. Estaremos bien.

Luego se puso la cartera bajo el brazo y salió antes de que él pudiera replicar. Para su sorpresa, la pequeña se puso a trotar a su lado como si Pepper fuera una eficiente niñera.

–Por aquí. Está un poco oscuro, pero... –dijo la guía. Luego dio la luz del lavabo y al instante se encendió una hilera de brillantes bombillas alrededor de un enorme espejo–. Dispone de veinte minutos antes de empezar la sesión preliminar previa al rodaje. Y después todo se hará sin interrupción. Usted me entiende, el programa saldrá en directo.

–Sí –dijo Pepper mientras intentaba ignorar las mariposas que le revoloteaban en el estómago–. Entiendo.

–Muy bien, entonces. Nos veremos en la sala de estar –dijo antes de marcharse.

Pepper miró a la niña con cautela, pero la pequeña se dirigió tranquilamente al cubículo del inodoro sin pedir su ayuda.

Tras respirar aliviada, Pepper hizo lo propio.

Más tarde, encontró a la pequeña inspeccionando el secador de manos y un frasco de colonia con dosificador.

–Mi mamá dice que siempre se debe usar el mismo perfume. De modo que cuando alguien lo huele de inmediato piensa en ti.

–¿De veras? –preguntó Pepper, incapaz de distinguir un perfume de otro. La esposa del tirano tenía que ser como un dolor en las posaderas–. ¡Qué original!

Como nieta favorecida de una dinastía financiera, Pepper nunca antes había tenido que preocuparse de su aspecto. Se vestía con trajes oscuros, mantenía su roja melena en orden y llevaba sencillas joyas de oro o platino. Siempre había pensado que con eso era suficiente.

Pero en la actualidad no era así. Los posibles inversores estudiaban su proyecto comercial, sus gráficos y la descripción del producto y decían: «Sí, puede ser». Y luego se sentaban esperando que ella los sedujera.

–No sé nada sobre el arte de seducir –dijo un día a sus primas en tono lastimero.

Ese mismo día, Jemima, modelo muy bien pagada, puso en marcha un curso acelerado.

Así que Pepper, profesional de pies a cabeza, tuvo que aprender el arte de maquillarse. En la actualidad poseía un juego completo de maquillaje compacto, color para las mejillas, lápices de ojos y de labios y un par de suaves brochas. Si se concentraba podría recordar cómo utilizarlos. Entonces sacó el estuche de la cartera.

La niña se subió a un taburete junto a ella e inspeccionó la colección.

–Mamá dice que los colores son para la noche –anunció al tiempo que descartaba una sombra de ojos color lila.

–Gracias por el consejo –dijo Pepper al tiempo que se aplicaba un poco en un gesto desafiante y luego acercaba la cara al espejo para estudiar el resultado.

Pensó que sus ojos eran lo mejor de su rostro. A menos que a alguien le gustara una cabellera del color de las ardillas rojas. Pero sus ojos eran de un tono marrón aterciopelado, con las pestañas más largas del mundo.

La niña no dijo nada.

Luego, tras un suspiro, se quitó la sombra con una toallita.

–De acuerdo, tienes razón. Sólo me pondré maquillaje compacto y un poco de rubor en las mejillas.

Luego se arregló la melena con un peine y dio por terminado su arreglo.

–Con esto bastará.

–¿No te vas a poner laca?

–No –dijo Pepper, en franca rebeldía.

–Mamá dice...

Pepper empezaba a odiar esa palabra.

–Seguro que sí, pero no tengo tiempo. Vamos.

Nuevamente la pequeña se aferró a su mano. Pepper se suavizó en contra de su voluntad. No era culpa de la niña que estuviera tan nerviosa. Mientras iban por el corredor intentó ponerse en lugar de la pequeña. Si le hubieran dicho que iba a visitar un estudio de televisión habría esperado algo fabuloso. Pero ese búnker sin ventilación tenía que ser una verdadera desilusión.

–¿Tenías muchos deseos de venir al estudio? –preguntó con sincera simpatía.

La niña negó con la cabeza.

–El tío Steven dijo que tenía que venir. Y después vamos a ir de compras.

–¡Tío! ¿Así que el tirano, quiero decir, el señor Konig no es tu papá? –preguntó. La niña movió la cabeza de un lado a otro–. ¿Cómo te llamas?

–Janice –respondió rápidamente.

Era posible que no supiera mucho sobre niños, pero Pepper era capaz de oler una mentira a kilómetros de distancia. Seguro que su nombre no era Janice. Interesante.

Steven terminó de hablar por teléfono justo cuando Pepper salió de la habitación. Entonces se sentó en una silla.

¡Era ella! ¡Su diosa dorada! Sus cabellos eran inconfundibles. Aunque la alborotada melena no se debía a una incómoda noche en un avión, sino a un esmerado trabajo de peluquería.

Sin embargo, el pelo no era lo único diferente. Todas esas semanas había estado atesorando un recuerdo de fugaz ternura. Y en momentos de soledad, al aferrarse a él, se había descubierto con una sonrisa en los labios, como si estuviera mirando de nuevo esos ojos.

Bueno, una ternura exagerada después de todo. Porque esa mujer no era la criatura esquiva de sus sueños. Era una bruja con dos impermeables que golpeaba los radiadores con el zapato y que le declaraba la guerra a uno apenas lo veía. Era peor que Courtney.

Steven apretó los dientes. Habían pasado quince años y cometía los mismos errores. ¿Es que no había aprendido nada sobre las mujeres?

En ese momento el productor entró apresuradamente.

–Hola, Steven. Siento no haberte recibido. ¡Ya sabes cómo es esto! ¿Has visto al otro invitado? –preguntó al tiempo que garabateaba en una tablilla con sujeta papeles.

–No exactamente –respondió Steven, en tono contenido.

–Sí, he oído que ya has tenido un altercado con la Pequeña Tigresa.

–¿Te refieres a la señorita Calhoun?

–Sí. ¿No es un personaje?

–Desde luego –dijo Steven en tono gélido–. Aunque en justicia no puedo decir que fuera la señorita Calhoun, porque no ha tenido la amabilidad de presentarse.

Martin dejó de escribir.

–Vaya.

–Sin embargo, supongo que es ella. Su nombre aparece en el informe que me envió Indigo.

–Ah, sí. Parece que será un programa muy animado. ¡Fantástico! ¿Dónde está ella? ¿O la has atacado tan ferozmente que ni siquiera quiere compartir la misma habitación contigo?

–Muy gracioso –contestó Steven–. Esa mujer es capaz de golpearme la cabeza con el tacón del zapato.

En ese momento Pepper entró en la sala con Windflower.

–Señorita Calhoun –saludó Martin con entusiasmo.

Steven observó que algo se había hecho en la cara. Sus ojos parecían más grandes y engañosamente dulces.

–No creo que los hayan presentado debidamente –dijo Martin perversamente–. Permítanme hacer los honores. Hoy por hoy, el profesor Steven Konig es una celebridad. Fue mi tutor cuando yo estudiaba en Oxford. Steven, esta es la señorita Pepper Calhoun.

Pepper quedó desconcertada. Detrás del productor, el tirano la miraba furibundo, como un juez amigo de la horca. Pepper consideró rápidamente las opciones y decidió mostrarse de buen humor. No olvidaba que aparecerían juntos en el programa de televisión.

–Hola, profesor –saludó al tiempo que le tendía la mano. Él apretó los dientes y le estrechó la mano con firmeza–. ¿Una celebridad, eh? –dijo con inocencia–. Perdone que no lo reconociera. Llevo sólo un par de meses en Inglaterra.

–Lo sé –replicó él con frialdad.

Pepper reprimió una sonrisa.

–Cuénteme qué debería saber acerca de usted.

Durante un instante él miró su boca, fija e inexpresivamente. Y luego su expresión se tornó ligeramente divertida.

–Martin exagera. Soy un simple bioquímico, señorita Calhoun. Me han invitado al baile porque he creado una compañía llamada Kplant y ha tenido un poco de suerte.

¿Un poco de suerte? Pepper estaba asombrada. Hacía tres años Kplant había sido el éxito del sector de las nuevas empresas.

Pepper frunció el ceño.

–Tecnología alimentaria, ¿verdad? Está a punto de alcanzar una gran cotización en Bolsa.

–Creo que exagera. Tal vez. A su debido tiempo.

«¿Por qué me mira con recelo?», pensó Pepper.

–¿Tal vez? Seguro que todos los hombres de negocios desean que su empresa cotice en Bolsa. Ése es el objetivo principal de todo nuevo empresario.

–Usted lo cree así, ¿no es verdad? –dijo él. Había una nota extraña en su voz.

Sus miradas se encontraron. Y ambas ardían. «Conozco a este tipo», pensó Pepper repentinamente.

–Eh, amigos. Dejen la discusión para el debate –intervino Martin–. Ahora vamos al plató del estudio –dijo al tiempo que le hacía una seña a una de las chicas–. ¿Quieres cuidar a la niña que ha venido con la señorita Calhoun, por favor?

–Ella no... –alcanzó a decir Pepper, pero Martin ya avanzaba por el corredor hablando rápidamente–. Entre dieciséis y dieciocho personas componen la audiencia. Personas con una extensa gama de intereses. Muy motivadas, como he podido comprobar. Interesadas en todo, desde el negocio musical hasta la banca. ¿Podrán con ellas?

Steven Konig se encogió de hombros.

–Voy a improvisar –declaró.

«¿Y yo? ¿O es que piensa hablar todo el tiempo? Apuesto a que sí. Le pregunté por su maldita compañía, pero él no se dignó preguntarme nada», pensó Pepper, enfurecida.

Sin embargo, no podía apartar de su mente el pensamiento de haberlo visto antes en algún lugar. ¿Pero dónde?

Con los dientes apretados, entró en el plató detrás de él mientras se prometía guardar la calma. Era necesario presentar la imagen de una mujer que sabía mantener el control. Para nada iba a ayudar a su causa empezar a pelear con el profesor Steven Konig en un programa televisivo que se emitiría en directo.

Pepper desplegó una sonrisa profesional mientras tomaba asiento y miraba a las cámaras.

Steven notó que se sentía ofendida. ¿Pero, por qué? Era él quien había estado perdiendo el tiempo durante semanas, soñando despierto con una mujer que verdaderamente no existía. «Es hora de despertar, no, de madurar» se dijo con severidad.

La primera pregunta fue para Pepper. La hizo una chica con unos tejanos bastante andrajosos que quería saber acerca del capital inicial necesario para crear una nueva empresa. Pepper respondió con propiedad. Por alguna razón, la irritación de Steven se desbordó.

–Desde luego que usted debe de saber mucho acerca de captación de fondos, ya que está avalada por los inmensos recursos del imperio Calhoun –dijo casi antes de que ella hubiera acabado de hablar.

El moderador parpadeó. Antes de que pudiera intervenir, Pepper ya se había enderezado en el asiento y miraba con ojos llameantes.

Steven frunció el ceño de tal manera que sus marcadas cejas casi se unieron sobre la nariz.

–Bueno... –Pepper alcanzó a decir.

–Acéptelo –dijo, implacable–. Usted cuenta con muchas más ventajas que nosotros. Dinero familiar, negocios familiares, tradición, contactos... –afirmó. «¡Por no hablar de su habilidad para hacerse la inocente!», pensó–. Usted lo tiene todo hecho.

Pepper le dedicó una brillante sonrisa.

–Un empresario tiene que utilizar todos los recursos posibles –declaró con dulzura y una sonrisa dirigida a la audiencia–. Todos ustedes tendrán personas conocidas. Ellos serán personas cualificadas y dispondrán de contactos. Harían bien en utilizarlos. Por alguna razón, los ingleses piensan que eso no es correcto. Deberían perder esa costumbre.

Steven se puso rígido. «Me está llamando escolar», pensó con incredulidad.

Sus miradas se encontraron. Ella volvió a sonreír.

—¡Oh, sí! —Martin Tammery murmuró extasiado en la cabina de control.

La audiencia también captó la atmósfera tensa, aunque todo se desarrollaba dentro de los límites de un comportamiento civilizado. Pero era imposible ocultar el hecho de que los dos distinguidos invitados se odiaban recíprocamente.

De pronto, las cosas se descontrolaron. Todo empezó con una pregunta que no podía haber sido más inocente.

—¿Cree usted que es correcto que se obligue a adelgazar a las mujeres que intentan conseguir empleo en una boutique? —preguntó alguien.

Con expresión de aburrimiento, Steven tamborileó con los dedos sobre el brazo de su silla mientras Pepper respondía:

—Sí, he leído sobre ese caso. Pienso que es razonable que un empleador espere que su empleado cuide su apariencia. Y si somos realistas, tendemos a elegir a un tipo de personal que refleje el perfil del cliente debido a muy buenas razones de mercado. Sin embargo, el peso como tal es un tema diferente. Las personas engordan por múltiples causas y algunas no pueden evitar...

Repentinamente se desbordó toda la rabia que Steven había contenido hasta ese momento.

—Por favor. Eso es un soberano disparate —exclamó al tiempo que giraba la silla y se enfrentaba a ella—. Verá, es una ecuación muy simple. Si se ingieren más calorías de las que se consumen con el ejercicio, se almacena grasa. Se puede hacer algo para solucionar el problema o ignorarlo. Pero no diga esa insensatez de que no es posible evitarlo. Si fuera lo suficientemente importante para las mujeres, seguro que tomarían las medidas necesarias. Estoy cansado de las que se quejan de su peso como si no pudieran hacer nada para adelgazar –concluyó de forma terminante. Al decirlo pensaba en Courtney, con sus miles de excusas para hacer exactamente lo que quería y su total negativa a aceptar su responsabilidad en ello. Pepper no dijo absolutamente nada. Se quedó pasmada, inmóvil en su asiento–. ¿Qué me responde, eh? –insistió Steven muy irritado sin dejar de advertir la súbita palidez en el rostro de ella.

Entonces se produjo un pesado silencio. Cuando el moderador se recuperó, de inmediato continuó con las preguntas.

Pepper volvió a la vida. Contestó las preguntas que le hicieron e incluso se permitió alguna broma. Pero ya no volvió a mirar a Steven. Y cuando al fin sonó la música de cierre del programa salió del plató sin decir una palabra a nadie.

Entonces Windflower se acercó a Steven y lo miró con severidad.

–La señora está llorando –anunció.

–No digas tonterías. Los mayores no lloran.

Windflower lo miró con sorna y no se molestó en responder.

Steven dirigió la mirada a la puerta por donde Pepper había desaparecido. ¿Realmente la explosiva mujer estaba llorando? ¡Maldición! Se suponía que las invulnerables feministas no lloraban. Steven ni siquiera sabía lo que había hecho. Pero seguro que era culpable.

Y Martin Tammery se lo confirmó. El productor se acercó a él frotándose las manos.

—Brillante. Deberíamos ir a tomar una copa para celebrarlo.

—¿Celebrar? Me pareció terrible.

—Lo siento —dijo Martin poco convencido, mientras lo conducía a la sala de estar—. La señorita Calhoun resultó ser el diablo en persona. Todas estas mujeres de negocios son iguales. Pero en esta ocasión ha valido la pena. Una disputa como esa vale su peso en oro en los índices de audiencia... —añadió, pero de inmediato se quedó callado.

Pepper Calhoun había entrado en la sala de estar con la cabeza alta.

Martin aferró el codo de su ayudante de programación.

—Mantenla aquí. Que no se vaya —murmuró en su oído antes de escapar por una puerta lateral.

—¿Puedo ofrecerle algo de beber, señorita Calhoun?

—Agua. Mucha agua.

Steven se acercó a ella.

—¿Para apagar el fuego? —dijo arrastrando las palabras.

Aunque sus intenciones eran pacíficas, de pronto pensó que podría pensar que se estaba burlando de ella. Pero se dio cuenta demasiado tarde. Ella le dirigió una mirada furiosa.

—De todos modos, el programa ya acabó.

—No. Ha quedado grabado en un vídeo y estoy segura de que la cinta se vendería muy bien —contestó ella.

Steven pestañeó.

–No se preocupe –dijo la ayudante con ánimo de tranquilizarla–. Se suprime todo lo que no ha salido bien antes de venderlo a otra cadena televisiva.

–¿Hace cuánto tiempo que trabajas aquí? –preguntó Pepper.

–Seis meses –dijo la ayudante, sonrojándose intensamente.

–Ya veo. Cuando lleves más tiempo en el oficio descubrirás que lo que se borra de una grabación son las partes aburridas. Y lo que sucedió aquí no fue nada aburrido.

–No comprendo –dijo la auxiliar.

Pepper volvió la vista a Steven Konig, que la miraba desconcertado.

–La mala educación siempre interesa a los medios de comunicación.

Steven alzó una ceja.

–¿Me está riñendo, señorita Calhoun?

–Estoy diciendo que debería tomar algunas lecciones. Por ejemplo, de gestión de medios de comunicación. De cortesía –dijo en tono imparcial.

–¿Quiere decir que usted puede llamarme tirano, pero si afirmo que las mujeres deberían responsabilizarse de su propio bienestar soy un vil opresor?

–Pienso que debió comportarse de forma más comedida –replicó con frialdad, aunque sus ojos llameaban.

–Se supone que la cortesía debe ser recíproca –bufó Steven.

–Creo haber sido cortés con usted. Su conducta fue poco caballerosa. Y usted lo sabe.

–Si no puede soportar el calor debió haberse retirado de la cocina.

—Sí que puedo soportar el calor, profesor Konig. Me criaron en la cocina –replicó con suavidad–. ¿Y a usted?

Él la miró sobresaltado.

—¿Es una amenaza?

Pepper se permitió sonreír. Sabía que su sonrisa era maravillosa cuando quería.

—No, no –dijo con el mismo tono dulce que utilizaba su abuela–. No es una amenaza. Es una declaración de guerra.

Y sin más, se marchó.

CAPÍTULO 4

MARTIN Tammery no estaba contento con su
ayudante.
–Te dije que no dejaras marchar a Pepper
Calhoun. ¿Cómo pudiste permitir que se fuera?

Con remordimiento de conciencia, Steven se puso
del lado de la mujer. Ese día nadie lo volvería a tildar
de poco caballeroso.

–Es a mí a quién deberías gritar, Martin. La señorita Calhoun y yo tuvimos una discusión.

Martin no podía gritarle a un invitado tan influyente.

–Bueno, supongo que fue algo inevitable –dijo. En
ese momento vio a Windflower sentada en un rincón y
suspiró aliviado–. Ha dejado a la niña aquí. Volverá.

–La niña es mía –replicó Steven, secamente–. La
señorita Calhoun y yo tenemos un asunto pendiente.
Será mejor que me des su número de teléfono.

–¿Crees que va atender tu llamada? ¡Ni lo sueñes!
–rió Martin.

–¿Por qué diablos no iba a hacerlo?

Tammery intercambió una mirada con su ayudante.

–Bueno, porque la llamaste gorda en la televisión
nacional.

–¿De qué estás hablando? Nunca he dicho eso.

–Apuesto a que me culpará a mí –Martin siguió hablando sin escucharlo–. Siempre atacan al productor.

–Nunca he dicho algo semejante –insistió Steven, realmente inquieto–. A nadie. Además, no es gorda.

–Bueno, un poco regordeta sí que es. Por lo demás, todas las mujeres creen que están gordas. De hecho, si no hubiera sido una emisión en directo, apostaría a que su abogado ya me habría llamado por teléfono.

–¿Abogados? Estás tan loco como ella –protestó Steven, incrédulo.

–¿Conseguiste que te firmara la cesión de derechos sobre el programa, verdad? –preguntó Martin a su ayudante, repentinamente alarmado.

–Sí, lo envió junto con su aceptación para intervenir en el programa –le aseguró su ayudante.

Martin suspiró aliviado.

–Gracias a Dios. Habrá muchos interesados.

Steven respiró agitado.

–¿Interesados? Ahora escúchame a mí, Martin –dijo en un tono que había utilizado un par de veces en Kplant y que nadie había olvidado–. Ella tenía razón. Vas a empalmar trozos de la grabación para que parezca que insulté a la mujer. Y luego vas a vender el maldito vídeo a un programa escandaloso. Quiero ver la grabación completa.

–Tranquilízate, Steven. Es un programa muy educativo.

–Quiero verla de principio a fin. Y ahora mismo.

–Tengo unas llamadas pendientes...

–Quiero ver exactamente qué dije en ese programa. Y saber exactamente cómo reaccionó ella. De lo contrario, no tendrás que vértelas con sus abogados, sino con los míos –amenazó Steven suavemente.

Tras una larga mirada llena de frustración, Martin lo creyó.

Tras ver el programa en una pequeña sala, se produjo un silencio total. Steven tragó saliva.

–Oh, Dios mío.

–Te dije que fue un duelo. ¡Gran programa para la televisión! Formáis una buena pareja de contendientes –comentó Martin, sin el menor tacto.

Steven lo ignoró.

–No fue mi imaginación. Parecía como si la hubiera herido –murmuró.

–Muy interesante el lenguaje corporal. Me atrevería a decir que te odia. Ahora, si me perdonas, tengo que hacer una llamada a Nueva York.

Steven le bloqueó el paso.

–Ni se te ocurra. No he firmado mi cesión de derechos, así que vende un sólo centímetro de esa grabación y te demandaré –dijo Steven con suavidad. Luego tomó la mano de Windflower y la miró con remordimiento–. Te debo una disculpa. Los mayores también lloran.

Pepper cerró la puerta del apartamento y se apoyó contra ella con los ojos cerrados. Estaba temblando. Habían pasado cuatro horas y todavía continuaba conmocionada.

–¿Pepper?

Abrió los ojos sobresaltada. Normalmente ninguna de sus primas llegaba a casa antes de las siete. Pero Izzy la miraba con preocupación desde la puerta de la cocina.

–¡Izzy!

–¿Qué pasa? ¿Tu abuela te ha estado creando problemas otra vez?

–No –informó secamente–. Esta vez fue otra persona la que me llamó patata. Y lo hizo en la televisión.

–¿Patata? ¿Televisión? Ah, sí, hoy era ese programa. Pero no entiendo. ¿Por qué alguien tendría que llamarte así?

–Mi abuela me llamaba patata porque decía que debería usar tres tallas menos.

–Vaya.

–No tengo idea de lo que quiso decir ese tipo. Probablemente intentaba ser antipático. Y lo consiguió.

–¿Quién es? –preguntó Izzy con simpatía–. Ven y cuéntamelo todo.

Pepper se dejó conducir a la desordenada cocina. Se sentó en la mesa, apartó la correspondencia del día y un tiesto con una planta verde. Mientras tanto, Izzy preparaba un té color naranja que las primas bebían todo el tiempo.

–¿Cómo estuvo tu presentación? ¿Terry te peinó bien? ¿Lograste convencerlos de que eres una criatura con corazón?

Pepper se echó a reír inesperadamente.

–¿Sabes? No lo sé. Pienso que salió bien.

–¿Lo piensas solamente?

–Bueno, he presentado a tantos empresarios de capital riesgo que conozco mi discurso de memoria. Y estaba tan furiosa que olvidé los nervios.

Izzy se sentó frente a ella.

–¿Furiosa con quién? ¿Quién es ese hombre?

–Un tirano inglés.

–¿Qué te hizo exactamente?

Pepper apretó las mandíbulas.

–Dijo que era demasiado gorda. Y que tenía mucho dinero.

–¿Qué?

–Lo hizo en el plató, ante las cámaras. Dijo... –Pepper no pudo continuar–. Estoy tan furiosa... –añadió finalmente.

–Ya veo.

–Le contesté que era poco caballeroso. Y no le gustó nada.

–Pepper, ¿cuántos años tiene ese tipo?

–No lo sé. Pienso que treinta y algo. ¿Por qué?

–Creí que tenía setenta. Mira, a un tipo moderno le importa un bledo que digas que es poco caballeroso. ¿No te has dado cuenta?

Pepper reflexionó unos segundos.

–Pero a él sí le importó –dijo categóricamente.

–Tienes un agujero en la cabeza.

–No, tengo ciertos valores éticos.

–Verás, Jay Jay y yo nos preguntábamos por qué no sales con alguno de los tipos que has conocido aquí. Pensamos que tal vez había alguien en Nueva York. Déjame adivinar... Quizá tampoco era un caballero. Oh, Pepper, ¿qué vamos a hacer contigo? –preguntó Izzy con desesperación.

Pepper tragó saliva.

–¿Darme un curso acelerado sobre el arte de conquistar al sexo opuesto? Porque hoy en día las patatas no tenemos muchas posibilidades de supervivencia.

Izzy la miró conmocionada.

–Tú no eres una patata –dijo con vehemencia–. Eres una mujer hermosa e inteligente.

–Que necesita hacer gimnasia –añadió Pepper, en tono siniestro.

–Las palabras de ese tipo te han afectado mucho, ¿verdad?

–No tenía derecho a decir lo que dijo. Aunque no le faltaba razón, pero yo no lo admitiría nunca fuera de esta habitación. Vamos, dime la verdad. Puedo resistirlo.

–Creo que no soy la persona indicada para responderte –dijo en un tono que sobresaltó a Pepper.

–¿Qué pasa, Izzy?

Izzy se acercó a la ventana. Tras un instante de silencio se volvió a Pepper.

–¿No te has dado cuenta? –explotó como si no pudiera contenerse por más tiempo–. Jemima nunca cena con nosotras. Y sólo toma un café al desayuno.

–Bueno, es modelo –dijo Pepper, desconcertada.

–Y tiene que cuidar su peso. Lo sé. Pero apenas come. Y cuando lo hace no sé cuánto tiempo retiene la comida en el estómago –comentó. Pepper guardó silencio, horrorizada–. Tal vez no sea nada. Probablemente soy una hermana mayor excesivamente protectora. Olvida lo que he dicho –añadió, con visible esfuerzo.

–Oh, Izzy. Si hay algo que pueda hacer... –dijo compasivamente.

Izzy dejó escapar una risa temblorosa.

–Ese tipo es un neandertal que dice tonterías acerca del peso. Incluso da lo mismo si emiten el programa en el mundo entero. Cualquier mujer juiciosa estará de tu parte.

Pepper le dirigió una cariñosa sonrisa que se apagó al instante.

–Realmente no me preocupa demasiado lo que dijo. Soy yo. Me preocupa mi reacción. Creo que no reaccioné bien. Casi lloré –confesó–. ¿Confiarías profesionalmente en una mujer inestable que se echa a llorar cuando encuentra la menor oposición? Yo no lo haría.

Izzy pensó decir algo que la tranquilizara. Pero no era fácil.

—Oye, sólo se trata de negocios —dijo finalmente.

—No para mí, Izzy. O soy una profesional o no soy nada. Y ese maldito tirano me hizo sentir como si no fuera nada —declaró furiosa.

Ir de compras con Windflower fue sorprendentemente fácil. Lo que estuvo muy bien, porque la mitad de la mente de Steven se concentraba en Pepper Calhoun.

¿Cómo se atrevió a decirle que no era un caballero? ¿Quién se creía que era con ese pelo salvaje y la barbilla belicosa? ¡Se había burlado de él desde el principio, incluso llamándole tirano, por Dios! No tenía derecho a quejarse si él había contraatacado.

Pero... ¿y las lágrimas? Era obvio que se debían a él. ¡Demonios!

Fue un alivio que la eficiente Val hubiera hecho un mapa del itinerario de las compras con tanta precisión.

Windflower cooperó de tal manera que Steven empezó a preguntarse si se encontraba bien. Se suponía que los niños eran más parlanchines. Pero la niña aceptó las camisetas y el par de pantalones con muda delicia. No pedía nada y tampoco rechazaba nada. Se limitaba a ponerse la ropa contra el cuerpo y mirarse en el espejo como si estuviera en el País de las Maravillas.

—No tienes que aceptar nada que no te guste —dijo Steven al fin, preocupado por tanto silencio.

Ella tenía en las manos un chaleco de tela vaquera con una estrella solitaria en el bolsillo. Al oír sus palabras, alzó la mirada y apretó la prenda contra el pecho, pero sin decir palabra.

—¿Realmente te gusta? —preguntó Steven, dudoso.

Windflower asintió enérgicamente, con los ojos muy abiertos.

—Muy bien, entonces —cedió él.

Cuando compraron los zapatos, otra vez se puso furioso al ver que los que llevaba tenían agujeros en las suelas.

—Esos zapatos tienen que haber estado así durante mucho tiempo —comentó la dependienta al tiempo que le tendía unas zapatillas deportivas.

Steven apretó los labios.

—Sí, tírelos a la basura.

—Muy bien.

—¿Y ahora qué? ¿Vamos a la farmacia, a una librería, a la peluquería?

—Las peluquerías son para las mujeres mayores.

Parecía que recitaba un mantra que le hubieran enseñado mucho tiempo atrás, pensó Steven con simpatía.

La niña lo miró de soslayo.

—¿Te gusta el pelo de Pepper?

Steven dio un salto.

—¿Qué?

—Pepper. Su pelo es fabuloso. Me gustaría tenerlo como ella. ¿No crees que es fantástico?

Él tragó saliva, desconcertado. Durante un segundo su mente se llenó de rizos rojos, brillantes como el fuego.

—Supongo que sí.

–¿No te gusta?

–No la conozco. Pero no me disgusta –respondió. Windflower no dijo nada, aunque su silencio demostraba su escepticismo–. De acuerdo, me fastidió. ¿Nunca has estado enojada con alguien?

–Pensé que era agradable.

–Bueno, tal vez sí. No se puede opinar de una persona si sólo la has visto una vez... incluso dos –dijo al tiempo que pensaba en su tímida diosa, tan recordada.

–Entonces, ¿volveremos a verla? –preguntó ella, después de unos minutos.

–Sí –dijo Steven con gran decisión–. Lo haremos. Y lo más pronto posible.

De inmediato llamó a Indigo Television. Martin Tammery todavía estaba enfadado con él por haberle estropeado su historia.

–No puedo darte sus datos personales. Tenemos un compromiso con nuestros colaboradores. Por lo demás, es posible que no quiera hablar contigo. No olvides que la llamaste «gorda haragana».

Steven perdió el control.

–¡No la llamé gorda! –gritó.

En esos momentos viajaban en el metro hacia Paddington. Los pasajeros miraron interesados. Windflower miró a su alrededor, resplandeciente. Al parecer, ser el centro de atención la hacía disfrutar enormemente.

–Bueno, no me des su número de teléfono, pero al menos déjale un mensaje. Quizá quiera comunicarse conmigo.

–Ella sabe quién eres. Si quisiera comunicarse contigo te llamaría al Queen Margaret. Si no lo hace, me arriesgo a que me destroce –dijo Martin con franqueza–. Adiós, Steven.

Tendría que encontrar otra forma de dar con ella.

La Calhoun Carter negó tener conocimiento de que se encontrase en Inglaterra. Insistieron en que estaba en Nueva York y que se sirviera enviarle un correo electrónico a su oficina. Por supuesto que quedó sin respuesta, como todas las llamadas telefónicas.

Por último, Steven lo intentó con Sandy Franks, el periodista que la había visto en el avión. Además, Franks le debía un favor.

—¿La Pequeña Tigresa? No te lo recomiendo, esa mujer muerde. No es tan letal como su abuela, la temida Mary Ellen, pero con el tiempo llegará a ser tan peligrosa como ella.

—No me mordió. Más bien fue al revés. Le debo una disculpa.

—Los Calhoun son rencorosos. Y les gusta ganar. Si le has hecho algo, agradece a tu buena estrella que estés vivo y aléjate rápido.

Steven pensó en el rostro pálido y los ojos asombrados. Por cierto que lo había desafiado, pero él había largado toda esa tontería acerca del exceso de peso y ella lo había mirado como si la hubiera golpeado en el corazón. Y no como un cachorro de tigre, sólo como una mujer herida.

—Sandy, esto es importante para mí —insistió con calma.

El periodista suspiró.

—De acuerdo. Haré averiguaciones. Pero si Pepper no quiere dejarse ver, no la encontraré.

Y así fue.

Steven dejó a un lado la discreción. Preguntó por Pepper Calhoun a todos lo que pudieran conocerla, siempre ayudado por Val, su fiel secretaria.

Ella también había visto el programa y no había hecho el menor comentario por lealtad a su jefe.

—Esto se me va de las manos, ¿no es verdad? —comentó Steven una mañana.

—Me parece que el asunto lo está atormentando demasiado —dijo con cuidado—. Ayer casi perdió tres reuniones. Y espero que recuerde que tiene una con el Comité de Recaudación de Fondos dentro de diez minutos.

—No lo había olvidado.

Steven subió corriendo la escalera de espiral hacia sus habitaciones privadas al tiempo que se quitaba la sudadera. Val, detrás de él, movió la cabeza de un lado a otro. ¿Por qué un hombre maravilloso como él tenía tan mal gusto con las mujeres? Courtney Underwood era un desastre, pero al menos era hermosa. Y parecía que Pepper Calhoun lo iba a echar a las llamas si se le acercaba. ¡Una locura!

Val se dirigió a su despacho, donde Windflower jugaba con el ordenador. Steven había encontrado un colegio para ella y el personal del Queen Margaret le ayudaba todo lo que podía.

—¿Estás terminando tus deberes?

Windflower negó con la cabeza.

—En este momento estoy visitando la página web de mi amiga Pepper.

—¿Ahora las niñas de nueve años tienen una página en Internet? ¿Has dicho Pepper? —preguntó de pronto mientras se acercaba a mirar la pantalla.

Al parecer, ahí se contaba una historia con fotografías de una casa antigua, un huerto y una mujer con el cabello rojo ensortijado que recogía manzanas...

Cuando Val oyó que Steven bajaba la escalera, se asomó a la puerta.

–Rector, hay algo aquí que debería ver.

–No tengo tiempo.

–Creo que he encontrado el modo en que puede comunicarse con la señorita Calhoun –insistió la secretaria.

El Comité de Recaudación tuvo que esperar al rector casi una hora.

En el desván se inauguró con una gran fiesta. Incluso Pepper, que las odiaba, convino en que era una fiesta no demasiado numerosa, pero muy selecta. Todos los invitados se encontraban allí con un propósito. Periodistas, editores de revistas, fotógrafos... Pepper había hecho la lista de invitados con cuidado y sabía lo que tenía que decir a cada uno de ellos.

Izzy, que en esos días había trabajado mucho en el proyecto, sonrió satisfecha.

Jemima se detuvo junto a ellas.

–Todos están muy impresionados. Lo vas a lograr, Pepper.

Pepper asintió mientras miraba a su alrededor.

–Todo marcha bien. Con el próximo que voy a hablar es con... –alcanzó a decir y se detuvo en seco–. ¿Qué está haciendo aquí?

–¿Quién? ¿Dónde? –preguntó Izzy.

–Si te refieres a ese tipo tan atractivo que me dijo que os habías conocido en un avión... –dijo Jemima.

–¿Es el tirano? –preguntó Izzy–. ¿Cómo se atreve presentarse aquí?

–Tiene el aspecto de alguien que se atreve a hacer cualquier cosa. No nos dijiste que era tan sexy, Pepper –dijo Jemima. Y alzó las manos al ver la expresión de su prima–. De acuerdo, yo pienso que es sexy, tú piensas que es un sapo. ¿Qué vas a hacer con él?

Pepper miró a todos los fotógrafos que había invitado y apretó los dientes.

–No puedo echarlo. Hasta el momento ningún invitado ha dicho haber visto ese terrible programa. Dejémoslo así.

–Sí, hay que actuar como si fuera el mejor amigo de Pepper. O de lo contrario alguien puede darse cuenta y mañana seguro que apareces en los titulares de la prensa. ¿No es así, Pepper? –preguntó Jemima.

–Sí, es un riesgo –convino ella.

En un extremo de la habitación vio que Steven Konig había aceptado una copa de champán y conversaba con un columnista especializado en finanzas. Como si hubiera sentido los ojos de Pepper en su cuerpo, levantó la vista.

Y luego alzó la copa a modo de brindis silencioso, como si fueran amigos. Amigos íntimos.

–Yo me encargaré de esto –dijo ella a sus primas.

Pepper se acercó a Steven con una sonrisa falsa. Por un instante él la miró con indecisión, pero se recuperó de inmediato.

–Así que encontró financiación para su proyecto. Sin duda lo merecía. Descubrí su página en Internet. Admito que me impresionó.

–Muy bien. Beba a la salud de En el desván y luego márchese –dijo sin abandonar su brillante sonrisa.

Él alzó la copa con gesto burlón.

–Paz en la Tierra.

Ella alzó la suya al tiempo que notaba que un fotógrafo dirigía la cámara hacia ellos. Podría parecer que estaban coqueteando. «Muy bien», pensó.

Luego se inclinó y apoyó una mano en el brazo de Steven.

–Bastardo –dijo con dulzura.

–De eso quería hablarle –dijo Steven con los ojos brillantes.

–¿Qué? –preguntó, confusa.

–Puede que sea un bastardo. Y soy un estúpido, sin lugar a dudas. Pero nunca intenté que ese maldito programa de televisión se convirtiera en algo personal.

Parecía tan sincero, tan lleno de remordimiento...

Sin embargo, ella no iba a repetir el error que cometió con Ed al pensar que era su amigo.

Pepper retiró la mano del brazo masculino.

–Eso es algo que lo hombres hacen muy bien.

–¿Hacer qué?

–Excusarse y después decir que en los negocios todo está permitido.

–No, y siento mucho que piense eso.

–¿Tengo razón? –preguntó aún sonriente, pero con una mirada gélida.

–Desde luego que no –dijo, indignado–. Es más, pienso que estoy pagando las culpas de otro individuo.

Pepper quedó desconcertada.

–Yo...

–Mire, esa vez hablé sin pensar. Tengo algunos problemas personales y admito que me extralimité. Aunque puede que no lo pareciera, no tenía nada que ver con usted. No fue justo. Lo siento verdaderamente –añadió Steven acercándose más a ella. Pepper vaciló. Tal vez sus palabras eran sinceras–. Mire, cenemos juntos. Permítame hacer las paces como es debido.

Ella sintió la tentación de aceptar, pero al instante pensó que la tentación la convertía en un ser vulnerable. «Es una invitación piadosa. Piensa que soy una patata que daría cualquier cosa por salir con un hombre».

–No, gracias –espetó antes de pensarlo–. De ninguna manera. No va a suceder, olvídelo –dijo secamente.

–Pero... –murmuró Steven, aturdido.

–Se ha disculpado. Gracias y adiós.

Steven entornó los ojos.

–No me marcharé.

–Yo creo que sí. Esta es mi fiesta, profesor Konig.

–De hecho lo es. Y llena de periodistas. ¿Y querría hacerles un regalo como este? Porque no me iré discretamente –amenazó en tono ligero. Sus miradas se encontraron. Pepper sintió que el pulso se le aceleraba. Otra vez le asaltó un recuerdo, como si lo hubiera visto antes–. A menos que usted venga conmigo –añadió con urgencia–. ¿Por qué no lo hace? Venga conmigo. Conozco un lugar dónde podríamos conversar.

Otra vez Pepper sintió la tentación y de nuevo luchó por volver a la realidad.

–Ya hablamos un vez y no fue una buena experiencia. De acuerdo, puede quedarse, si eso es lo que quiere. Beba mi champán y disfrute. Pero manténgase lejos de mí. Le advierto que si se acerca voy a lanzarle algo.

–Gracias –dijo Steven en tono grave, pero sus ojos bailaban.

Pepper giró sobre sus talones y se alejó de él. Estaba disgustada consigo misma porque nunca había perdido la calma de esa manera.

«Soy una mujer con una misión. Nadie va a interferir en mi camino, y menos aún este tipo», pensó mientras volvía al centro de la reunión.

Estaba conversando con el periodista Sandy Franks cuando llegó Martin Tammery.

—Pepper —llamó en tanto se dirigía a ellos.

—Parece que os lleváis bien —comentó Franks alzando una ceja.

—Fui a su programa. Creo que cualquier invitado que no termina demandándolo acaba siendo su amigo —contestó Pepper secamente.

—Ah, se refiere a su programa *Mis experiencias*. Algo he oído. Dicen que tuvo un encuentro muy sonado con Steven Konig sobre el derecho de una mujer a padecer una neurosis.

—Bueno, es una manera de decirlo —replicó Pepper con una sonrisa rígida.

—No necesita mirarme de ese modo. Estoy muy bien relacionado y puedo decirle que dudo que alguien en esta habitación haya oído algún comentario. No ven programas de día. Y por lo que he sabido Indigo Television no volverá a emitirlo ni tampoco venderá copias.

—¿Qué le hace pensar eso? —preguntó Pepper con el ceño fruncido.

—Steven Konig dio un susto mortal a Tammery y a todo el equipo de Indigo Television. El programa no se volverá a emitir.

—¿Qué? ¿Steven Konig impidió la divulgación del programa? ¡No lo creo! No he oído nada sobre eso.

—Se lo digo yo, que estoy muy bien informado.

Pepper movió la cabeza de un lado a otro.

—¿Por qué tendría que haberse molestado?

—¿Quién sabe? Tal vez tiene conciencia. Verá, es un buen tipo, un hombre de principios. Podría ser multimillonario, pero no lo es. Su parte de las ganancias de la empresa Kplant van a un fondo para educar a campesinos del Tercer Mundo. Pepper, déle un respiro.

El rostro de Pepper continuó impasible y Franks se dio por vencido. Cuando Martin Tammery llegó hasta ellos, intercambió un breve saludo y se alejó.

—Olvídelo, compañero. No hay ninguna posibilidad. Las mujeres no escuchan —murmuró al oído de Steven cuando pasó por su lado.

—No lo creo —dijo Steven.

Antes de que acabara la fiesta, Pepper hizo un inesperado movimiento. Steven vio que dejaba su copa y se dirigía resueltamente hacia él. Steven avanzó hacia ella. Se encontraron en el centro de la habitación. No había nadie alrededor.

—Me han dicho que impidió nuevas emisiones del programa —disparó ella—. ¿Por qué?

—Impedí la venta del programa a otras cadenas televisivas, eso es todo.

—¿Lo hizo por mí? No era necesario —dijo furiosa. Steven deseó besarla—. No me importa lo que la gente haya dicho, pero no lloré.

—Desde luego que no.

—No necesito consideraciones especiales. Sé cuidar de mí misma.

Él deseó estrecharla entre sus brazos y besarla hasta que sus ojos se cerraran.

—Ya lo sé.

—Entonces, ¿por qué ha interferido?

—Fui poco caballeroso. Usted no esperaba un ataque. Ni usted ni yo lo necesitábamos.

—¿Así que también lo hizo por salvar su prestigio?

—Sí —replicó él, con fervor.

Pepper sonrió abiertamente.

–Miente, pero gracias de todos modos. Creo que yo también debo disculparme –dijo mientras le tendía la mano.

«Esta mujer que desea que los hombres sean caballerosos. Es una mujer de principios», pensó Steven estrechándole la mano.

–Vamos. ¿Qué tiene que perder? –dijo entre risas–. La invito a compartir el calor de la cocina y ver hasta dónde nos lleva.

ESTÚPIDO, estúpido», se maldecía Steven en el tren que lo llevaba de vuelta a Oxford.

Desde luego que ella no iría a cenar con él. Ninguna mujer sensata cenaba con un incipiente maníaco sexual. Y Pepper Calhoun era sensata.

Con los dientes apretados, Steven se concentró en el paisaje que lentamente se oscurecía hasta que recuperó el control otra vez.

¿En qué demonios había estado pensando? Nunca antes se había comportado de ese modo. Incluso cuando estaba loco de amor por Courtney nunca la había invitado a cenar con ese tono de voz que más parecía una amenaza.

¿Qué le había hecho esa mujer? ¿Y qué iba a hacer él al respecto?

«Estúpida, estúpida». Pepper no podía concentrarse en la alegre conversación.

Jemima había reservado una mesa en un restaurante italiano de moda para cenar después de la recepción.

Pepper habría gritado de frustración. «¿Qué estoy haciendo aquí? Podría estar con él», no dejó de pensar a lo largo de toda la interminable cena.

Habría sido una excelente oportunidad para hablar con él y luego, tras excusarse mutuamente con elegancia, decirle adiós con firmeza. Sí, había que alejarse de Steven Konig.

Entonces, ¿por qué demonios había huido, como una escolar a quien le piden una cita? Él debió de haber pensado que era una completa idiota.

Pepper apartó el plato de espaguetis a la carbonara.

—Entre Jemima y tú le vais a destrozar el corazón al chef —comentó Izzy secamente.

Jemima se había limitado a revolver la ensalada y a lo sumo a comer un trozo de atún y un par de aceitunas. Pepper pensó que no era de extrañar que Izzy estuviera preocupada por su hermana.

—Ese tipo es fantástico, Pepper. Lo pondremos en la lista —anunció Jemima.

La hermanas habían hecho una lista de hombres atractivos y solteros que habían bautizado como «Especies en Peligro de Extinción».

Pepper frunció el ceño. No le gustaba Steven Konig. Le hacía perder el control y mostrarse a la defensiva. Pero no quería que sus seductoras primas le hicieran daño.

—Déjalo en paz, Jay Jay. No quiero ser yo la que lo ponga como objetivo de vuestra misión de búsqueda y seducción. Sois mortíferas.

Las hermanas se echaron a reír y la tildaron de miedica.

—Eso es lo que hacen todas las mujeres. ¿Por qué Steven Konig tendría que tener un trato especial? —indicó Jemima.

—¡Qué dulce! Ella quiere protegerlo —dijo Izzy con amabilidad al tiempo que movía la cabeza de un lado a otro–. ¿Cuándo vas a aprender, Pepper? A los hombres no les gusta que los protejan. Se creen los señores del universo. Si les permites pensar que no deseas que sufran, aunque sea un instante, de inmediato se les quitan las ganas.

–Como si me importara. Por si no lo recuerdas, nunca quise gustarle.

Más tarde, cuando volvieron al apartamento, Pepper volvió a tocar el tema.

–Chicas, hablo en serio. Dejad al hombre en paz. No es vuestro tipo.

Jemima hizo volar los zapatos de tacón y se arrojó en el sofá.

–Pero sí el tuyo.

–¡No! –exclamó Pepper–. Veréis, nosotras somos diferentes. Sé que deseáis que salga con vuestros amigos. En el pasado solía aceptar citas, pero... bueno, todo era muy moderado. ¿Entendéis lo que quiero decir?

Las hermanas fruncieron el ceño.

–¿Quieres decir que eres virgen? –preguntó Izzy.

Pepper se sonrojó. ¿Cuándo se acostumbraría a la franqueza con que sus primas hablaban sobre su vida privada?

–No, no es eso exactamente –dijo Pepper con dignidad.

–De acuerdo. Entonces explícate.

Pepper se imaginó a sí misma diciendo: «Conseguía citas porque todos los chicos del colegio eran hijos de personas que le debían algo a mi abuela». No, no lo iba a decir. Ni siquiera a esas primas que no se sorprendían por nada. Después de todo, se debía algún respeto a sí misma.

–Veréis, chicas. Realmente os agradezco lo que ha-
céis por mí. Pero dejadlo ya, ¿de acuerdo? Como os
decía, en el pasado salía mucho con chicos y sé que
estoy mucho mejor sin ellos. Creédme.

Pepper no podía conciliar el sueño. Por último se
dio por vencida y fue a la cocina. Incluso se preparó
un taza del horrible té de sus primas.

No, no era justo. Debería sentirse en la cima del
mundo. Había conseguido el capital inicial para su
empresa. Ya podía alquilar la tienda de estilo victoriano que había encontrado, confirmar los pedidos con
los proveedores y planificar la inauguración. Por fin
había hallado su camino y podría dedicarse a lo que
mejor sabía hacer.

Pero todo lo que podía hacer en ese momento era
estar sentada en la oscuridad pensando en un hombre
que había visto dos veces en su vida.

Luego empezó a hojear de manera poco metódica
los apuntes sobre su plan comercial.

Sí, estaba bien estructurado, pensó contenta. Se
sentía especialmente orgullosa de su análisis de las
mejores ubicaciones para filiales de En el desván. «La
segunda tienda es incluso más importante. Para aho-
rrar problemas de dirección debería estar situada en
un lugar como mucho a dos horas de trayecto de la
primera», había escrito.

Pepper revisó la lista de posibilidades que había
hecho basándose en datos estadísticos. ¿Por dónde
empezar? ¿St Albans? ¿Esher? ¿Oxford?

La palabra «Oxford» fue como un timbre de alarma en su cabeza.

De pronto recordó al hombre del avión, el de la barba crecida. Sus ojos. Sus manos. El largo instante en que había creído que él podía oír sus pensamientos. También se oyó a sí misma decir: «Vende muy bien el producto. ¿Lo ha contratado el pueblo?»

El hombre se había ofrecido a enseñarle Oxford, ¿verdad?

Y ese hombre era Steven Konig.

Pepper dio un salto y se llevó las manos a las mejillas. Se sentía horrorizada y avergonzada.

Oh, Dios, era más que estúpida. ¿Cómo pudo haberlo olvidado?

En ese momento se abrió la puerta de la cocina. Izzy entró bostezando.

–Hola. ¿Estás bien?

–Sí –respondió con el pensamiento lejos de allí.

Steven Konig era el hombre que había dicho: «Apuesto a que usted es capaz de hacer todo lo que se proponga». Desde el primer momento sintió como si ambos fueran los dos extremos de un arco eléctrico. Había deseado tanto que él le preguntara su nombre... Pero no lo había hecho.

De pronto sus pensamientos se detuvieron. ¿Sabía él quién era ella?

Tenía que saberlo. Cuando se encontraron en Indigo Television su expresión había cambiado. Pepper no esperaba volver a verlo, por eso no lo había reconocido. Iba afeitado y llevaba ropa elegante, no como en el avión. Con traje de ejecutivo Steven Konig parecía otro hombre.

Pero ella siempre era la misma. Sólo tenía un tipo de ropa, no cambiaba como el camaleón. Él tuvo que haberla reconocido apenas la vio.

—No tienes buena cara —dijo Izzy preocupada al tiempo que se sentaba frente a ella en la mesa de la cocina—. ¿Qué te ha sacado de la cama a las cinco de la mañana?

—Sé quién es Steven Konig.

—Claro que sí, cariño, sabemos quién es. Un tipo muy sensual que te hizo pasar un mal rato en un programa televisivo.

—No. Bueno, sí, pero eso no es todo. Lo había visto antes, Izzy. ¿Cómo pude olvidarlo? —preguntó, conmocionada—. Verás, físicamente no es mi tipo, pero el avión se ladeó y yo casi me caí. Él me sostuvo, ¿sabes? Y entonces sentí...

—Que te estremecías, ¿verdad?

—Supongo que sí —dijo, alterada—. Pero eso no va conmigo. Es tan de... adolescente.

—Tienes suerte —comentó Izzy, imperturbable—. Porque a él también se le cayó el mundo encima.

Pepper se sintió dividida entre la esperanza y un curioso rechazo.

—Eso ni tú lo crees —dijo esperanzada, a pesar suyo.

—Mira, he visto a muchos hombres jadear por Jemima desde que tenía doce años. Confía en mí. Anoche parecía un hombre frustrado y desilusionado. ¡A ello!

—Pero no sé cómo.

—¿Estás segura de que no eres virgen?

—Totalmente segura —dijo pensando en su limitada experiencia sexual—. ¿Por qué me sucede ahora? —exclamó al tiempo que golpeaba con los puños en la pared—. No tengo tiempo para esto. Tengo que montar una empresa.

Izzy se puso de pie.

—Simplemente sucedió, Pepper. La atracción hacia él no se te pasará porque pienses que no estaba en tu agenda. Mejor será que lo soluciones de una vez por todas antes de que se apodere de tu vida.

La mañana de Steven no iba a ser fácil. Se había levantado tarde, así que había tenido que acortar su acostumbrada carrera matinal. Ni siquiera había tenido tiempo para cambiarse el equipo de gimnasia antes de preparar el desayuno de Windflower.

Ella se sentó en un taburete frente a la barra de la cocina, con los pies colgando. Con su uniforme escolar parecía el retrato de la inocencia. Pero Steven había aprendido a desconfiar de esa expresión.

—¿De qué se trata ahora? —preguntó con suspicacia.

—¿Has hecho el distintivo con mi nombre para la jornada deportiva? —preguntó mientras atacaba el tazón de cereales.

—¿Qué? —preguntó Steven, distraído.

—Te lo dije. Debo tener un distintivo con mi nombre completo.

—Ah, eso. Se lo pediremos a Val.

—Ella lo intentó, pero no pudo hacerlo —gimoteó la niña.

—Cálmate. Por supuesto que lo tendrás si lo necesitas. ¿Por qué Val no pudo hacerlo? —preguntó al tiempo que olía su taza de café.

El lamento cesó al instante.

—Mi nombre es demasiado largo.

Steven empezó a comprender dónde quería ir a parar.

—Ya veo. ¿Y tienes una solución?

–Creo que debería tener un nombre especial para el colegio. Sería lo mejor. Un nombre corto.

Steven asintió. Sus miradas se encontraron. Ambos sabían las intenciones del otro.

–Ya veo. Para que quepa en el distintivo. Bien pensado. ¿Alguna sugerencia? –preguntó. Windflower negó con la cabeza, toda virtud. Steven se echó a reír–. De acuerdo, lo pensaré, picaruela.

Con una gran sonrisa, la niña se bajó del taburete.

Una de las madres solía llevarla al colegio y Steven siempre la despedía en la conserjería. Claro que normalmente no iba en pantalones cortos ni con una camiseta sudada, pero esa mañana no podía remediarlo.

–Voy a dormir en casa de Sarah.

Steven se conmovió. Estaba claro que antes de llegar a Oxford la niña nunca había tenido amigos de su edad. Sin embargo, para no molestar a los padres de sus amiguitas, Steven había restringido los permisos a uno por semana.

–Que te diviertas, entonces –dijo mientras atravesaban el campus.

Era una gloriosa mañana de verano. El césped estaba luminoso. La luz del sol acariciaba los contrafuertes de piedra de la capilla medieval con tonos miel y dorados. Incluso parecía que hasta las gárgolas se iban a poner a bailar.

Al pensar en todas las reparaciones que necesitaba el edificio el corazón se le hundió. Pero era una mañana demasiado hermosa para desesperarse.

–Tío Steven –dijo Windflower junto a él, muy contenta–. Ha venido. ¡Hola, Pepper! –saludó.

Windflower se desprendió de la mano de Steven y echó a correr hacia ella.

Steven se quedó inmóvil. No podía ser cierto. Pero lo era.

Su tímida diosa salía de la conserjería, con la gloriosa melena alborotada por la brisa matinal. En ese momento no parecía tímida. Más bien incómoda y cautelosa.

Indiscutiblemente se quedó casi sin aliento cuando la niña se abalanzó hacia ella.

—Hola —saludó al tiempo que le tocaba los cabellos con torpeza, pero secretamente complacida—. ¿Cómo estáis? —el saludo iba dirigidos a ambos.

Steven sintió que una cálida sonrisa lo invadía de pies a cabeza. «Con cuidado. Un solo error y ella desaparecerá», se dijo.

—Muy bien. Windflower se marcha al colegio, pero aparte de eso se encuentra bien. ¿Y usted?

—Estoy bien.

Luego se quedó en silencio. Miró a su alrededor, menos a él. Sí, verdaderamente se sentía incómoda.

—Esta es una agradable sorpresa —dijo él con cautela—. ¿Qué la trae a Oxford? —preguntó suavemente.

Ella arriesgó una rápida mirada que apartó antes de que sus ojos se encontraran. ¿Era imaginación suya o las pálida mejillas se tiñeron de un leve rubor?

El conserje se asomó por la puerta.

—La señora Lang espera a la niña, rector.

—Gracias, señor Jackson. Windflower, tienes que marcharte.

—¿Vendrás a la jornada deportiva, Pepper?

La pregunta la dejó claramente desorientada. Steven acudió en su rescate.

—Ya hablaremos sobre eso. No hagas esperar a la señora Lang.

Windflower asintió.

–Estoy en el equipo de salto de altura –dijo en tono seductor.

Entonces alzó la cara hacia Pepper y, al ver que ella no sabía cómo responder, le dio un enérgico beso en la mejilla antes de despedirse de Steven con un abrazo.

–Adiós, picaruela. Que pases una buena noche. Nos vemos mañana.

–¿Salto de altura? –preguntó Pepper, asombrada.

Steven sonrió.

–Hasta un par de semanas atrás la vida de Windflower estaba totalmente desorganizada. Sin un colegio estable. Sin familia. Siente que tiene mucho que recuperar, así que espera contar con un club de admiradores que vaya a aclamarla cada vez que hace algo. No se deje engatusar.

–Puedo entenderlo. Aunque ella mantiene una actitud más positiva que la que yo tenía.

–Sí, su actitud es positiva. Ahora está negociando un cambio de nombre.

De pronto Pepper sonrió. La maravillosa y cálida sonrisa con la que él tanto había soñado.

–¿Por casualidad hablamos de chantaje?

–Claro que sí –dijo Steven, deleitándose en ella–. ¿Qué está haciendo en Oxford? No quiero adularme a mí mismo pensando que ha venido a verme.

–Bueno... –Pepper tragó saliva y su garganta se movió convulsivamente.

Steven deseó besar ese largo cuello marfileño y...

–¿Puede ser que haya cambiado de parecer?

–¿Qué? –preguntó ella, con voz tensa.

–¿Quiere hablar conmigo después de todo? –preguntó él con suavidad. Ella se humedeció los labios.

La temperatura masculina subió unos cuantos grados—. Entremos. ¿Ha desayunado? —preguntó rápidamente.

—No. Yo...

—Entonces, vamos.

—No. No necesito nada.

Él no se arriesgó a tocarla, pero hizo un movimiento con la mano en el aire detrás de ella, como si la urgiera a entrar. Pepper se estremeció voluptuosamente como si verdaderamente la hubiera tocado.

—Entonces, un café. Si usted no lo necesita, yo sí.

Pepper empezaba a descubrir que todo era más difícil de lo que había creído. No sabía qué iba a decirle. Pero nada era como esperaba.

La niña fue una conmoción. Estaba claro que vivía con él, y Steven la trataba con la natural autoridad de un padre.

¡Y su aspecto! Pepper sintió que se le erizaba el vello de todo el cuerpo. Con una camiseta mojada de sudor y pantalones cortos, las piernas desnudas y el pelo alborotado, el hombre exudaba energía animal. Y ella lo deseaba. Era difícil concentrarse.

Él la guió bajo un arco de piedra, a través de una estrecha callejuela entre dos edificios de piedra, luego a una plaza y luego bajo otro arco.

Pepper se paró en seco.

—¡Esa es la Torre de Rapuncel! —exclamó.

—Es la Rectoría, residencia del rector —dijo Steven con indiferencia—. También es mi oficina —explicó al tiempo que abría una antigua puerta de roble y le cedía el paso—. Se trabaja muy bien, pero mi secretaria sabe demasiado de mi vida privada.

Como para corroborar sus palabras, en ese momento se asomó por la escalera una mujer de rostro agradable.

—Buenos días, rector. El decano quiere verlo antes de que se reúna con el Comité de Recaudación de Fondos.

—¿Algo más, Val?

La secretaria miró intencionadamente su vestimenta deportiva.

—Nada que no pueda esperar hasta que usted se vista.

Steven se echó a reír.

—Mensaje recibido. Tomaré un café con mi invitada.

Entonces las presentó. La secretaria la saludó inexpresivamente.

—Deme media hora —dijo antes de dirigirse a la escalera.

—Por supuesto, rector —dijo Val antes de volver a su despacho y cerrar la puerta intencionadamente.

Pepper se negó a sentirse intimidada.

—¿Lo llaman rector?

—Va con el empleo —informó mientras subía ágilmente.

—Pero esa es una palabra feudal.

—A Oxford le gustan los nombres. Los estudiantes me llaman King Kong —dijo con expresión de tristeza—. Dicen que es por mis cejas, pero no estoy convencido.

Y tampoco Pepper, que miraba los músculos poderosos bajo la camiseta mientras él la hacía pasar a sus habitaciones privadas.

—Ahí está la cocina —dijo al tiempo que señalaba una habitación iluminada con una mesa de madera y aparatos electrodomésticos tan antiguos como la escalera–. Sírvase café mientras tanto.

Steven se alejó al tiempo que se quitaba la camiseta. Pepper desvió la mirada, pero no antes de vislumbrar un pecho cubierto de vello y un sólido par de hombros. Al parecer, el hombre se ocupaba de su cuerpo. ¿Sería vanidoso? No lo parecía. Habría sido más fácil tratar con él si lo fuera. Pero hasta ese momento se acercaba mucho a la maldita perfección: maravilloso, inteligente, con éxito y bondadoso con los niños.

Nunca había sentido atracción por hombres musculosos. Pero los músculos de Steven le aceleraban el pulso.

La cafetera estaba medio llena. Se sirvió una taza y luego la bebió de un trago como si fuera una medicina. Había sido un error ir hasta allí, pero una vez hecho tendría que afrontarlo. Podía hacerlo, por supuesto que sí.

Así que cuando Steven estuvo de vuelta se puso a hablar rápidamente. Habló agitadamente y sin parar durante diez minutos. Cuando hubo terminado, él la miró con incredulidad.

–Me parece bien que me reconozca como el hombre del avión. ¿Pero quiere que yo me excuse porque usted no me reconoció antes? ¿Cómo se explica eso?

Pepper no había ido allí a reclamar una disculpa, pero al calor del discurso el tema había salido a colación.

–Porque usted no me dijo que era el tipo del avión. Lo supo desde el primer instante que nos encontramos en Indigo Television. ¿No es así?

–No desde el primer instante. No sé si recuerda que iba envuelta en impermeables como una esquimal.

—Diga la verdad.

—De acuerdo. Lo supe.

—¿Y por qué no me lo dijo?

Steven se sirvió café.

—Sin duda porque le causé menos impresión que usted a mí. Suele suceder.

—Mentiroso.

Él se echó a reír.

—Bueno, después de todo no fue más que un primer encuentro.

¡Así que la atracción sólo había sido por parte de ella! Otra vez se equivocaba.

Bueno, ¿qué más podía esperar? Era la mujer que había pensado que Ed Ivanov salía con ella porque le gustaba. «¿Qué tengo de malo?», pensó. ¡Se suponía que era inteligente! Tal vez Mary Ellen tenía razón. ¡Era un ejemplar anormal!

Pepper buscó su bolso.

—Debo marcharme —dijo con voz ahogada—. Tengo que ir a ver unas propiedades.

Steven tomó el bolso, pero no se lo entregó.

—Si va a estar en Oxford, ¿por qué no nos vemos más tarde? —dijo con soltura.

Los ojos de Pepper se iluminaron a pesar de sí misma.

—¿La jornada deportiva?

—No, eso será a fin de mes. Más bien pensaba en un paseo turístico. Después de todo, ese fue mi señuelo. Si recuerda nuestro encuentro en el avión, también recordará que la invité a venir. Así que, ¿qué le parece si la llevo a visitar un par de colegios universitarios? Podríamos ir al St Mary. O al río.

—Muy amable pero... ¿El río?

Steven la observó con curiosidad.

–En Oxford los estudiantes cortejan a la chicas en el río. Y les leen un libro.

–¿Cortejar? –preguntó, tensa.

–Sí. Si el chico va en serio la invita al río. Es una antigua tradición.

–¿Y funciona?

Steven amplió la sonrisa.

–No puede esperar que yo lo diga.

Ella se humedeció los labios y él la miró fascinado. A Pepper no le importó sonrojarse, aunque interiormente se derretía.

–Bueno...

–Vamos. Voy a consultar mi agenda, fijaremos una hora e iré a buscarla si me da su dirección. Hace un día ideal para ir al río.

Más tarde, la secretaria perfecta leyó la lista de los compromisos del día. Parecía que Steven Konig gobernaba el país.

–¿Tengo alguna cita a la hora de comer?

–Sí, con el decano.

–Dígale que lo siento, pero que no podré verlo. Cosas como esta suceden sólo una vez en la vida –afirmó. Pepper lo miró incrédula. Ningún hombre le había dicho que una experiencia con ella era única–. Entonces, ¿vendrá conmigo? Incluso leeré para usted.

–¿Cuándo volverá, rector? –preguntó Val.

–No tengo ni idea –respondió Steven sin apartar los ojos de Pepper–. Si la llevo al mercado, ¿puede hacerse cargo del picnic? –preguntó. Pepper asintió con la cabeza–. Yo me encargaré del vino. Y de la lectura –añadió sonriente.

CAPÍTULO 6

STEVEN la llevó al centro a gran velocidad indicándole los lugares más interesantes a medida que avanzaban por las calles.

–Terraza del período de la Regencia. Iglesia de los Tudor. Colegio medieval...

Muy pronto Pepper se quedó sin aliento.

–No estoy hecha para las carreras. ¿Podemos parar, por favor? Así podré respirar.

Steven se limitó a tomarla del codo. Atravesaron un arco oscuro y luego salieron al sol. Y al fin se detuvo.

–La Cámara Radcliffe –anunció mientras se inclinaba ante una construcción con columnas dóricas y cúpula.

Pepper jadeó. Era una de las obras arquitectónicas más encantadoras que había visto en su vida.

–Parece un templo clásico puesto sobre un horno de pan –dijo involuntariamente mientras contemplaba la cúpula que brillaba al sol.

–Sí –rió Steven, rodeándola por detrás con un brazo y atrayéndola hacia sí. Pepper casi sintió los latidos del corazón del hombre contra su omóplato aunque llevaba traje, camisa y corbata–. ¿Le gusta? –preguntó y Pepper pensó que podía sentir su boca contra sus cabellos.

Era una locura. «Concéntrate en lo que tienes delante de ti, Pepper. Puedes hacerlo», pensó.

El edificio ciertamente valía la pena. Estaba situado en el césped de una plaza abierta y flanqueado por muros de piedra del color de la miel.

–Me encanta.

Steven la soltó y miró su reloj. Al parecer, la proximidad física no lo había afectado para nada.

«Soy patética», pensó furiosa consigo misma.

–Es hora de moverse. Por aquí...

El mercado cubierto era de estilo victoriano, con decenas de pequeños puestos. Al parecer, se vendía de todo, desde camisetas hasta vinos exquisitos.

–Sus orígenes se remontan al siglo XVIII. Podríamos decir que es el precursor del centro comercial.

–Estoy impresionada.

Ella se refería a los conocimientos de Steven, pero él interpretó mal el comentario.

–Oh, es muy variado. Hay de todo. Muchas cosas sin valor junto a puestos de libros buenos. Y la comida es la mejor de Oxford. Compre lo que quiera para el picnic. Aparte de arenques, como de todo.

–Lo recordaré –dijo ella secamente.

–Espero que se acuerde de muchas cosas más –replicó con una sonrisa–. Nos encontraremos a mediodía en la Cámara Radcliffe.

Steven se inclinó y la besó alegremente en la mejilla, como si lo hubiera hecho toda su vida. Como si fueran una pareja. Luego se alejó silbando, con la cartera bajo el brazo.

Pepper se quedó inmóvil. Apenas podía respirar.

¿Steven sentía lo mismo que ella? ¿O estaba acostumbrado a besar a las mujeres?

Luego corrió a sus reuniones y tomó buena nota de las propiedades en oferta. Pero lo único que quería era volver al mercado, como una niña en su primera fiesta.

Steven tenía razón: los productos eran exquisitos. Compró pan recién salido del horno, una selección de delicatessen, queso artesanal, ensalada, uvas y una bolsa de cerezas. ¡Iba a ser el mejor picnic de su vida!

«Pero, ¿que haré con esta ropa?», pensó.

Llevaba uno de sus sobrios trajes de mujer ejecutiva, muy apropiado para visitar al rector de un colegio universitario de Oxford y para reunirse con propietarios de la localidad. Pero absolutamente inapropiado para un relajado picnic en el río. Especialmente si la seducción formaba parte del programa, pensó con una sonrisa perversa.

En el mercado había de todo. Sólo tendría que comprar algo más apropiado. Y terminó con una falda con fruncidos en tono turquesa, un top con tirantes y unas zapatillas playeras sembradas de margaritas pintadas. Pepper se cambió rápidamente en el lavabo de señoras. Luego metió el traje y la camisa en una bolsa y se miró al espejo. Esa mañana se había dejado la melena suelta y los cabellos brillaban bajo la luz en todos los matices del rojo. Y no sólo el pelo. También los ojos parecían más grandes y excitados. Pepper se llevó los dedos a la boca y miró maravillada los labios voluptuosamente llenos.

Todos sus anteriores encuentros románticos habían sido con prudentes hijos de amigos de su abuela. En ese mundo los jóvenes se sentían ofendidos si la chica tomaba la iniciativa.

Pero estaba en Inglaterra, el país de Izzy y Jemima. Pepper ya había comprobado que allí las cosas se hacían de otro modo. No sabía lo que Steven esperaba de ella, pero había vivido lo suficiente con sus primas como para haber observado y aprendido las costumbres locales.

Intentó pensar qué haría Izzy en su lugar, y llegó a una conclusión obvia. Se detuvo en la última tienda antes de dar por terminadas sus compras. «Otra primera vez», pensó más tarde al tiempo que metía en el bolso una cajita de preservativos y se encaminaba al lugar del encuentro.

Steven resultó ser un experto en el río. El agua alrededor del cobertizo para los botes estaba llena de bateas que se mecían hacia delante y hacia atrás, golpeándose ligeramente entre sí y contra la orilla del río. En su bote, Steven sorteó con destreza las embarcaciones y luego se alejó río abajo.

Pepper, recostada en unos cojines, contemplaba sus vigorosos movimientos con los remos. Recordó sonriente lo que había pensado esa mañana al ver sus bronceados músculos y el pelo alborotado.

—¿Con qué frecuencia va al gimnasio?

Él negó con la cabeza.

—No voy al gimnasio. Casi todas las mañanas voy a correr. Y hago judo una vez a la semana. Lo he hecho toda mi vida, es muy bueno para mantener el equilibrio entre mente y cuerpo.

—Yo creía que se trataba de moler a patadas al adversario.

—No, el judo trabaja las fuerzas predominantes. Se supone que uno debe volver la fuerza del adversario contra sí mismo.

—Muy traicionero.

—Pero un gran adiestramiento para la vida.

Sus ojos sonreían. Pepper paseó la vista desde los pies hasta su rostro y la mirada de él fue como un beso. Más que un beso.

«¡Sí!», pensó exultante.

Más tarde llegaron a un tranquilo recodo y Steven se ayudó con el remo para atracar en la orilla, bajo un sauce.

Poco a poco cesó el suave balanceo de la embarcación. Al calor de la tarde nada se movía, excepto los remeros que deslizaban su embarcación por el agua oscura salpicada de brillos diamantinos. Hasta los pájaros callaban.

Steven se tendió junto a Pepper.

Ella se puso tensa. «Oh, Dios, aquí viene»

Pepper contuvo la respiración hasta el límite. Pero todo lo que Steven hizo fue poner las manos tras la cabeza y mirar a través de las ramas del sauce.

—En su lugar yo volvería a respirar lo más pronto posible —murmuró con la mirada en lo alto—. De lo contrario podría desmayarse. Y entonces nunca sabría lo que yo podría hacer —añadió con intención.

Pepper aspiró aire con tanta fuerza que el bote se meció. Luego se aferró al borde de la embarcación y se sentó al tiempo que lo miraba con ojos llameantes.

—¿Qué? —preguntó Pepper.

Él no la miró.

—Todo lo que tienes que decir es «No» —murmuró, tuteándola por primera vez.

Pepper apretó los dientes.

—¿Qué quieres decir?

—Lo que digo. Aún no has tomado una decisión, Pepper —afirmó al tiempo que desviaba los ojos de las ramas y la miraba largamente—. Podré sobrevivir, pero no quiero verte ahí, tendida sobre los cojines, palpitante de ansiedad. No voy a seducirte contra tu voluntad.

Se produjo un largo silencio.

–¿Es que soy tan transparente? –preguntó ella al fin, con la voz sofocada.

–Oye, ambos vamos aprendiendo poco a poco –contestó Steven con suavidad.

–Lo siento –dijo ella, realmente turbada.

–No te preocupes, lo solucionaremos. ¿Por qué no te relajas y disfrutas de este maravilloso día?

Lentamente volvió a recostarse. Steven no hizo ningún movimiento y finalmente ella siguió su mirada hacia las ramas del sauce.

El sol rociaba de luz las verdes hojas. Ella cerró los ojos, con la respiración más calmada.

–Perfecto –murmuró él con voz soñolienta.

Con los ojos todavía cerrados, Pepper sintió que le tomaba la mano con firme suavidad. Y lenta, lentamente la tensión desapareció. La mente quedó en blanco y empezó a abrir su corazón al sol, al murmullo de la naturaleza, al hombre que no iba a seducirla contra su voluntad. El hombre que también estaba aprendiendo y que le tomaba la mano como si se pertenecieran. El hombre que no haría nada hasta que ella se decidiera...

Y Pepper se decidió.

–Steven –dijo suavemente.

–¿Sí?

–¿Me quieres abrazar?

«No puedo creer que lo hayas dicho», pensó una parte de Pepper, y todo el resto de su ser esperó. Steven se apoyó en un codo y se inclinó hacia ella.

Fue un abrazo largo y sorprendente. Pepper empezó a darse cuenta de lo poco que había descubierto sobre sus propios deseos en las experiencias previas que había tenido.

¿Experiencias? ¡Vaya! Todo lo anterior no podía compararse a lo que sintió cuando un dedo de Steven acarició sus labios entreabiertos, besándola después. La hizo desear más, como nunca había deseado antes. Y Steven lo hizo sin perder su propio control. Ni siquiera cuando ella se escuchó llorar llena de asombrado deleite.

Pepper lo abrazó, con la cara sepultada en su hombro. Lentamente cesó el temblor de su cuerpo y el pulso se aquietó. Sin embargo, el deleite perduraba en cada átomo de su cuerpo.

—Besar a una chica en un bote requiere gran habilidad. ¡Y lo has conseguido! —dijo ella al cabo de un tiempo.

Él alzó la cabeza.

—Gracias, señora.

Ella se separó un poco.

—¿Has puesto en juego toda tu práctica?

Los brazos de Steven ciñeron su cuerpo.

—Podría hacerlo mejor.

Pepper buscó su mirada, todavía estremecida por el beso. Pero él permaneció impasible. Bueno, no exactamente impasible. Mientras la miraba sin apartar los ojos de ella, su expresión era una risueña mezcla de placer y anticipación.

Sin embargo no estaba aturdido, como ella. No había logrado ponerlo en órbita, como él lo había hecho.

Con pesar, Pepper se sentó.

—¿Qué hay del picnic que he traído?

Él no intentó volver a estrecharla en sus brazos.

—También hay champán.

Pepper lo miró con cautela.

—¿Esto es una celebración?

Steven entornó los ojos con una mirada perversa.

—No, hay una razón muy práctica. No tengo saca-corchos.

Ella se dio por vencida y preparó la merienda.

Steven aprobó su elección con entusiasmo y le sirvió champán. De pronto, ella se descubrió hablándole de cosas que ni siquiera había confiado a sus primas. Frente a ella, con las piernas cruzadas, Steven la escuchaba.

—¿Y que pasó con la rencilla familiar?

—¿Qué? —Pepper dejó caer unas gotas de su tercer vaso de champán.

—Cuando nos conocimos en el avión me contaste que ibas a intentar hacer las paces con la familia.

—¿Te acuerdas de eso? —preguntó, sorprendida.

Él hizo un brindis silencioso.

—Recuerdo todo lo que me dijiste.

—¿Incluso cuando fuiste tan vil conmigo en el programa televisivo?

Steven tenía la virtud de sonrojarse.

—Había tenido una mañana difícil. Y luego tú cargaste contra mí como si fueras la mujer más agresiva del mundo. Creo que me comporté de forma tan desagradable porque me sentía como un tonto.

—¿Un tonto?

—Te lo dije. Y recuerdo todo lo que me has dicho. En el avión estuviste maravillosa.

Sus miradas se encontraron. De pronto, Pepper sintió que le faltaba el aliento. Tal vez él también se sentía un poco aturdido después de todo.

Él se inclinó hacia ella, pero una gran ola de confusión la invadió y apartó la mirada. Se separó un poco de Steven, lo suficiente para que él se detuviera como si hubiera recibido un tiro. «Tonta, tonta» , gritó Pepper en su interior.

—Cuéntame sobre la rencilla familiar –pidió Steven con tranquilidad, al cabo de unos segundos.

—Bueno, hicimos las paces. De hecho, vivo con mis primas –declaró sonriente–. Son formidables. Me están educando.

—¿Cómo?

—Yo nunca me había relacionado con chicas de mi edad –comentó con seriedad–. No sabía lo que era sentarse a charlar a medianoche. Me han enseñado muchas cosas, entre otras cómo encontrar un ejemplar de la E.P.E.

Steven parpadeó.

—Me he perdido. ¿Qué significa E.P.E.? –preguntó desconcertado.

—Especie en Peligro de Extinción. En suma, un hombre soltero, formal y solvente.

Los ojos de Steven bailaron.

—Puedes dejar de buscar.

A Pepper se le quitó el deseo de reír.

—¿Qué? –preguntó, vacilante.

Él le tomó la mano con firmeza y buscó su mirada. Sus mejillas estaban levemente enrojecidas, su respiración era agitada y la mirada de sus ojos oscuros bastante temeraria. Pepper se preguntó si era su imaginación al sentir que el pulso de su propia mano y el de él latían al compás.

—Respecto a lo de E.P.E., lo único que se podría cuestionar es mi solvencia. Si vienes a casa te puedo

mostrar mis facturas –murmuró Steven provocativa-
mente.

La propuesta quedó en el aire, mitad broma, mitad
un paso adelante en el camino. Un camino por el que
ella quería viajar. ¿Verdad?

Pepper tragó saliva. Esa era la clase de broma sexual que les encantaba a sus primas. Sabía que tenía
que devolverla, pero no se le ocurría qué decir. Se
quedó helada lamentando su propia incompetencia.

Pareció que Steven la perdonaba, más que eso, que
la comprendía. Entonces le tocó la cara suavemente,
como una promesa.

–Llegó la hora de leer para ti –dijo con sencillez.
Pero le había soltado la mano y ni siquiera la miraba.
Steven abrió el libro sobre las rodillas–. Ahora, escu-
cha.

Leyó para ella. Luego conversaron y más tarde,
tendidos uno junto al otro, contemplaron en silencio el
juego de la luz en el agua. Las sombras se alargaban y
los pájaros empezaron a despertar. Se levantó una suave brisa. Pepper se estremeció, pero no quería abandonar el refugio del sauce.

–Deberíamos marcharnos –dijo Steven.

«No, no», Pepper gritó silenciosamente.

Pero él no se movió. Parecía que tampoco quería
moverse de ese lugar encantado.

–¿Quieres visitar el colegio? –preguntó al cabo de
un rato, sin mirarla.

–Claro que sí –respondió ella, con alivio.

Pepper no tenía idea de la hora, pero se empezaba
a anunciar el atardecer. Tenía un billete de vuelta, aunque ni siquiera había preguntado el horario del último
tren. Sentía en su interior que de algún modo el día te-

nía un ritmo natural. Y sobre todo, deseaba estar junto a Steven todo el tiempo posible. No quería volver a la vida real, porque sentía que la vida real estaba allí, con Steven, bajo las ramas del sauce.

Más tarde, él llevó el bote al cobertizo.

—¿Te apetece comer aquí? —preguntó al tiempo que indicaba las mesas bajo los árboles—. ¿O tomar una cerveza?

—No tengo hambre.

Steven la ayudó a salir de la barca.

—Con cuidado —dijo Pepper al poner un pie en el suelo—, si no quieres que este elefante te tire al agua.

Él la miró con el ceño fruncido. En ese momento se acercó un hombre a recoger los cojines y Steven aprovechó para pagarle.

—¿Hablas en serio cuando te llamas elefante?

—No hablemos de mis defectos. Ha sido un día tan encantador... —replicó ella secamente.

El ceño de Steven se acentuó.

—¿Regresamos andando? ¿Llamo un taxi? ¿O hacemos parte del trayecto en autobús?

Pepper eligió ir andando.

—Después de todo, tú lo dijiste. Hay que quemar el exceso de calorías que se ingieren. Hacer ejercicio es exactamente lo que necesito.

Steven se paró en seco.

—¿Quieres dejar de maltratarte? —dijo furioso—. Iré andando contigo hasta el Polo Norte si lo deseas. Pero deja de insultarte a ti misma, por favor.

—De acuerdo —dijo Pepper algo acobardada al tiempo que se separaba de él—. Tú ganas —añadió con el tono frío que utilizaba siempre que se sentía criticada.

—¡Demonios! No quise decir... —replicó él con una mirada penetrante—. Tienes frío —dijo al tiempo que le ponía su chaqueta sobre los hombros.

Cuando llegaron al colegio había más estudiantes que por la mañana. Estaban en la conserjería o charlando al sol. Tal vez la conciencia culpable le hizo pensar que todo el mundo la miraba. Quizá los estudiantes no estaban acostumbrados a que el rector escoltara a una mujer tan escasamente vestida.

—Tengo la impresión de que te hago quedar mal —comentó, incómoda.

—No tienes ni idea de la publicidad que haces a mi imagen —replicó Steven.

Luego la llevó por todas partes y terminó en el patio principal dominado por el edificio medieval tardío, recubierto de ladrillo.

—Bienvenida al colegio Queen Margaret —dijo formalmente.

Durante unos segundos, Pepper guardó silencio. No recordaba haber visto otro centro de estudios que rivalizara con la belleza de aquel.

—Impresionante. He visto libros de cuentos con ilustraciones góticas como esta.

—Sí, un cuento de hadas. Pero el techo gotea —comentó Steven con tristeza.

Pepper rió.

—¿Qué?

—El edificio gótico es más pintoresco que sólido. Los gastos de mantenimiento son astronómicos.

—Pero contaréis con alguna dotación. O benefactores, ¿no?

–No, y es lo que necesitamos. Realmente por eso me eligieron rector. De ninguna manera encarno a la autoridad tradicional.

–Explícate.

–No, sería muy aburrido terminar el día hablando de esto. Déjame llevarte a la despensa a tomar una cerveza. Es algo que ningún turista se debe perder.

–Pero quiero saber por qué un colegio tan antiguo como este carece de fondos.

–Nunca hemos sido un gran colegio. Pequeño a veces es sinónimo de pobre. A lo largo del siglo XVIII, cuando los alumnos de los otros colegios hacían su fortuna, nosotros producíamos sombríos clérigos. Ningún nabab indio, ningún primer ministro. Hoy por hoy, todos los colegios de Oxford se mantienen a costa de recaudación de fondos. El Queen Margaret es el último de la fila.

Ella enlazó su brazo con el de él.

–Deberíamos hablar sobre esto. Nunca me he dedicado a la recaudación de fondos, pero gané un premio por resolución de problemas.

Él le apretó la mano.

–Entonces con toda seguridad hablaremos de ello.

La despensa resultó ser una bodega abovedada con suelo de madera y mesas rústicas llenas de estudiantes y de olor a comida.

Muchos jóvenes levantaron la vista hacia ellos, saludaron a Steven con familiaridad y luego volvieron a su charla.

Un grupo jugaba a los dardos al fondo de la sala y desafiaron a Steven a una partida.

–Y tu invitada también puede jugar –dijo un joven llamado Geoff.

Tras presentarla al grupo, Steven declinó la invitación y fue a sentarse con Pepper a una mesa.

—Parece que te aprecian, ¿no es así? —comentó ella cuando se hubieron acomodado.

—Eso es porque siempre pierdo a los dardos. También estudié aquí. Y me gusta alternar con los estudiantes mucho más que estar en la sala de profesores.

—¿Qué tienes en contra de ellos?

—Mejor pregúntame qué tienen ellos contra mí. A algunos les disgusta que acepte invitaciones de la televisión, como la de Indigo. Se supone que atraer la atención pública sobre el colegio forma parte de mi trabajo. Pero el decano y su grupo piensan que eso me convierte en un adicto a los medios de comunicación.

—Explícame por qué no eres un verdadero académico.

Steven se encogió de hombros.

—No soy un científico brillante y original. Kplant no está a la vanguardia de la investigación. Lo que hago estupendamente bien es unir partes aisladas de investigaciones y comprobar sus consecuencias.

—Pero es lo mismo que hacen muchas otras personas, ¿no?

—No. Los científicos forman un grupo espantosamente snob y estrecho de miras. Ningún científico se aventura en otro campo de investigación que no sea el propio. Y los hombres de negocios no comprenden la ciencia básica. Por tanto, me he apropiado del campo. Así es como conseguí mi cátedra y por eso realizo tantos trabajos a la vez.

—Pensé que eras empresario.

—Y lo fui durante un tiempo. Ahora soy presidente no ejecutivo de mi propia compañía. Por lo menos hasta que concluyan mis obligaciones aquí. Pero originalmente era químico.

—¿Y es lo que siempre quisiste ser?

—¿Un químico dedicado a hacer comida sintética? No, yo quería ir a la luna, o tal vez salvar al mundo. Lo siento, te estoy aburriendo.

—De ninguna manera —aseguró Pepper.

—No hace falta que seas amable, no me hago ilusiones. Cuando empecé a encontrar la manera de sintetizar nutrientes, socialmente era un verdadero cero a la izquierda —recordó con los ojos brillantes de diversión—. Courtney me hizo notar que en el comedor no paraba de hablar y apenas comía. No estaba contenta conmigo.

Pepper no se atrevió a preguntar quién era Courtney. No tenía derecho a hacerlo.

—¿Por qué te especializaste en alimentos sintéticos? —preguntó en cambio.

—Se me daba muy bien la química, aunque a veces producía explosiones horribles. En la universidad fui una verdadera adquisición social.

—¿Qué?

—Verás, cuando entré al instituto era una especie de refugiado. Mis compañeros vivían en barrios elegantes, con muchos libros y dos padres, y sospechaban de ese tipo duro que venía de los barrios humildes. Era un completo indeseable, amigo de la violencia en el fútbol y de perder el tiempo vagando con los amigos por el centro de la ciudad.

—No puedo imaginarlo.

—Pero me gustaban los estudios. Y al final mis compañeros me aceptaron. De hecho, los padres de mi amigo Tom virtualmente me adoptaron cuando murió mi padre. Gracias a Tom elegí el Queen Margaret, este colegio, que Dios lo bendiga. El padre de Tom había estudiado aquí –dijo al tiempo que miraba a su alrededor–. Tom y yo solíamos beber aquí cuando teníamos la misma edad de estos jóvenes. Y esos idiotas de la sala de profesores piensan que no me preocupo por este colegio. ¿Quién más haría mi trabajo? Puede que no sea académicamente respetable, pero bien sabe Dios que me necesitan.

–¿Y deseas ser académicamente respetable?

–Todos queremos ser respetados –dijo evasivamente.

–Está claro que necesitas a la persona que ganó un premio por resolver problemas. Cuenta conmigo.

Él guardó silencio.

–¿Sientes lástima por mí, Pepper? –preguntó en un tono extraño.

¡Qué error! De pronto Pepper recordó las palabras de Izzy.

–No, no quise decir...

Él le tocó la mejilla.

–Oh, cariño –murmuró con ternura.

–Me incorporo al equipo –dijo ella con voz débil.

–A mi equipo –respondió Steven suavemente al tiempo que llevaba la mano de Pepper a sus labios. Se miraron largamente, en completo silencio. Steven se puso de pie sin soltarle la mano–. No te vayas. Todavía tengo que mostrarte mi jardín de rosas.

CAPÍTULO 7

EN EL enmarañado jardín, las plantas en flor crecían por doquier y llenaban la atmósfera con su voluptuoso perfume. Con todos los sentidos despiertos, Pepper se sentía flotar en el aire.

—Esto es asombroso.

Steven la atrajo hacia sí.

—Este es el resultado de los recortes del presupuesto. Sólo podemos permitirnos un jardinero a tiempo parcial que se dedica a cuidar el césped del patio principal. Así que las rosas crecen salvajes.

—Me parece muy bien —exclamó ella, entusiasmada.

Luego pasearon por los descuidados senderos hasta que oscureció totalmente. No había nubes. Una delgada luna naciente apareció de pronto entre miles de estrellas.

—Es maravilloso que todo esto sea sólo para nosotros —murmuró Pepper al tiempo que apoyaba soñadoramente la cabeza en el hombro de Steven—. La gente es muy discreta.

—Es el jardín de la Rectoría. Los demás pueden venir sólo si los invito. De todos modos tomé la precaución de cerrar la verja con el cerrojo.

—Muy precavido. Impresionante.

—Gracias. Y ahora que has visitado el jardín, ¿quieres conocer la residencia del rector?

Algo en el interior de Pepper se estremeció.

—La vi esta mañana.

—La residencia es más que la escalera y la cocina. ¿Quieres verla? —murmuró.

«Sí. No. No sé. ¡Socorro!».

—Sí —dijo con tanta fuerza que ambos dieron un brinco. El brazo de Steven casi le rompió las costillas. Luego la condujo a una pequeña puerta junto a un muro curvado del que colgaba un bosque de flores perfumadas. Steven sacó del bolsillo una pesada llave de metal y abrió la puerta.

—Estás en tu casa.

Pepper lo siguió por la escalera hasta una desordenada sala de estar y miró a su alrededor. Paredes de piedra, losas, paneles de madera de roble. Libros por doquier. La estancia parecía el gabinete de un mago en un castillo secreto.

—Esto me supera. Me siento fuera de lugar.

Steven le tocó la mejilla.

—Tú no estás fuera de lugar, cariño. Eres lo más maravilloso que estas paredes han visto en largo tiempo. Y será mejor que creas lo que te digo.

Pepper movió la cabeza de un lado a otro, incrédula.

—¿Con esta vulgar camiseta y hojas en el pelo?

Él le quitó algo de la cabeza y luego extendió la mano abierta. Ella miró la palma.

—¿Pétalos de rosa?

—Muy romántico. Van muy bien con los granos de polen de tu nariz.

—No es cierto.

—Mírate —dijo él al tiempo que le indicaba un antiguo espejo con un marco barroco.

La gastada superficie reflejó una cara con toda la suciedad de un día en el campo y una noche entre rosales cubiertos de telarañas. Pepper se mojó un dedo y lo deslizó por la mejilla. El resultado fue una huella de polvo en la piel.

–Estoy hecha un asco –gimió.

–Estás encantadora.

Ella notó que la miraba a través del espejo. Sus ojos se agrandaron. «Él me desea», pensó. Por primera vez en su vida no albergaba la menor duda sobre ello.

Steven le tocó el hombro a modo de prueba.

Repentina y ciegamente su cuerpo recordó la respuesta instantánea hacia él en el avión. Sólo había tenido que tocarla para que se desencadenara la turbulencia interna. En ese momento sucedía lo mismo. Tal vez era porque la tocaba, o por la mirada de sus ojos a través del espejo. Una mirada desnuda.

Sí, él la deseaba. «Y yo a él»

Pepper sintió que había llegado a un punto sin retorno. Estaba asustada y a la vez muy serena.

–Deseo que te quedes –dijo Steven suavemente.

–Lo sé –respondió ella con la tranquilidad que confiere la madurez. Aunque en su interior nunca en la vida se había sentido menos adulta.

«Tengo que vivir esta experiencia o me pasaré el resto de la vida deseando haberlo hecho», pensó.

–Sé que no hemos pasado mucho tiempo juntos. Todo lo que puedo decir es... que me siento como si te hubiera conocido desde siempre –murmuró Steven. Pepper aspiró una gran bocanada de aire. Luego se volvió a él–. ¿Te quedarás?

Pepper tragó saliva.

–Sí.

Él le tomó la mano y empezó a subir la escalera. Aparentemente Pepper se mostraba segura, pero temblaba en su interior.

Quería hacer el amor con Steven. Toda la tarde, bajo el sauce dorado, apenas había sido capaz de mantener las manos lejos de su cuerpo. Pero cuando el encuentro iba a suceder sentía que se le secaba la boca.

«¿Podré recordar lo que hay que hacer? ¿Y qué se supone que debo decir? ¿Por qué no habré hablado sinceramente con Izzy en lugar de limitarme a declarar que no era virgen?»

Steven le apretó la mano con firmeza, como si hubiera podido leer sus pensamientos.

—Todo irá bien —dijo por encima del hombro—. La escalera siempre es un riesgo.

—¿Qué quieres decir?

—Apuesto a que muchos cambian de parecer en la escalera más que en cualquier otra parte. ¿Es lo que te pasa en este momento? —preguntó. Pepper se mordió un labio, sin responder—. ¿Lo he estropeado, verdad? —preguntó él, con ansiedad.

Ella buscó sus ojos. En su expresión había absoluta seriedad. Ya no era el sonriente seductor. Sólo era un hombre tan confundido como ella.

—Debí haberte subido en brazos. Es la única manera de hacerlo, ¿verdad? —dijo él.

—No, habría sido un modo de matar la pasión.

—¿Qué?

—¿No recuerdas lo que hablamos antes? Peso demasiado para que me lleven en brazos —respondió secamente.

La escalera era demasiado reducida para los dos. Sus cuerpos habían quedado estrechamente unidos.

Steven gimió al tiempo que cerraba los ojos involuntariamente.

–Pepper...

Ella le tomó la cabeza y lo besó.

–Pero tiene su compensación –murmuró después.

Pepper nunca recordaría cómo subieron el resto de la escalera. Sólo supo que dejó de preocuparse por lo que tenía que decir o hacer. Steven le hizo el amor como un hombre verdaderamente inspirado.

Estaban tendidos sobre la ropa de cama y en un momento ella se echó a reír con ganas.

–Te ríes de mí. Me siento herido –dijo Steven.

Ella no lo tomó en serio porque en ese momento le besaba el estómago sin dar señales de desaliento.

–Eres maravilloso –dijo mientras le revolvía el pelo.

Él levantó la cabeza y recorrió con la mirada su cuerpo desnudo y complaciente.

–Gracias, señora –murmuró con los ojos brillantes.

Pepper se recostó en las almohadas y le lanzó un beso provocativo. Steven se inclinó hacia ella con una curiosa expresión.

–¿De qué te reías? No de mi técnica amatoria, espero.

–En cierto modo, sí.

Tras agarrarle la muñeca cuando ella le iba a dar un golpecito en la mejilla, le mantuvo la mano sobre la cabeza.

–Señora, si se burla de mí su vida corre peligro. ¿De qué te reías?

–Recordé que me dijiste que sólo eras un aburrido químico –bromeó–. ¿Aburrido? ¡Ni lo sueñes!

–Tú me inspiras –declaró, con fingida solemnidad.

Luego se inclinó y le besó la nariz, las mejillas, los párpados cerrados y la boca.

Su boca...

Pepper se estremeció y entonces lo atrajo hacia su cuerpo. Un gesto que iba más allá de las risas, de las palabras, incluso más allá de esa dorada dulzura que la conmovía hasta el borde de las lágrimas. De pronto no pudo esperar más. Había un nuevo camino delante de ella. Y tenía que emprenderlo.

El camino la llevó a un lugar donde nunca había estado antes. Nunca había sabido que era posible sentirse tan completamente concentrada. Tan poderosa. O tan amada.

«Se dice que tras un terremoto se produce un silencio absoluto». Ese pensamiento se apoderó de Pepper más tarde, cuando yacían satisfechos, quietos y en silencio. Todo parecía nuevo. Y en ese nuevo silencio hizo un descubrimiento.

«Te amo», le confesó mentalmente cuando él todavía reposaba sobre su cuerpo después del apasionado encuentro.

Pero no lo dijo en voz alta. Steven también había perdido el habla.

Pepper no supo cuánto tiempo estuvieron abrazados en silencio.

Más tarde, Steven se levantó. Una vez sola, Pepper salió de su trance. También se levantó y buscó la camiseta entre las ropas esparcidas.

Luego miró la habitación en penumbras. La cama parecía desnuda. Las sábanas arrugadas estaban en completo desorden.

—La cama ha quedado hecha una ruina —comentó Steven, muy complacido.

Se acercó por detrás y ciñó el cuerpo femenino contra el suyo. Ella sintió su calor y la fuerza del brazo en torno a su cintura, También sintió su aliento entre los cabellos y notó que Steven volvía a reír.

No fue difícil descubrir por qué.

Realmente la cama era una ruina. No había almohadas. La colcha estaba amontonada en el suelo y la sábana superior, hecha un lío en una esquina de la cama. Más tarde, Pepper recordó haberla retirado de un puntapié mientras su cuerpo se abrazaba estrechamente al de Steven. ¿O había sido él quien la había retirado con el pie en el momento del éxtasis final?

—¿Tienes frío? —preguntó al tiempo que le ponía la mano en el pecho.

—No.

—Me pareció que temblabas. ¿Estás bien, cariño?

Ella lo abrazó.

—Me siento maravillosamente bien.

—Yo también —dijo en un tono tiernamente divertido.

Pepper apoyó la cabeza en el hombro desnudo. Podía sentir los latidos de su corazón bajo la mejilla. Era un latido regular, como el pulso del universo.

«Estoy en casa», pensó.

De improviso, y sin la menor duda, supo que ese hombre le iba bien. Y sintió un temor reverencial. Nunca había experimentado ese sentimiento en su vida. Nunca había imaginado que pudiera sentirlo.

Fue como si se hubiera desprendido de una carga que ignoraba haber llevado. ¡Era libre! Pepper se estremeció de asombrado deleite.

Los brazos de Steven la rodearon con más fuerza.

—Tienes frío. Cúbrete con esto mientras hago la cama.

Steven le puso una vieja bata sobre los hombros. Pepper se sentó en un arca de roble y observó sus movimientos mientras estiraba las sábanas, mullía las almohadas y ponía la colcha en su lugar.

—Muy hacendoso —bromeó, resplandeciente de amor.

Él le besó un hombro al pasar por su lado.

—Claro que sí.

—Estoy impresionada.

—Me parece muy bien —rió.

Steven se manejaba con rápida eficiencia. Como si lo hubiera hecho muchas veces.

Pepper se abrochó la bata. Desde luego que lo había hecho antes. «Eso no tiene nada que ver contigo». Pero sintió más frío.

Estaba volviendo a la tierra y no quería hacerlo. «Es fantástico», pensó al ver el movimiento de los músculos de la espalda mientras hacía la cama. «Es realmente fantástico sin ropa. No es de extrañar de Jemima haya dicho que era maravilloso. Lo es»

Maravilloso. Y todas esas mujeres que se habían sentado a contemplarlo probablemente también lo eran. Pepper se ciñó la bata al cuerpo.

Cuando Steven la llevó a la cama, su mente se las había ingeniado para separarse de su odiado cuerpo y viajaba velozmente por algún lugar de una lejana galaxia.

Steven no notó la enorme distancia que los separaba en ese momento. Tras acomodarla sobre uno de sus brazos, se dispuso a dormir.

—¿Estás cómoda?

—Muy cómoda, gracias —dijo Pepper con cortesía. Mentía descaradamente.

Tampoco él se dio cuenta.

—Muy bien.

Al oír su respiración regular supo que Steven se había dormido. Más tarde, el brazo que la protegía se separó de su cuerpo.

Pepper esperó un momento y luego con todo cuidado se alejó de él. Estaba horriblemente despierta. ¿Cómo diablos iba a sentirse cómoda? Era una patata que ocupaba mucho espacio en una cama ajena. Seguramente Steven nunca antes había llevado a una patata a la cama. Por muy amable y divertido que fuera no había manera de soslayar ese hecho.

Ella era la mujer cuya rica familia había tenido que organizarle la vida social y las relaciones con los chicos; la fea en el baile de graduación del colegio, la mujer ejecutiva sin corazón. ¡Lo mejor era volver cuanto antes a su lugar! Antes de empezar a hacerse demasiadas ilusiones con la cautivadora cortesía de Steven Konig en la cama. O con su bondad. Si se permitía pensar que era más que bondad podría acabar con el corazón destrozado.

A Pepper le dolían los ojos de tanto mirar la oscuridad, pero no lloró. Él podría despertarse si lo hacía, y no sería capaz de soportarlo. Así que durante toda la noche su mente hizo el viaje del vuelta del paraíso. Por la mañana, el espacio entre ellos era mucho más profundo, pero Steven no lo notó. Daba vueltas por la habitación charlando como si hubieran despertado juntos cientos de veces. Toda su actitud parecía decir: «Lo ocurrido no es importante»

«Ojalá yo también pudiera pensar que no es importante. Ojalá supiera manejar esta situación. Si sólo me pareciera un poco a Izzy y Jemima... Ni siquiera sé qué decir, por el amor de Dios», pensó Pepper con tristeza.

–¿Te importaría traerme el traje, por favor? Está en una bolsa que dejé abajo –dijo ella.

–Aguafiestas. Me voy a perder esa tentadora camiseta –comentó con expresión cómica.

Pepper sonrió con gran esfuerzo. El aspecto de Steven no era el del hombre cortés y civilizado. Más bien parecía un hombre primitivamente sexual. Sus cabellos oscuros estaban alborotados y el mentón sombreado por una crecida barba.

–Me gustaría vestirme antes de que llegue tu ama de llaves –dijo ella, en tono muy educado.

La noche anterior ese hombre la había desnudado hasta el alma, y en ese momento ella le hablaba como si fuera una invitada a una de las fiestas de su abuela. En ese instante Pepper se odió. Pero no sabía qué hacer. Estaba muy confusa e ignoraba cómo remediarlo.

Steven movió la cabeza de un lado a otro, los ojos chispeantes de risa.

–Es hora de bajar a la realidad. No hay ama de llaves. El colegio no puede permitírselo.

–¿Y entonces quién cuida de....? –Pepper no pudo recordar el nombre de la niña. Sólo se acordaba de que no se llamaba Janice.

Los ojos de él dejaron de reír.

–Windflower. Yo la cuido. ¿Es un problema? –Steven la miró con curiosidad.

–No, desde luego que no.

Él le dirigió una mirada penetrante.

–No estará aquí esta mañana, se quedó a dormir en casa de una amiga. No te preocupes, no te vas encontrar con ella frente a un plato de huevos con tocino.

Pepper tragó saliva. Era la peor despedida que le había tocado vivir. ¿Por qué tenía que sentirse como una adolescente? ¿Por qué él tenía que ser tan bondadoso?

—No habrá huevos con tocino —dijo con ligereza. Pero su tono fue tan desagradable que Steven tendría que haber deseado pegarle. «¿Por qué me comporto así?», pensó. Sin embargo fue incapaz de detenerse—. Puedo prepararte café y tostadas, pero si quieres croquetas de patata con cebolla, es cosa tuya.

Al oír sus palabras, él dejó de moverse por la habitación y la observó con los ojos entornados. Ella notó que su simpatía había desaparecido.

—Debí haberlo pensado. ¿Las ricas no cocinan?

—Ya no soy una mujer rica —respondió secamente.

—Nadie lo diría —replicó. Luego se acercó a ella y la tomó por los hombros con manos suaves, pero sus ojos eran penetrantes—. ¿Qué sucede aquí? —preguntó con suavidad—. Me fui a la cama con una mujer voluptuosa y me he despertado con una princesa de hielo.

Una mujer voluptuosa. Lo que quiso decir era atroz. Pepper pensó que se moriría de dolor.

—No te preocupes por el traje. Iré a buscarlo yo misma —dijo atropelladamente y salió de la habitación.

Más tarde se encontraron en la cocina. Ella había preparado café y se había recogido el pelo. La blusa estaba arrugada, así que se había puesto la chaqueta encima.

Desde el umbral de la puerta, Steven observó su cambio de aspecto.

—¿Te marchas ya? —preguntó secamente.

Ella evitó su mirada.

—¿Qué dices?

Él indicó su traje con un gesto despectivo.

—Es una bondad por tu parte demorar tu partida para poner la cafetera.

Pepper mantuvo su tensa sonrisa.

—Es un placer.

—¿De veras? —dijo al tiempo que se acercaba más a ella—. No lo parece. ¿Qué pasa, Pepper?

Si la hubiera tocado, tal vez habría bajado la guardia, liberando todas sus dudas. Tal vez. Pero no la tocó. Se quedó mirándola como si no comprendiera lo que sucedía. «Sus otras mujeres se comportaban de forma diferente», pensó Pepper.

Entonces desvió la mirada.

—No pasa nada. Tengo que volver al trabajo, ayer pasé mucho tiempo fuera —dijo con una risita artificial—. No sé lo que me sucedió. Lo de ayer fue un error.

Él se puso rígido.

—Ya veo.

—Bueno, no quise decir eso exactamente.

—Yo creo que sí.

—Bueno, no de esa manera. Pero no suelo dormir con extraños.

—¿Y tú crees que yo sí?

—Ignoro lo que haces —dijo con cierta angustia.

—¿De eso se trata? —Steven se acercó un poco más.

—Se trata de mí. Soy como soy. Y duermo sola —declaró. Él se quedó de piedra—. Mira, Steven. Siempre he sabido que tengo un destino, y es mi carrera. No suelo mantener relaciones sentimentales. Siempre supe que no podía apartarme de mi propósito. Y yo...

Steven alzó una mano.

—No digas más.

—Pero quiero explicarte...

—¿Qué hay que explicar? —preguntó con una sonrisa glacial—. No puedes apartarte de tu propósito. Está muy claro.

Pepper apretó los dientes.

–No lo estás haciendo fácil.

–Perdóname– dijo furioso al tiempo que lanzaba un pedazo de pan contra la cafetera, que cayó al suelo y se hizo añicos.

–¡Steven!

–Lo siento –dijo sin sentirlo–. Continúa. Estabas diciendo que te ponía muy difícil la decisión de dejarme plantado.

Pepper estaba aterrada. ¿Qué había hecho? Eso era lo que sucedía cuando se jugaba sin saber las reglas del juego, pensó con un temblor interno. La cocina, con el café derramado y los cristales rotos, parecía un campo de batalla. Pero ella nunca antes se había visto en un campo de batalla. O por lo menos nunca había empezado la batalla.

–Eso no es justo –dijo, aunque ni ella lo creía.

Tampoco Steven.

–¿Qué es, entonces? Si esperas que te pida perdón por hacer el amor contigo tendrás que esperar para siempre.

–Por favor... –alcanzó a balbucear antes de quedarse callada.

–¿Me puedes decir sólo una cosa más? –pidió Steven. Ella abrió las manos en un gesto de impotencia–. ¿A todos los amantes se les despide por la mañana?

Sus miradas se encontraron. En la de él había algo parecido al odio.

Pepper sintió un vacío helado en el corazón. Y no le ayudó saber que casi todo lo sucedido había sido culpa suya. En ese mismo instante se dio por vencida.

Y se marchó apresuradamente.

ESA MAÑANA Val le dijo con indignación que parecía un oso resentido. Steven sonrió, aunque la sonrisa no llegó a sus ojos.

—No he ido a correr esta mañana. Y eso me fastidia. ¡Lo siento!

Ella aceptó su excusa. Pero la falta de ejercicio no era la causa del enfado, pensó. La causa eran esas malditas mujeres exigentes. Con toda alegría habría metido a Pepper Calhoun en aceite hirviendo.

Casi todos los mensajes de esa mañana tenían que ver con esa mujer. Martin Tammery había enviado por correo electrónico un artículo sacado de un periódico on-line que se refería a la empresa de Pepper. Había cinco mensajes del presidente de las industrias Calhoun Carter. Tras leerlos por encima del hombro de Val, Steven gruñó y los borró de inmediato.

Y para agravar más las cosas, uno de sus estudiantes invadió la oficina en el momento más inoportuno, y Steven en lugar de despedirlo lo invitó a un café. Luego se sentó al borde del escritorio de Val con la taza en la mano.

—¿Qué te parece un debate con Pepper Calhoun? —propuso Geoff de modo tentador. Val dejó escapar un bufido, pero ambos la ignoraron—. Es una mujer realmente agradable, ¿verdad? Sería fabuloso veros participar en un debate a los dos, mano a mano –dijo. Steven se estremeció de dolor, pero Geoff no se dio cuenta–. Sería una verdadera atracción. Incluso he pensado que puedo invitar a los medios de comunicación. ¿Crees que aceptará?

«Ni soñarlo», pensó Steven.

–Tendrás que preguntárselo –dijo en voz alta.

–De acuerdo. Y si lo hago, ¿cuento contigo?

–Claro que sí –convino Steven con una leve sonrisa–. Hazme saber su respuesta.

Pero él ya sabía lo más importante que ella había dicho: «Duermo sola». Desde luego que sí. Era la Pequeña Tigresa, con un destino marcado. Allí no tenía cabida un hombre con demasiadas responsabilidades y una niña de nueve años a su cargo. Demonios, ni siquiera había recordado el nombre de Windflower. Era una copia de Courtney.

Él había pensado que era muy diferente. En el avión le había parecido tan natural, con su dulce mirada y su confusión... Debió de haber sido un estado de ánimo transitorio. En el fondo no era una diosa tímida; era otra feminista destructora de hombres decidida a hacer las cosas a su modo y segura de que estaba autorizada a ello, sin importarle si causaba dolor a alguien.

Steven detuvo el curso de sus pensamientos como si se hubiera estrellado contra una pared.

«¿Me hizo sufrir cuando se fue esta mañana? Me enfadó, con toda seguridad. Esta claro que fue como un puñetazo a mi ego. ¿Pero me sentí herido?»

Steven lo pensó. Era cierto. Ni siquiera en los peores tiempos con Courtney se había sentido tan herido. Courtney no se había adueñado de su corazón para luego desecharlo. Pero Pepper Calhoun se había marchado como si el amor no valiera la pena, comparado con el gran dios de los negocios. Sí, se sentía muy herido.

¿Y qué iba a hacer al respecto?

El viaje de vuelta a Londres fue horrible. Pepper, encogida en un rincón del vagón, intentaba hacerse invisible.

Una y otra vez repasó mentalmente todo lo que Steven había dicho, todo lo que había hecho. ¿Cómo pudo alguna vez haberlo tildado de poco caballeroso? Su fineza le arrancó lágrimas de los ojos. Nadie habría pensado que era el mismo hombre que había dicho: «Es una ecuación muy simple. Si se ingieren más calorías de las que se consumen con el ejercicio, se almacena grasa»

Era una patata humana. Él podía fingir que no se daba cuenta o que no le importaba, pero era una patata. Todo el mundo lo sabía. Y él era un hombre que no aceptaba excusas.

Sabía que Steven era consciente de lo que había dicho en ese horrible programa televisivo. Por eso había decidido regalarle un día perfecto. ¡Demonios, incluso se lo había dicho! Con toda seguridad pensó que el día perfecto para una cretina como ella debería tener un lugar idílico como la rosaleda para culminar en la cama. Y tenía razón.

Steven se mostró amable. Estuvo genial. La hizo reír. Incluso ella llegó a olvidar por un momento que no estaba hecha para el romance en un hermoso jardín de rosas.

–Hay que afrontar la realidad –dijo en voz alta en el vagón vacío–. Él es un contendiente, pero tú no. De hecho, eres una nulidad en las relaciones con el sexo opuesto. Es hora de despertar, Pepper Calhoun.

No había nadie en el apartamento cuando Pepper llegó. Fue un alivio. Su aspecto era un desastre, y no sólo porque llevara la blusa del día anterior.

Más tarde se dio una larga ducha.

«Tú me inspiras». ¿No era absurdo? Había que ser muy ingenua para creer a un hombre que decía cosas como esa. Ingenua, crédula y... ¿desesperada?

–Necesito ir a trabajar –dijo en voz alta.

Se puso un traje de falda y chaqueta, una impecable blusa blanca y salió a la calle. Se dedicó a hostigar a su asustada diseñadora, y luego fue a una galería de arte y se quedó largo tiempo contemplando los cuadros.

El caluroso día dio paso a un atardecer bochornoso. El cielo era un espectáculo salvaje, con violentas vetas anaranjadas. A Pepper le recordó vivamente aquel brillante amanecer en el avión. Entonces pensaba que el peor de sus problemas era su abuela.

Pepper se sorbió la nariz y se detuvo en un quiosco a comprar unas gafas de sol baratas. ¡No tenía por qué mirar esa maldita puesta de sol si no quería! Luego compró un paquete de pañuelos de papel y se sonó con violencia.

Después se encaminó a casa por la orilla del río que resplandecía, sin hacer caso del ruido del tráfico. Era inconsciente de todo, hasta que los pies le recordaron que los elegantes zapatos no estaban hechos para largos paseos.

Acalorada y respirando con dificultad, Pepper encaró una serie de verdades desagradables. Se había descuidado durante demasiado tiempo. Estaba demasiado gruesa para mantener en forma su salud física y su tranquilidad mental. Y Steven tenía razón. Podría hacer algo si quisiera.

–Quiero y necesito hacerlo –dijo en voz alta.

Necesitaba estar segura de que no habría más noches en vela intentando olvidar que se odiaba a sí misma. Ni mañanas intentando fingir que no importaba. Sobre todo, no habría más hombres maravillosos que pensaran que tenían que ser amables con ella por obligación.

–Lo que necesito es una estrategia de vida. Y unos zapatos cómodos para caminar.

Al atardecer, finalmente cruzó el puente Albert con los zapatos en la mano.

Cuando llegó al apartamento, ambas primas salieron a recibirla desde la cocina. De pronto comprobó la desventaja de vivir acompañada.

–¿Qué? –preguntó en tono agresivo.

La primera persona que le preguntara si había estado llorando se jugaría la vida.

–Causaste sensación en Oxford –comentó Izzy.

–¿Qué?

–El contestador está bloqueado con mensajes –dijo Jemima no muy complacida–. La mayoría son del maravilloso tipo de las cejas. También hay mensajes de su secretaria, de una niña que dice ser su sobrina y de un estudiante que jugaba a los dardos la noche pasada.

–¿Qué?

Izzy le propinó un codazo a Jemima en las costillas.

–No seas mala. Dice que te conoció anoche en el bar del colegio y que estaba jugando a los dardos. Se llama Geoff. Quiere que participes en un debate que va a celebrar un colegio para recaudar fondos. Dejó un número.

–Todos lo dejaron. Y era el mismo número –dijo Jemima.

–No seas injusta, Jay Jay. El del estudiante era diferente. Los hombres siempre se equivocan. ¿En qué has estado metida? –preguntó Izzy con buen humor.

Pepper se sonrojó.

–No sé a qué te refieres.

–Ese es el tema del debate. «Los hombres siempre se equivocan». Y al parecer te han elegido a ti para participar. ¿A quién desarmaste anoche?

–Ojalá –murmuró Pepper, y salió de la habitación antes de que le pidieran más explicaciones.

La segunda ducha del día le dio tiempo para reflexionar. Luego salió del cuarto de baño con el pelo lavado y un detallado programa de estrategia vital.

–He decidido inscribirme en un programa de salud –anunció más tarde–. He estado sentada demasiado tiempo ante un ordenador. Me he habituado, pero puedo cambiar. Después de todo puedo pensar y andar. No hay razón para estar en tan baja forma. Y tampoco para estar tan gruesa. Voy a hacer algo para remediarlo.

Sus primas no se entusiasmaron tanto como esperaba.

–¿De veras? Buenas suerte –dijo Jemima.

Izzy guardó silencio.

–Gracias por vuestro apoyo –dijo Pepper secamente.

Daba lo mismo, porque de todas maneras lo iba a hacer. No devolvió ninguna de las llamadas y tampoco trabajó en su proyecto. Pasó el resto de la tarde navegando en Internet.

Así que cuando Izzy fue a su habitación para decirle que el tipo maravilloso había vuelto a llamar, Pepper apenas alzó la mirada de la pantalla.

—Dile que me he ido a la luna.

Izzy le pasó el teléfono móvil.

—Díselo tú misma.

Y se marchó antes de que Pepper pudiera devolverle el aparato.

—¿Qué pasa? —preguntó con cautela.

—Es necesario que nos veamos —dijo Steven en un tono frío y muy profesional.

—No, no hace falta.

—Sí que es necesario —insistió, divertido—. Dejaste tu camiseta incendiaria aquí. Quiero devolvértela.

—Envíala por correo —pidió ella en tono cortante.

—Y me gustaría conversar contigo. Tu abuela se ha comunicado conmigo.

—¿Qué?

—Así que pensé que podríamos conversar acerca de ese destino profesional que tienes marcado. Después de haber hablado con ella, no puedo creer que tomes en serio las burradas de esa mujer.

Pepper cerró los ojos. Por un segundo se permitió jugar con la fantasía de encontrarse en sus brazos ante el fuego de la chimenea de la Rectoría, charlando, bromeando y... «Déjalo ya. Eso no es para ti», pensó disgustada.

Tras respirar profundamente, le dijo la verdad.

—Hablar no cambiará las cosas, Steven. Hace mucho tiempo que he tomado mis decisiones.

—No puedo aceptar eso. Tú puedes cambiar...

–Sí, pero no lo he hecho –lo interrumpió–. Todavía soy la misma persona. Demasiado seria, demasiado anticuada –Pepper tragó saliva–, demasiado gorda –añadió. Se produjo un absoluto silencio al otro extremo de la línea. Ese era el momento preciso para que él negara esas afirmaciones. Pero no lo hizo. Pepper apretó los labios con fuerza–. Así que no vuelvas a llamarme, por favor. Prefiero continuar con mi vida de siempre.

CUANDO la comunicación se hubo cortado, Steven miró hacia el jardín de la Rectoría. Un par de colegas escoltaban a un grupo a través de las enmarañadas rosas bajo las sombras del atardecer, pero él no se fijó en ellos. Todo lo que podía ver era a Pepper con polen en la nariz y su camiseta con un bordado de lentejuelas en el pecho.

—¡Sí! —dijo en tono triunfal.

Después de todo, había estado en lo cierto. Ella era lo que él había pensado. Tímida, confundida, natural, inteligente y... adorable. Y muy boba en lo que a su cuerpo se refería. Pero él podría ocuparse de eso.

—Nadie mejor que yo —dijo con una sonrisa malvada.

¡Demasiado gorda, vaya! La mujer necesitaba una seria reeducación. Y Steven Konig era un químico especializado en alimentos sucedáneos cuando creó la empresa Kplant. Si alguien sabía dónde buscar la evidencia, ese era Steven. Pepper Calhoun se iba a quedar anonadada.

Tras establecer su nueva estrategia de vida, Pepper empezó al día siguiente. Se puso en contacto con un asesor y se inscribió en un programa que combinaba terapia de grupo con un modo práctico de enfocar la alimentación. También firmó un contrato y compró unos zapatos para caminar.

—De aquí en adelante iré andando al trabajo –anunció a sus primas–. Y lo que vaya mal en mi vida no va a ser porque me sienta repugnante.

Jemima se marchó de la sala de estar. Pepper alzó las cejas.

—No le hagas caso. Ahora es una competidora tuya –dijo Izzy–. Enhorabuena. ¿Cuál es tu objetivo?

—No tengo objetivos –respondió Pepper, que había tomado notas con cuidado durante la conversación con su asesor–. Sólo quiero sentirme mejor.

No dijo que sobreponerse a su experiencia con Steven Konig sería un buen principio.

Afortunadamente no tuvo muchas oportunidades de acordarse de él en los días siguientes. En la primera tienda habían empezado los trabajos de decoración y quería estar presente al menos una vez al día. Además iban a llegar las muestras del primer catálogo y había un constante goteo de indagaciones por parte de los medios de comunicación.

Pensó que Steven la había borrado de su memoria e intentó sentirse agradecida por eso también. Intentó convencerse de que era lo mejor. Bueno, lo sería a largo plazo.

Y entonces, una mañana vio un mensaje de él al abrir el correo electrónico. Helada, Pepper dejó escapar un sonido parecido al chillido de un murciélago. Lo leyó como una autómata.

Era claro. Conciso. Impersonal. Una locura.

El encabezamiento decía: «La mujer americana real».

La mujer americana ideal mide un metro setenta centímetros y pesa cuarenta y nueve kilos y ochenta y tres gramos. La mujer americana REAL mide un metro sesenta y dos centímetros y pesa sesenta y tres kilos y cuarenta y dos gramos. (Fraser, 1997, Las Trampas de la Dieta. *Grupo de Terapia Familiar.)*

Y concluía con un pequeño mensaje personal: «¿Queda claro?» S.

Pepper sintió que se ahogaba.

–¿Qué sucede? –preguntó Izzy, instalada al otro lado del escritorio.

–Creo que Steven Konig me acaba de decir que no me agite tanto por algo sin importancia.

Izzy se levantó y fue a leer por encima del hombro de Pepper.

–Parece que sí. ¡Bien por el tipo maravilloso!

Y los mensajes continuaron.

–No puedo creerlo –dijo Pepper, confundida–. Parece que ha decidido emprender la campaña «Hagamos que Pepper se sienta bien consigo misma». Todas las mañanas abro el correo electrónico y encuentro artículos de revistas científicas sobre el tema.

–Sí que sabe cómo atraer tu atención –dijo Izzy que simpatizaba con Steven Konig cada vez más–. Ninguna declaración. Sabe que no las creerías. Así que te envía estudios bien documentados hasta que ya no puedas discutir más y... ¡hecho!

Pepper tragó saliva.

–¿Declaraciones? –preguntó indecisa.

–Persuasivo. Muy persuasivo –añadió Izzy con suficiencia.

Y se negó a hablar más.

Steven se convirtió en una presencia invisible, inaudible e inolvidable.

—¿Por qué no me llama y acabamos con esto? —dijo Pepper en voz alta, con gran frustración.

Sin embargo, ella misma le había dicho que no lo hiciera, así que seguro que no lo haría. Era un hombre de una caballerosidad pasada de moda.

Esa caballerosidad la llevó a desahogar su irritación pisando con fuerza el césped durante su caminata diaria por el parque.

Una noche decidió confiarse a los miembros del Soup Group, sus compañeros de dieta. Ellos mostraron interés, se entretuvieron con su charla, pero no estuvieron totalmente de acuerdo con ella.

—Dale un respiro. Llámalo porque eso es lo que deseas.

Pepper fue lo suficientemente sincera consigo misma para admitirlo. Y lo hizo. El bombardeo diario de artículos eruditos sobre peso y nutrición le hacía sospechar que Steven también lo deseaba. Y que no lo hacía por simple amabilidad.

Y el día propicio se presentó cuando aceptó las muestras del catálogo. El mismo día que los obreros casi la echaron de la tienda e Izzy le dijo que se había encargado de disponer el almacenamiento de la primera entrega de ropa que empezaba a llegar. Así que Pepper descubrió que no tenía nada que hacer.

«¿Para qué postergarlo más?», se dijo a sí misma.

Llamó al Queen Margaret y habló con esa secretaria que no la miraba con buenos ojos.

No, el rector no estaba disponible. Se encontraba en una reunión del Comité de Recaudación de Fondos y no estaría libre en todo el día. Su agenda estaba copada hasta el fin de semana. Al fin, sin el menor entusiasmo, Val le sugirió que dejara un mensaje.

Desanimada, Pepper dejó su nombre, número de teléfono y cortó la comunicación.

Paseaba inquieta por el despacho cuando llamaron a la puerta principal. Miró por la cámara que daba a la calle y quedó helada de asombro. Era Mary Ellen Calhoun.

Luego apretó el botón del interfono para abrir la puerta y salió a esperarla al rellano. ¿Qué diablos quería su abuela? No había intentado comunicarse con ella desde que la había expulsado del edificio Calhoun.

Las primeras palabras fueron típicas de ella.

—Ese ascensor es demasiado viejo. Seguro que los inversores piensan que estás ahorrando.

—En absoluto. Estamos en Inglaterra, abuela. Tras echar un vistazo a este edificio de estilo eduardiano los inversores deciden que tenemos clase —dijo sosegadamente. No le dio un beso, pero mantuvo la puerta abierta para que entrara—. Bienvenida. Pasa.

Mary Ellen se quitó los guantes y examinó la habitación con mirada crítica.

—¿Dejaste la Calhoun Carter por esto?

—Parece que sí. ¿Te apetece un café?

Mary Ellen se acercó al ventanal y miró las chimeneas victorianas.

—¿No tienes una ayudante personal? —preguntó por encima del hombro.

—Está en la bodega.

Pepper preparó café, tal como le gustaba a su abuela: solo con cuatro cucharadas de azúcar. Incluso

Mary Ellen no podría poner reparos a la taza de porcelana, pensó Pepper con alivio.

—Siéntate.

—No me quedaré mucho tiempo —dijo. Su aspecto no era misericordioso. Pepper se preparó para resistir—. Vi las noticias de la inauguración de tu empresa. Inteligente.

—No utilicé el nombre Calhoun —intervino Pepper rápidamente, antes de que su abuela pudiera acusarla.

—Sí, me di cuenta —dijo con una sonrisa glacial—. Admito que ese Desván tuyo parece ser una buena idea. He venido a proponerte un trato.

Pepper frunció el ceño. Su abuela era extremadamente peligrosa cuando se mostraba razonable.

—¿Qué clase de trato?

—Vuelves a la Calhoun Carter con ese pequeño proyecto tuyo. Desde luego que quedarías como asesora.

Pepper se echó a reír.

—Tú no cambias, ¿verdad, abuela? No, gracias. No quiero una asesoría. Quiero trabajar mi propia idea y ver hasta dónde me lleva. De todos modos, gracias por la oferta. Cuéntame, ¿cómo has estado?

Mary Ellen puso la taza en la mesa.

—¿Vas en serio con él?

Pepper parpadeó.

—¿Qué?

—Me refiero a ese tipo de Oxford.

—¿Qué?

—¡Eres tan niña! —exclamó Mary Ellen con veneno concentrado—. Piensas que puedes insinuarte a alguien y que caerá en tus brazos de inmediato. Eso es de novela. La realidad es muy distinta.

Pepper pestañeó.

—No sé de qué hablas.

—Hace unas cuantas semanas llamó a la empresa preguntando por ti. ¿Por qué tendría que haberlo hecho de no saber que eras mi heredera?

De pronto Pepper sintió lástima por ella.

—Si hablas de Steven Konig, creo que mi relación con él no es asunto tuyo —dijo con suavidad.

Mary Ellen dejó escapar un bufido.

—Es asunto mío si he de pagar la cuenta. ¿Cuánto me va a costar?

Pepper se echó a reír.

—Abuela...

Mary Ellen estaba tan ofendida que olvidó mantener las mandíbulas rígidas y cientos de arrugas aparecieron bajo el impecable maquillaje.

—No te rías. No te atrevas a hacerlo —dijo furiosa—. Siempre te he dado lo que has querido.

—No, abuela —replicó controlando la risa—. Me has dado lo que tú querías. Y créeme si te digo que no quiero que me compres un hombre. Incluso si lo quisiera, Steven Konig no está en venta.

—Todo el mundo está en venta. Sólo hay que saber el precio.

Pepper negó con la cabeza.

—Si eso es lo que piensas realmente, lo siento por ti —afirmó Pepper.

La abuela explotó.

—¿Crees que puedes conseguirlo por ti misma? ¿De veras? ¿Cómo? Tú no eres una verdadera mujer. Eres una escolar que cree que ha aprendido a jugar con los mayores. No tienes encanto. Estás gorda. No sabes cómo tratar a un hombre. Y por lo que he oído, ese

Konig es un hombre de éxito. Y además, atractivo. No tienes ninguna posibilidad.

Pepper pensó en todos los correos electrónicos educativos y reprimió una sonrisa.

—Puede que te equivoques, abuela —dijo, convencida.

Mary Ellen tenía mucho más que decir, pero Pepper ya no le escuchaba. Al fin había logrado creer que Steven la quería por sí misma. Estaba segura. Y era cosa suya dar el próximo paso. Las llamadas telefónicas no servirían para nada. Tenía que ponerse en movimiento.

—Siento meterte prisa, abuela. Pero tengo mucho que hacer —dijo al tiempo que le entregaba los guantes y la empujaba a la puerta, no sin antes preguntarle en qué hotel se hospedaba—. Adiós —dijo cerrando la puerta del ascensor.

Más tarde alquiló una limusina para ir a Oxford. Durante los tres últimos meses había aprendido a economizar, pero no era el momento de volverse tacaña. Se trataba de su vida.

—Es fabuloso —comentó Geoff en la conserjería.

Pepper reprimió su sensación de alarma. Después de todo había sido su idea.

—Espero que sí —dijo con calma.

—Por supuesto.

—¿No se lo has dicho a nadie? —preguntó Pepper.

Él sonrió.

—A nadie. Ni siquiera al tipo. Le dije que llevara la cámara al comedor. Cree que habrá una partida de algo antes de cenar. Esto va a conseguir unas buenas columnas en la prensa.

–Bueno, sí –Pepper sabía que era verdad. En parte por eso había decidido hacerlo, después de todo. Pero aún no quería pensar demasiado.

–¿Necesitas cambiarte de ropa?

Ella alzó la barbilla. Parte de la preparación había consistido en comprar un vestido maravilloso.

Mentalmente dio las gracias al Soup Group. No había perdido muchos kilos, pero había recuperado la confianza en sí misma para llevar un vestido como ese.

Pepper tragó saliva.

–Sí.

–Puedes utilizar mi habitación. Dispones de media hora antes del comienzo de la cena de gala. He hecho un trato con un compañero que te ha inscrito como su novia en la lista de invitados, pero no apareces con tu nombre. Así que hay un puesto para ti –informó con una sonrisa de oreja a oreja–. King Kong se va a quedar sin aliento cuando te vea.

Pepper se permitió esbozar una sonrisa.

–Así lo espero. Para eso hago ejercicio, después de todo.

CAPÍTULO 10

PARA UNA mujer que normalmente se vestía con severos trajes de ejecutiva y blusas, un vestido de seda hasta los tobillos era una aventura. Además, el vestido tenía todas las tonalidades del rojo: desde el púrpura al cereza.

—Esto no es para una pelirroja como yo —comentó Pepper acobardada cuando Izzy lo sacó de la primera entrega de la joven diseñadora.

—Es un vestido para una auténtica mujer —repuso Izzy con firmeza.

Tras probárselo, Pepper comprendió lo que su prima había querido decir. No era un vestido demasiado ceñido, pero la seda caía por su cuerpo como ondas líquidas en los tonos de una puesta de sol.

«O de un amanecer», pensó Pepper al tiempo que recordaba unos poderosos brazos que la sostuvieron en un avión en la brillante luz de un amanecer.

—Me lo llevo. Dile a Eva que habrá que reponerlo cuanto antes.

Tras pasar la tarjeta de crédito por la máquina sin estrenar, ambas primas brindaron por la primera venta de En el desván.

Y ese atardecer de verano allí estaba ella, cruzando un patio que no había cambiado en siglos, con los hombros descubiertos, con guantes hasta los codos, el pelo suavemente recogido en un moño y todos los ojos puestos en su vestido llameante.

Pepper alzó la barbilla.

—Puedo hacerlo.

—Seguro que sí —dijo Geoff, desbordado de entusiasmo en su elegante esmoquin, igual que el resto de los estudiantes.

Así que Pepper fue a su primera cena en el Queen Margaret escoltada por un grupo formalmente vestido.

Todo se había planeado cuidadosamente. En el refectorio la acomodaron en uno de los pulidos bancos de madera en un extremo de una larga mesa. Luego le informaron que Steven se sentaría en la mesa principal con los dignatarios del colegio y sus invitados. No solía acudir a esas reuniones, pero aquella noche tenía que estar presente. Los miembros externos del Comité de Recaudación de Fondos siempre esperaban una gran cena de gala, y Steven era el anfitrión.

Nerviosa, Pepper se humedeció los labios mientras los camareros del colegio encendían candelabros colocados en el centro de las mesas. Todo ese escenario le parecía un cuento de hadas: los hombres elegantemente vestidos, el brillo de las velas sobre las maderas, los objetos de plata y de cristal, la luz del sol poniente que se filtraba a través de las vidrieras... Pero sus compañeros charlaban alegremente sobre juegos de ordenador como si para ellos fuera una cena corriente.

—Sólo faltan los juglares. Esto es arcaico —murmuró en broma para ocultar los nervios que la consumían.

—Es la tradición —repuso Geoff.

Entonces sonó un gong y todo el mundo se puso de pie para recibir al grupo que ocuparía la mesa principal. Todos llevaban togas. «Esto parece una asamblea de magos», pensó Pepper.

Steven parecía lejano e inaccesible con su toga negra, como si el peso del mundo recayera sobre sus hombros.

Tras la bendición de la mesa en latín, los asistentes tomaron asiento y el murmullo de las conversaciones invadió la estancia.

–Parece que los miembros del Comité han hecho pasar un mal rato a King Kong –alguien comentó a Geoff.

–Entonces es su día de suerte. Nosotros iremos en su ayuda. ¿Verdad, Pepper?

–Allá irá la caballería –convino ella.

La cena tenía un aspecto delicioso, pero Pepper no probó bocado. Al final, cuando sirvieron el oporto tenía la garganta seca.

Cuando la cena terminaba Geoff se inclinó hacia ella.

–Cuando quieras.

Con el estómago encogido, Pepper se puso de pie. Al principio la miraron con curiosidad, pero nada más. Todas las mujeres iban elegantemente vestidas. Pero al verla dirigirse directamente al estrado, los comensales se dieron cuenta de que nunca la habían visto antes, que no era estudiante y que Steven Konig la miraba como hipnotizado.

Mientras avanzaba hacia el centro del refectorio, rogaba que los altos tacones no resbalaran en el piso brillante.

Al llegar al estrado, en lugar de hacer la debida reverencia, subió los cuatro peldaños y se detuvo frente al rector. Sólo los separaba la mesa.

Lentamente, él se puso de pie mirándola fijamente, en silencio. Los murmullos se apagaron por completo.

Pepper se quitó el guante derecho y lo puso cuidadosamente en la mesa.

—Rector, lo desafío a un debate formal en este lugar. Los hombres siempre se equivocan —declaró con toda formalidad. Los ojos de Steven se hundieron en los de ella, como si ambos estuvieran solos. Pepper sintió que se ruborizaba y eso la puso furiosa. Se suponía que no tenía que mirarla así. Se suponía que tenía que aceptar el desafío. Pero él no lo hizo. Sólo se limitó a mirarla como si nunca más fuera a recobrar la palabra—. ¿Qué me responde?

—¿Qué?

Pepper cuadró los hombros y dijo en voz muy alta:

—Lo desafío a un debate público. El dinero de la entrada se destinará a reparar el colegio.

Los miembros del Comité al fin empezaron a comprender de qué se trataba todo aquello. Luego se miraron entre sí. En la mesa central se produjo un murmullo de aprobación.

Un anciano de facciones agradables se dirigió a Steven con una sonrisa.

—Le recomiendo encarecidamente que acepte, rector. Por el honor del colegio y todo lo demás.

Finalmente Steven salió de su trance.

—Gracias por su consejo, decano. Excelente como siempre. Acepto con todo gusto, señorita Calhoun —declaró con una reverencia a Pepper.

Entonces se produjo un estruendo de aplausos.

Pepper, que había bajado la cabeza en un gesto de timidez, no se dio cuenta de que Steven salía de su puesto y se acercaba a ella.

–Permítame –dijo tomándole la mano.

Ella levantó la cabeza con brusquedad y en ese momento resbaló.

Steven la sostuvo. «Como siempre», pensó ella al tiempo que se aferraba a su brazo.

Steven la condujo hacia la salida en medio del refectorio iluminado por la velas y de los murmullos de los comensales.

Una vez fuera, la llevó directamente a sus habitaciones y cerró la puerta al mundo.

Entonces la estrechó entre sus brazos.

–Lo sabía –murmuró más tarde, estremecido.

–¿Qué? –preguntó Pepper, todavía aturdida.

–Sabía que me había enamorado de ti.

Pepper parpadeó.

–No pareces muy feliz –dijo ella medio en broma y medio herida.

–No lo estoy. Será mejor que sepas toda la verdad –declaró con brusquedad al tiempo que se separaba de ella–. La última vez que me enamoré quedé muy herido. Y me temo que tú has sufrido las consecuencias.

Pepper se quitó los zapatos y se acomodó en el sofá.

–¿Courtney?

–¿Alguien te lo ha dicho? –preguntó con asombro.

–No, tú la mencionaste una vez. Y presté atención porque parecía importante.

Steven le tomó la mano con fuerza.

–Sí. Un clásico. Tenía un buen amigo, mi mejor amigo, como un hermano para mí. Después de años de relación conmigo, Courtney decidió que lo quería a él. Sin embargo, creyó que yo estaba tan loco por ella que me prestaría a engañar a mi amigo cada vez que deseara divertirse conmigo a escondidas.

Pepper habría lanzado a esa mujer por la ventana si hubiera estado en la habitación.

—No te conocía muy bien —comentó en cambio.

—Tienes razón. No me conocía.

—¿Y qué pasó con ella? ¿Todavía merodea por aquí?

—En cierto modo, sí. Es la madre de Windflower.

—Ya veo. Así que Windflower es la hija de tu amigo.

Steven asintió.

—Sus padres fueron como una segunda familia para mí cuando los míos fallecieron. Y Tom quiso que fuera el padrino de su hija. No podía negarme.

—Desde luego que no —dijo Pepper con el ceño fruncido.

—Creo que la niña estará largo tiempo conmigo. Su madre se ha ido a algún lugar a encontrarse a sí misma —explicó en un tono de advertencia.

—Eso es penoso.

—Entonces... ¿no te importa?

—¿Importarme?

—Creí que te desagradaba la idea de ver a una niña a mi alrededor. Especialmente si es la hija de una antigua novia.

—¿Por qué piensas eso?

—Porque ni siquiera recordabas su nombre. Lo tomé como una clara indicación de que no deseabas ver a la niña por aquí.

—Oh, eso es una tontería. No me acordaba de su nombre porque para mí era Janice. Me dijo que se llamaba así, en el estudio de Indigo. Lo dijo mientras me aconsejaba cómo maquillarme. En ese momento pensé que mentía, pero nunca creí que tuviera un nombre tan feo. Windflower, pobre niña.

Steven se echó a reír. Luego, se sentó junto a ella y la abrazó.

–¿Así que no estás celosa de Courtney? No te voy a engañar. Ella me hacía estremecer cada vez que la miraba.

Pepper le tomó la cara entre las manos y lo miró con serenidad.

–Y te pidió que engañaras a tu amigo. Me parece que te perdió hace mucho tiempo.

–Así es. Pero nunca experimenté con ella lo que siento por ti.

–Eso me halaga, pero... –Pepper desvió la mirada.

–Pero no confías en mí –dijo Steven con calma.

Pepper negó con la cabeza.

–No tengo mucha experiencia en confiar en la gente. Tú sufriste con Courtney; yo también he tenido mis propios desastres. Descubrí, bastante tarde, que mi abuela me organizaba las citas con los chicos.

–No comprendo.

Entonces ella le explicó el episodio de Ed Ivanov con objetividad.

–Pensé que le gustaba. Pero también pensé que mi abuela me quería –murmuró. Luego cerró los ojos un instante–. Me gustaría ser como mis primas. Ellas saben cómo relacionarse –dijo luchando con la lágrimas–. Yo no.

Se produjo un silencio.

–Explícame lo que acabas de decir –pidió Steven, al cabo de un tiempo.

–El día que estuvimos juntos. Yo... Bueno, nunca había vivido nada parecido hasta entonces.

–Entonces ya somos dos.

Pepper buscó su mirada.

–¿De veras?

–¿Te atreves a pensar que me tomo los días libres para llevar a mujeres enfadadas al río?

–No sé lo que hacías antes de conocerme.

–Disfrutaba de mi cordura. Deja de atormentarme, mujer loca. ¿Te vas a casar conmigo o no? –preguntó. Ella no pudo creer que hubiera dicho eso. Sus ojos se agrandaron y lo miró en completo silencio–. ¿O tendré que pedírtelo en medio de ese maldito debate tuyo?

–¿Lo harías?

–Si es necesario, claro que sí. Me he declarado a ese monstruo de abuela tuya.

Pepper se quedó helada.

–¿Has hablado con mi abuela?

Steven se mantuvo en calma.

–Envié un correo electrónico a su empresa cuando te buscaba. Habías desaparecido y no tenía ninguna pista para encontrarte. Sólo Dios sabe qué la ha traído a Londres. Pero he de decirte que vino a verme para ofrecerme una bonita suma de dinero si te convencía de que volvieras a Estados Unidos.

Pepper pensó en lo que Mary Ellen había dicho esa misma tarde.

–¿Te dio a entender que te pagaría por casarte conmigo? –preguntó lentamente.

–Muy perspicaz. Pero ya le había dicho que te lo iba a pedir.

–¿Se lo habías dicho?

–Claro que sí, antes de echarla.

De pronto Steven se levantó del sofá y le ayudó a ponerse de pie. Luego la miro al fondo de los ojos.

–Penelope Anne Calhoun, eres una mujer extraordinaria. Eres natural, brillante, divertida y te apoderaste de mi corazón desde la primera vez que caíste en mis brazos. Por el amor de Dios, cásate conmigo y devuélveme la cordura –pidió. Pepper todavía titubeaba–. Pepper, por favor. Te amo. ¿Qué más puedo decir? ¿O tú no me quieres, después de todo?

–Mary Ellen decía que yo era una patata –confesó de pronto con sinceridad.

Steven suspiró.

–Ojalá no lo creyeras. ¿No he leído por ahí que los príncipes árabes siempre se sienten atraídos hacia mujeres rollizas como ostentación de su riqueza?

Ella lo miró sorprendida y de pronto los años de dolor desaparecieron como la niebla en la mañana.

Pepper se echó a reír de puro regocijo.

–Ahora lo veo claro. ¡La noche es joven y tú eres magnífico!

–Las mujeres de Rubens son tremendamente sensuales –comentó Steven mientras se quitaba la toga–. Y tienes razón. La noche es joven –añadió mientras continuaba con la chaqueta.

–Oh –murmuró Pepper.

De pronto fue consciente de sus hombros desnudos y de la calidez de la mirada de Steven.

–Ya que no te decides voy a hacer algo que he deseado toda mi vida.

–¡Steven!

Pero él ya la había cargado sobre el hombro como si fuera el botín de un pirata.

–El Capitán Blood, mi héroe de la niñez –dijo él en tono perverso.

Y subió la escalera con ella hasta llegar a la cama.

EL DEBATE fue un gran éxito. El comedor del colegio se llenó de asistentes. Las intervenciones fueron ingeniosas, oportunas y ampliamente difundidas. Un antiguo alumno se comprometió a pagar las reparaciones del tejado, y la recaudación de fondos aumentó hasta alcanzar unas cantidades nunca vistas. Incluso el decano declaró que Steven Konig había probado su eficacia como rector del colegio. Gracias a él el Queen Margaret volvería a gozar de su merecida fama.

Desde luego, a nadie molestó la noticia de que el rector se iba a casar con una joven y emprendedora empresaria. Aunque el decano habría preferido que no le tomara la mano en público. A Pepper no le importaba que Steven lo hiciera cada vez que estaban cerca. Él no sentía vergüenza, y lentamente ella empezó a imitarlo.

El día que finalmente decidieron anunciar su boda públicamente se encontraban sentados en un verde prado. Ella estaba apoyada en su hombro bajo el sol y se deleitaba con el aroma del césped recién cortado.

Iban a compartir un picnic con Windflower, que había aceptado apuntarlos en su apretada agenda social. Querían informarle de sus planes antes que a nadie.

Más tarde, Windflower los miró con seriedad y luego dirigió su atención a Pepper.

—¿Sabes mucho de niños? —preguntó con reserva.

–No sé nada –confesó, y luego se echó a reír–. Ahora que lo pienso, ni yo misma pude ser niña. Tengo mucho que aprender –dijo. Luego miró ansiosamente a Steven, que movió la cabeza con prudencia. Pepper se volvió a Windflower–. ¿Piensas que será un problema?

–No importa. El tío Steven y yo te enseñaremos.

–Gracias –dijo Pepper con auténtica gratitud.

Windflower fue magnánima.

–No hay problema.

Luego fue a jugar al críquet con unos niños a la orilla del río. Ellos la miraron alejarse, con resignación.

–¿Crees que realmente aprueba nuestra boda? –preguntó Pepper con ansiedad.

–Creo que todavía piensa cambiarse el nombre. Estoy esperando para sugerírselo como parte de la celebración de la boda.

Pepper se echó a reír.

–¿Por qué no? Todo lo demás está cambiando.

Él la atrajo hacia sí.

–Es verdad. Hace unos meses yo era un hombre sin familia y sin vida privada. Y ahora...

–Y ahora eres un hombre que tiene que cargar con responsabilidades domésticas –bromeó ella.

Steven le tomó la mano y se la llevó a los labios con una mirada llena de ternura.

–No, cariño. Soy un hombre enamorado.

Un reto, una boda

Novia por accidente
Sophie Weston

HARLEQUIN

PRÓLOGO

NOS OLVIDAMOS del factor sorpresa, chicos –dijo el ejecutivo senior de Relaciones Públicas Culp and Christopher–. Ser explorador no tiene nada de especial, hay montones de exploradores.

Dominic Templeton–Burke garabateaba impaciente en un papel. Al oír eso alzó la cabeza y lo miró incrédulo. Su escultural rostro quedó helado un segundo para después tragar, reprimiendo la risa quizá. De no haber sido C&C la agencia de relaciones públicas más famosa de Londres, y de no hacer ese trabajo gratis para él...

–Me temo que eso va con el trabajo –comentó Dominic con voz estrangulada.

Pero el ejecutivo senior no estaba acostumbrado a que se rieran de él, y por eso tampoco captó la burla. Sonrió tolerante y añadió:

–Así es, pero lo que tenemos que preguntarnos es: ¿qué es lo que hace a Dominic Templeton-Burke único?

Hubo una pausa.

–¿Que es sexy? –sugirió Molly di Peretti dubitativa.

En esa ocasión Dominic ni siquiera trató de disimular la sonrisa.

–¡Vaya, gracias!

Pero ninguno de los profesionales de las relaciones públicas pareció oírlo. Aquel aventurero resultaba un desafío. Sí, era guapo, pero no se lo tomaba en serio. No lo había hecho ni siquiera en el primer momento, cuando el director general Jay Christopher se lo presentó a todo el mundo diciendo:

—Este es Dom. Va a ir a dar una vuelta por la Antártida, y acaba de perder el diez por ciento de su subvención. Tenemos que ayudarlo.

Lo malo era que ayudar a Dom Templeton-Burke se estaba convirtiendo en una verdadera batalla, aunque ninguno de los ejecutivos parecía darse cuenta.

—Todos los exploradores son sexys —argumentó el ejecutivo senior que había hablado al principio.

Los empleados intercambiaron miradas cómplices.

—Lo son —insistió él—. Es normal, con todo ese equipo especializado y sin afeitar. Son pura testosterona. Necesitamos otra idea.

Era innegable. Hubo una nueva pausa, durante la cual todos parecieron recapacitar.

—¿Algo que ponga de relieve su lado sensible? —sugirió Josh, el novato.

—No tan sensible —afirmó Dominic serio.

Su hermana Abby, ejecutiva también, bajó la vista. Sólo las amenazas familiares habían logrado convencer a Dominic de que asistiera a esa reunión, y Abby no le quitaba ojo de encima.

—Trata de ser un poco constructivo, Dom, sólo intentamos ayudarte.

Dominic era su hermano preferido, pero para Abby esa experiencia estaba resultando una pesadilla.

—Lo siento.

La voz de Dominic, sin embargo, demostraba que le daba igual. Y sus ojos verde grisáceo brillaban.

—¿Qué tenéis en mente? —añadió reclinándose en la silla.

—Algo especial, llamativo, inesperado. Algo que la gente recuerde. Se trata de buscar el rostro humano —contestó el ejecutivo senior.

—Te refieres a alguna cosa que indique que hay algo en él aparte de los músculos y la destreza para leer la brújula, ¿no? —intervino Abby.

—Se refiere al misterioso hombre que hay bajo el duro explorador —la corrigió su hermano—. Hablamos de fiestas, martinis y, probablemente, de una glamurosa amante oculta —añadió Dominic maliciosamente.

Hubo un silencio repentino, total, y todos intercambiaron miradas atónitas. Habían oído hablar de Dominic. Entre expedición y expedición asistía a fiestas y ponía en ello gran entusiasmo. De hecho, en el expediente del que todos tenían una copia, Molly concluía:

Se dice que es un hombre brillante, impredecible, un tipo difícil. Mujeriego y divertido, un buen día desaparece para ir a entrenarse sin avisar a nadie. Sexualmente una bomba, socialmente un torbellino, y románticamente, una mala apuesta.

—Eh… —comenzó a decir Molly, desviando la vista del expediente.

Hasta Abby, que no había leído el expediente, parecía incómoda. Claro que Dominic era su hermano.

—¿Quién, tú? —preguntó Abby irónica—. ¿Algo así como si de pronto recordaras que tienes una novia

sexy esperándote justo cuando alguien trata de enseñarte un nuevo equipo de escalada?

–Estás sugiriendo otra vez que no soy sexy –contestó Dominic amargamente.

Todas las mujeres sentadas alrededor de aquella
mesa lo calibraron de un modo profesional. Se notaba que había un cuerpo musculoso y atlético bajo la
ropa descuidada. Sólo la mirada maliciosa de Dominic sugería que con él nadie sabía a qué atenerse.
Quizá fuera un desafío, pero…

–No, estoy sugiriendo que deberías llevar tatuado
en la frente las palabras «Nada de compromisos»
–soltó Abby–. ¿O pretendes decir que no es cierto?

–Creía que estaba aquí para que me ayudarais
con las relaciones públicas, no para criticarme –contestó Dominic.

–Un perfil mujeriego podría ser una buena publicidad, sin duda, pero… –comentó Molly di Peretti mirando a Abby y esperando a que ella le diera una pista.

Molly repasó la lista de conquistas recientes de
Dominic. Todas eran guapas, de buen carácter, chicas
fáciles. Fugaces. Y nada sugería que él fuera a cambiar. Aun así, el explorador necesitaba esa subvención. Y cabía la posibilidad de que la idea no fuera
mala del todo. Molly se aclaró la garganta y añadió:

–¿Has pensado en alguien?

–¿Yo? –preguntó Dom abriendo los ojos enormemente–. Creía que era para eso os pagaban.

Dominic fingía estar ofendido, fingía ser inocente
de toda culpa. Pero Abby conocía muy bien ese tono de
voz. ¿Dominic enfadado? Jamás. Abby estaba a punto
de arrojarle el expediente a la cabeza.

–Hmmm… es una idea –afirmó el ejecutivo senior–. Sí, definitivamente es una idea.

Pero Abby sabía que Dom no se lo tomaba en serio, aunque sus colegas no se hubieran dado cuenta.

–No es buena idea –negó Abby–. No tenemos a ninguna Madame Pompadour, y además no creo que le gustara a la novia de Dom. Sea quien sea ahora.

–Ahora no tengo ninguna –contestó Dominic divertido–. Estoy abierto a cualquier oferta.

–Me gusta –decidió el ejecutivo senior–. Podríamos hacer algo interesante con esa idea.

–¿En qué estás pensando? –preguntó Dom asintiendo con entusiasmo.

Abby gruñó. Pero Dominic hizo caso omiso.

–¿Una chica guapa, rubia, con largas piernas? –preguntó Dominic esperanzado.

Abby dejó caer la cabeza y se tapó la cara con las manos. El ejecutivo senior, que no conocía a Dominic, hizo un gesto despectivo con la mano.

–No quieres preocuparte por los detalles, ¿eh? –inquirió Dominic sonriendo–. Sí, te comprendo. Ya se ocuparán los demás de los detalles insignificantes, ¿no?

Abby alzó la cabeza y miró severamente a su hermano. Sus ojos brillaban de un modo que conocía demasiado bien.

–Dom…

Pero Dominic se inclinó hacia delante sin hacer caso, apoyó los codos sobre la mesa y descansó la cabeza en las manos. Era la viva imagen de una persona dispuesta a cooperar, pero Abby no se dejaba engañar.

–Te están dando muchos consejos gratis, no los desperdicies –advirtió ella–. Tómatelo en serio.

Pero cuando algo le hacía gracia, Dom no paraba.

—¿Tomármelo en serio? Sinceramente, Abby, me parece que la idea es bastante buena —contestó Dominic mirándolos a todos a su alrededor—. Pero explicádmela. ¿De verdad creéis que una amante podría mejorar mi imagen pública? ¿Y de dónde vais a sacarla?

—¿De una empresa de alquiler? —sugirió Abby dándose por vencida.

—No le hagáis caso —repuso Dominic dándole una patadita por debajo de la mesa—. Vamos, señoras y señores, soy un novato en relaciones públicas. Guiadme.

—Dom, ¡basta! —exclamó Abby.

Sin embargo el ejecutivo senior era incapaz de creer que ningún cliente pudiera burlarse de él ni tomarse su trabajo tan a la ligera.

—El sexo vende —explicó el ejecutivo con toda seriedad, muy amablemente.

Su tono de voz sugería que Dominic sabía menos del mundo que el novato recién contratado, Josh.

—¡Ah! —exclamó Dom haciéndose el ingenuo—. Pero lo que queremos vender es mi próxima expedición, ¿no? Pues lo siento, chicos, pero tengo que daros una noticia. No hay mucho sexo en el Polo Sur.

—Razón de más para que lo haya en la campaña de relaciones públicas previa —explicó el ejecutivo senior con paciencia.

Aquello fue ya demasiado para Dominic. No pudo seguir controlando la risa, así que soltó una carcajada y enterró el rostro en las manos.

—¡Estáis locos! —exclamó cuando por fin pudo dejar de reír—. Absolutamente locos, todos. Las relaciones públicas evidentemente dañan las neuronas.

Dominic se puso en pie y los miró.

–Gracias por vuestra ayuda, pero paso.

Y, tras decir eso, salió de la sala de juntas riendo a carcajadas y dejando tras de sí un enorme silencio. Entonces Molly respiró hondo, satisfecha, y dijo:

–Impredecible, ya os lo dije.

–Lo siento… –se disculpó Abby.

–No importa –contestó Molly dándole golpecitos en la espalda–. Le diremos a Jay que hicimos todo lo que pudimos, pero que Dom no se mostró dispuesto a cooperar. Tranquila, ni siquiera Jay puede obligar a nadie a hacer relaciones públicas. Aunque confieso que me encantaría prepararle una cita con Madame Pompadour. Y perdona que diga esto, Abby, pero a tu hermano no le vendría mal un curso de modales.

Abby esbozó una mueca. De no haber sido por su lealtad familiar habría estado de acuerdo. Los demás recogieron sus papeles y se reclinaron en las sillas, dispuestos a hablar del siguiente asunto. Sólo el ejecutivo senior tenía algo más que añadir. Y no parecía enfadado, sino entusiasta.

–Habría sido una gran historia. Pensad en los titulares: «¡Un hombre de verdad y su afortunada dama!»

Sus colegas lo miraron horrorizados, y eso bastó para devolverlo a la realidad y añadir:

–De encontrar a la mujer ideal, claro está. Sólo si encontráramos a la mujer ideal.

Abby y Molly se miraron significativamente.

–¿La mujer ideal? –repitió Molly incrédula–. ¿Hay alguna para Dominic Templeton-Burke?

–Es poco probable –reconoció Abby dando por perdida su lealtad familiar.

CAPÍTULO 1

AQUÉLLA era una de esas mañanas claras de verano que anunciaban el otoño. Isabel Dare se estiró y respiró hondo. Paz, pensó. Estaba sola, podía tomarse un respiro. Disponía de silencio para pensar, excepto por los cantos de los pájaros. Por primera vez en varias semanas, quizá incluso meses, nadie la empujaba de la acera como si no existiera. No viajaba en el pegajoso metro, con el codo del vecino clavado en el costado y la nariz pegada a la espalda de otro desconocido. Ni tenía mensajes. No le gustaba demasiado la ciudad.

Sin duda el siguiente mensaje sería de Adam, como los anteriores. Sabía qué diría: «¿Para cuándo la tercera cita?». El problema era que no sabía la respuesta.

—Se acerca la tercera cita, ¿eh? —había preguntado Jemima la noche anterior—. Espero que tenga más suerte que los cinco anteriores, me gusta Adam.

Bueno, a Izzy también le gustaba, pero no estaba segura de que le gustara tanto. Y la tercera cita era... bueno, importante. Jemima y ella la llamaban «la cita sexual». Siempre la habían llamado así, era una costumbre entre hermanas. Por eso le sorprendió tanto que todo el mundo la llamara así también, incluyendo a Adam Sadler.

Adam estaba cada día más impaciente. Para ser sinceros, Izzy no podía culparlo. El problema era que no sólo Londres la deprimía, Adam y los cinco hombres que lo habían precedido también tenían mucho que ver. A Izzy le gustaba salir, le gustaba pasárselo bien. Pero no quería atravesar la barrera de las tres citas con ninguno de los hombres con los que había salido. Quizá debiera recapacitar sobre sí misma, se dijo. No quería nada de ninguno de esos hombres, pero todo podía cambiar. Mientras tanto…

–Hannah la dura –dijo Izzy en voz alta sacudiendo la cabeza–. Tendrán que aguantarse.

Izzy echó a correr por el silencioso sendero de hierba a lo largo del Támesis. Eran sólo las seis y media de la mañana, pero el cielo brillaba con la promesa de un día caluroso. Habría sido un día perfecto para echarse la siesta junto a un río, a la sombra de un sauce, observando a los insectos merodear sin hacer nada. Sola.

–No es una opción –añadió en voz alta.

Aquél era el gran día de su prima Pepper, el día de la inauguración de En el desván, el nuevo y revolucionario concepto de Pepper en boutiques. Había puesto el corazón y el alma en la aventura, e Izzy había trabajado para ella durante meses. Aquél era el día de las presentaciones, de las relaciones públicas y de las fiestas. No había tiempo para sauces. Izzy suspiró… y se echó a reír.

El problema era que a Pepper le interesaba realmente la ropa, le gustaba vender. Mientras que a Izzy no, para ser sinceros. Pero no importaba, Pepper le había ofrecido un empleo cuando estaba en su peor momento. Aunque eso ella no lo sabía. Nadie lo sabía. Izzy luchaba a solas con sus demonios, siempre lo había hecho.

Apretó el paso. La luz del sol de la mañana se refractaba en las gotas de agua de las hojas de los árboles, y los pájaros cantaban. Una garza sobrevoló majestuosa el río. El ejercicio comenzó a surtir efecto: la presión sanguínea de Izzy subió y su piel se sonrojó. Era una sensación maravillosa, la resarciría durante horas. Horas midiendo cada palabra que decía, respirando aire espeso, teñido de perfumes, sintiendo que se ahogaba entre tanta gente. Nada más trasladarse a Londres Izzy había comenzado a correr por el parque todas las mañanas. Siempre a una hora temprana, cuando estaba desierto.

–¿Pero no es peligroso? –había preguntado Pepper, la neoyorquina, la primera vez que se la encontró en zapatillas de deporte.

–Corro mucho y doy buenas patadas –había contestado Izzy riendo.

–Cierto –corroboró Jemima.

Por aquel entonces Jemima siempre estaba en casa. No tenía aún su gran oportunidad, su gran empleo, no viajaba veinticuatro días al mes, y aún la escuchaba. Pero Pepper no parecía muy convencida.

–¿Y si te encuentras a un hombre con un arma?

Izzy se puso tensa, pero disimuló.

–Corro, si puedo. Y si no… ¡negocio!

Jemima, aún con la taza de café en la mano, había sacudido la cabeza y había añadido:

–Eso dice siempre, Pepper. Izzy ha dado la vuelta al mundo, ya lo sabes. Y siempre vuelve sin un solo rasguño, así que debe de tener razón.

–La vida es riesgo –había explicado entonces Izzy con excesiva vehemencia–, sales de uno y te metes en otro. O te encierras en tu habitación, o lo asumes. Y asimilas las consecuencias.

Por eso Izzy estaba alerta. No necesitaba que Pepper le advirtiera del peligro, tenía experiencia. Y eso también era un secreto, nadie lo sabía. Ni siquiera Jemima. Quizá algún día se lo contara, pensó. Quizá incluso se lo contara a Adam.

Izzy sacudió la cabeza. No, imposible. Adam era banquero. Para él, el mayor peligro del mundo era el receso de la economía americana. Izzy, sin embargo, sabía que el peligro se te presentaba con un arma y ojos de loco y…

Izzy tragó saliva. Todo aquello quedaba lejos de Londres y de su agitada vida. A veces incluso creía que no era a ella a quien le había sucedido, que lo había leído en una revista. O que su personalidad se había desdoblado en aquel autobús viajando por la jungla, y que uno de sus yos había vuelto a casa para zambullirse de lleno en una empresa familiar. Sólo que el otro yo seguía perdido. Y Adam Sadler, con sus Lotus y su Rolex, era incapaz de ayudarla a encontrarlo.

Sí, quizá fuera mejor seguir perdida un día más, pensó Izzy apretando la marcha. Aquel día tenía cosas más importantes en que pensar, tenía asuntos entre manos. Y, definitivamente, vislumbraba problemas en el horizonte. La noche anterior Pepper se subía ya por las paredes, y Jemima estaba fuera de sí con el cambio de horario. Tenían que tenerlo todo listo para la hora de la comida, el día D había llegado. Izzy echó la cabeza hacia atrás y sus cabellos rojizos volaron.

–Y mi especialidad son los días D –afirmó resuelta–, las crisis. Yo me encargaré de todo mientras los demás se echan a temblar. Como siempre.

Al volver al apartamento, Izzy encontró a Pepper en la cocina aferrada a una hoja de papel llena de notitas y tres tazas de café sobre la mesa. Sus ojos brillaban febriles.

–Una experiencia completamente nueva –musitaba entre dientes–. Completamente nueva. Hola, Izzy. Una nueva experiencia en compras.

–Basta –dijo Izzy quitándole el papel–. Eso ya lo repasamos anoche.

–Es que he tenido una idea mientras dormía. Mira, tengo aquí las estadísticas…

–No irás a aburrir a un montón de periodistas especializados en moda con estadísticas, ¿no? –preguntó Izzy incrédula.

–Son muy significativas.

–Has tomado demasiada cafeína. Las estadísticas son para los burócratas. Tu discurso debe ser breve y sugerente.

–Pero…

–Voy a prepararte unas tostadas –la interrumpió Izzy–. Y huevos. Con leche caliente. Y, por favor, deja de ya de torturarte. En el desván es una idea fantástica y la inauguración va a ser un éxito, ¿vale?

–Eres muy buena conmigo, Izzy –sonrió Pepper–. Me alegro de tener una prima como tú.

–Lo mismo digo, genio de las ventas. Y ahora ve a ducharte mientras saco a Jemima de la cama.

Jemima estaba enrollada en el edredón, y no le dio la bienvenida precisamente.

—Vete.

—No.

Izzy abrió las cortinas sin más contemplaciones. La luz dorada del sol entró por la ventana y Jemima se tapó la cabeza con la almohada.

—Te odio.

—No me cabe duda —sonrió Izzy—. Levántate, tienes trabajo que hacer. Y una prima a la que ayudar.

Hubo un silencio. Jemima alzó la almohada unos centímetros.

—Si te levantas, te prepararé huevos para desayunar.

Jemima gruñó, pero se incorporó.

—De acuerdo, no te irás hasta que no me levante y haga lo que quieres. ¿Qué quieres?

Izzy se sacó una lista del bolsillo y se la tendió. Jemima la miró y alzó la vista incrédula.

—¡No puedes hablar en serio!

—Sí, empieza por el maquillaje de Pepper. Estará lista en diez minutos.

—Bueno, está bien —accedió Jemima.

Izzy tiró del edredón y se lo llevó, ignorando las protestas de Jemima, que estuvo lista con todo el equipo de maquillaje en cinco minutos. Izzy tomó café y se miró al espejo. Tenía bolsas bajo los ojos. Necesitaba hielo. Jemima lo preparó y se lo aplicó.

—Un truco de modelo —comentó Jemima—. Ser el rostro de Belinda me ha enseñado mucho.

No parecía que haber aprendido tantas cosas hiciera a Jemima muy feliz, pensó Izzy alzando la vista y observándola. Jemima no sólo había dejado de escucharla, comprendió de pronto tristemente. También había dejado de hacerle confidencias.

–¿Todo va bien, Jay Jay?

–Estupendo –contestó Jemima–. Vivo en hoteles de cinco estrellas, y cuando me despierto ni siquiera sé en qué continente estoy.

–¿Eso es bueno, o malo? –siguió preguntando Izzy.

–Es una forma de vida –contestó Jemima indiferente.

Izzy comenzaba a preocuparse. Jemima había sido seleccionada por la casa de cosméticos Belinda para representar el rostro de la firma en la campaña de ese año, y se suponía que eso iba a convertirla en una gran estrella. Era la aspiración más alta de cualquier modelo. Pero Jemima no parecía disfrutar demasiado del éxito, al contrario. Parecía preocupada. Pero no era el momento de hablar de ello.

–Pidamos una pizza esta noche después de la inauguración –propuso Izzy.

–¿Y quién tiene tiempo para tomar pizza? –preguntó Jemima soltando una carcajada–. Iré al aeropuerto directamente desde la fiesta de inauguración.

–¿No vendrás aquí ni siquiera para recoger la maleta? –siguió preguntando Izzy.

Jemima sacudió la cabeza.

–Lamento haberte quitado el edredón esta mañana –repuso Izzy compungida.

–Podría dormir durante una semana entera –contestó Jemima–, no sabes la locura en la que se ha convertido mi vida.

Pero antes de que pudiera explicarse, Pepper entró, diciendo:

–Jemima, Izzy… ¿qué creéis vosotras? Podría exponer unas cuantas…

–¡Nada de estadísticas! –negaron las dos hermanas al unísono.

–Eres un genio –afirmó la mujer de la agencia de relaciones públicas–, no sé cómo lo has conseguido.

Izzy estaba en marcha. Se le daban bien las crisis, y aquella mañana tenía una buena oportunidad para demostrarlo.

–¿El qué?

–Que la Bestia de Belinda esté aquí antes de las diez de la mañana. Es preciosa, pero muerde.

–¿Cómo dices? –volvió a preguntar Izzy suspicaz.

–Molly sólo pretende darte las gracias por conseguir que Jemima esté tan encantadora esta mañana. Aún no ha mordido a nadie –repuso el fotógrafo alzando la cabeza un momento.

–¿La Bestia de Belinda? –repitió Izzy.

–Jemima Dare, el rostro de Belinda Cosmetics, la última top model. ¡Y ella lo sabe muy bien! –continuó el fotógrafo.

También era su hermana, pensó Izzy. Aunque probablemente no fuera el momento de mencionarlo. Izzy siempre había defendido a Jemima, pero faltaban sólo doce minutos para que comenzara la inauguración de En el desván.

–¿Conocías a Jemima Dare? –preguntó Izzy.

–He trabajado con ella –respondió Molly.

–¡Sin duda! –exclamó el fotógrafo–. Trabajar con ella es una tortura.

–¿Listos? –preguntó Molly–. ¿Dejamos pasar ya a los clientes?

Izzy observó críticamente el salón. No parecía el lugar ideal para una inauguración, todo estaba a medias. Había latas de pintura por todas partes, escaleras, y muebles tapados con sábanas. Los cuadros de las paredes también estaban tapados, y en un rincón, tirada, había una gran lámpara de candelabro. Las entusiastas londinenses de la moda se iban a llevar una buena sorpresa.

–Sí, listos –contestó Izzy.

–Yo tenía razón, eres un genio. Culp & Christopher sería feliz si todos sus clientes fueran tan prácticos como tú –comentó Molly.

–Necesito ser práctica, es mi oficio –asintió Izzy.

–Sin duda –afirmó Molly–. Tengo a las chicas preparadas para sacar los baúles de ropa. Abriremos en cuanto me des la señal.

Izzy asomó la cabeza por las enormes puertas de la sala. Asintió y se acordó del micrófono. Lo encendió y comprobó que funcionara.

–Probando, probando... Las chicas están listas en las puertas. ¿Estamos todos preparados? Vamos, contestad... ¿Tony? ¿Geof?

Todos estaban en sus puestos. Izzy los llamó de uno en uno. La última a la que llamó fue a Pepper. No era el decorado lo que la preocupaba, sino Pepper. Estaba muy nerviosa.

–Pepper, ¿qué tal?

–Bien –contestó tragando saliva.

Izzy pulsó el botón que transformaba el sistema de megafonía en un intercomunicador personal y añadió:

–Vamos, Pepper, ha llegado el momento. Los empresarios no se dejan dominar por el pánico. Puedes hacerlo. Convenciste a los inversores. Convencer a un puñado de periodistas no puede ser tan difícil.

–Sí, pero…

–Es más, nos convenciste a Jemima y a mí –la interrumpió Izzy–. Todo está listo.

–Gracias, Izzy.

–Ha sido un placer –respondió Izzy encendiendo de nuevo la megafonía para que todos la oyeran–. Bien, señores, ¡ha llegado el momento!

Izzy alzó los pulgares en dirección a Molly y las altas puertas se abrieron. El público que esperaba fuera entró y… se detuvo en seco al ver el increíble decorado. La sorpresa era evidente. Bien, nadie olvidaría aquella inauguración.

–Geof, ruido de ciudad, por favor –rogó Izzy por el micrófono transformado una vez más en intercomunicador personal.

De inmediato el ruido de motores, sirenas y voces inundó el salón. El público, mujeres londinenses muy sofisticadas, se sorprendió aún más, comenzando a merodear por allí intrigado.

–Bien, listos –añadió Izzy por el intercomunicador–. Pepper, tu turno. Tony, luces.

La fuerte luz comenzó poco a poco a amortiguarse, surgiendo de pronto una atmósfera rosada y cálida sobre el escenario. Pero éste seguía vacío. Izzy sintió que el corazón se le paraba.

–¿Pepper? –preguntó Izzy por el intercomunicador.

–Enseguida estamos, Izzy –contestó una bendita voz a su oído.

Era Jemima. Pero no debería haber sido ella quien contestara. Jemima debía salir al escenario en segundo lugar, después de Pepper, para darle un efecto más dramático al montaje. Técnicamente, Jemima sólo estaba allí para pasar un par de modelos y mezclarse con los invitados. No tenía tiempo para aprenderse ningún guión. Pero ahí estaba, al pie del cañón. Siempre se podía contar con ella.

Jemima salió al escenario con aires de reina. Bueno, de reina con pantalón de peto y cubierta de pintura, tal y como habían decidido tras muchas discusiones a distancia por e-mail. Llevaba el legendario cabello rojizo que la había hecho famosa sujeto descuidadamente en una coleta. El público dejó de cuchichear y observó atónito.

—La vida es un lío —recitó Jemima acercándose al micrófono y leyendo el guión que Izzy había escrito de la palma de la mano sin que nadie se diera cuenta—. Es todo demasiado rápido, demasiado sucio... te llevas demasiadas desilusiones.

—No siempre —contestó otra suave voz.

Una bella mujer salió al escenario desde detrás del decorado de un edificio cubierto por una sábana. Era pelirroja, vestía un abrigo de seda de color melocotón y sonreía. Pepper estaba muy transformada desde primera hora de aquella mañana. Además, parecía haber superado el pánico. A pesar de todo, Izzy cruzó los dedos.

El público quedó atónito. No era en absoluto lo que esperaba. Pepper Calhoun no era modelo, sino una empresaria innovadora y posiblemente un genio de las ventas. La luz se tornó dorada. Toda la sala es-

taba bañada en aquel suave brillo veraniego. Los pájaros cantaban, los insectos zumbaban, se oía el rumor
de un río. Olas de luz iluminaron y ensombrecieron a
los personajes del escenario.

–Hola, amigos –saludó Pepper con su acento
americano.

Para sorpresa de Izzy, Pepper se mostraba tranquila y amable, igual que si le diera la bienvenida a
un grupo de amigos. Tal y como Izzy le había dicho
que hiciera.

–Me alegro de veros –continuó Pepper–. Y me
alegro de que estéis hoy aquí con nosotros.

Habían vuelto al guión que Izzy había preparado.
La cosa iba bien. Pepper sonrió. Nadie le quitaba ojo
de encima. También eso había sido idea de Izzy. Lo
habían practicado mil veces, hasta que Pepper se había dado por vencida e Izzy se había convencido de
que jamás lo lograrían.

Jemima estiró los brazos como si estuviera cansada de pintar. Sólo Izzy se dio cuenta de que volvía la
mano para leer el guión garabateado y recitar:

–No has podido tener la función preparada a
tiempo, ¿eh, Pepper? ¿Qué ha pasado?

–A veces hay que confiar en la improvisación
–contestó Pepper.

Ésa era la señal.

–Geof, Tony, chicas… –murmuró Izzy por el intercomunicador

–Deja volar tu imaginación –añadió Pepper riendo.

Todas las luces se apagaron. Justo a tiempo. De
pronto entró un aire gélido. Gracias a Dios habían
podido hacer funcionar el aire acondicionado. El en-

cargado del sonido puso una música etérea y, de pronto, un montón de estrellas se encendieron en el oscuro techo. La gente gritó boquiabierta.

«Bien», se dijo Izzy volviendo a respirar. Hubo un nuevo griterío general al levantarse las sábanas de los muebles volando como si fueran pájaros para caer al suelo. Unos cuantos chicos las quitaron de en medio. También eso estaba ensayado, ninguno se equivocó de puerta al salir. El público seguía embelesado mirando al techo.

Izzy fue la última en salir al salón, pero sostuvo la puerta de la cocina entreabierta todo el tiempo para observar el efecto que el montaje producía. Y no quedó defraudada, era un éxito. La gente gritó al encenderse las luces. El salón se convirtió por arte de magia en un enorme ático inundado de luz. Había baúles abiertos llenos de ropa por todas partes, invitando a cotillear, y cómodos sillones junto a los percheros. Había cojines, libros y olía a café y a panecillos recién hechos. El público miró a su alrededor incapaz de creer lo que veían sus ojos. Izzy soltó la puerta de la cocina.

–¡Lo hemos conseguido! –exclamó incrédula.

–Tú lo has conseguido –dijo Geof.

Entonces oyeron la voz de Pepper por megafonía, diciendo:

–Bienvenidos a En el desván, una nueva experiencia en compras. Disfrútenla.

Y el publico así lo hizo. La gente comenzó a vagar por el salón como si acabara de descubrir un tesoro, a probarse chales y a mirarse al espejo, a acariciar las sedas, el terciopelo y la angora, y a suspirar.

Izzy corrió al servicio a cambiarse de ropa. Los efectos teatrales habían terminado, tenía que volver a convertirse en la eficiente ayudante de Pepper y salir al salón. Jemima estaba quitándose las manchas de pintura en el lavabo. Alzó la vista al entrar ella y sonrió.

–Ha sido fantástico. ¿Estás contenta?

–Sí, bastante –admitió Izzy.

–Todo el mundo está encantado, y todo gracias a ti.

–Tú también has colaborado –contestó Izzy–. ¿Qué pasó? ¿Pepper estaba muerta de miedo?

–No podía recordar lo que tenía que decir –contestó Jemima–. Puede que sea un genio de las ventas, pero hablar en público… Así que se me ocurrió repartir el guión entre las dos.

–Pues ha funcionado –aseguró Izzy poniéndose un vestido gris marengo–. Parecía tranquila. ¿Cómo lo has conseguido?

–Le dije que te lo debía.

–¿A mí? –preguntó Izzy–. El proyecto es suyo, yo ni siquiera tendría trabajo de no ser por ella.

–Tendrías otro empleo –la corrigió Jemima.

–Quizá, pero…

–Nada de peros –la interrumpió Jemima terminando de peinarse–. No te subestimes, tienes muy buena mano para todo. Eres la mejor –añadió Jemima.

–No me ves con objetividad –comentó Izzy sonriendo lastimera, mirándose al espejo y tratando de arreglarse el cabello.

–Deja que te peine –sugirió Jemima.

Jemima la obligó a sentarse y tomó un cepillo. Los rizos de Izzy eran naturales, el resultado de no hacerse jamás nada en el pelo.

–Voy a hacerte un regalo de un día, voy a llevarte a la peluquería. ¿Desde cuándo no vas a la peluquería?

–Desde el último día que me hiciste un regalo de un día –contestó Izzy riendo.

–No sé cómo te atreves luego a darle consejos a Pepper, jamás lo comprenderé.

–Bueno, ella necesita tener buen aspecto, es un asunto de negocios.

–Todo el mundo necesita tener buen aspecto –afirmó Jemima.

–Créeme, no es necesario.

Jemima dejó el cepillo y miró a su hermana a los ojos.

–No me vengas ahora con eso de que la ropa no te importa. Te encanta la ropa, te pasas la vida buscando ropa para los demás, pero nunca te compras nada para ti.

–Bueno, Pepper y tú trabajáis de cara al público. Yo en cambio estoy en la sombra –se defendió Izzy.

–Pero vas a fiestas, y a la gente le gusta ponerse guapa para las fiestas.

–Sí, pero no voy para que me miren –respondió Izzy.

–Tonterías. Hace mucho tiempo que decidiste que yo era la guapa, y no has vuelto a preocuparte por tu aspecto nunca más. Ya no estás en un autobús en Hispanoamérica, vives en Londres –continuó Jemima–. Te dedicas a vender ropa, ¡por el amor de Dios! Mírate al espejo. Eres guapa. Ya está, te he hecho una trenza.

Izzy se miró al espejo. Su cabello seguía siendo de un rojo vulgar. No era del tono fogoso de Jemima ni del rojo Ticiano de Pepper, era rojo ladrillo. Pero el gel y el sofisticado peinado la hacían parecer peligrosa, de un tono otoñal más oscuro. Izzy sonrió y, antes de que pudiera protestar, Jemima comenzó a maquillarla. Al terminar Izzy se miró al espejo divertida. Tenía los pómulos más marcados.

—Gracias.

—Lecciones de maquillaje —comentó Jemima—. ¿Vas a llevar a Adam a la fiesta?

—No.

Jemima asintió. No le sorprendía.

—Otro más que no atraviesa la barrera de la tercera cita. ¿Qué te pasa, Izzy?

—La fiesta es una cuestión de negocios, y tú sabes muy bien que no se debe mezclar el trabajo con el placer.

—¿Placer? ¿Tú?

—Cuidado, hermanita —advirtió Izzy.

—Lecciones de sociabilidad y lecciones de maquillaje —añadió Jemima riendo—. Estás loca, deberías ponerte preciosa. Eres mucho más divertida que yo, y bailas como una posesa. Los chicos hacen cola para mirarte, y tú ni siquiera te enteras. ¡Y todo por mi culpa!

Las miradas de ambas se encontraron y por un momento se hizo el silencio. Luego Jemima se encogió de hombros y añadió:

—Lo sé, es inútil. Vamos, tenemos que promocionar el negocio de nuestra prima.

Izzy la siguió y salió del servicio. Estaba extrañada. No era propio de su hermana darse por vencida. Quizá estuviera agotando su paciencia.

–Tú y yo deberíamos tener una larga conversación muy pronto –musitó Izzy.

Pero Jemima no la oyó. O no quiso oírla. Y una vez en el salón volvió a su papel de modelo. Pepper esperaba que se convirtiera en la firma de su empresa. Pero Jemima no era feliz, se dijo Izzy observándola. Quizá los demás no lo notaran, pero ella sí. Por mucho que sonriera, estaba desesperada por salir de allí.

–Está guapísima, ¿verdad? –preguntó Izzy.

–Preciosa –contestó la relaciones públicas–. Quería decirte que me gusta mucho lo que has hecho hoy aquí. En estas fiestas se suele ofrecer champán, y me han dicho que fuiste tú quien propuso dar café. Es una idea brillante, todo el mundo recordará la inauguración.

–Eso era precisamente lo que pretendía.

–Eres la ayudante de Pepper Calhoun, ¿verdad? –preguntó Molly.

–Sí, es mi prima.

–Ah, entonces debes ser pariente también de Jemima, ¿no? –siguió preguntando Molly sorprendida.

–Sí, es mi hermana –contestó Izzy volviendo la mirada hacia ella.

–Bien, pues quería preguntarte si te importa que traiga esta noche a otro invitado a la fiesta.

–No –respondió Izzy encogiéndose de hombros–. Dime su nombre, lo pondré en la lista.

–Dominic Templeton-Burke –contestó Molly esperando a ver la reacción de Izzy.

–Bien, voy a ver qué tal va todo –dijo Izzy indiferente, tomando nota y marchándose.

Pepper estaba rodeada de gente, y todos la escuchaban con atención. Algunos incluso tomaban notas.

–Es ropa práctica, para mujeres reales –decía con entusiasmo–. Tenemos diseñadores magníficos. Nada de modelitos escandalosos o de negro y más negro. En el desván pretende ser una tienda divertida, ¿no es cierto, Izzy? –sonrió en dirección a su prima.

–Sí –convino ella.

Los periodistas se volvieron y comprendieron que Izzy formaba parte del equipo. Entonces se fijaron en su vestido.

–¿Es uno de vuestros diseños? –preguntó alguien.

Izzy asintió, dio el nombre del diseñador y el número del vestido en el catálogo. Todos tomaron nota.

–Dejen que les enseñe nuestros baúles –anunció Izzy guiándolos a un enorme baúl de viaje que formaba parte del mobiliario–. Encontramos un baúl viejo en una tienda de antigüedades y lo mandamos copiar. ¿Ven los cajones? Aquí guardamos los accesorios. La idea es que nuestras clientas los descubran, son los tesoros ocultos del ático.

Los periodistas comenzaron a abrir cajones y la gente alabó los bolsos y los delicados cinturones que encontraron dentro. La idea era un éxito. Izzy circuló por el salón durante una hora, y después comenzó a correr la voz entre los invitados de que debían recoger entradas para la fiesta de aquella noche en el vestíbulo. La estampida fue general. En diez minutos sólo quedaron Jemima y Molly di Peretti, que llevaban ya un rato hablando. Izzy suspiró y se acercó a ellas.

–Pero puedes hacerlo, hoy lo has demostrado –decía Molly impaciente.

–Lo de hoy era un asunto familiar –contestó Jemima.

–Entonces, ¿qué quieres?

–¡Que me dejéis en paz! –exclamó Jemima casi llorando.

–Jemima, voy a decirte la verdad –prosiguió Molly–. Caminas por una cuerda floja. Sigue así, y te darás el batacazo. Nadie es indispensable.

–Lamento interrumpiros, pero tenemos que marcharnos –intervino Izzy asustada.

–Bien, ya habíamos terminado –dictaminó Jemima.

–Entonces nos vemos dentro de diez días –contestó Molly di Peretti–. Si quieres, claro –añadió marchándose.

–¿De qué iba todo eso? –preguntó enseguida Izzy.

–De nada –contestó Jemima–. Detesto las relaciones públicas. Te obligan a hacer cosas que odias. Y encima tienes que fingir que es divertido.

Izzy estaba preocupada y asustada, pero ni Jemima parecía tener ganas de hablar, ni ése era el momento adecuado.

–Ya hablaremos luego –prometió Izzy.

–Sí, algún día, cuando todo termine –rió amargamente Jemima.

Segundos después llegó una limusina para llevar a Jemima al aeropuerto. Izzy no olvidó el incidente en todo el día.

DOMINIC Templeton-Burke estaba sentado en la sala de lectura de la biblioteca cuando su teléfono móvil sonó. Salió al pasillo y contestó.

—Sí, Jay.

—Mis empleados me han dicho que no fuiste muy educado —le reprochó Jay Christopher divertido.

—No estaba del todo a gusto —respondió Dom.

—Te lo advertí. ¿Por qué no escribes un libro? Solucionarías tu problema.

—Ya te lo he dicho, soy un hombre de acción.

—Bueno, Molly tiene una idea —suspiró Jay.

—¿Qué idea? —preguntó Dom suspicaz.

—Quiere que conozcas a una celebridad. La prensa cubrirá ampliamente el acontecimiento. Molly te llamará. Y haz lo que te diga, Dom.

Evidentemente, Molly había estado esperando a que Jay lo llamara por teléfono y lo suavizara, porque su móvil apenas tardó unos segundos en volver a sonar.

—Hola, Dom. Esta noche hay fiesta. En el Flamingo Pool. Ponte elegante.

—¿Elegante? —repitió Dom.

—Necesitamos que tu foto salga mañana en los periódicos.

–¿Quién da la fiesta?

–Pepper Calhoun, es la inauguración de su negocio en el mundo de la moda. Ya sé que no es tu estilo, pero habrá muchos fotógrafos.

–Parece divertido –comentó Dom.

–¿Y quién ha hablado de divertirse?

–Bien, allí estaré –accedió Dominic riendo.

–No sé cómo, pero hoy he perdido tres horas –comentó Izzy sacando cajas del maletero del taxi mientras Molly di Peretti llamaba a la puerta del Flamingo Pool–. Se suponía que íbamos a pedir una pizza, pero no ha habido tiempo.

–Estas cosas siempre llevan más tiempo de lo que uno espera –dijo Molly, contestando a continuación al intercomunicador–: Hola, Franco, soy yo. Abre.

–Y luego Jemima me pidió hora en la peluquería –continuó Izzy cargando a duras penas los enormes carteles para la fiesta–. No he tenido tiempo ni de comer.

La puerta se abrió por control remoto. Molly la empujó y volvió al taxi a ayudar a descargar. Entre ella e Izzy metieron todas las cajas de globos y decoraciones.

–Déjalas aquí –sugirió Molly–. Josh las subirá al piso de arriba. Ya verás, será la fiesta más elegante de la temporada.

Izzy la siguió escaleras arriba hasta la sala de baile, pero al llegar se paró en seco.

–¿Esto es una sala de fiestas elegante? –preguntó incrédula.

A Izzy le encantaba bailar. Estaba acostumbrada a la música atronadora, a las luces y a las bolas de espejo que reflejan la luz en la oscuridad. Pero aquella sala resultaba deprimente. Iluminada con cien vatios de luz, todo parecía viejo y sucio.

–Todas las salas tienen este aspecto con la luz encendida –rió Molly di Peretti–. La imaginación no se pone en marcha hasta que se apagan. Ya verás, será fantástico.

Tenía razón. A la fiesta asistieron las mismas mujeres que a la inauguración de la mañana, pero con sus parejas. Y también asistió una larga lista de invitados célebres de Culp & Christopher. La gente vestía con elegancia y la música resultaba sexy.

Pepper, que normalmente no iba a discotecas, comenzó a dar síntomas de embriaguez hacia las once. Su prometido, Steven, más firme que una roca, puso un brazo sobre sus hombros y preguntó:

–¿Hasta qué hora tienes que quedarte, cariño?

–Es mi fiesta, tengo que quedarme hasta el final –contestó Pepper apoyándose en él.

–¿Seguro? Nadie se daría cuenta si te sacara de aquí, ¿no crees, Izzy?

–Por supuesto. Además, yo pienso quedarme hasta el amanecer –contestó Izzy–. Llévatela a casa, Steven, yo estoy en mi salsa, nací para bailar –añadió Izzy lanzándose a la pista.

Izzy no recordaba, sin embargo, que estaba ya muy baja de energías. Llevaba demasiadas noches acostándose tarde y, durante las últimas treinta y seis horas, apenas había comido nada, así que se sentía flotar.

Llevaba un vestido de En el desván rojo brillante que dejaba los hombros al aire mostrando un escote espectacular. La estilista de Jemima la había peinado y sus cabellos caían seductoramente por los hombros. Izzy extendió los brazos y se dejó llevar por la música.

O eso al menos le pareció a Dominic Templeton-Burke, que entró en la sala de fiestas a media noche.

—¿Quién es esa? —preguntó admirado.

Molly di Peretti observó a la mujer vestida de rojo que bailaba apasionadamente en la pista y sonrió.

—Forma parte del equipo de dirección. O, si lo prefieres, es una mujer con facetas ocultas, depende del punto de vista.

—Según mi punto de vista es la mujer más sexy del mundo. Preséntamela.

—¡Eh, no olvidemos lo que has venido a hacer aquí! —advirtió Molly.

—No, por supuesto —aseguró Dom sin apartar la vista de la mujer de rojo, pasando por delante de Molly dispuesto claramente a escapar.

Pero Molly le bloqueó el paso y añadió:

—Concéntrate, Dominic, al grano. Esa mujer no es famosa, no tiene sentido que bailes con ella.

La mujer de rojo alzó los brazos por encima de la cabeza, que echó atrás, cerró los ojos y entreabrió los labios. La música la poseía. Dom respiró hondo y sonrió.

—Bueno, me refiero a un sentido profesional —se corrigió Molly—. Bailar con ella sólo va a llevarte a un sitio, y no es a la primera página de los periódicos.

La sonrisa de Dom se hizo más intensa y maliciosa, y no dejó de mirar su objetivo.

–Cuento con ello.

Molly se quedó sola mientras Dominic se internaba en la pista de baile. Le contaría a Abby que lo había intentado, pero que su hermano no había querido cooperar. Abby no se sorprendería.

Dom jamás había visto a ninguna mujer dejándose llevar por la música de ese modo. Y se lanzó a ella como una flecha imparable, apartando a la gente a su paso. Su objetivo estaba claro incluso para los que se echaron atrás viéndolo venir.

Sólo una persona parecía no ser consciente de sus movimientos. Su dama tenía los ojos cerrados, vivía en su mundo particular. Y sus caderas hablaban de ese mundo. Con elocuencia, pensó Dom respirando entrecortadamente.

Aquella criatura era una fantasía: apasionada, intensa, concentrada. Los rayos de luz que incidían intermitentemente sobre ella mostraban gotas brillantes entre sus pechos. ¿Producto de la condensación del aire acondicionado? ¿De algún cosmético? ¿Sudor? Fuera lo que fuera, ella no se daba cuenta. Dom deseó lamer aquellas gotas y descubrir su procedencia.

El deseo sexual lo poseyó y por un segundo fue incapaz de respirar. Y ella seguía sin darse cuenta. Dominic la alcanzó y puso una mano sobre su cadera ondulante. Fue una toma de contacto suave, muy leve. De pronto Dom cayó en la cuenta: pretendía demostrar que era suya.

La mujer abrió los ojos repentinamente, como si la hubiera despertado. No dejó de balancear las caderas, pero por un segundo sus pies se enredaron. Antes de que pudiera siquiera tambalearse, Dom le puso una mano en la espalda. La llevaba desnuda. Ella seguía con los ojos abiertos, sin dejar de bailar. Dom comenzó a mover las caderas al ritmo de ella.

–Eres increíble –dijo él.

No tenía esperanzas de que lo oyera con aquella atronadora música. La dama de rojo sacudió la cabeza. Dom no supo si lo rechazaba o simplemente no lo oía. Y vaciló. Pero luego pensó que ella seguía bailando, de modo que no podía ser un rechazo. Y se acercó más, hasta que las caderas de ambos se tocaron.

Ella no se apartó. Balanceó las caderas hacia atrás, pero luego también hacia delante, siguiendo la música. Sus pechos rozaron el torso de Dom. ¿Deliberadamente o por casualidad? Dom gimió, pero nadie lo oyó. Y entonces se dio cuenta de que ninguno de los dos apartaba la vista de los ojos del otro. Algo en su fuero interno le hizo sentir que ella veía la intensa excitación en su rostro. Fuera por eso o por otra razón, los ojos de aquella mujer brillaron. ¿Se burlaba de él? ¿Disfrutaba de su triunfo? ¿O se trataba de excitación sexual? Dom sintió que el sudor comenzaba a recorrer su espalda. Si aquello no era pura lujuria, entonces tenía un grave problema.

La canción terminó. Por un momento ella pareció detenerse y esperar. Dom puso la otra mano sobre su cadera, pero esa vez sin dudar. Y entonces, de pronto, el aire vibró al ritmo de una salsa rápida y sexy. Ella se lanzó de nuevo a bailar, y Dom hizo algo que no había hecho jamás: la estrechó en sus brazos, introdujo un muslo entre los de ella y tomó el control.

Ella pareció vacilar. No oponía resistencia, sólo esperaba a ver qué ocurría. Y después, en cuestión de un segundo, se rindió. Su cuerpo se amoldó al de él como si hubieran bailado aquella pieza cientos de veces.

Era como el ciclo del universo: rápido, urgente y, sin embargo, lento al mismo tiempo. La pieza resultó excitante, y los dos supieron al instante el destino inevitable de aquel viaje.

La música cambió. Dom inclinó la cabeza, rozó su cabello y acercó los labios a su oído.

—Es hora de que vayamos a otro sitio.

Dom sintió que ella vacilaba por una fracción de segundo, así que la estrechó con más fuerza.

—Por favor —rogó con voz ronca.

Ni siquiera recordaba haber rogado algo así antes, y por un momento Dom se asustó. Pero entonces ella echó atrás la cabeza y sonrió mirándolo de un modo maravilloso, y él lo olvidó todo excepto el ardiente deseo de estar a solas con ella. De inmediato.

—Recoge tu abrigo —dijo él escueto.

Ella abrió los ojos. Parecía mareada.

—¿No tienes abrigo?

Ella tragó saliva y sacudió la cabeza.

—Entonces vámonos.

Dom la tomó del codo y la guió a la salida. Ella no se resistió, pero estaba temblando. Bueno, no era de extrañar. Él también. Eran como motores en marcha, listos. La deseaba tanto que le dolía. Y ella lo deseaba a él. Sin duda. No miraba a nadie más.

—¿Chal? ¿Bolso?

Ella no respondió, pero había un diminuto bolso escarlata de la misma tela del vestido en la barra del bar. Dom lo recogió al pasar. En las escaleras ella comenzó a temblar más y se abrazó a él.

—Deberías haber traído abrigo.

Dom se quitó la chaqueta y se la echó por los hombros. Al sentir la seda deslizarse sobre su piel desnuda ella se estremeció voluptuosamente. Sus cuerpos estaban tan juntos, que él sintió aquel escalofrío recorrerlo de arriba abajo.

—No hagas eso —murmuró Dom—. Aún no.

Ella soltó una carcajada y se apoyó en él.

—Sí —asintió él a la pregunta silenciosa de ella—. Vamos a casa. Ahora.

Dom abrió la puerta a la cálida noche de septiembre. Ella comenzó a balancearse.

—Imaginación —dijo ella.

Unos invitados de última hora llegaban en ese momento en taxi. Dom se hizo con el vehículo y preguntó:

—¿Qué?

—La imaginación no echa a volar hasta que no se apagan las luces —explicó ella.

—Eres filósofa —afirmó él mirándola divertido y enternecido—. Pero te equivocas. Mi imaginación no ha dejado de funcionar desde el momento en que entré y te vi. ¿Vienes? —preguntó tendiendo una mano.

Ella dejó de balancearse y contestó:

—Sí.

No fue hasta mucho más tarde, cuando Dom comenzó a preguntarse qué demonios había ocurrido, cuando por fin lo recordó. Ella había parecido sorprendida al responder.

IZZY estaba experimentando un maravilloso sueño. Un hombre la tomaba en sus brazos y ella deseaba ir con él. Así que lo besó más profunda y largamente aún de lo que lo hacía él.

No sabía su nombre, ni creía haberlo visto antes. Al menos en el mundo real. Pero los dos se conocían desde el principio de los tiempos, eso lo sabía. Y sabía también que estaba en el paraíso. Cuando al fin tuvo que dejar de besarlo para respirar, Izzy alzó la cabeza.

—El mejor sueño de todos —dijo.

Izzy sintió que el pecho de él se alzaba al reír.

—Tal y como he dicho, una filósofa.

Era incapaz de ver su rostro, pero así eran los sueños. Te concedían el más profundo de tus deseos, pero no necesariamente te permitían verlo todo. ¿Y quién necesitaba ver nada cuando la boca de él le producía aquellas maravillosas sensaciones en la piel? ¡Y su voz! Su voz era como el chocolate negro. Deliciosa y completamente pecaminosa.

—Di algo más —exigió ella.

El estaba besando todo su cuello. Al oírla alzó la cabeza.

—¿Quieres hablar?

La maravillosa sensación comenzó a desaparecer.

–No pares –gimió Izzy.

–No pensaba hacerlo.

Aquella voz de chocolate negro era cálida, estaba teñida de risa. Como el fuego en la noche helada. Una noche helada y solitaria. Izzy se acurrucó contra aquella voz y sintió su cabeza dar vueltas placenteramente.

–Pero eras tú la que quería hablar, así que hablemos –señaló él acariciando su escote entre los pechos con un beso–. O no hablemos. Elige.

Izzy se estremeció voluptuosamente y contestó:

–Este es mi sueño, no quiero elegir. No debería tener que elegir. Cuando estás en tu propio sueño se supone que lo tienes todo.

–Pues tómalo todo, entonces –contestó él contra su piel–. ¿De qué quieres hablar?

–De mí no. De ti. Quiero que me digas maravillas.

–¿Maravillas? –repitió él sorprendido.

Izzy sentía su aliento en la piel desnuda. Alzó los brazos por encima de la cabeza y suspiró embelesada por completo.

–Mmm… Persuádeme con tus promesas. Sedúceme con un soneto.

¿Era su imaginación, o realmente había dicho esas cosas?

–¿Un soneto? –repitió él.

Izzy abrió los ojos. Se sentía como si estuviera en un objeto volador no identificado, viajando entre planetas extraños. Pasaban demasiadas luces relampagueantes, decidió. Así que entrecerró los ojos de nuevo y se concentró en lo importante.

–Quiero que me conquistes –anunció ella soñadora–. Dime que soy bella.

–Sí, eso sí puedo hacerlo.

Su amante fantástico la había envuelto en un manto ceremonial, y ya sólo quedaba una fina camisa que se interponía entre ella y la cálida piel de su extraterrestre. Izzy respiró hondo, relajadamente, saboreando la fragancia desconocida de aquella piel y el nuevo y extraño mundo del que él procedía. Llevaba algo en la muñeca, algo lleno de luces, esferas y manecillas… probablemente un mecanismo casero interplanetario.

–¿Crees que leo demasiados libros de ciencia ficción? –preguntó Izzy en voz alta.

–Creo que eres maravillosa, ya leas poesía, ciencia ficción o catálogos de jardinería –respondió él estrechándola con más fuerza.

–Mmmm…

Izzy rozó su muñeca con la cara. La tenía ardiendo como el fuego y olía a sándalo. Cerró los ojos y sintió su pulso. Era como el de ella. El objeto volador no identificado aumentó la velocidad y, de pronto, se detuvo. El alienígena dijo:

–Estaríamos más cómodos dentro, ¿no te parece?

Sintió una brisa fría. El vehículo se lanzó al universo dejando a Izzy en brazos de su caballero. En medio de aquel repentino silencio ella oyó el zumbido de sus oídos. Definitivamente su cabeza bailaba como si no hiciera más que girar y girar. Entonces él habló, pero pareció hacerlo desde una infinita distancia:

–Entremos. Luego discutiremos la estrategia de conquista.

Las vueltas comenzaron a hacerse más rápidas. De hecho, Izzy perdió por completo el control y se apoyó en él. Era como una roca. ¿Cómo era posible que él no estuviera mareado? Aquel hombre debía de ser de acero.

—Es una nueva experiencia —dijo ella—. Una experiencia… completamente… nueva.

Entonces se derrumbó en sus brazos como una muñeca. Lo último que recordó fue que el alienígena dijo:

—Debería haberlo imaginado. No importa, cariño, apóyate en mí. Yo te llevaré a casa sana y salva.

—Sana y salva —repitió ella desmayándose por fin.

Al despertar se sintió extraña. Tenía la boca seca, le dolían las costillas como si le hubieran dado patadas y la ventana no estaba en su sitio. Izzy se incorporó bruscamente. El corazón le latía a toda velocidad. Pero la ventana seguía sin ser el espacio vacío entre paneles de madera con palmeras balanceándose en el exterior. Tenía cortinas. Izzy trató de ajustar la vista y entonces vio que estaba en un dormitorio extraño.

Bueno, dormitorio… Era poco más que un despacho con espacio para un colchón. Había una mesa con un ordenador de pantalla plana. Las paredes estaban cubiertas de mapas y carteles. Había una pared llena de CDs y otra de vídeos y DVDs. Y había una librería rebosante de libros, papeles y fotografías. Una bonita alfombra de colores cubría el suelo de roble. No, definitivamente aquel no era el escondite de los rebeldes en la selva de los Andes.

Izzy se llevó una mano al pecho. Lentamente su corazón comenzó a latir a una velocidad normal. Entonces comprendió a qué se debía el dolor de sus costillas: ¡al hambre! Pero, ¿por qué demonios tenía hambre? ¿Qué hora era? Izzy miró el reloj: las cuatro de la madrugada.

Fue entonces cuando se dio cuenta de tres cosas: seguía llevando el vestido rojo de En el desván, había abandonado la fiesta con una figura fantástica cuyo rostro no podía recordar y no tenía ni la menor idea de dónde estaba.

Sacó los pies de la cama. Al menos estaba sola, no había ninguna figura fantástica durmiendo a su lado. No sabía si sentirse desilusionada o aliviada. Bien mirado, se sentía aliviada, pero no podía dejar de preguntarse por el desconocido. ¿Se había lanzado sobre él? Era posible. ¡Pero era horrible!

Sí, terrible. Aquellos besos en el asiento trasero del taxi tenían que ser un sueño. Y más aún su exigencia de que la sedujera con poesía. Evidentemente, el hambre y la falta de sueño la habían vencido, y un amable desconocido la había puesto a salvo. Todo lo demás era pura fantasía. Fuera quien fuera quien la hubiera salvado, no podía ser un héroe fantástico.

Izzy investigó el despacho. Parecía como si alguien hubiera hecho aquella cama a propósito para ella. Sin embargo, había olvidado quitarle el vestido, y no es que hubiera mucho que quitar. Izzy encontró sus zapatos, el encantador y poco práctico bolso a juego y una chaqueta desconocida. La recogió. Y la tiró al suelo inmediatamente, como si quemara.

Conocía aquella fragancia, la tenía grabada en la memoria. Era la fragancia de él. ¡Él! Izzy tragó saliva y sintió que se ruborizaba en medio de la oscuridad.

El bolso era tan diminuto que no cabía nada, ni siquiera el móvil. Sólo llevaba las llaves de casa y algo de dinero. Jemima y ella siempre lo llamaban «el dinero para escapar». Nunca, jamás, salían de casa sin llevar dinero para el taxi de vuelta. Aunque aquella era la primera vez que Izzy iba a utilizarlo.

Salió de puntillas con los zapatos en la mano, subiendo unas escaleras. Había una luz tenue en el descansillo, entre tramo y tramo. La casa estaba en silencio excepto por el tic-tac de un reloj. Al llegar arriba vio una enorme puerta iluminada cerrada con cerrojos.

Abrió y salió a la calle. No se le ocurrió pensar que estaba haciendo una tontería hasta que cerró la puerta. No sabía dónde estaba, sólo llevaba un vestido de noche y eran las cuatro de la madrugada. Pero cualquier cosa era mejor que enfrentarse al hombre que le había prestado la chaqueta, cuya boca había besado con pasión.

Izzy apretó los dientes y caminó resuelta calle abajo. Estaba furiosa consigo misma. Tan furiosa, que apenas agradeció a su suerte el hecho de encontrar un taxi en Knightsbridge. A las cuatro y media estaba en casa. Izzy se bebió una taza de leche caliente y se metió en la cama.

¡Se había ido! Dom no podía creerlo. Le había hecho la cama en el despacho como un caballero, ni siquiera se había atrevido a quitarle aquel pedacito de provocativa tela roja. Pero, a pesar de ello, se había marchado sin dejar ni su dirección ni su teléfono. Aquella sería la última vez que se comportaría como un caballero.

Con Molly di Peretti, sin embargo, Dom se mostró circunspecto. Tanto, que ella malinterpretó el motivo de su llamada. Pero no le contaría a nadie que su dama de rojo había huido. Cierto, no había tenido tantos escrúpulos a la hora de revisar su diminuto bolso. Pero no había descubierto nada. Ni siquiera una tarjeta de crédito, sólo unas llaves, un par de billetes y un frasquito de perfume. Aún recordaba su fragancia. Aquel olor lo perseguiría durante el resto de su vida si no la encontraba. Pero la encontraría. Así que le dijo a Molly di Peretti:

—Lo siento, me he portado fatal. Jay tenía razón. Haré todo lo que me digas.

—¿Que te dijo qué? —preguntaron Christopher y Abby al unísono cuando Molly les contó aquella conversación telefónica.

Molly se lo repitió.

—Está tramando algo —aseguró Abby.

—Sí, yo también lo creo —convino Molly—. Esta mañana vino a verme como un corderito y repasó conmigo los recortes de la prensa. ¡Y memorizó los nombres de la lista de invitados de anoche!

—Definitivamente, trama algo —repitió Abby.

—Bueno, quizá haya decidido que merece la pena dedicarle algo de tiempo a la campaña —concluyó Jay optimista.

–Dom no va a cooperar –aseguró Abby–, es incapaz de comprometerse. No estarás pensando en serio en buscarle una estrella de cine rubia, ¿verdad, Moll?

–No, me las arreglaré con una modelo pelirroja.

–¡Jemima Dare! –exclamó Jay–. ¡Molly, estás inspirada! Mataremos dos pájaros de un tiro. Muy inteligente.

–Sí, puede que Jemima se presente esta vez, si le digo que tengo a un hombre fuerte con el que saltar.

–¿Saltar? ¿Saltar qué? –repitió Abby alarmada.

–Saltar del Chelsea Bridge –contestó Jay.

–¿Ella va a saltar del Chelsea Bridge? –gritó Abby horrorizada.

–Bueno, es sólo uno de esos saltos espectaculares desde un puente. Con arnés –explicó Jay.

–Y un montón de fotógrafos –añadió Molly con una sonrisa–. Ese hombre es todo músculo, no es el típico chico mono con el que suele posar. Será toda una experiencia.

–¡Sí, no se la desearía ni a mi peor enemigo! –exclamó Abby.

La semana siguiente pasó en un abrir y cerrar de ojos. «Mejor», se dijo Izzy. Cada vez que se paraba a pensar, el recuerdo de su aventura nocturna la hacía saltar y sudar. Sí, aún soñaba con aquellos ardientes besos, con su propio abandono. Pero era pura fantasía… probablemente. Lo que más la sobresaltaba era la risa de aquella voz de chocolate preguntando: «¿Un soneto?». Eso sí que no era fantasía, era como la terrible vida real. Cuanto más pensaba en ello, más convencida estaba de que había sido verdad. Un hombre la había llevado a su casa y la había acostado, y ella había huido sin dejar siquiera una nota. Sin embargo, seguía sin recordar su rostro.

–¡Dios! –gritó Izzy saltando de la silla sobresaltada al sonar el teléfono.

–¿Algún problema? –preguntó Pepper alzando la vista de la mesa.

–Cuando la chica de la agencia de relaciones públicas me dijo que la inauguración era sólo el comienzo, no sabía a qué se refería –contestó Izzy–. Pero ahora lo sé. El teléfono no deja de sonar.

–Eso es bueno, pero no perdamos de vista la producción. La publicidad no sirve de nada si el catálogo y la ropa no están listos. Contrata a quien quieras, pero no dejes que se retrase.

–De acuerdo, jefa –rió Izzy.

Por eso cuando Molly llamó, preguntando si Jemima estaba disponible, Izzy la interrumpió:

–Jemima sólo colaboró con nosotros en la inauguración.

–¿Pero ha vuelto a Londres? No la encuentro –insistió Molly.

–Debería llegar mañana en el vuelo de las seis de la tarde procedente de Río de Janeiro. Supongo que la veré a la hora de desayunar.

–Bien. ¿Podrías decirle que me llame? Cuanto antes, por favor –añadió Molly.

Izzy tomó nota, pero al levantarse a la mañana siguiente no había ninguna maleta en el vestíbulo. La puerta del dormitorio de Jemima estaba abierta, y la cama hecha.

—Se habrá retrasado el vuelo —sugirió Pepper.

Izzy estaba preocupada, así que decidió consultar la hora de llegada del avión por Internet. El avión había aterrizado sin retraso. Inquieta, llamó a Jemima al móvil, pero estaba desconectado. Entonces llamó a la agencia de modelos con la que trabajaba su hermana, pero no quisieron decirle nada.

—¿Qué está pasando? —preguntó Izzy a gritos, preocupada.

—¿Problemas? —volvió a preguntar Pepper.

—Jemima no está en Brasil. Según la recepcionista de la agencia de modelos ha vuelto a Inglaterra, pero nadie quiere decirme dónde está.

—¿Y?

—No es propio de ella —explicó Izzy—, siempre me llama. Y antes de marcharse estaba... rara. Parecía al borde de un ataque de nervios.

—La proteges demasiado —afirmó Pepper mirándola con curiosidad—. No pretendo criticarte, Izzy, pero Jemima es una adulta, no tiene por qué avisar. Quizá haya conocido a un chico estupendo y lo esté celebrando.

Izzy cerró los ojos. Presentía que algo terrible le había ocurrido a su hermana.

—Sabía que algo iba mal, lo supe la última vez que Jay Jay estuvo aquí con nosotras. Pero no había tiempo para hablar, teníamos tanto trabajo... Debería haber sacado el tiempo de donde fuera.

—Está bien, tienes un presentimiento —contestó Pepper—. La buscaremos. Me deben un par de favores, llevo en este negocio mucho tiempo. Conozco a una persona que puede decirme dónde está.

Pepper no se engañaba. En tres horas consiguió una dirección. Se trataba de un hotel de Londres.

–¿Está en un hotel? Pero, ¿por qué? No comprendo –dijo Izzy.

–Según me han contado llegó al aeropuerto con gafas de sol y se dirigió directamente al hotel. No ha salido de la suite desde entonces. Y reservó la habitación con nombre falso.

Atónita, Izzy trató de asimilar aquella información. No podía creerlo. Pepper tenía a Steven cuando algo iba mal. Jemima tenía supuestamente un amante dispuesto a pagarle la mejor suite de un hotel. En cambio ella estaba sola. Por un instante Izzy deseó tener un hombro sobre el que llorar. Para su desgracia, durante aquellas horas en vela la imagen de su amante desconocido la persiguió. Bueno, no exactamente su imagen, sino su fuerza, su risa maliciosa y la increíble y fatal sensación de que estaban hechos el uno para el otro. Sentir por un instante que le pertenecía a alguien, que era parte de un equipo, que había alguien en quien podía confiar plenamente había sido una bendición. Izzy había echado de menos ese sueño que había dejado atrás al salir de puntillas de aquella casa desconocida.

Pero debía ponerse en marcha. Y si se veía obligada a hacer el ridículo e interrumpir a Jemima en su nido de amor, lo haría. La decisión estaba tomada. No le costó demasiado convencer a Pepper de que le concediera unas horas libres. Presentarse en la suite de Jemima, en cambio, era otro cantar. El recepcionista negó que Jemima Dare se alojara allí, e Izzy salió a la calle y caminó de un lado a otro. El móvil de su hermana seguía desconectado. Bien, de un modo u otro estaba dispuesta a entrar en la suite.

Pero no fue fácil. Contaba con ciertas ventajas: era alta y atlética y sabía persuadir con una sonrisa. No era tan sexy como Jemima, pero tenía el mismo cabello pelirrojo y las mismas largas piernas… De pronto se le ocurrió: se haría pasar por ella. Bastaba con maquillarse mucho… y echarle valor.

Quince minutos más tarde, después de maquillarse en el servicio de una cafetería, Izzy estaba de nuevo ante las puertas del hotel. Fue más fácil de lo que creía. El recepcionista estaba ocupado con dos clientes y un botones la saludó:

—Buenas tardes, señora Blane.

Eso le dio la pista. Jemima se había registrado en el hotel como la señora de su agente, Basil Blane. Era extraño, porque él siempre les había caído mal a las dos. En cuestión de segundos llegó a la puerta de la suite y llamó.

Pero no hubo respuesta. El corazón de Izzy comenzó a latir aceleradamente. Entonces volvió a llamar utilizando el código secreto sin el cual nadie podía entrar en el ático a jugar con ellas cuando eran niñas. De pronto se oyó un golpe, como si alguien hubiera tropezado con un mueble, y la puerta se abrió.

—¡Izzy!

Era Jemima, pero su aspecto era terrible. Había adelgazado, tenía ojeras, respiraba con dificultad y no podía estarse quieta.

—¡Dios mío! —exclamó Izzy—. ¿Qué te ha pasado?

Jemima se echó a llorar y se lanzó en brazos de su hermana.

—¡Oh, gracias a Dios! ¡Oh, Izzy, tienes que ayudarme! ¡Me estoy volviendo loca!

Izzy tardó diez minutos en darse cuenta de que Jemima no exageraba. Era peor de lo que imaginaba.

—Nos vamos de aquí. Inmediatamente —afirmó Izzy resuelta.

Pero Jemima, la dulce, bella y famosa Jemima se hizo un ovillo en un rincón y se negó a moverse. Aquella lujosa suite era su prisión. No podía marcharse, Basil la encontraría.

—¿Y qué? —preguntó Izzy dispuesta a enfrentarse al agente.

—Tengo un contrato, le pertenezco. Puede llevarme a la cárcel. ¡Jamás volvería a trabajar! —gritó Jemima.

No tenía sentido discutir con ella, así que Izzy trató de tranquilizarla y la convenció para que se sentara con ella en el sofá. Luego llamó por teléfono a Steven, el prometido de Pepper.

—No sé qué hacer, Jemima está muerta de miedo. Dice que si se marcha del hotel será el fin de su carrera como modelo. Está histérica.

—¿Qué ha tomado? —preguntó Steven.

—¿Qué? —preguntó a su vez Izzy incrédula.

Nada más mencionarlo Steven, sin embargo, la idea cobró sentido. Izzy observó a su hermana, aferrada a un cojín mirando a su alrededor aterrada.

—Te llamo dentro de un momento —se despidió Izzy colgando y volviéndose hacia su hermana—. Dime la verdad, Jay Jay. ¿Te ha obligado Basil a tomar algo?

—Estaba engordando. Basil dice que las cámaras notan cada gramo —contestó Jemima tragando saliva.

—¿Qué te ha dado?

—Pastillas —admitió Jemima tristemente—. Me hacen sentirme fatal.

—Ya lo veo. Tenemos que ver a un médico inmediatamente.

Steven llamó por teléfono y le dio la dirección de un médico que estaba dispuesto a verla en ese mismo momento.

—Basil lo descubrirá, saldrá a buscarme —advirtió Jemima—. Me dijo que no abandonara la habitación a menos que su secretaria viniera a buscarme. Me llama para comprobar que estoy aquí.

—Está bien, yo me quedaré aquí. Me quedaré en esta habitación y fingiré que soy tú hasta que estés a salvo.

Los ojos de Jemima se iluminaron débilmente con un brillo de esperanza.

—¿En serio?

—Sí, todo saldrá bien —afirmó Izzy.

—¡Oh, Izzy! —exclamó Jemima suspirando—. ¡Eres tan fuerte...!

—Mmm… a veces.

CAPÍTULO 4

D OM, ERES imposible!
Dominic salió de debajo del jeep, recogió una llave inglesa y volvió a desaparecer bajo el vehículo sin decir palabra.

–Serán sólo son unas pocas horas, es publicidad –afirmó Abby agachándose–. Molly se ha tomado muchas molestias para prepararlo todo. Lo prometiste. Necesitas fondos para la expedición –continuó Abby insistiendo–. Tú mismo lo dijiste. Hay demasiados aventureros por ahí con el mismo problema, tienes que hacerte notar.

Dominic salió de debajo del coche y contestó:

–Tratas de convertirme en un espectáculo.

–Dijiste que lo harías si C&C encontraba a la mujer ideal.

–No me gusta cómo suena eso.

–Lo dijiste –afirmó Abby resuelta–. ¿Es que vas a echarte atrás?

Las miradas de ambos se encontraron.

–Jemima Dare tiene que saltar, y está aterrada –añadió Abby–. No le vendría mal que le echaras una mano.

–Así que voy a ser su niñera –dijo Dominic en voz baja.

—Basta, es una chica preciosa. Abrázala, que se vea que eres macho. Tendrás todas las fotos que quieras.

—¿Macho? —repitió Dominic.

—Ya sabes a qué me refiero, enseña los músculos. Y no te afeites en un par de días.

—Vale, lo he captado —asintió Dominic riendo—. Se trata de rescatar a la chica.

—Eso es, tienes que parecer un héroe.

—Sí, para que luego se largue con mi hermano mayor.

—¡Pero Dom! Kelly no era una chica de fiar. La mayor parte de las mujeres son tan sinceras y tan honestas como tú y como yo —insistió Abby.

El rostro de Dominic estaba rígido.

—Déjalo, Abby, no importa. Ya lo he superado, aprendí la lección.

—¿Qué lección?

—No volveré a confiar jamás en ninguna mujer —explicó Dominic.

—¡Oh, Dom! De todos modos no tendría sentido que trataras de conquistar de verdad a Jemima Dare, en realidad ya la conoces.

—¿La conozco?

—Sí, os sentasteis en la misma mesa en aquella fiesta benéfica. Incluso bailaste con ella —dijo Abby.

—No lo recuerdo… —contestó Dominic sacudiendo la cabeza. Instantes después chasqueó los dedos y añadió—: ¡Ah, sí!, fue en febrero. Una pelirroja con mucho maquillaje y muy poco vestido. No hacía más que tropezar.

—¿Y…? —preguntó Abby—. ¿Te gustó?

Dominic se encogió de hombros.

—Bueno, pero irás mañana, ¿no? —siguió Abby insistiendo.

—¿Fingir que eres Jemima? ¡Oh, vamos, Izzy! —exclamó Pepper furiosa por teléfono—. ¿Durante cuánto tiempo crees que podrás engañar a la prensa?

—El suficiente —contestó Izzy.

—¿Y crees que no van a darse cuenta?

—No voy a ninguna sesión fotográfica —explicó Izzy—, sólo voy a quedarme aquí sentada esperando a que Basil llame por teléfono, y ya sabes que nadie nos distingue por teléfono. Y en cuanto a lo de saltar del puente mañana, eso puedo hacerlo. Nadie está en su mejor momento volando por los aires. Después ya todo da igual, Jemima estará en una clínica.

—Estás loca —suspiró Pepper despidiéndose.

Izzy se pasó el día practicando los trucos de maquillaje que había visto utilizar a su hermana. Jemima tenía poca ropa en el armario que le sirviera, pero finalmente encontró un conjunto que no estaba mal para saltar. Los pantalones de cuero le estaban demasiado estrechos, y el top transparente de manga larga tenía un escote demasiado grande. Aunque al menos no le quedaba muy prieto. Mientras la gente se concentrara en el escote, no se fijaría en que no tenía el perfecto rostro oval que había hecho famosa a su hermana.

Izzy había visto peinarse a su hermana mil veces, así que a la mañana siguiente la imitó. Y funcionó. Cuando finalmente se miró al espejo, era la viva imagen de Jemima. Sólo la ropa interior era suya. Estaba muy nerviosa, pero no por el hecho de saltar, como creía Josh, el empleado de la agencia de relaciones públicas que fue a buscarla al hotel.

—¿Nerviosa? —preguntó Josh sujetándole la puerta de la limusina.

¿Estaría Jemima nerviosa? Posiblemente. No le gustaban las alturas. En cambio Izzy siempre había deseado tirarse en paracaídas.

—Puedo soportarlo —contestó Izzy encogiéndose de hombros, evasiva.

—Al menos no estarás sola —añadió Josh, que no parecía haberse dado cuenta de que no era Jemima.

—No, habrá mucha gente.

La limusina se acercó al puente, donde había un montón de periodistas y fotógrafos. Y había alguien más. Estaba de pie, detrás, mirándola socarrón. Tenía los brazos cruzados y sonreía maliciosamente. Algo en aquellos labios la sorprendió, le llamó la atención.

—¿Y ése? —preguntó Izzy.

—¿Quién? —preguntó a su vez Josh.

—Ése que sonríe, el de las piernas largas.

—Ah, es Dominic Templeton-Burke —contestó Josh—. Tu cita de hoy.

—¿Mi cita? —siguió preguntando Izzy.

—Después de... los malentendidos de la última vez, creo que pensaron que te vendría bien la escolta —explicó Josh.

No había tiempo para averiguar con exactitud qué ocurría. El coche se detenía ante el puente mientras aquel hombre no le quitaba ojo de encima.

–Nadie me dijo nada de ninguna cita, y además, ¿quién es?

–Dominic Templeton-Burke –repitió Josh con paciencia–, el explorador. Creía que erais amigos.

Izzy abrió la boca atónita. Por suerte Josh no la miraba en ese momento. Estupendo, tenía una cita… ¡con un hombre que conocía a Jemima! Aquel hombre la descubriría. Pero… ¿hasta qué punto conocía a su hermana?

Izzy no había oído nunca su nombre. Pero eso sólo significaba que Jemima no le había hablado jamás de él. O bien apenas lo conocía, o lo conocía demasiado bien.

Aquel hombre tenía todo el aspecto de haber salido de una pesadilla. Y no porque no fuera guapo. Tenía el cabello negro revuelto, los pómulos pronunciados y unos labios voluptuosos. Sí, decididamente era el tipo de hombre que podía gustarle a Jemima. Terriblemente sexy, y muy dominante. Izzy sintió que su corazón se hundía. Definitivamente, era del estilo que le gustaba a Jemima.

En cambio no era el tipo de hombre por el que Izzy podía sentirse atraída. Era guapo, sí, pero era el típico tipo duro. Desde la ropa de camuflaje hasta las gafas de sol de espejo, todo él parecía salido de una pesadilla. Para ser precisos, parecía salido de su más secreta pesadilla. Izzy se quedó helada de pronto.

–¿Estás bien? –preguntó Josh.

–Sí, es sólo… –contestó Izzy mirando hacia abajo– que está muy alto.

–Me alegro de que vayas a saltar de la mano de Dominic –sonrió Josh tratando de tranquilizarla.

—¿De la mano?

—Claro, de eso se trata —contestó Josh.

Si Josh notó que estaba pálida, sin duda lo achacó al miedo a saltar. Pero el miedo de Izzy era a algo mucho más real… que se acercaba más y más. Izzy lo observó caminar en su dirección. Lo hacía con indiferencia, con seguridad.

Jemima se había vuelto muy sofisticada desde que había alcanzado el éxito, pero no era una tigresa. Al menos con sus amigos. Aunque quizá con sus amantes sí. Pero entonces, ¿eran amantes?

No era el momento de perder los nervios. Izzy tragó y miró por encima del hombro de Josh hacia las gafas de espejo tras las que debían estar los ojos de Dominic Templeton-Burke.

—¿Y por qué va vestido de Rambo?

Por supuesto, Izzy hizo la pregunta justo cuando el Hombre Pesadilla estaba lo suficientemente cerca como para oírla. Dominic se detuvo en seco y, de pronto, perdió el aire de indiferencia que había mostrado hasta ese momento. Se puso tenso.

—¿Quién sabe? —respondió Josh—. Dicen que es un experto.

—¿En serio? —continuó Izzy metida en su papel, fingiéndose la estrella de las modelos.

—No discutas con él, no sabes cuánto nos ha costado que viniera —advirtió Josh—. Si lo ofendes se irá, no le importa lo que piense la gente.

Izzy estaba convencida de ello. Aquel hombre estaba parado, con los brazos cruzados, disfrutando descaradamente de las transparencias de su top. Hubiera deseado abofetearlo.

Pero no lo hizo. Sólo alzó la cabeza, se enderezó y lo miró a los ojos. Y contuvo el aliento. Había llegado el momento crucial. Él no tardaría en gritar que ella no era Jemima, que era una impostora. Y los fotógrafos se matarían por tomar la foto.

Pero parecía estar helado, bloqueado. Era difícil decirlo, con aquellas gafas que ocultaban sus ojos. De pronto, sin embargo, el depredador vestido de camuflaje pareció convertirse en un ser humano.

–¿Te arrepientes? –preguntó él a modo de saludo.

Izzy no podía creerlo. Aquel hombre no preguntaba por Jemima, no preguntaba quién era. Daba a entender que su hostilidad le resultaba divertida. Y, sin embargo, por alguna razón, su voz la puso aún más nerviosa.

–No –negó Izzy con altanería.

–¿No?

Dominic miró el reloj. Era grande, estaba lleno de esferas y manecillas y brillaba al sol. Pero no era el reloj lo que observaba Izzy, sino su brazo. Era moreno, fuerte. Izzy tragó. No todos los hombres fuertes eran estúpidos, se dijo arrepentida. No debía juzgarlo sólo por la ropa y por el hecho de que hubiera tenido una mala experiencia en la vida.

–No, jamás pierdo los nervios.

–Te creo –afirmó él con un tono de voz que parecía querer decir lo contrario.

–Jamás –insistió ella.

–Entonces date prisa, ven a pesarte.

–¿Pesarme? –preguntó Izzy.

–El peso es importante, es necesario conocerlo para decidir qué cuerda usar –explicó Dom.

–Nadie me dijo que tenía que pesarme –añadió Izzy alerta.

–No duele –afirmó Dominic Templeton-Burke irónico.

–No, pero…

–No importa –intervino Josh–. Tienen prohibido revelarle el peso a nadie, está en el contrato –aseguró resuelto, malinterpretando a Izzy.

Dominic soltó una carcajada. Aquel tipo le caía cada vez peor. Y no sólo por el atuendo.

–No te burles, sólo intento ser una profesional.

–¿Y tu peso es un secreto profesional? –inquirió Dominic.

–A ninguna mujer le gusta confesar su peso –contestó Izzy tratando de mostrarse encantadora y conciliadora, sonriendo igual que lo hacía Jemima.

–Bien, lo que tú digas, pero, ¿vamos a saltar o no?

Ojalá hubiera podido decir que no. Deseaba huir de aquel hombre, de aquellos ojos ocultos y de aquellos músculos…

Pero no podía. Había demasiadas cosas en juego. Su orgullo no. Su orgullo había sufrido ya una herida mucho tiempo atrás, y se había recobrado. Pero tenía que pensar en Jemima. No tenía elección. El hecho de que aquel hombre fuera vestido de camuflaje no era razón para tenerle miedo, al contrario. ¿Quién, sino un completo estúpido, se vestía así para ir al Támesis a las once en punto de una agradable mañana de verano?

Jugaba a ser soldado, pero sólo era una patética versión de Hollywood. Izzy alzó la barbilla y contestó:

–Por supuesto.

DOMINIC no podía creerlo: era ella. El corazón le había dado un vuelco. Al fin la había encontrado. Justo cuando comenzaba a pensar que su cuidadosa estrategia fallaba, cuando comenzaba a aceptar que tendría que preguntarle su nombre a Molly di Peretti... Porque, definitivamente, tal y como había descubierto por Internet, aquella mujer no era Pepper Calhoun, la directora de En el desván, tal y como Molly decía. Pero justo cuando comenzaba a agotarse su paciencia, de pronto, la rueda de la fortuna cambiaba. Y ahí estaba la dama de rojo.

Sólo que ella lo trataba como si no lo hubiera visto jamás, como si nunca se hubiera derretido en sus brazos, como si no fuera a él a quien pertenecía. Como si sus cuerpos no hubieran bailado hasta latir los dos al ritmo del mismo pulso, como si no hubiera obligado a su corazón a latir salvajemente al ritmo de la salsa.

Dominic buscó su mirada, rogó en silencio por que lo mirara. Ella dejaría de fingir en cuanto lo mirara a los ojos, entonces reconocería lo que había entre ellos. Lo reconocería.

Pero no sirvió de nada. Ella parecía mirarlo, pero no lo hacía. Observaba su atuendo, y parecía muy enfadada. ¿Qué estaba ocurriendo?, se preguntó medio loco. Tras ella, el chico de Culp & Christopher dijo:

—Id vosotros delante, yo esperaré aquí, Jemima.

Dom se detuvo en seco. ¿Jemima?

Su dama de rojo no era Jemima. Él conocía a Jemima. Había bailado con ella en un baile de caridad aquel invierno. O, más bien, la había arrastrado por la pista con aquellos ridículos zapatos. Jemima era incapaz de abandonarse a la música, jamás había hecho galopar su corazón. Y mucho menos era capaz de obligarlo a bailar salsa.

Aquella mujer no era Jemima. Excepto...

La gente cambiaba. La estatura era la misma, igual que la tez pálida y perfecta. Las mujeres se cambiaban el color del cabello cada dos por tres, aunque aquélla parecía ser auténticamente pelirroja. ¿Y si había sido Jemima Dare en todas las ocasiones? Quizá se transformara en otra persona con la pasión de la noche y la música, y volviera a ser una aburrida celebridad durante el día. Dom se dio la vuelta precipitadamente hacia ella y la miró.

Ella le hizo una señal para que la precediera y guiara a la pequeña caseta de madera preparada como oficina provisional.

Dom estaba rabioso. Los dos habían ardido en las llamas de la pasión. Ella tenía que recordarlo. Nada más entrar en la oficina Dominic se dio cuenta de que estaba muy nerviosa. Saludaba a los chicos de la prensa, pero estaba como un flan.

¿Por qué? Era bella. Mucho más bella que la mujer esquelética de la fiesta de febrero. Tenía curvas, maravillosas curvas que él recordaba bien. Y no se trataba sólo de su aspecto, no. Quizá aquella mujer no lo mirara, pero él podía sentir el torbellino que se desarrollaba en su interior. Era un verdadero volcán.

La mujer se subió al peso con una mirada desafiante. Ni siquiera miró a la encargada de tomar nota de su peso. Eso lo convenció. Ninguna modelo profesional demostraba esa falta de interés por su peso. Fuera quien fuera, su dama de rojo no era Jemima Dare. Su instinto no se equivocaba.

—Llevas una vida muy interesante —comentó Dominic.

—¿Qué? —preguntó ella suspicaz.

—Sí, una vida intensa. De la pasarela al salto sobre el río… E, indudablemente, con multitud de momentos interesantes en los asientos traseros de los taxis.

Para decepción de Dominic, ella no pareció darse por aludida. Sólo contestó:

—Últimamente sólo voy en limusina.

—¿Nada de travesuras? —insistió él.

—No —contestó ella soltando una carcajada que lo desconcertó—. Siempre he sido una buena chica, mi hermana Izzy es la traviesa.

—¡Qué interesante! —comentó él—. ¿Y tú nunca te desmelenas?

—¿Por qué crees que voy a estar dispuesta a hablar de eso contigo? Además, ¿no te quitas jamás esas gafas? Es imposible que te hagan falta en un sitio como éste.

—Así es —contestó Dominic quitándoselas.

Aquello la dejó paralizada. Ella parecía incapaz de pensar, no sabía qué hacer. Dominic disfrutó observando su reacción.

–Será mejor que te concentres en lo que te dicen –aconsejó Dominic–. Es importante que el arnés esté bien seguro.

Ella no respondió. Pero hizo un ruido entre dientes, como un gruñido. Dominic reprimió una sonrisa y adoptó la actitud de un buen alumno en clase. Bueno, al menos lo intentó. Aquella falsa Jemima resultaba demasiado fascinante como para concentrarse en las cuerdas. Sobre todo porque en realidad el asunto no era nuevo para él.

La instructora fue clara y concisa. Ató los arneses de ambos y ajustó las cuerdas.

–Volveré a revisarlo todo antes del salto, tranquilos –comentó la instructora–. Y ahora unas cuantas preguntas sobre vuestro estado físico.

Izzy escuchó agradecida. No dejaba de repetirse en silencio que Dominic Templeton-Burke era un héroe de pacotilla, pero no funcionaba. Él se mostraba orgulloso y fuerte, y la observaba como si fuera un bicho raro bajo el microscopio.

–Deja de mirarme y presta atención –ordenó ella seria–. Esto no es un juego, hay que estar atento.

Él alzó las cejas y torció los labios. Se reía de ella. Izzy se volvió hacia la instructora con atención y respondió a sus preguntas cuidadosamente.

–No, no tengo nada en la columna. Mi presión sanguínea es normal.

O al menos lo habría sido si Dominic Templeton-Burke no estuviera tan cerca y no sintiera su aliento sobre el cabello y detrás de la oreja.

–No, estoy bien del corazón. No tengo epilepsia. No, no estoy embarazada –continuó Izzy.

De pronto un ruido, o más bien una corriente de aire, le hizo alzar la cabeza. Era Dominic Templeton-Burke con su expresión burlona, mucho más sarcástica aún tras quitarse las gafas. Sus ojos eran grises con motas verdes. Sus miradas se encontraron.

–No seas tonta, Sandy –dijo él sin dejar de mirar a Izzy–. Las modelos jamás se quedan embarazadas cuando están en su momento culminante. Es malo para el negocio.

Izzy tosió. Le costó trabajo mantener su actitud indiferente y profesional.

–Sabes mucho de modelos, ¿eh?

–Como todo el mundo –contestó él.

–Pero no sabes nada en absoluto de mí –añadió Izzy impulsivamente, sin pensar.

–¡No me digas! –exclamó él riendo–. Así que te has hecho budista desde la última vez que te puse las manos encima, y ya sólo te preocupa el espíritu.

Sus miradas se encontraron una vez más.

–¿La última vez que me pusiste las manos encima? –repitió ella.

–Vaya, veo que lo has olvidado –contestó él.

Izzy se sintió enferma. Así que era cierto: Jemima y él habían sido amantes. ¿Cómo salir del atolladero? Pero estaba preparada, se dijo. O eso creía. Sabía desde el principio que era posible tropezar con alguien que pudiera destapar el engaño. Cierto, no se había preparado para enfrentarse a un marine alto, moreno y guapo. Ni para enfrentarse a un ex amante. Pero se enfrentaría a cualquiera que se le pusiera por delante, incluyéndolo a él. Aquel hombre parecía leerle el pensamiento, pero hasta el momento no se había dado cuenta de que no era Jemima Dare. Y a eso tenía que agarrarse.

—Olvido a muchos hombres —declaró con frialdad.

La monitora soltó una carcajada. Era evidente que conocía bien la reputación de Dominic Templeton-Burke. Quizá incluso fuera otra de sus ex amantes.

—Trágate ésa, Dom —dijo la monitora.

Él se echó a reír. Bueno, ¿qué otra cosa podía hacer? Pero no dejaba de mirar a Izzy muy pensativo. Izzy fingió no darse cuenta. Si su ego le impedía tragarse ese comentario… ¡peor para él!

—¿Eso es todo? —preguntó Izzy.

—Firma aquí —pidió la monitora.

Izzy firmó. Dominic no le quitaba ojo de encima. Izzy sentía su mirada aunque apartara la vista. Las cosas iban mal. ¿Tenía él algún asunto pendiente con Jemima? Desde luego entre ellos había algo, eso seguro. ¿Habrían discutido? ¿Se lo habría tomado él demasiado a pecho? La observaba de cerca, como si tratara de desenmascarar a un criminal en una rueda de reconocimiento. Las cosas no podían ir peor.

Izzy tragó saliva. Tenía que conseguir que dejara de mirarla, así que sacudió la cabeza coqueta meneando el largo cabello. Nunca en la vida había tenido tan pocas ganas de flirtear, pero el cabello era lo que todo el mundo recordaba de Jemima. Era como una capa de seda brillante de un color increíble, muy suave. E Izzy lo sabía. Lo decía la prensa. Aquella mañana su cabello brillaba al sol casi tanto como el de Jemima.

Además, se lo había trabajado y estaba orgullosa de él. Si lo distraía quizá no se diera cuenta de que era demasiado alta y voluminosa para ser Jemima.

–Estoy lista –anunció Izzy meneando la melena.

Por fin se fijaba en la melena. Él se puso justo detrás de ella. Izzy sintió sus manos en la espalda y luego en la nuca. Dominic le recogió el cabello con una mano y ella sintió su aliento en la piel. Oh, sí, había conseguido distraerlo.

En medio de una sensación voluptuosa que no esperaba sentir, Izzy se felicitó a sí misma. Era una buena estrategia. Él no haría comparaciones ni descubriría su secreto mientras se sintiera atraído hacia ella.

El problema era que la estrategia tenía sus desventajas. La niebla del deseo parecía viajar del uno al otro. No sólo Dominic se distraía. Inesperadamente, ella se estremeció de puro placer.

–Te sugiero que te recojas el pelo –dijo Dominic Templeton-Burke–. Si se te enreda en las cuerdas vas a pasarlo mal.

Izzy deseó gritar. Dio un paso atrás y se recogió el pelo, apartándolo de él.

–Gracias –contestó Izzy fríamente a pesar de que ardía en su interior.

–Tienes razón, Dom. ¿Necesita usted una goma, señorita Dare? –intervino la monitora.

Dom se echó a reír. Parecía convencido de que una gran modelo no podía conformarse con una humilde goma de pelo. Izzy sintió deseos de gritar de frustración. ¿Cómo se atrevía a tratarla así, es decir, a tratarlas así a Jemima y a ella? Izzy decidió que lo detestaba. Apretó los dientes y se centró en asuntos más prácticos.

–No importa, gracias –contestó Izzy a Sandy–. Puedo arreglármelas.

Tenía horquillas en el bolso. Jemima jamás las habría utilizado, pero ella sí. Izzy se retorció la masa de cabello y se lo sujetó. Mientras tanto Dom no dejaba de mirarla. Ella lo sabía. Lo sentía aunque no lo mirara.

–¿Cuánto tiempo llevas luchando por la causa de las ballenas? –preguntó Dom.

–¿Qué?

Él sonrió ampliamente. Irónicamente.

–Ni siquiera sabes para qué obra de caridad es esto, ¿verdad?

No podía negarlo.

–¿Qué te ha pasado, Jemmy?

¿Jemmy? Nadie llamaba Jemmy a su hermana. ¿Se trataba de un nombre cariñoso que usaban en privado? ¿De un mensaje en clave que significaba que ella era suya, que nadie la conocía como él?

Izzy se quedó helada. ¡Era cierto!, se repitió una vez más. Habían sido amantes. Porque Jemima viajaba demasiado como para mantener ninguna relación prolongada. Pero, ¿cuánto tiempo había durado? ¿Y por qué diablos su hermana no le había dicho nada? Izzy sintió que la tristeza la invadía. Se había distanciado mucho de su hermana.

–Jamás te había visto tan hambrienta de publicidad, cariño –añadió él rozando su mejilla.

Fue sólo un roce, pero igualmente podía haberse tratado de un rayo. Por un segundo Izzy se sintió incapaz de respirar. Y luego se preguntó si era eso lo que sentía Jemima cuando él la tocaba. ¿Dejaba Jemima de respirar? ¿Lo sabía él? Y, si era así, ¿quién de los dos había roto? ¿Y qué sentía él al respecto?

¿Estaba ansioso Dom por tirarla al río y vengarse? Quizá ni siquiera hubieran roto.

–Eh, no te pongas así, cariño. ¿Qué es lo peor que puede suceder? –preguntó él con una sonrisa.

–No lo sé. Dímelo tú –contestó ella.

Evidentemente Dominic creía que estaba nerviosa por el salto.

–Tú gritas, y yo te salvo y te llevo a tierra. Los dos salimos en los periódicos –contestó él imperturbable.

–Y entonces yo me muero de vergüenza. Aunque siempre puedo huir nadando en dirección al mar.

–Muy práctica.

Izzy estuvo a punto de decir que siempre había sido una mujer práctica, pero se reprimió. Porque si Jemima y él eran amantes, entonces Dominic tenía que saber que ella era bella, espectacular, encantadora y sexy, pero jamás práctica. O lo habría sabido, de haberse molestado en pensar en Jemima. Quizá simplemente sintiera un irreprimible deseo por la lujuriosa Jemima y no le importara la persona que había dentro. Eso esperaba Izzy.

–Venga, vamos a saltar –dijo ella.

La monitora volvió a revisar los arneses. Dominic tomó la cuerda en sus manos y le dio vueltas de un modo muy profesional. La jaula de la que debían saltar se balanceaba colgada de una grúa sobre el río. Dominic lo comprobó todo meticulosamente y por último la rodeó con el brazo. Izzy se puso rígida y medio gritó. Él la miró ligeramente sorprendido.

Ella sabía por qué. No era un contacto sexual, sino profesional, pero ella se lo había tomado como si fuera un cruce de espadas entre dos duelistas.

–¡Eh, relájate! –recomendó él.

–Estoy relajada, estoy relajada –musitó decidida.

Se repetía a sí misma que lo estaba. Pero estaba rígida en aquel abrazo, y a él parecía divertirlo.

–Tendrás que agarrarte a mí cuando saltemos, así que más vale que te vayas acostumbrando.

–¿Qué? –preguntó ella atónita.

–De eso se trata, de saltar juntos. ¿Es que no te lo habían dicho? –preguntó Dom con una sonrisa.

–No.

–Alguien ha cometido un error –añadió él.

–Puedes estar seguro.

–Siempre podemos darnos la vuelta y volver. ¿Lo prefieres? –sugirió él.

La tentación era grande. Pero Izzy sabía qué ocurriría si se acobardaba. En lugar de una oscura columna en el periódico conseguiría una primera plana.

–No, ya que hemos llegado hasta aquí, más vale terminar.

–Buena chica –contestó él sorprendiéndola.

La plataforma dejó de balancearse y él le cedió el paso para saltar dentro. Los monitores que estaban alrededor se mostraban amables, pero preocupados. Trataban a Dom como a un igual, pero a ella la trataban con excesiva amabilidad y cierta superioridad. Izzy tuvo la sensación de que era una pieza sin importancia en medio de una operación profesional.

Izzy se preparó. El sol brillaba y hacía calor, pero no podía evitar sentir escalofríos. Y no por la altura, aunque el Támesis a esa distancia parecía un río de juguete. Era el hecho de saber que iba a tener que lanzarse al espacio abrazada a Dominic Templeton-

Burke lo que la ponía nerviosa. Izzy lo observó disimuladamente hablar sobre los vientos y la presión del aire con los monitores. Era muy guapo. Era un peligro para Jemima. Era su pesadilla. Y la hacía estremecerse como una adolescente.

El único hombre del mundo con el que tenía que fingir profesionalidad era precisamente el único hombre del mundo al que no sabía si podía enfrentarse. Y además él sospechaba algo.

Sí, podía fingir que se trataba sólo de sexo. Quizá él la creyera. Y luego, en cuanto saltaran, tendría que alejarse de él a la velocidad del rayo.

—¿Lista? —preguntó él apartándose del borde.

—Sí —respondió Izzy apretando los dientes.

—Entonces, ven a mis brazos —añadió abriéndolos.

—¡Oh, por favor! —exclamó ella exasperada.

—No es momento de sentir vergüenza, amor mío.

Izzy no pudo evitarlo, respondió instintivamente:

—Yo no soy tu amor.

—Sí, lo eres. Al menos por hoy. La gente de ahí abajo está esperando a ver el abrazo en el aire.

El problema era que Izzy sabía que era cierto. Abajo, en la ribera del río, los fotógrafos ajustaban el zoom. Izzy se serenó y esbozó una sonrisa falsa.

—¡Eres tan romántico! —añadió sarcástica.

Izzy saludó al público y se abrazó a él. Por un momento fue sorprendentemente consciente del calor de su cuerpo, de su pulso… del pulso de ambos, de las cuerdas, de las voces y de las manos… Era como si le ocurriera a otra persona, oía las últimas recomendaciones de la monitora y asentía, hacía lo que le decían. Y trataba de no temblar.

—Querías poesía, así que ven conmigo hasta el final —dijo Dom con voz risueña a su oído.

Poesía. ¿Poesía? Las manos de Dom, sobre sus hombros, eran cálidas. Los recuerdos surgían y desaparecían.

—¿De qué estás hablando? —preguntó suspicaz.

—Tú lo sabes. Si lo piensas —respondió él.

Así que Dom insistía en hablar en clave de amor con ella. Izzy estaba tan perturbada que estuvo a punto de tirarse de la plataforma sin esperar la señal. No tropezó, pero por un momento su cabeza pareció naufragar y se aferró a él en un acto puramente reflejo. ¡Después de haber decidido no acercarse a él! Estuvo a punto de gritar.

—Hoy es un día loco.

—Y sólo acaba de comenzar —añadió él.

—¡Oh, Dios, socorro!

Él se echó a reír malinterpretándola, creyendo que tenía miedo a la altura. Pero lo hizo amablemente, sin ironía. Y luego repuso:

—No es tan terrible como parece.

—No tienes ni idea —contestó ella.

Él movió las manos a su espalda. ¿La acariciaba? Su voz sonaba confiada y resultaba detestable.

—Agárrate a mí, yo te llevaré. Confía en mí.

Izzy no tenía opción. El corazón se le salía del pecho. Sentía pánico, y no trató de ocultarlo. ¿De qué habría servido?

—No puedo hacerlo.

—Yo sí —rió él.

Izzy gimió. Él la estrechó con fuerza.

—Piensa en las ballenas —recomendó él.

Izzy dejó de gemir. Se apartó unos centímetros de él y miró hacia arriba.

—Gracias por tu apoyo.

—Fuiste tú quien se metió en esto —rió él—, pero yo te sacaré… aunque todo tiene un precio.

—¿Un precio?

—Luego hablaremos. Ahora cierra los ojos y confía en mí.

—¿Tengo elección? —preguntó ella tragando saliva.

Él sacudió la cabeza.

—Ven a volar conmigo —dijo Dominic Templeton-Burke sonriendo.

Izzy se estremeció.

—Luego te invitaré a una hamburguesa y hablaremos de poesía —añadió él.

Izzy decidió que lo detestaría el resto de su vida. No permitiría que él adivinara cómo se sentía. Ni una sola vez más. Así que se estrechó contra él y esbozó una enorme y falsa sonrisa.

—Eso espero —contestó ella planeando ya la huida nada más aterrizar.

—Entonces vamos.

Ambos se colocaron al borde de la plataforma. Él la estrechaba con fuerza, casi con más fuerza que la cuerda. Iba a guiarla sana y salva a tierra, pensó Izzy de pronto, atónita.

—¡Ahora! —gritó él.

—No, aún no. Deja que…

Pero él dio el paso. Y ella estaba abrazada a él.

—No pienses en la caída, piensa en mí —dijo él comenzando a besarla profundamente.

El suelo desapareció bajo sus pies.

Izzy, uno de gustia. Su tabla se ... zámbalo ...
ánima con estar mila.

Gracias por tu apoyo.

—Pues no lo sabía si sabe dice... no —le ... pero
yo te encuentra yramdecta la Domina qui ...
nin parece que crufto- se n elamon quidd, pero e ...
todo del periodista por e dio por sen identifica y e ...
Ha e llévome cerrada- Sóis marca.

CAPÍTULO 6

JUNTOS, caían juntos. Se suponía que había llegado el momento de gritar, pero él se lo impedía. Le impedía incluso pensar. Cierto, él era el hombre de su peor pesadilla, pero conocía esos besos, conocía esos brazos. Él era también el hombre de su noche de fantasía.

¿Cómo había podido dudar de que fuera real? ¿Qué hombre imaginario podía tener semejantes músculos, besar así? Él era real. Era un peligro. Y sin duda era el amante de Jemima.

Pero por unos instantes era sólo suyo, y la besaba como en el sueño. En el aire, mientras se balanceaban, todo su cuerpo respondía a aquel beso.

Izzy reprimió un juramento. Era el infierno, el paraíso.

—Ha estado estupendo —comentó Josh entusiasta cuando aterrizaron.

Izzy no dijo nada. Sus piernas no le pertenecían, y sospechaba que estaba pálida como el papel. Pero esperaba que todos lo achacaran al salto.

—Una foto estupenda —convino uno de los fotógrafos—. ¿Os conocéis bien?

Izzy tragó y casi se sintió agradecida cuando Dominic contestó:

—Ahora sí.

—¿Mucho? —insistió el periodista.

—Como uña y carne —añadió Dominic solemne.

Un par de fotógrafos se echaron a reír, pero el pesado del periodista no se dio por vencido.

—Vamos, cuenta. ¿Sois pareja?

Dominic puso un brazo sobre sus hombros a modo de advertencia. No trataba de seducirla en ese momento, e Izzy lo sabía. Así que se quedó quieta. Era poco propio de Jemima, pero aquel día estaba haciendo muchas cosas poco propias de Jemima. O de ella.

En realidad llevaba ya quince días haciendo cosas raras. Por ejemplo, jamás se había lanzado sobre un hombre en una pista de baile. Por supuesto que flirteaba, todo el mundo lo hacía. Pero jamás se había marchado a casa de un desconocido.

—Ya conocéis mi reputación —comentó Dominic a la prensa.

Todos se echaron a reír. Eran carcajadas cómplices y alguien animó a Dominic. Él mantuvo el brazo donde lo tenía y apretó su hombro. Debía de ser la última moda en sofisticación.

Izzy apretó los dientes y sonrió a las cámaras, pero por dentro se sentía vacía. Ella no era sexy, no era sofisticada. ¿Cómo responder?

—Vamos, pequeña, vamos a quitarnos el arnés —dijo Dominic apretándole el hombro una vez más.

Izzy asintió. Incluso sonrió y saludó antes de seguir a Dominic a la caseta de madera. Nadie se daba cuenta de que seguía rígida del susto, ni siquiera Dominic. Izzy se felicitó por sus dotes de actriz, pero ni siquiera eso la reconfortó. Trató de quitarse el arnés, pero sólo consiguió apretárselo más.

—Estoy torpe —dijo ella.

—Estás desorientada —contestó Dominic—. Aún no has aterrizado.

Dominic se acercó y la ayudó a quitárselo con habilidad.

—Gracias.

Él estaba muy cerca. De pronto Izzy olió a sándalo, y su cabeza comenzó a dar vueltas. ¡Esa fragancia! Activaba su memoria. En el taxi… Ella había rozado su muñeca con la cara. Él llevaba un enorme reloj con muchas esferas y manecillas... y había dicho que ella era maravillosa…

Dominic desataba el último nudo de su cintura, pero de pronto alzó la cabeza y la miró como si ella hubiera dicho algo. Y súbitamente Izzy ya no se sentía atónita, despistada, ni vacía. Estaba ardiendo con la llama del deseo. Izzy se quedó paralizada, mirándolo. Los ojos de él estaban serenos, de un gris claro como el agua del río con motas verdes en sus profundidades. Serenos, abrumadores y sexys como el mismo diablo. Y parecían penetrarla hasta el fondo.

De pronto Izzy no pudo pensar ni respirar. Se llevó una mano al cuello, pero no pudo apartar la vista de sus ojos.

Dominic sonrió. Lentamente. Y se puso en pie. Izzy estaba clavada al suelo. Había otras personas en la caseta, pero para ella era como si estuvieran solos. Los labios de Izzy se entreabrieron…

—¿Lista para irnos, Jemima? —preguntó Josh

Dominic se dio media vuelta y le bloqueó a Josh el camino poniendo una mano en su pecho y diciéndole:

—Yo me ocuparé de ella, gracias.

—Pero la limusina… tengo que llevar a Jemima de vuelta al hotel —dijo Josh.

Izzy abrió la boca para protestar, pero Dominic se adelantó a ella y añadió:

—Cambio de planes.

—No me habían dicho nada. ¡Qué típico! —se quejó Josh.

—Ha surgido así —explicó Dominic—. Iremos a comer a un lugar donde los fotógrafos no puedan encontrarnos —añadió guiñándole un ojo.

—¡Ah! —exclamó Josh comprendiendo al fin—. Bueno, si es así… ¿queréis la limusina?

—No, llévatela —negó Dom—. Yo la llevaré a casa sana y salva —continuó con una sonrisa que estuvo a punto de producir las carcajadas de Izzy.

—Sin duda —asintió Josh riendo—. Con una hermana en la empresa, eres prácticamente de los nuestros.

—No quiero comer, gracias —intervino entonces Izzy acercándose.

—Puede que no, pero, ¿vas a negarles a los periodistas la foto que están esperando? —preguntó Dom mirándola maliciosamente.

—¿Y qué foto es ésa? —contestó Izzy suspicaz.

—Tú y yo en el coche, conduciendo hacia la puesta de sol. Bueno, hacia el mar.

—Tienes razón —lo felicitó Josh impresionado.

—¿Conduciendo hacia la puesta de sol? —repitió Izzy furiosa.

–Ya los has oído. ¿Somos pareja? Eso es lo que quieren saber –explicó Dom.

Izzy también quería saberlo. Así que decidió arriesgarse.

–Pues diles que no –sugirió ella.

–¿Estás segura de eso? –preguntó Dom riendo en voz baja.

Sus miradas se encontraron.

–Yo simplemente voy a despedirme de la gente que ha organizado todo esto –contestó Izzy saliendo de la cabaña sin dar más explicaciones.

Los demás la siguieron, como si fuera una reina con su corte. Dominic, solo, sacudió la cabeza. El asunto iba a requerir mucha delicadeza, pensó. Sería divertido.

De momento ella mantenía el poder sobre él, pero sin utilizarlo. Aunque la falsa Jemima no cooperaría durante mucho más tiempo. Dominic se preguntó si estaría dispuesta a montar un espectáculo discutiendo con él ante la prensa. Era poco probable.

La falsa Jemima comenzó a charlar con los organizadores. Ellos le regalaron una camiseta y un certificado que ella levantó para que todos lo vieran. Reía, parecía el momento más feliz de toda la mañana para ella. Y resultaba espectacular cuando reía. Dominic sintió que se le hacía un nudo en el estómago.

¿Cómo diablos podía creer que podía hacerse pasar por aquella muñeca lechosa y aguada a la que había conocido en febrero? ¿Y cómo era posible que el estúpido empleado de Culp & Christopher no notara la diferencia?

Sí, el cabello era parecido. Pensándolo bien, la piel blanca de camelia, los ojos y los pómulos eran muy parecidos. Pero aquella mujer brillaba como un astro. No había comparación.

Cierto que Josh probablemente no la había visto bailar. Ni la había abrazado mientras musitaba algo sobre poesía, hirviéndole la sangre. No la había metido en la cama como un caballero al desmayarse. Josh no tenía ningún asunto pendiente con ella.

Aun así era extraño. Él parecía el único que se daba cuenta de que era una impostora. El mundo estaba loco. Pero ella iba a explicarle por qué. Y de inmediato.

Mientras tanto, lo único que podía hacer era observar y divertirse. Y así lo hizo.

Al llegar, ella le había parecido una muñeca frívola con aquella ridícula ropa. Pero después de saltar, con el cabello revuelto y los ojos brillantes, de pronto se había convertido en un ser humano. Humano y terriblemente atractivo. Su aspecto, desordenado de un modo completamente natural, producía el irresistible deseo de revolcarse con ella. Hasta los fotógrafos parecían darse cuenta, a juzgar por la forma obsesiva de hacer fotos.

—No lleva la ropa que debería —se quejó Josh acercándose a él—. Me dieron una lista en C&C, pero ella lo ha cambiado todo. Y un periodista me ha dicho que ha cambiado hasta de ropa interior.

—¿De ropa interior? ¿Y cómo lo sabe?

—Eh… se nota —contestó Josh—. Tiene un aspecto más interesante del que esperaban los periodistas. Está sencillamente genial.

—Parece que te sorprende.

—Bueno, siempre tiene buen aspecto, pero hoy está especial —explicó Josh.

–Desde luego al natural no se parece a las fotos –aseguró Dom tanteando el terreno.

–Siempre ocurre eso. En las fotos, cuando no es el maquillaje, es el ventilador. La persona real que hay detrás siempre es más pequeña. Pero hoy Jemima tiene algo distinto.

–¿Será el pánico? –sugirió Dominic.

–¡Eso debe de ser! –contestó Josh echándose a reír.

–Y el hecho de que yo esté aquí, supongo. No me esperaba –añadió Dom deseoso de deshacerse de él–. Escucha, Josh, no estaba bromeando cuando te dije que me la llevaba a comer. Tenemos asuntos que resolver –continuó con una mirada significativa.

–Ah… pero… ella no parecía muy interesada –objetó Josh.

–Tenemos… muchos asuntos que resolver –insistió Dom.

–Ah, bien, entonces me voy. Me llevo la limusina.

–Bien –contestó Dom alzando los pulgares–. Te debo una.

Dominic lo observó marcharse y se echó a reír, satisfecho consigo mismo. La falsa Jemima seguía con los organizadores. Había llegado el momento de decirle que Josh se había marchado. No le haría gracia, pero sería interesante ver hasta qué punto estaba dispuesta a montar un escándalo. Ella reprimía su profunda respuesta sexual con toda su voluntad, y no lo hacía mal del todo. Había llegado la hora de ponerla a prueba. Dominic se acercó a Izzy y bajó la voz para decirle al oído:

–¿Lista para marcharnos, muñeca?

La reacción fue inmediata. Ella se volvió igual que si hubiera sentido un disparo, pero se controló a tiempo. Dominic se preguntó cómo reaccionaría si le preguntara por la noche en que él la había metido en la cama. Era una gran tentación. Aunque no habría sido justo, con todos aquellos fotógrafos. Dominic volvió a felicitarse por su caballerosidad y dejó el tema en suspense. De momento.

—No hace falta que… —comenzó a contestar ella.

—Es lo menos que puedo hacer por ti después de haber sido tan valiente ahí arriba —la interrumpió Dominic con una encantadora sonrisa de cara al público—. Tuve que prometerle que la invitaría a una hamburguesa para que saltara.

Todo el mundo se echó a reír, y la falsa Jemima se esforzó por imitarlos. Era evidente que le costaba, y Dom se preguntó si los demás lo notaban.

—Ahora ya estoy bien, no necesito ninguna hamburguesa —dijo ella.

—Pero yo quiero invitarte —contestó él amablemente.

Sus miradas se encontraron. Ambas eran fulminantes, como dos espadas láser. Era indudable, ella quería perderlo de vista cuanto antes. Bien, podía intentarlo. Aquello era como una partida de ajedrez. Y a él se le daba bien el ajedrez.

—Pero no puedo ir a una hamburguesería cualquiera, los fans se me echarían encima —alegó ella coqueta y presumida.

Hubiera debido sentir desprecio por ella por hacer ese comentario, pero Dom se daba cuenta de que no lo decía en serio. Era puro disimulo. Jamás nin-

guna mujer había intentado con tanto ahínco deshacerse de él.

–Te llevaré a un sitio discreto, lo prometo.

–Josh me está esperando...

–Se ha ido, le dije que se marchara –contestó
Dom–. Tenemos mucho de que hablar.

–Comprendo –respondió ella alzando la barbilla
y soltándose el pelo.

Era el gesto típico de una modelo.

–Entonces, ¿de acuerdo?

–De acuerdo –asintió ella esbozando una enorme
sonrisa falsa.

Dom lo captó enseguida, pero los demás no. Y no
le gustó nada. No le hacía gracia que a ella le desa-
gradara la idea de pasar un rato con él.

–Entonces, ¿nos vamos?

Ella se encogió de hombros, pero finalmente se
despidió y se dejó guiar al vehículo de tracción a las
cuatro ruedas. Dominic había reparado el motor per-
sonalmente, pero la chapa aún estaba cubierta de ba-
rro de la última expedición. La expresión de la falsa
Jemima al verlo no fue difícil de interpretar.

–No es el vehículo lujoso al que estás acostumbrada –comentó él divertido, abriéndole la puerta.

–No importa –contestó ella con calma, subiendo
al coche–, pero me sorprende. Quiero decir que no es
un coche muy ecológico para la ciudad, ¿no? Creía
que los exploradores prestaban más atención al medio ambiente.

–¿No te parezco lo suficientemente ecológico?
–preguntó él parpadeando perplejo–. Me ofendes.

–Sólo digo las cosas tal y como son.

Dominic dio la vuelta al coche y se puso tras el volante.

—Entonces dejemos claras unas cuantas cosas —contestó él arrancando—. Yo no vivo en Londres, sólo vengo de vez en cuando. Tengo un coche de tracción a las cuatro ruedas porque la mayor parte del tiempo conduzco por carretera. Éste lo tengo hace ocho años, y he dado con él la vuelta a medio mundo. Y está en perfectas condiciones, porque yo mismo lo reparo. No suelta gases tóxicos. Y el material es altamente reciclable.

—Si tú lo dices… —comentó ella escéptica.

Dominic se estaba divirtiendo, pero también estaba ligeramente enfadado. Así que continuó con la ofensiva:

—Has cambiado, Jemima, ¿Te han decepcionado tus fans? —añadió al ver que ella saludaba al pasar.

—¡Es todo tan falso...! —suspiró ella.

Eso parecía verdad. Dominic se sintió intrigado.

—¿Y eso es un problema?

—Te acostumbras —contestó ella cambiando el tono de voz como si hubiera ensayado la frase muchas veces—. Les estoy agradecida, sin ellos mi carrera no sería nada.

Dominic conducía hacia el sur por estrechas calles victorianas que exigían toda su habilidad y atención. Sin dejar de mirar a la carretera, comentó:

—¡Qué sensata! ¿Quién te ha escrito ese discurso? ¿Los de Culp & Christopher?

—Eres muy cínico.

—Y tú muy artificial —respondió él mirándola por un momento de reojo.

–¿Por qué lo dices?

–Por la ropa. Josh se ha quejado. Y parece que los fotógrafos querían conocer las etiquetas de todo lo que llevas. Hasta de las braguitas

Ella abrió la boca sorprendida, furiosa. Luego, para su agradable sorpresa, se echó a reír de verdad.

–¡Dios, qué razón tienes! No te lo puedes ni imaginar.

–¿El qué?

–Es el gran problema del mundo de la moda en este momento –explicó ella–. ¿Tanga o braguitas? No se habla de otra cosa.

–¿Y tú tampoco hablas de otra cosa? –preguntó él.

Dominic estaba fascinado. No la había creído ni por un momento, pero ella parecía saber lo que decía. Sin duda conocía a gente que hablaba de esas cosas. Y los conocía bien. De hecho, quizá la información procediera de la propia Jemima, estuviera donde estuviera.

–Así es. Definitivamente, es el tema del que hablan las chicas.

–¿En serio? ¿Y cómo es eso?

Ella se arrellanó en el asiento. Era evidente que se estaba divirtiendo.

–Si llevas tanga estás de moda, eres elegante, tienes vida. Si llevas braguitas eres una gorda y todo ha terminado para ti.

–Y supongo que no tengo que preguntarte de qué lado estás, ¿no?

–No, si no quieres recibir una bofetada –contestó ella reprimiendo la risa.

–A mí me gustan las bragas grandes. De hecho, me gustan con puntillas y encajes. Preferiblemente hasta la rodilla. Te dan la oportunidad de quitarle a una mujer la ropa. Lentamente.

Eso le cortó la risa. «Bien», se dijo Dominic preguntándose si estaría ruborizada. No la veía bien, pero creía que sí. Estupendo. Había llegado el momento de presionarla, de hacerle la pregunta abiertamente.

–¿Cuándo fue la última vez que tomaste una decisión por tu cuenta? ¿O te gusta que tu agente, tu estilista y tu agencia de relaciones públicas lo decida todo por ti?

Ella hizo una pausa, pero enseguida se recobró y contestó:

–Te olvidas de la peluquera.

–Entonces, ¿lo admites?

–No tiene sentido negarlo, ¿no crees? –contestó ella tensa–. Es la forma en que viven las modelos.

Había perdido la batalla, se dijo Dom. Pero volvería a intentarlo.

–¿Incluso las top model?

–¡Sobre todo las top model! Cuanto más arriba, más especialistas.

Dominic comenzó a preguntarse si ella jugaba al ajedrez. Y se puso tenso. Entonces tomó una curva a demasiada velocidad, y la oyó gritar asustada.

–Lo siento, ¿estás bien?

–Por supuesto.

–Pues no lo parece.

–Porque me estoy mareando –respondió ella áspera–. Puede que este coche sea bueno en carretera, pero déjame decirte que para Londres es un desastre.

—¿Demasiados baches para ti? —se burló—. Estás acostumbrada a los amortiguadores de la limusina.

—A los amortiguadores no les pasa nada, lo que me preocupa es tu forma de rozar los retrovisores de los otros coches al pasar.

—No he rozado ninguno.

—Quizá, pero te ha faltado poco. El que va sentado a este lado lo ve todo —respondió ella.

—¡Dios me ampare, tengo a una conductora de copiloto!

—Bien, pues para y déjame bajar —ordenó ella triunfal, girándose hacia él—. Sé volver sola a casa.

Definitivamente, era una experta en el juego del ajedrez. Tendría que tener cuidado.

—No resultas muy halagadora —señaló él medio divertido, medio enfadado.

—Tú en cambio eres excesivamente insistente. ¿Por qué demonios no me dejas volver sola?

Dominic asimiló el comentario a duras penas, y finalmente dijo con calma:

—Por cuatro razones: estamos lejos del metro, conseguir un taxi aquí a estas horas es imposible y además te prometí llevarte a casa y yo siempre cumplo mis promesas. Y te debo una hamburguesa.

De momento, la quinta razón no se la iba a decir: quería deshojar una a una aquellas desordenadas delicias hasta hacerla gritar de puro placer.

Dominic se preguntó si ella lo sabría. A veces le parecía que sí. Otras, en cambio, creía que era por completo inconsciente. ¿Lo echaba de su lado deliberadamente mientras se hacía pasar por Jemima, o realmente lo había borrado de su memoria?

–Te libero de tu promesa –afirmó ella.

–Imposible. No quiero. Yo cumplo todas mis promesas… por pequeñas que sean.

–¡Eres perfecto! Debe de ser un infierno vivir contigo.

–Bueno, yo no diría tanto –se defendió él–. No hago tantas promesas.

Dom giró en una calle estrecha y aparcó el coche hábilmente en un hueco muy pequeño. Apagó el motor y se volvió hacia ella.

Izzy le devolvió la mirada desafiante. Llevaba demasiado maquillaje, más del que necesitaba y más del que a él le gustaba. Pero tenía el cabello revuelto y un seductor rizo caía sobre sus hombros. ¿Qué haría si se dejaba llevar por el instinto, si recogía ese rizo y la acariciaba?

–¿Qué miras? –preguntó ella.

Quizá su actitud fuera desafiante, pero la voz la delataba. Estaba muy nerviosa, él la ponía nerviosa. Dom suspiró, pero no tocó el rizo. En lugar de ello siguió fingiendo que creía que era Jemima.

–Hace mucho tiempo que no nos sentamos frente a frente ante una mesa, pensé que podíamos volver a comer juntos. Ponernos al día, relajarnos.

–Volver a comer juntos –repitió ella.

Dominic contuvo el aliento. Había llegado el momento de que ella negara que hubieran comido juntos, de que afirmara que sólo habían bailado juntos y ella lo había vuelto loco de deseo. Pero no lo hizo. ¿Qué hacer? ¿Qué decir si efectivamente ella era Jemima?

–¿Es que sólo te permites una ensalada al día? –bromeó él.

–No.

–Bien, entonces este sitio te gustará. La comida es fantástica, y podemos sentarnos fuera.

–¿Alguna vez admites un no por respuesta? –preguntó ella.

–Jamás… cuando se trata de algo importante.

Dom podía dominar sus instintos, pero no era de piedra. Y quizá ella no se hubiera vestido de aquel modo para provocarlo, pero sus hombros desnudos invitaban a los hombres a tocarlos. Y Dom no era precisamente el tipo de hombre que pudiera resistirse a un desafío.

Dom acarició ligeramente su piel desnuda con los dedos. Fue un contacto tan leve, que Izzy apenas tuvo tiempo de contener el aliento. Pero se estremeció. ¡Sí! Podía mentir cuanto quisiera, pero había un límite que era incapaz de traspasar. Su cuerpo decía la verdad por mucho que ella lo negara.

Sin embargo, no sonrió ni se movió. Parecía haberse quedado de piedra. Lentamente alzó la vista hacia él. Y para eso Dom no estaba preparado.

Aquello era un juego para él. Un juego de ajedrez, de conquista, de pasos adelante y respuestas cuya táctica era el erotismo y cuyo objetivo era la supremacía. Pero la falsa Jemima parecía cargar sobre sus hombros todo el peso del mundo. Parecía como si, por un segundo, fuera incapaz de soportarlo. Dom dejó de sonreír.

–¿Qué ocurre? ¿Por qué estás así? Venga, cuéntamelo.

Pero ella sacudió la cabeza y no lo miró mientras caminaban en dirección al restaurante. Se sentaron en una mesa en la calle en el rincón más apartado que Dom pudo encontrar. Nadie se fijó en ellos.

–¿Lo ves? Nada de fans, estás a salvo –comentó tratando de aligerar la tensión.

–¿A salvo? ¡Seguro!

–Tu actitud resulta muy interesante.

–¿En serio? –preguntó ella.

Era el momento de plantar cara abiertamente, decidió Dom.

–Pareces creer que soy una especie de amenaza para ti.

–Eso es una locura –respondió ella tensa.

–Eso me pareció, por eso me gustaría que me lo explicaras.

Izzy se encogió de hombros y apartó la vista. La tensión de su rostro era palpable.

–¿De qué tienes miedo? –insistió él–. Yo no soy de los que van por ahí hablando más de la cuenta, así que no te preocupes por eso.

Ella se puso pálida de pronto. Parecía… indefensa. Eso no le gustaba nada.

–No te pongas así –añadió él.

Era evidente que hacía esfuerzos por calmarse. Lo intentaba, pero seguía pálida. Por fin ella dijo en voz baja:

–Lo siento, ese maldito salto ha debido de afectarme más de lo que creía.

–¿El salto, o yo?

–¿Y por qué ibas tú a afectarme?

–Sólo tú puedes responder a eso –contestó él.

Ella comenzó a jugar con los cubiertos sin mirarlo. Parecía sopesar las palabras. Por fin dijo:

–Deja.que te pregunte una cosa, entonces. Cuando dices que he cambiado… ¿qué quieres decir exactamente?

Dom suspiró. ¿Por qué ella no le decía la verdad simplemente? Estaban solos, no había periodistas ni gente de la agencia de relaciones públicas. ¿Por qué no sacar a relucir la verdad? ¿Por qué no confesar que era la doble de Jemima, que la sustituía mientras ella se iba de vacaciones? Bien, pues si no lo hacía, él subiría la apuesta.

–Tengo la impresión de que esta mañana no querías saltar conmigo, y no dejo de recordar que la última vez no te mostraste tan reacia a abrazarme.

–¿Qué? –preguntó ella horrorizada, alzando la vista hacia él.

–Resultó halagador tenerte a mi lado toda la noche –continuó él sonriendo maliciosamente.

No era del todo verdad. Jemima se había mostrado muy nerviosa en la recepción, y él simplemente había sido amable con ella. Habían bailado mucho, abrazados. Pero no como con su dama de rojo. Ni toda la noche.

–No me digas que lo has olvidado –añadió él.

–Por supuesto que no –negó ella sin mirarlo y sin soltar prenda.

–Entonces no tuviste miedo de mí.

–¡Y ahora tampoco! –exclamó ella soltando los cubiertos.

–¿Seguro?

–¡Por supuesto que estoy segura! ¿Por qué iba a tener miedo de un imitador de Rambo?

–¿No te gusta el estilo militar?

–No me gusta lo militar, y punto –afirmó ella enérgica–. Si hubiera menos hombres armados de uniforme, el mundo sería un lugar mejor.

–¿No te gusta el ejército?

–No, ¿te molesta? Debes de creer que las mujeres se vuelven locas por los uniformes. Son las reglas del juego machista, ¿verdad?

–Yo no lo habría dicho así en mi caso, pero…

–Armas, explosivos, poses con el uniforme de camuflaje… me ponen enferma –continuó ella.

Y parecía enferma.

–No me lo digas, te enamoraste de un marine cuando eras adolescente y él te dejó –bromeó él.

Pero ella no lo escuchó. Estaba temblando. Hizo un gesto despectivo y añadió:

–Los hombres que se visten así se creen con derecho a hacer de los demás lo que quieran. Es una locura. Cruel. Y…

Izzy se interrumpió de pronto. Dom se reclinó en la silla y dijo, en voz baja y serena:

–Ya te lo decía, llevas una vida muy interesante.

–Yo…

–Porque esto no es producto de la imaginación, ¿verdad?

Por muy serenamente que hubiera hablado, Dom no pudo evitar que sus palabras causaran el caos en su interior. Ella se puso en pie. Parecía ciega.

–Tengo que irme. Lo siento.

Antes de que él pudiera levantarse o detenerla, ella se había marchado.

CAPÍTULO 7

DOMINIC tenía razón: era imposible encontrar un taxi. En realidad fue una suerte, porque Izzy logró calmarse caminando por las calles. ¿Por qué le había dejado tratarla así? Él no importaba nada. Sólo iba vestido así para saltar desde el puente con Jemima.

Izzy soltó una carcajada ácida y se detuvo a mirar a su alrededor. Era un precioso día otoñal. Podría haber vuelto al puente andando si hubiera sabido la dirección. O podía volver a casa. No debía de estar a más de quince o veinte minutos. La tentación era grande.

Pero se lo había prometido a Jemima e, igual que Dom, ella siempre cumplía sus promesas. Izzy suspiró, dio una relajante vuelta por el parque y llegó al Chelsea Bridge sintiéndose por fin optimista. Él la había arrinconado, pero ella había luchado y después lo había acorralado.

Izzy caminó por la orilla del Támesis y tomó un autobús hacia el norte reviviendo una y otra vez la conversación mantenida con él. Dom no sospechaba que no era Jemima. De eso estaba segura. Bueno, casi segura. Y ella había logrado que dejara de manipularla. Cuando llegó al hotel Izzy estaba convencida de que había manejado la situación bastante bien.

Quería llamar a Jemima para contarle cómo había ido todo, pero sólo tenía el número de teléfono del médico y la enfermera no pudo localizarlos a ninguno de los dos. Bueno, en realidad no importaba. No necesitaba hablar de él, y ya no importaba si lo había hecho bien o mal. Jamás volvería a ver a Dominic. Y, como premio por su actuación, volvería a casa.

En realidad su prisión había terminado. Lo único que tenía que hacer era despedirse en el hotel y volver a casa. Volvería a ser Isabel Dare. Izzy se apresuró a preparar las maletas, pero antes llamó por teléfono a la agencia de modelos de Jemima. La secretaria de Basil no sospechó nada. Izzy le contó su dilema.

—Mandaremos a alguien para que recoja tus maletas, tranquila, pero, ¿no vas a necesitar nada para el fin de semana?

—No creo, gracias, me voy a pasar el fin de semana al campo —mintió Izzy inspirada.

—Creía que Basil quería que lo esperaras allí.

—Ah, pues no lo sabía. Y ahora ya es demasiado tarde para cambiar de planes —contestó Izzy.

—No le va a gustar nada. Ya sabes que no quiere que te involucres demasiado en el negocio de Pepper.

—Lo siento, si lo hubiera sabido antes…

—Bueno, no importa. Es inevitable. ¿Te vas con un chico guapo?

—Guapísimo —asintió Izzy impulsivamente.

—Me alegro. Así que hay un hombre nuevo en tu vida, ¿eh?

—Puedes apostar a que sí. ¿Cuándo vuelve Basil?

—No lo sé seguro, quizá el lunes. Diviértete. No le contaré que te has escapado, pero no te olvides de de-

jar el móvil conectado. Y no dejes que tu chico con-
teste por ti. Ya sabes lo que opina Basil de los novios.

—De acuerdo —contestó comprendiendo hasta qué
punto el agente dominaba las vidas de sus modelos.

Tras la conversación con la secretaria, Izzy volvió a intentar localizar a su hermana. Jemima parecía
muy nerviosa.

—¿Ha vuelto Basil?

—No, aún no. Volverá el lunes probablemente. Jay
Jay, me temo que he metido la pata con un amigo
tuyo, Dominic Templeton-Burke. No lo hice del todo
mal, pero…

—El lunes, bien. ¿Has hablado con él? ¿Sospecha
algo? —siguió preguntando Jemima sin hacer caso.

—No, Basil no está, ya te lo he dicho —repitió Izzy
suspirando—. He hablado con la secretaria, y nadie sospecha nada. Pero de Dominic no estoy tan segura…

—¿Seguro? ¿Cómo puedes estar tan segura?

—Es fácil, creen que te has escapado con un hombre el fin de semana.

—¡Basil se va a poner furioso conmigo! —exclamó.

—Eso no importa, te has librado de él.

Hubo un silencio. Parecía que Jemima se echaba
atrás.

—Jemima, ¿sigues ahí?

—Sí.

—Tendrás un nuevo agente. La semana que viene.
¿De acuerdo?

Otro largo silencio.

—Voy para allá ahora mismo —dijo Izzy preocupada.

Nada más llegar a la clínica le dijeron que el médico de su hermana quería verla.

—Esto es más complicado de lo que creía —explicó él—. Jemima está aterrada, le tiene pánico a su agente, y no sé hasta qué punto es producto de las pastillas o de la forma de tratarla de ese hombre.

—Yo tampoco lo sé —admitió Izzy—. Me gustaría sacarle los ojos, pero…

—Pero no sabes qué clase de contrato ha firmado tu hermana —el médico terminó la frase por ella, asintiendo—. Escucha, he estado reflexionando. Creo que tu hermana necesita un abogado. ¿Conoces alguno?

—No, jamás lo he necesitado.

—Pues busca uno, y que sea bueno. Alguien en quien puedas confiar. Tráelo aquí cuanto antes. Creo que sería fácil conseguir una orden de alejamiento de ese agente para tu hermana, pero no podemos hacer nada hasta el lunes. ¿Podrás seguir fingiendo hasta entonces? Sólo el fin de semana.

—¿Es necesario? —preguntó Izzy decepcionada.

El médico vaciló. Su gesto resultó más elocuente que las palabras.

—¿Debo mantener esto en secreto? —preguntó Izzy.

—Es el único modo de que ella se sienta a salvo.

—Está bien, el fin de semana —accedió Izzy.

—Bien, haz lo que quieras, excepto…

—Vamos —lo animó Izzy suspirando—, ¿qué es lo que no quieres que haga?

—No te apartes mucho de ella. Pero tampoco la presiones. Puede que parezca que está bien, pero su estado es aún precario —explicó el médico.

—Tendré cuidado, lo prometo.

Izzy estuvo sentada junto a su hermana hasta que Jemima abrió los ojos.

—Sabía que vendrías —sonrió Jemima débilmente.

Izzy le habló de ropa, de novelas y del salto del puente. Y entonces añadió:

—¡Ah!, y hubo una estrella invitada.

—¿Qué quieres decir? —preguntó Jemima.

—Saltamos juntos. Me dijeron que era un viejo amigo tuyo, un tipo muy guapo llamado Dominic Templeton-Burke.

—¡Vaya, ya están con los novios!

Así que era cierto, pensó Izzy. Eran amantes, tal y como se temía. Estaba muy enfadada con Jemima por no decírselo.

—Me habría gustado que me lo contaras, ¿no podrías haberlo traído a casa a tomar té?

—¡Qué encantadoramente anticuada eres! —exclamó Jemima—. ¿De verdad crees que Dom es de los que van a tomar té a casa de la familia? Pon los pies en la tierra, hermanita —advirtió Jemima medio mareada, cerrando los ojos un instante y sonriendo débilmente.

—Bueno, me costó trabajo. No sabía que tú… lo conocías. Tuve que improvisar —comentó Izzy.

—Apuesto a que fue divertido —contestó Jemima.

—Pues no. Fue como internarse en un campo de minas. Y no estoy segura de haberlo engañado. ¿De qué te ríes?

—Dom es demasiado hombre para ti, ¿eh?

—No sé de qué estás hablando.

—Bueno, reconócelo. Te gustan los hombres domesticados —afirmó Jemima.

—¿Qué quieres decir? ¿Qué les pasa a mis hombres?

—Nada, son simpáticos. Como el pobre Adam, que aún está esperando —explicó Jemima—. Los maltratas a todos, y ellos se dejan.

—¡No es verdad!, yo no hago eso. Y ellos tampoco.

—¡Oh, sí! —insistió Jemima—. Aunque con buenos modos, por supuesto. Sólo que tú siempre sabes lo que quieres. Y la mayor parte de las veces aciertas. Eres un imán para los hombres que están deseando que otros tomen las decisiones por ellos.

—Y supongo que tus novios, en cambio, están encantados de tomar sus decisiones y las tuyas, ¿no? —respondió Izzy enfadada, sin poder reprimirse.

—Sí —contestó Jemima maliciosamente.

—Entonces no es de extrañar que Dominic Templeton-Burke se mostrara suspicaz.

—Tendrás que seguir intentándolo —rió Jemima.

—¿Qué? ¡Oh, no! ¡Eso no! Me niego. No puedes pedirme que vuelva a hacerme pasar por ti con él.

—Es fácil —aseguró Jemima—. Simplemente no dejes de mirarlo. No lo interrumpas cuando hable. Y muéstrate muy impresionada —explicó Jemima abriendo los ojos como platos para demostrárselo—. Inténtalo.

—¿Crees que soy una virgen victoriana anticuada? —preguntó Izzy furiosa—. ¡Nadie sonríe así!

—¿No?

—¡Qué vergüenza! —exclamó Izzy medio en broma—. ¿Y qué hay de la igualdad entre los sexos?

—¿Quién quiere igualdad? Yo prefiero a un buen macho locamente enamorado de mí —confesó Jemima.

—¿Y Dominic está locamente enamorado de ti?

Jemima esbozó una sonrisa cómplice que obligó a Izzy a apartar la vista. Quizá prefiriera no saberlo.

–No importa –se apresuró a añadir Izzy.

–Sólo tienes que mirarlo de la forma adecuada –continuó Jemima–. Deja que te enseñe.

Para horror y fascinación de Izzy, Jemima se irguió en la cama, ladeó la cabeza y miró lánguidamente hacia la puerta.

–¡Basta! –rogó Izzy.

–Es un problema de lenguaje corporal. Lo miras directamente a los ojos, sostienes su mirada por un momento para que sepa que estás atenta, y luego bajas la vista hasta los pies. Entonces, lentamente, alzas la mirada otra vez hasta el rostro –explicó Jemima haciendo una demostración–. Se sienten dioses, sienten cómo los miras.

–Sin duda –asintió Izzy entre horrorizada e intrigada.

–Si vuelves a encontrarte con Dom, sabrás enfrentarte a él.

Bueno, al menos no parecía que Jemima estuviera enamorada de él, pensó Izzy.

–No, gracias, ya he jugado bastante con Dominic Templeton-Burke.

–¡Pero tienes que hacerlo! ¡Por favor! –rogó Jemima–. Si vuelves a verlo… no puedes permitir que se entere. Basil podría averiguarlo, utiliza los servicios de la misma agencia de relaciones públicas para la que trabaja la hermana de Dom, están en contacto. Por favor, Izzy.

–Haré lo que pueda. Pero sólo hasta que salgas del atolladero –advirtió Izzy–. Yo también tengo mi vida, mi trabajo… y una prima que se va a enfadar mucho si no me pongo a la tarea. Un fin de semana,

eso es todo. Y nada de Dominic Templeton-Burke.
Mantendré alejados a los lobos lo mejor que pueda,
pero me temo que algunos se escapan de mi control.

—¿Cómo? ¿Incluso después de mis expertas explicaciones?

—Sobre todo después de tus expertas explicaciones —repuso Izzy recordando la táctica de la mirada—.
Tranquila, me mantendré alejada del lobo malo. Y
para el resto del mundo seré el rostro de Belinda.
Pero tú cuídate, estaremos en contacto.

Dom no sabía qué hacer, y eso no le gustaba
nada. Siempre había sabido qué hacer. Un ciudadano
responsable se habría presentado en Culp & Christopher o en la agencia de modelos Blane para infor-
mar de que una impostora estaba suplantando a Jemima Dare. Jamás se le ocurriría pensar que era
imposible que una mujer tan bella como esa impostora pudiera hacer ningún mal a nadie. Pero muchas
mujeres bellas eran malas, y él lo sabía.

Quizá la verdadera Jemima hubiera sido secues-
trada, aunque la explicación más fácil era que se hubiera ido de vacaciones. Pero quizá no, quizá estuviera retenida contra su voluntad. No, un ciudadano
responsable no tenía elección en un caso como
aquél. Delataría al impostor y dejaría que cargara
con el castigo. Pero…

Su dama de rojo no era una secuestradora. Dominic tenía el presentimiento de que era una persona sincera y honesta… y valiente, divertida, vulnerable… Y,
sobre todo, estaba deseando ponerle las manos enci-

ma. No podía engañarse, ésa era la verdadera razón. Ella mentía, y Jemima Dare había desaparecido.

Pero era duro comportarse como un ciudadano responsable. Dom reflexionó y llegó a la conclusión de que si nadie en Culp & Christopher o en la agencia de modelos se había dado cuenta, peor para ellos. Sin embargo, la familia de Jemima, las personas más allegadas, eran otro cantar.

Dos horas más tarde Dom estaba sentado ante la mesa del despacho de Josh intentando obtener alguna pista.

—¿Entonces el novio de Jemima Dare no está en Londres?

—No tiene novio fijo —negó Josh sacudiendo la cabeza—. Por eso tengo que escoltarla.

—Ah, entonces vive sola.

—No, comparte piso con un grupo de chicas. Una es una empresaria americana, Pepper Calhoun, y puedo que hagamos algún trabajo para ella.

—Interesante —comentó Dom aburrido.

Dom era demasiado inteligente como para preguntarle abiertamente la dirección, así que dejó que Josh siguiera hablando y tomó buena nota de toda aquella información. Finalmente reunió la suficiente como para estrechar el círculo a tres o cuatro posibles manzanas de mansiones en el centro de Londres. Satisfecho, compró un ramo de flores y se dirigió a esa dirección.

El propietario de la primera mansión a cuya puerta llamó no tenía ni idea de cómo mandarle aquellas flores a Pepper Calhoun. La respuesta del segundo fue algo más esperanzadora.

—Al final de la manzana, en la planta de arriba, creo. Es una mujer encantadora. Pero no es su apellido el que aparece en el buzón, sino Dare. Calhoun no.

Dom la encontró y llamó a la puerta. No hubo respuesta. Pepper Calhoun trabajaba, así que debía de llegar tarde a casa. Volvería aquella misma noche.

Dom le regaló las flores a una mujer del parque.

Mantener alejados a los lobos era fácil, se dijo Izzy subiendo las escaleras hasta el apartamento. Era viernes por la tarde, y todo el mundo en la agencia de modelos iba camino de una fiesta. A nadie le importaba dónde estaba Jemima.

Izzy arrojó el bolso sobre la cama, se quitó los zapatos y revisó los mensajes del contestador. No había nada urgente. Adam seguía esperando la tercera cita. Luego se dirigió a la cocina y vio que Pepper aún no había llegado. Abrió una bolsa de tacos y se la llevó a la terraza.

Pensó que tal vez debiera llamar a Adam y acabar de una vez por todas con la desafortunada tercera cita. Él le gustaba. Y ella sabía que Adam la deseaba. Izzy era demasiado joven como para renunciar a los hombres, pero también demasiado mayor como para mantenerlos en vilo para siempre. Y Adam era una buena persona. Sólo que…

Sólo que no tenía ganas de desnudarlo para comprender finalmente que tenía razón, sólo que no veía su rostro cuando cerraba los ojos, sólo que su cuerpo no lo reconocía ni ansiaba como reconocía y ansiaba el cuerpo de…

Mejor dejarlo, se dijo nerviosa. Pero no podía. Y era lo suficientemente sincera como para reconocerlo. La verdad era que cuando besaba a Adam, sentía que no encajaban. Sin embargo, cuando Dominic la tomaba en sus brazos ella parecía reconocer sus contornos, era como su espejo. Eran como dos continentes separados esperando el momento de unirse. Y cuando al fin ocurría formaban un todo.

—¡Basta! —se dijo en voz alta.

Mejor pensar en él con la ropa de camuflaje, como el hombre de sus pesadillas. Hacía mucho tiempo de eso, todo había acabado bien y ella había logrado superarlo, pero de vez en cuando el pasado la alcanzaba como un fantasma. Era entonces cuando se quedaba helada, como en ese momento. Y por eso decidió no llamar a Adam. ¡Gracias a Dominic!

Bien, dijera Jemima lo que dijera, Izzy estaba decidida a no verlo. Aquellos maliciosos ojos grises eran demasiado perceptivos. Además, no estaba segura de poder sobrevivir a otro encuentro con Dominic. Sin duda, su dignidad no sobreviviría. Pero Izzy temía perder algo más que su dignidad. Dominic era un verdadero peligro para la muralla que tan cuidadosamente había erigido a lo largo de los años. Y quizá, probablemente, también para su corazón.

—¿Izzy? ¿Izzy, estás ahí?

Era Pepper. Izzy entró en el salón.

—¿Qué tal te ha ido? —preguntó Pepper.

—Demasiada espuma de pelo y poca intimidad, pero creo que logré superarlo —contestó Izzy.

—¿Y qué tal está Jemima? Steven dice que parecía bastante mal.

Izzy le contó el estado de Jemima al detalle, y Pepper añadió:

—¡Vaya! ¿Y qué vas a hacer el fin de semana? Si quieres, puedes venir con nosotros a Oxford.

—Gracias, pero no —sonrió Izzy—. No sé cómo Jemima puede aguantar llevar esto, me siento como si llevara un casco en la cabeza. Lo que de verdad quiero hacer es tomar una ducha… a menos que quieras entrar en el baño tú primero, claro.

—No, voy a llamar a Steven.

Izzy trató por todos los medios de no sentir envidia, pero no lo logró. Se sentía sola. Aunque había sido elección suya. Sencillamente, algunas personas no estaban hechas para vivir en pareja. Sí, cierto, deseaba arrancarle la ropa a Dominic Templeton-Burke, pero eso no significaba que quisiera pasarse todos los fines de semana con él. O llamarlo todas las noches después de un día agotador para escuchar su voz de chocolate.

Izzy corrió al baño y abrió el grifo del agua fría. Al salir de la ducha oyó voces en el apartamento. Se envolvió en una toalla y salió al salón. Y una vez allí se quedó helada. Se trataba del mismo hombre con el que había estado fantaseando.

—Izzy, este hombre dice que es amigo de Jay Jay, Dominic Templeton-Burke.

—¡Demonios!

Justo en el clavo. Dominic estuvo a punto de soltar un grito de júbilo, de echarse a reír. Y mucho más teniendo en cuenta que no lo esperaba. Ni en su más ardiente fantasía había soñado con encontrar a su dama de rojo allí.

En realidad no tenía ganas de presentarse en la casa de la familia para darles la mala noticia. Había ensayado miles de veces lo que iba a decir: que estaba seguro de que Jemima estaba bien, que no sabía dónde estaba, pero que sin duda estaba a salvo... La familia de Jemima pensaría que estaba loco o, peor aún, que estaba implicado. Pero no se le ocurría qué otra cosa hacer.

También se le había ocurrido pensar que las personas más allegadas a Jemima podían conocer a la impostora. Quizá fuera otra modelo de la agencia, o una vieja amiga del colegio. Pero, desde luego, con lo que no había soñado era con encontrarla allí envuelta en una toalla de baño, con una prima dispuesta a apoyarla en el engaño.

Pero ahí estaba. Y estaba doblemente enfadada. Imposible confundirla. Reconocería aquellas pecas en cualquier parte. Y sus ojos desafiantes, que se volvían soñadores cuando menos lo esperabas. O su piel de magnolia, o su boca seductora que no sabía nada de su propia sensualidad... aún.

Pero pronto, pronto lo sabrían todo. Por lo que a él respectaba, aquella boca lo aprendería todo sobre su propia sensualidad... y mucho más.

–Hola –saludó Dom alargando una mano–. Me alegro de conocerte... eh... ¿Lizzy?

–Isabel –contestó ella–. Isabel Dare. Soy hermana de Jemima.

¡Su hermana! Bueno, eso explicaba muchas cosas. Y no sólo el parecido. Dominic recordó lo que le había dicho Josh: que Jemima y su hermana eran muy buenas amigas. Así que no se había equivocado al seguir su instinto y confiar en la honestidad de la mujer de rojo. Era un alivio, y no sólo por Jemima.

—Hola, Izzy, ¿nos conocemos?

—No —respondió ella mirando brevemente a su prima.

—¿No? ¿De verdad? —insistió Dom divertido—. Juraría que…

—No, seguro —lo interrumpió ella apretando los dientes.

Dom reprimió la risa. Estaba preciosa cuando se enfadaba. Quizá, de todos modos, fuera mejor dejar el tema.

—Bueno, si tú lo dices... Aunque se me dan bien las caras —repuso él.

—Esta vez no —negó Izzy escueta y casi insultante.

Pepper se asustó al oírla hablar con tanta rotundidad, e Izzy rectificó.

—Lo siento, he sido un poco descortés. Es que estoy cansada —añadió Izzy haciendo esfuerzos por sonreír.

—¿Un día duro? —preguntó Dom fingiendo inocencia.

—Sí, podría decirse así —contestó Izzy mirándolo suspicaz.

Dominic respondió a aquella dura mirada con una sonrisa extremadamente cálida, convencido de que de ese modo ella se daría cuenta de que conocía su secreto. Pero ella finalmente suspiró y dijo:

—¿Qué puedo hacer por usted, señor Templeton-Burke?

–Dominic, por favor. Esperaba encontrar a Jemima, tenemos una cita esta noche.

–Eso es ment… –comenzó a decir Izzy sin poder reprimirse, echándose inmediatamente a toser.

Pepper estaba cada vez más violenta y confusa. Izzy dejó por fin de fingir que tenía tos y le lanzó una mirada de ira tan fogosa, que Dominic estuvo a punto de echarse a reír.

–Quiero decir que… estoy convencida de que estás en un error, Jemima me lo habría dicho.

–¿Sí? Quizá no la hayas visto después de citarnos ella y yo –sugirió Dom–. Nos hemos visto otra vez esta mañana.

–Sí, claro, eso debe de ser, Izzy –intervino entonces Pepper–. Ninguna de las dos hemos visto a Jemima mucho esta semana, ¿verdad, preciosa?

Así que Pepper conocía y apoyaba la conspiración, concluyó Dominic. ¿Qué ocurría? Tampoco le importaba demasiado, porque era evidente que Jemima estaba a salvo. Su hermana y su prima se encargaban de ello. Como caballero y ciudadano responsable había cumplido con su deber. Podía perfectamente despedirse diciendo que ya vería a Jemima en otro momento y marcharse.

Sólo que… no quería. La escena era demasiado divertida.

–No, es verdad –asintió Izzy de mala gana.

Dom decidió subir la apuesta y probar suerte.

–Íbamos a salir fuera el fin de semana.

Izzy abrió la boca atónita y le lanzó una mirada airada. Estaba ansiosa por gritarle que mentía, pero no podía.

–¿En serio?

–Sí, somos… viejos amigos –asintió Dom dejando que su voz se desvaneciera lentamente para sugerir que entre ellos había mucho más que amistad.

–¿Sí? ¿En serio? –repitió ella.

–Sí, sólo que nuestros trabajos nos han llevado por caminos distintos. Los dos viajamos mucho, pero cuando volvimos a encontrarnos hoy nos dimos cuenta de que la magia seguía ahí. Tenemos que estar juntos, no podemos esperar un minuto más –explicó Dom poniendo cara de ingenuo.

–¿Es eso cierto?

–Sí, así que, ¿está ella lista?

Izzy desvió la vista hacia su prima buscando ayuda.

–Eh… creo que Jemima no ha vuelto aún… no creo que…

–Nunca sabemos a qué hora va a llegar –se apresuró a interrumpirla Pepper–. Tiene muchos compromisos, ya sabes. ¿Quieres que le demos algún mensaje cuando vuelva?

–No importa, la esperaré –afirmó Dom fingiendo no ver la expresión de alarma de ambas mujeres.

Habían llegado a un *impasse*, tenía que ser el momento en que ambas se daban por vencidas y le decían la verdad. De pronto Dominic se sorprendió al darse cuenta de cuánto deseaba que Izzy confiara en él. Pero no había contado con la inventiva femenina.

–Lo siento, pero me temo que eso es imposible –se disculpó Izzy–. Pepper y yo tenemos una reunión de negocios aquí esta noche. Una reunión confidencial. Así que me temo que tengo que pedirte que te marches.

–De hecho, deben de estar a punto de llegar –añadió Pepper mirando el reloj y apoyando la coartada.

–¿En serio? ¿Tan tarde es ya? –preguntó Izzy mirando el reloj ella también.

–Sí, y tú también vas retrasada, Izzy –continuó Pepper empujando a Dominic hacia la puerta–. ¡Por el amor de Dios, vístete! Adiós, Dominic, encantada de conocerte.

Lo echaban a patadas. Dominic no podía creerlo. Pero aún tenía una carta en la manga:

–¿Se lo diréis a Jemima?

–Te lo prometo –afirmó Pepper

–Dile que la recogeré mañana por la mañana.

–Claro… ¿qué? –preguntó Pepper perpleja.

Tras ella, Izzy lo miró con la boca abierta. La victoria era suya, se dijo Dom.

–A las diez en punto –añadió él bajando ya casi las escaleras–. Ropa de campo, nada elegante. Y un vestido bonito para el baile. ¡A las diez en punto!

Dominic saludó una última vez con la mano y bajó las escaleras. Tras él se desataban los truenos. Al subir al coche se echó a reír a carcajadas hasta que se le saltaron las lágrimas. Su dama de rojo era toda una jugadora de ajedrez, pero no debería haber aceptado la apuesta, porque iba a perder. Y los dos se lo pasarían en grande.

CAPÍTULO 8

IZZY y Pepper estaban atónitas.

–No comprendo –dijo Pepper al fin–. ¿Cómo puede haberle dicho Jemima que se iría con él el fin de semana? Jamás la he oído mencionar su nombre.

–¿Es que no lo has oído? Dijo que se habían citado esta mañana –explicó Izzy.

–Pero…

–Pero a la que ha visto esta mañana es a mí –continuó Izzy mientras Pepper abría la boca perpleja–. Y yo no me he citado con él. Está mintiendo, pero no podía decirlo sin delatarme. Encantador, ¿verdad?

–¿Y qué vas a hacer?

–No tengo ni idea.

–Pero no pensarás en serio irte con él, ¿no?

–Por supuesto que no –negó Izzy rotunda.

–Porque de momento has engañado a todo el mundo, pero antes o después te descubrirán –continuó Pepper razonando–. Quiero decir que si Jemima y ese hombre son… eh… amigos, como ha dicho él…

–Esta mañana no notó la diferencia.

–No, y según dice hacía meses que no se veían. Sin embargo, no te será fácil engañarlo cuando lleváis varias horas en el coche.

—Puedo hablar como Jemima —afirmó Izzy.

—¿Durante horas? —preguntó Pepper escéptica—. Si de verdad son tan amigos, tienes un problema. ¿Crees que lo son?

—No lo sé —suspiró Izzy, negándose a pensar en ello—. Se lo he preguntado a Jemima, pero no ha querido darme una respuesta directa.

—Suena sospechoso —sentenció Pepper sopesando las probabilidades—. Ese hombre es elegante, sexy, guapo...

Izzy no podía negarlo, así que se encogió de hombros y apartó la vista.

—No es el tipo de Jemima, pero sería un crimen rechazar a un hombre así, ¿no crees? —continuó Pepper.

—¿Quieres decir que mi hermana es ligera de cascos?

—Sólo digo que es humana. Y que él es guapo. ¿Qué tiene de malo? —preguntó Pepper.

—Nada —musitó Izzy de mala gana.

—¿No te gustan los hombres a los que se les iluminan los ojos de ese modo cuando sonríen?

—No, los mentirosos compulsivos no me atraen —mintió Izzy.

—Bueno, en realidad da igual.

—¿Por qué? ¿Qué quieres decir?

—Si finges que eres ella, echarás a perder las posibilidades de Jemima de tener una aventura con Dominic —afirmó Pepper.

—No veo por qué.

—¡Ajá! —exclamó Pepper—. ¡Entonces te gusta!

—¡No! —negó Izzy alzando la voz—. Sencillamente no me gusta que me manejen. Explícamelo.

—Las personas se reconocen en la cama, confundirse es imposible —afirmó Pepper.

Izzy parpadeó. Su prima no era ninguna experta, y así se lo dijo. Pero Pepper respondió:

—Si Dominic se ha acostado con Jemima, se dará cuenta de que no eres ella en cuanto lo beses. Y si no se ha acostado con ella, se preguntará por qué has cambiado de opinión. De un modo u otro notará la diferencia, así que no tienes nada que hacer.

Izzy, que también había llegado a esa conclusión, calló.

—De hecho —continuó Pepper—, si yo fuera tú, desaparecería. Porque si te quedas aquí, te descubrirán. Ese tipo no parece de los que se echan atrás.

—Pero yo tampoco —afirmó Izzy—. Y Jemima me necesita. No voy a permitir que Dominic Templeton-Burke interfiera en nuestro camino.

—¡Vaya! —exclamó Pepper impresionada, dándole palmaditas a su prima en la espalda—. Eres una mujer valiente.

Izzy se marchó a su dormitorio con la cabeza bien alta. No se sentía valiente, sino estúpida. Y fuera de control. Pero había estado en situaciones peores otras veces, y había mantenido la cabeza fría y despejada. Lo primero de todo era calibrar los riesgos. Necesitaba saber, y con detalle, hasta qué punto eran amigos Jemima y Dominic. Nada de evasivas. Jemima tenía que hablar claro.

Izzy llamó a Jemima a la clínica, pero no consiguió nada. La señorita Dare estaba sedada, y nadie debía molestarla.

—¡Pero se trata de una emergencia! —exclamó Izzy.

La enfermera había oído ya todo tipo de excusas, así que se mostró amable pero firme y le dio a Izzy el número del móvil del doctor.

Sí, lo llamaría y le explicaría que iba a pasar el fin de semana con el amante de su hermana, y que por eso necesitaba saber qué hacían en la cama. O le diría que creía que se estaba enamorando, sólo que su hermana lo había visto primero y necesitaba su permiso. ¿Sonaba eso a emergencia?

¿Se estaba enamorando? La idea la sobresaltó. ¿De dónde la había sacado? Por supuesto que no se estaba enamorando.

–Sexo –se dijo en voz alta–. La culpa es de la salsa.

A la mañana siguiente Izzy estaba aún más nerviosa. Revisó el armario de su hermana y preparó la maleta.

–Estás loca –le dijo Pepper.

–Lo sé.

–No es necesario que vayas con él –continuó Pepper–. Baja y dile que no es cierto que accedieras a salir con él. Él lo sabe.

–Sí, pero aún así no me lo quitaría de encima.

–Te descubrirá.

–Quizá, pero puede que para entonces haya logrado convencerlo de que guarde el secreto –contestó Izzy con su habitual optimismo.

–Bueno, llámame cuando estés en apuros. Estaré en Oxford, pero Steven y yo iremos a rescatarte. ¡Ah!, y ahora que lo pienso, ¿llevas dinero para escapar?

–Sí mami, lo llevo.

–Bien, entonces buena suerte –se despidió Pepper con un abrazo.

El timbre del intercomunicador sonó y ambas se sobresaltaron. Pepper respondió:

–Sí, Jemima está aquí, ya baja.

Tras un último abrazo, Pepper le tendió las maletas y añadió:

–Estás perfecta. Recuerda: tienes que pensar como Cleopatra, caminar como una reina.

Izzy bajó las escaleras repitiéndose que podía hacerlo.

Dominic la esperaba en la puerta. Tomó sus maletas pero no intentó besarla. Izzy estaba preparada para evadirse de cualquier gesto cariñoso, pero el hecho de que ni siquiera lo intentara la molestó.

–Enhorabuena, eres puntual –la saludó él.

–Siempre lo soy –replicó Izzy recordando de pronto, demasiado tarde, que Jemima no lo era.

Sin embargo Dominic no dijo nada. Quizá Jemima no lo hubiera hecho esperar nunca. La idea no resultaba nada reconfortante.

–Guapa y puntual –repitió él metiendo las maletas en el maletero–. Eres única, aunque eso ya lo sabía –añadió cerrando el maletero y dedicándole una larga sonrisa.

Eso le recordó las lecciones de lenguaje corporal que le había dado Jemima. Evidentemente, Dominic había asistido a las mismas clases. Izzy apretó los dientes y sonrió. Dominic estaba muy guapo aquella mañana. Había abandonado la actitud desafiante y la ropa de camuflaje para comportarse como un caballero y vestirse con normalidad con unos sencillos vaqueros.

–Y bien, ¿adónde vamos? –preguntó Izzy subiendo al coche y fingiendo no ver la mano que él le tendía.

Dominic dejó caer la mano, pero no se movió de su lado. En lugar de ello la miró inquisitivamente y con sorprendente intensidad. Eso bastó para que las manos de Izzy comenzaran a temblar. Izzy hizo caso omiso y repitió la pregunta fingiendo entusiasmo.

–¿Qué? Ah, a Gloucestershire, soy el encargado de inaugurar las fiestas.

–¡Qué divertido! –exclamó ella deseando que él dejara de mirar sus labios.

–¿Te parece? Suponía que tú habías inaugurado muchas.

–Sí, pero es diferente. La gente no me mira a mí, sólo mira la ropa –contestó Izzy inspirada y satisfecha.

–No lo creo, te equivocas –respondió Dominic reprimiendo la risa.

Él subió al coche y volvió a dedicarle otra de aquellas sonrisas de la escuela de Jemima junto con una significativa mirada. El gesto no la tranquilizó en absoluto, pero al menos dejó de temblar. Estaba tan furiosa con Dominic, que era incluso capaz de olvidar que soñaba con él.

–Gracias. ¿Nos vamos, entonces?

–Será un placer.

Dominic sonrió tan maliciosamente, que Izzy se convenció de que lo decía en serio. Hubiera deseado gritar, pero en lugar de ello se agarró las manos en el regazo y se clavó las uñas.

¿Qué habría hecho Jemima en su situación? Desde luego, no se habría quedado ahí sentada mirando el paisaje. Se habría vuelto hacia él, le habría dedicado una de aquellas miradas de adoración y le habría hecho interesantes preguntas acerca de sí mismo. Y eso haría ella. Aunque le costara la vida.

–Gloucestershire. ¿No es un lugar poco salvaje para un explorador?

–Sí, pero allí hay más gente dispuesta a asistir a una fiesta que en la selva. Mi expedición tiene problemas con las subvenciones, e inaugurar la fiesta es un modo de darle publicidad y conseguir fondos.

–¿Y tienes que inaugurar fiestas a menudo? –siguió preguntando Izzy con interés.

–Más de lo que quisiera. Pero esta vez creía tenerlo todo bajo control, sólo que al final ha surgido un pequeño problema.

–¿Grave? –inquirió Izzy observando que se aferraba al volante como si le fuera en ello la vida.

–Puedo solucionarlo.

El tema era espinoso, dedujo Izzy. Se preguntó por qué, y se sorprendió al darse cuenta de cuánto le interesaba.

–¿Es difícil conseguir fondos?

–No, si tienes el temperamento que hace falta. Pero admito que a mí no se me da bien –contestó Dominic con más tranquilidad.

–Lo dices como si conocieras a gente a la que se le da mejor.

–Y así es –rió él–. Antes yo siempre iba con el equipo. Eran los otros los que escribían libros y daban los discursos después de la cena. Pero esta vez mi equipo se ha quedado en el campamento y me ha tocado a mí salir a escena, así que es a mí a quien quieren ver.

–Y eso a ti no te gusta –dedujo Izzy.

–¡Demonios, no! –exclamó Dominic–. Aunque no sé por qué. A Shackleton se le daba bien.

–¿Qué?

–Ernest Shackleton. Reunió los fondos para una expedición a la Antártida. Hizo todo lo que tenía que hacer. La gente se reía de él, pero no era orgulloso. Organizó funciones con una linterna mágica, visitas turísticas al museo que había instalado en su barco… cualquier cosa con tal de reunir dinero. ¿Quién soy yo para mostrarme arrogante sólo por el hecho de tener que cortar una cinta?

Dominic parecía tan apesadumbrado, que Izzy comenzó a sentir simpatía hacia él.

–Parece como si Shackleton fuera tu héroe.

–Y lo es, es un hombre extraordinario –asintió él apasionadamente–. El más eficiente y rápido viajando era Amundsen, el que hizo los mayores descubrimientos científicos fue Scott, pero cuando ocurre un desastre te arrodillas y rezas a Shackleton.

–Suena a máxima.

–Lo es. Parecerte a ellos es un halago –afirmó él con seriedad.

Izzy se quedó callada asimilando aquella información. Era el primer vistazo que echaba al interior de aquel hombre. Enseguida llegaron a Cotswold, el pueblo al que se dirigían. Ella miró a su alrededor en la tranquila calle y preguntó:

–¿Es tu pueblo natal?

–No –rió él–, mi familia proviene de Yorkshire. Este fin de semana nos quedaremos con los Blackthornes, son primos lejanos de mi madre.

–Suena a familia de alcurnia, supongo que por eso necesitaré el traje de noche.

–Bueno, esta noche hay un baile. Es la fiesta de compromiso de una de las hijas –añadió Dominic mirándola y sonriendo–. Han contratado a la mejor banda de música cubana del país, te divertirás.

Izzy se quedó paralizada. El corazón le latía con tanta fuerza que él debió oírlo. ¿Lo recordaba?, ¿sospechaba?

–¿Yo? ¿Por qué?

–Naciste para bailar –contestó él.

Izzy trató de digerir el comentario, pero su mente era un caos. ¿Significaba eso que recordaba la noche de la discoteca y la sexy salsa que habían bailado juntos? ¿Trataba de decirle que sabía que no era Jemima?

Por un momento Izzy pensó en dejar de fingir. Era como salir a la luz después de haber estado prisionera en una cueva. Y se volvió hacia él impulsivamente.

Pero antes de que pudiera decir nada, Dominic salió de la carretera principal y entró en otra mal asfaltada de un solo carril. Eso la hizo poner los pies en la tierra.

No, no podía dejar de fingir, por mucho que quisiera. No mientras Jemima no estuviera a salvo y tuviera un abogado. Por lo menos hasta el lunes.

–Gracias, pero la que de verdad baila bien en la familia es mi hermana Izzy. Viajó por toda América del Sur y mandó fotografías suyas bailando en todos los pueblos. Es Izzy la que adora la música cubana.

Izzy contuvo el aliento, pero Dominic estaba concentrado en la carretera y ella no supo siquiera si la había oído. Finalmente ella suspiró y se relajó. Había superado otro momento difícil, él no sospechaba nada. Pero la victoria se le antojó vacía.

Dominic siguió conduciendo en silencio, subiendo lentamente por la montaña y dejando atrás el valle y el pueblo. El camino era pedregoso, pero la cuneta sin barrera estaba regada de flores silvestres azules y rojas. Izzy se relajó, miró a su alrededor y quedó impresionada.

—¡Es precioso! —exclamó maravillada.

—¿Eres una chica rural en el fondo? —inquirió él.

—En absoluto. Mi hermana y yo nacimos y nos criamos en una ciudad pequeña. Íbamos al Mediterráneo a veranear. Ni siquiera recuerdo ir de camping una sola vez.

—Pero habrás visto flores silvestres antes, ¿no?

—En los libros —contestó Izzy disfrutando de la vista—. En viejos libros. O quizá en un tapiz medieval. Pero nunca había visto nada como esto. Mira esa flor azul. Es como un manojo de estrellas. ¿Qué flor es?

—No soy botánico —contestó Dominic encogiéndose de hombros—. Sé más de formaciones rocosas.

—Lo olvidaba —rió Izzy—. Prefieres las junglas, los desiertos y el hielo, ¿verdad?

—Exacto, cualquier sitio que sea peligroso, eso es lo mío. Las praderas silvestres inglesas no suponen ningún desafío.

Izzy hizo una mueca burlona simpática, pero en su fuero interno reconoció que era cierto. Ninguna bonita pradera suponía un desafío para él, que necesitaba ponerse a prueba. Y de pronto pensó que Jemima tampoco lo era. Ella era dulce como las praderas silvestres, y Dominic necesitaba a una persona fuerte y dispuesta a luchar por él, su amor.

¿Su amor? Izzy se quedó helada.

—¡Basta! —exclamó en voz alta.

—¿Qué?

—Que pares, quiero bajar. Necesito respirar.

De pronto no soportaba estar a su lado y seguir fingiendo. Dominic detuvo el vehículo y apagó el motor. Bajó las ventanillas y ambos escucharon los ruidos del campo: pájaros cantando, insectos, hojas moviéndose al viento. Izzy sacó la cabeza. Todo a su alrededor mostraba la gloria de la naturaleza a finales de verano. Estaba enamorada del único hombre del mundo en el que no debía permitirse pensar. Deseaba tanto tocarlo que le dolía. Y no podía. Porque Jemima contaba con ella.

Habría dado cualquier cosa por contarle a Dom lo que sentía en ese momento. Quizá nunca más tuviera oportunidad de hacerlo. Quizá él nunca llegara a saber quién era. O quizá él se sintiera tan engañado, que no quisiera volver a verla. Los ojos de Izzy se nublaron.

—Es perfecto —comentó ella con voz ronca, suspirando—. Quiero recordarlo siempre.

—¿Recordarlo? Lo dices como si te estuvieras despidiendo.

—Nada dura —contestó Izzy con tristeza—. Mira, casi puedes tocar la luz del sol, saborearla. Hay un poema que habla sobre lo importante que es recordar siempre las cosas buenas. Estoy convencida de que fue escrito en un día como hoy.

—La vida es algo más que poesía —contestó él irritado.

—Claro, sólo quería decir que es tan precioso, que me gustaría retenerlo en la memoria.

—Bien, ¿quieres salir?

—¿Podemos? —preguntó Izzy observando anhelante la verde colina—. Quiero decir que el coche bloqueará el paso.

—No es una carretera importante, sino secundaria —contestó él con indiferencia—. Si mi dama quiere pasear, paseará.

¿Su dama?, repitió en silencio Izzy, recordando que ella lo había llamado su amor. Pero más valía que dejara de hacerlo, para él todo era un juego. Sólo estaba bromeando. Pero, ¿y si no era así? Si la agarrara de la mano, si le contara sus secretos y…

No, lo decía en broma, se repitió Izzy interrumpiendo la fantasía. Quizá en respuesta a lo que ella había comentado acerca de la naturaleza, o quizá simplemente porque siempre soltaba esas frases para conquistar a una mujer. Al fin y al cabo él era de la escuela de Jemima.

—No te preocupes tanto, si alguien quiere pasar tocará la bocina —comentó él.

—Sí, claro, no se me había ocurrido.

—Vamos, entonces —la animó saliendo del coche—. ¿Quieres soltarte el pelo y correr descalza por el prado? Vamos, hagámoslo.

Izzy permitió que la tomara de la mano. Pero se tambaleó cuando pisó el campo. Dominic la sujetó.

—Eh, no hace falta que eches a correr, podemos tomárnoslo con calma.

–Hablas de caminar por el prado, ¿no? –preguntó Izzy suspicaz, frunciendo el ceño ante el extraño tono de voz de Dominic.

–Hablo de lo que tú quieras –contestó él con una intensa sinceridad.

Aquel sí que era un firme avance en la conquista, más allá de todas las enseñanzas de la escuela de Jemima. Mejor estar muy alerta. Izzy trató de soltarse.

–Bien, entonces sigamos con la botánica –dijo Izzy.

–Lo que tú digas –contestó Dominic echándose a reír.

Izzy se sentó en una valla y contempló los alrededores maravillada. Habían subido tres cuartas partes de la colina. Abajo estaba el río, corriendo por su estrecho cauce y ocultándose aquí y allá tras los arbustos y los sauces, que parecían brujas lavándose los cabellos. Al otro lado del valle, tan cerca que casi parecía que pudiera llegar de un salto, había un campo lleno de parches cuadrados dorados y verdes. El aire estaba lleno de vida, pero silencioso.

Izzy suspiró feliz. Bueno, casi feliz. ¿Qué importaba si él no lo sabía? Tenía un amor, y estaba allí mismo. Muchos poetas habían muerto por mucho menos.

–Esto es maravilloso.

–Pues disfrútalo –contestó Dominic saltando la valla.

Lo había dicho con esa voz aterciopelada, de chocolate, que ella recordaba de la noche de la discoteca. Izzy tragó saliva. Se moría por rendirse a aquella seductora voz. Tenía el pulso acelerado, el corazón anhelante... Pero tenía que fingir que le era indiferente. El dolor era exquisito.

Dom le tendió la mano graciosamente, sin pretender presionarla. La tentación era casi irresistible, pero se trataba de un terreno peligroso. Izzy se inclinó hacia atrás y apartó la vista.

—No podemos invadir el campo ajeno así como así.

—Te gusta mucho respetar las reglas, ¿no? —rió Dominic.

—Te equivocas, hago lo que tengo que hacer.

Izzy no pudo evitarlo. Recordó la villa andina y a sus rebeldes en combate. Pero por primera vez en años lo hizo sin estremecerse. Dominic la observaba atentamente.

—¿Otro recuerdo? Yo diría que nada agradable.

Izzy se sobresaltó. Su respuesta instintiva fue darse la vuelta, ocultar sus sentimientos. Pero la dominó e hizo una pausa. No se había estremecido al recordar, quizá pudiera terminar de superarlo. Quizá pudiera sacarlo a la luz del día de una vez por todas y contárselo a Dominic Templeton-Burke.

Él se cruzó de brazos esperando.

—En una ocasión tuve que… bueno, creía que tenía que… me hice a la idea de…

No, no podía. Dom creía que era Jemima. Y debía seguir pensándolo. Había arrastrado a Jemima hasta allí dispuesto a desarrollar el sofisticado juego de la seducción. Y ella no podía desnudar su alma ante un hombre que sólo estaba jugando.

—¿Seguro que el coche no le bloqueará el camino a alguien? —dijo finalmente.

–Si se lo bloquea, tocará la bocina –contestó él ligeramente decepcionado. O quizá fuera sólo producto de su imaginación–. Te preocupan mucho los detalles, ¿no? Apuesto a que en el colegio eras la alumna perfecta.

–Si me estás llamando sabihonda, te equivocas. Me echaron del laboratorio de zoología por aplicar corriente eléctrica a animales muertos.

–Me dejas impresionado. Algún día tienes que contármelo. ¿Vienes, o vas a quedarte ahí sentada para siempre? Puedes seguir ahí, dando patadas con los tacones –añadió él con serenidad. Izzy estaba absolutamente convencida de que no hablaba en realidad de la valla–. Pero antes o después tendrás que decidirte. Hacia delante, o hacia atrás. Sólo hay dos caminos.

Sus miradas se encontraron e Izzy sintió que se le erizaba el pelo en la nuca. ¡Él lo sabía!, se dijo de pronto, absolutamente convencida. Sabía que no era Jemima. O quizá fuera sólo una loca idea surgida en su mente al calor de aquellas nuevas sensaciones. Si se rendía, se arrepentiría. Jemima la necesitaba, Dominic Templeton-Burke, no.

¿Pero qué necesitaba ella? Ya se ocuparía de eso más tarde, se dijo amargamente. Izzy saltó de la valla con la cabeza bien alta y dijo:

–De acuerdo, tú sabes más de estos parajes que yo. Confío en que sepas lo que estás haciendo.

–Vaya, gracias. Resulta poco halagador, ¿sabes?

–Sólo digo la verdad.

Debía mantener la distancia, caminar a su lado sin mirarlo a los ojos, evitar que la tocara. Era el único modo. Dominic caminó en silencio un rato, y de pronto dijo:

—¿Por qué no confías en mí? Me refiero a confiar plenamente.

—No sé de qué hablas.

—Sí, lo sabes. Sopesas cada palabra que dices, no me miras. Intentas hacerme creer que estás a gusto, pero en cuanto te rozo con el hombro, saltas.

—¡Eso no es verdad!

—Deberías verte desde mi punto de vista, siento que estás a kilómetros de aquí —continuó Dominic mirándola con gravedad, con más seriedad de lo que ella le había visto nunca hacerlo—. ¿Por qué?

—Te gusta romper reglas, ¿verdad?

—Me gusta ponerlas a prueba a veces, quizá. ¿A quién no?

A Jemima. Izzy se había reído de ella por eso en más de una ocasión. Pero en ese momento, ante algo tan importante, con Dom…

—Yo no estoy segura de que me guste —contestó Izzy.

—¿Y?

—Que desde ayer, cuando saltamos del puente, me estás presionando. Quieres que yo… —Izzy vaciló.

—¿Que rompas las reglas? —sugirió él.

—Sí.

—¿Y qué reglas son ésas?

Sus reglas, las de Izzy. Pero por supuesto eso no podía decírselo. Porque entonces él haría preguntas, y ella se encontraría ante el dilema de elegir entre Jemima, que la necesitaba, y él, que no la necesitaba y sólo jugaba. Sólo que en ese momento no parecía jugar, estaba muy serio. Parecía incluso vulnerable, comprendió de pronto Izzy sobresaltada.

Estuvo a punto de decirle la verdad, pero pensó a tiempo en las consecuencias. No sólo traicionaría a Jemima, sino que le abriría a él todas las puertas de sus secretos. Y entonces tendría que volver a aquel pueblo andino y explicarle por qué no podía ser tan inocente como su hermana.

Izzy lo miró a los ojos fijamente hasta que le picaron, pero no se le ocurrió nada que decir. Dom alargó suavemente una mano y acarició su cabello.

—Está bien, jugaremos a tu modo, soy un hombre paciente —afirmó él.

Izzy sintió que se le hacía un nudo en el corazón. Él hablaba calurosamente. La tentación de arrojarse a sus brazos y contárselo todo era irresistible.

—Puedo esperar, pero algún día me lo contarás —añadió él—. Es una suerte que me dedique a los deportes de resistencia. Venga, vamos, tentadora mujer. Hay mucho que hacer.

CAPÍTULO 9

NADA MÁS ver la casa fue evidente que había mucho que hacer. Pero Izzy se alegró, de ese modo no tendría que pensar.

—¡Vaya!, justo lo que pensaba. Una mansión con grandes propiedades, y una fachada como un palacio con estatuas. Parece una casa sacada de una película.

—Y esto es sólo la parte de atrás —comentó Dominic divertido—. Ya verás las estatuas de la fachada principal.

—Dijiste que la fiesta era elegante, no principesca.

—Espera a entrar —rió él—. Primero un perro te tirará al suelo, y luego una gata te lamerá. Cree que es perra. Muy formal, ¿no?

Al girar en el camino que llevaba a la casa Izzy vio de pronto una pradera con toldos y casetas instalados a la izquierda en fila hasta el río.

—Mira, la casa está sitiada —rió Izzy.

—Es para la fiesta —explicó Dominic—. De hecho, será mejor que pare y saque las maletas. Me necesitan.

Dominic aparcó bajo un roble y tocó la bocina. Había mucha gente deambulando por allí entre las mesas que aún quedaban por instalar. Todos alzaron la vista, y una mujer alta de cabellos canos y ojos grises como los de Dominic se acercó.

–Hola, ¿has traído tu gorra de pedir limosna?

–Hola, tía Margaret, lo que te he traído es una sorpresa. Esta es… –Dominic vaciló–. Jemima Dare. Es una celebridad, más aún que yo.

–Eso no es tan difícil –observó Margaret–. Me alegro de conocerte, Jemima. Tendrás que acampar con Dom. La casa está llena hasta los topes. Aunque supongo que estás acostumbrada.

–Hola –saludó Izzy tragando.

–Típico de mi tía, la duquesa de Bonaccord. Bromista profesional, siempre está organizando fiestas –rió Dom.

–Alguien tiene que hacerlo. Os cedemos la caseta número cuatro. Puedes poner ahí tus pósters y tus cosas. Los niños han confeccionado pegatinas en las que pone «Yo ayudé a Dominic a llegar al Polo». Se van a vestir de esquimales y van a ir a venderlas.

–¡Pero en la Antártida no hay esquimales! –protestó Dominic.

–Detalles –contestó Margaret despectiva–. De todos modos puede que Flissy se vista de pingüino. Han estado hablando de ello durante el desayuno.

–Ah, entonces bien. Allí hay muchos pingüinos –contestó Dom–. Bueno, ahora voy a sacar las cosas. Subiremos a casa y desharemos las maletas.

–Sí, y luego baja a ayudar a instalar casetas –ordenó la duquesa seria–. Necesitamos ayuda, si es que quieres cortar la cinta.

La casa no resultaba tan intimidatoria por dentro. Ambos entraron directamente por una enorme cocina. Enorme, y muy bulliciosa. Allí había gente de todas las edades, y cada cual en un estadio distinto en el proceso de vestirse. Parecía una cafetería en pleno servicio de desayuno, y había tres niños en pijama con aletas de bucear en los pies.

–¿Y eso? –preguntó Dom.

–Pies de pingüino –explicó un niño de siete años–. Anoche fabricamos los picos.

–Estupendo, cuantos menos esquimales, mejor. Ese tipo de confusiones no son buenas para mi imagen pública –dijo Dom.

–Y eso es lo único que te importa –bromeó Izzy.

–Exacto, es dinero. Definitivamente, aquí hay demasiada gente. Tendremos que apropiarnos de algún territorio. Ven conmigo –dijo Dom.

Dominic se cargó la bolsa al hombro y la guió por largos pasillos hasta unas escaleras traseras que conducían al ático. Abrió la puerta y dijo:

–Ah, bien.

Izzy asomó la cabeza por encima de su hombro y vio un baño lleno de patos de goma y ranas.

–¿El baño? ¿Vas a tomar un baño?

–No, ahora no, luego. Y tú también. Sólo quería comprobar que no lo habían quitado de aquí desde la última vez que vine –respondió Dom.

–Supongo que sabes lo que dices.

–La primera regla al llegar a la campiña inglesa es buscar el baño de los niños y tomar posesión –dijo Dom dejando una bolsa de aseo en una repisa–. Soy incapaz de resistirme al agua caliente. El calentador está normalmente en el baño de los niños, y cuanto más te alejas, más tiene que viajar el agua y más fría se queda por el camino. La tía Margaret te sugerirá que uses su baño. Niégate y mantén tu posición contra viento y marea. Está lleno de cojines y aceites de baño, y la bañera es del tamaño de un barco. Cuando por fin se llena, el agua se ha quedado helada.

—Gracias por el consejo.

—Es lo menos que puedo hacer, no quiero que te congeles. La casa es fría a pesar del buen tiempo que hace en septiembre. Y detesto los pies fríos en la cama.

—A propósito de eso…

—No quedan habitaciones libres —la interrumpió él—. Tenemos que compartir la cama. Créeme, es mil veces mejor que compartir una tienda de campaña en la jungla. Sobrevivirás.

—Claro, pero no me refería a eso.

—¿Nada de tangos en horizontal? —preguntó alzando una ceja significativamente—. Queda claro. Mantendré las manos quietas si tú prometes hacer lo mismo.

—Estoy ansiosa por firmar el trato —respondió Izzy rabiosa, deseando abofetearlo.

—Trato hecho —dijo él alargado la mano.

Izzy se la estrechó y, a partir de entonces, Dominic no la rozó siquiera en todo el día. Ella no sabía si sentirse molesta o aliviada. A media tarde, sin embargo, lo que estaba era frustrada.

Él era un conquistador, no cabía duda. Soltó un maravilloso y brillante discurso para inaugurar la fiesta y cortó el lazo. Y luego se sentó en su caseta rodeado de pósters de sí mismo y de sus compañeros de expedición, firmó autógrafos y habló tranquilamente con todos. Eso alargó la cola como la de ninguna otra caseta, pero a pesar de todo Dominic no se dio prisa. Si un niño de diez años quería saber cómo ir al lavabo en el Polo, Dom se lo explicaba.

Izzy observó a un adulto pasar y le tendió una copia del póster, diciendo:

—El ocho por ciento del precio es para subvencionar la expedición.

Un póster, un par de libros y una pegatina. El papá se alejó satisfecho.

—Formamos un buen equipo tú y yo —comentó Dominic—. A mí me pagan para que cuente historias, y a ti para escapar de ellas. ¿Quieres unirte a la campaña que celebraremos en un autobús?

Izzy sonrió. Y se estremeció. Habría sido maravilloso si él hubiera invitado a Izzy en lugar de a Jemima. Izzy hizo un gesto burlón con la mano y apiló los libros a la venta. Había muchos títulos: sobre la expedición a la Antártida, sobre otras expediciones anteriores, sobre la supervivencia en condiciones extremas…

—¡Y ninguno de estos libros lo has escrito tú! —exclamó Izzy—. Así que después de todo sí eres modesto.

—Mis compañeros lo cuentan mejor —contestó él poniéndose serio—. Incluyendo anécdotas de lo terrible que es viajar conmigo.

¿Qué había dicho?, se preguntó Izzy alarmada. No pretendía herir sus sentimientos, sólo estaba bromeando. A pesar de todo, si lo había herido, Dominic no lo demostró. Fue amable con ella, pero ni una sola vez la miró a los ojos o la rozó. Izzy, en cambio, era consciente de su presencia cada vez que respiraba.

Muchas cosas habían sucedido desde la noche de la discoteca. Y habían recorrido mucho camino desde el salto del puente. ¿Cómo había podido dejarse engañar por aquella estúpida ropa de camuflaje?

¿Había observado Dominic que ella se echaba atrás ante él, que la asustaba? Por primera vez se le ocurrió pensar que Dominic podía haber visto en ella un desafío. Quizá por eso se empeñara en conquistarla. En conquistar a Jemima, se corrigió en silencio.

Sí, habían recorrido un largo camino. De pronto Izzy se dio cuenta de que aquella era su tercera cita. La cita del sexo, la cita de la que siempre huía. Sólo que esa vez no deseaba huir. Deseaba…

Izzy comenzó a sentirse más despreocupada, más dispuesta a hacer locuras.

–¿Por qué no escribes un libro sobre ti? –preguntó una rubia de enorme escote.

–No es lo mío –contestó Dominic sonriendo–. Yo soy todo músculo, nada de neuronas.

Izzy se sobresaltó y se enderezó en el asiento. Había oído antes ese tono de voz, era el mismo que adoptaba ella cuando aseguraba que ella no era la guapa, que era como decir que ojalá lo fuera, y que ojalá no le importara. Lo cierto era que sí le importaba, y por eso se esforzaba al máximo en fingir que no.

Tras marcharse la voluptuosa rubia, Izzy comentó:

–Sí, ¿por qué no escribes un libro? Seguro que tienes miles de ofertas.

Dom la miró a los ojos por fin, pero no con una expresión particularmente amistosa.

–¿Y a ti qué te importa?

Ese tono de voz también lo conocía. Ella también lo usaba. Venía a decir algo así como «no me acorrales», «déjame en paz».

–No me importa, es sólo curiosidad. Pero sin duda un libro tuyo resolvería el problema de la subvención, ¿no? Así no tendrías que mandar a un grupo de niños vestidos de pingüino a inundar las calles de Gloucestershire.

Hubo una pausa. Entonces él se echó a reír, pero de mala gana.

–Sólo me lo preguntaba –añadió Izzy fingiendo indiferencia.

Izzy se metió las manos en los bolsillos, se puso en pie y se alejó a un lado de la caseta. Y se quedó allí, muy alerta y callada. Dom no dijo nada, pero después de un rato, en voz baja, afirmó:

–No puedo.

–¿Qué?

–No puedo escribir –añadió él con esfuerzo.

Izzy estaba tan atónita que se olvidó de que no debía acorralarlo. Se dio la vuelta y repitió:

–¿No puedes?

–No correctamente. Puedo escribir si me concentro en ello y no corro. Ya lo ves, firmo autógrafos.

Eso explicaba que la cola de su caseta fuera la más larga. Y que Dom mantuviera conversaciones amistosas mientras firmaba. Izzy volvió a sentarse con tal ímpetu, que la banqueta se tambaleó. Dominic la sostuvo con mano firme y luego la soltó. Y torció la sonrisa.

–Soy disléxico –confesó él al fin–. Un caso realmente grave, según parece.

–Yo...

–Bueno, puedo hacer miles de otras cosas. Tengo unos reflejos perfectos, y juego de maravilla al ajedrez. Según parece soy lo que llaman un «extrovertido orientado a la acción». Nada de reflexión, todo aventura.

Su amargura era evidente.

–¿Desde cuándo…?

–¿Desde cuándo lo sé? –la interrumpió él–. No hace mucho. En el colegio creían que era tonto, y en casa, que era un diablillo que se negaba a trabajar.

–¿Tu madre no se dio cuenta?

–Mi madre estuvo enferma durante casi toda mi infancia, y luego murió.

Izzy deseó abrazarlo, pero sabía que sería fatal.

–¿Y cuándo lo descubriste?

Dom apartó la mesa y se puso en pie. Sin mirarla. Pero sin amargura ya.

–Eso fue realmente extraño. Tenía un amigo, un jeque árabe. Fuimos de expedición en camello por el desierto de Gobi y una noche me enseñó unos papeles escritos en árabe. Me di cuenta de que me costaba tanto descifrar las palabras como si estuviera escrito en inglés. Tenía que hacer el mismo esfuerzo. Entonces él me dijo que era muy extraño, y que tenía que hacerme pruebas. Así que volví y me las hice.

–¿Y?

–Hay terapias –continuó Dom–. Las he seguido todas. Aún las sigo cuando tengo tiempo. Hoy ya puedo firmar con mi nombre y rellenar la solicitud de los impuestos. Incluso escribir una carta, si es preciso –Dom hizo una pausa y continuó–: Por eso es inútil que me pidas que te conquiste con poesía. Está fuera de mi alcance.

–¿Pero puedes dictar? –siguió preguntando Izzy.

–¿Dictar un soneto? –preguntó Dom sorprendido, soltando una carcajada–. No, no lo creo.

–No, me refiero a un libro. El diario del Polo Sur, o lo que sea. ¿Podrías dictarlo?

–No se le puede entregar al editor un montón de cintas grabadas –señaló él.

–No, supongo que no. ¡Maldita sea!

–Pero gracias por tu preocupación.

Izzy se volvió hacia él reflexionando. Dominic tenía que tocarla, se dijo. Pero el instante se echó a perder por culpa de un niño alborotador. Y así continuaron toda la tarde, incluso cuando volvieron a la casa para vestirse para el baile. Dominic ni siquiera le pidió que le anudara la corbata.

El baile resultó grandioso. Muchas mujeres llevaban joyas y trajes de diseño. Izzy se detuvo al pie de las escaleras al ver tanto diamante. Ella llevaba un vestido de diseño, pero sólo lucía baratijas.

–No estoy preparada para esto.

–Puedes hacer todo lo que tengas que hacer, ¿recuerdas? –dijo él.

–¿Eso dije?

–Sí, eso dijiste. Esta tarde. Aún estoy esperando a que me lo expliques.

–Quizá algún día.

Dominic asintió serio, como si no esperara nada más de ella.

–Pero no me hagas esperar mucho. Soy un hombre paciente, pero mi paciencia tiene un límite.

No era una amenaza, pero hablaba en serio. Izzy sintió desfallecer su corazón.

–Estás decidido, ¿eh?

–Por supuesto –declaró sorprendido–. Es mi trabajo.

Ambos se echaron a reír. Eso relajó la tensión.

–¿Y cómo encaja todo esto en tu trabajo? –preguntó Izzy mirando a su alrededor.

–¿Esto?

–La familia, los amigos, las fiestas, los compromisos de boda, los niños vestidos de pingüino...

Dominic la guió hasta la terraza sobre la que había preparada una mesa con champán.

–¿Me preguntas cómo consigo escapar a la trampa del matrimonio?

–¿Y por qué iba a querer nadie atraparte? –preguntó a su vez Izzy irritada.

–Porque soy un hombre decente, amable y muy mañoso en casa.

–Pero demasiado decidido como para caer en la trampa –contestó Izzy soltando una carcajada–. ¡Lástima!

–No, te equivocas, soy lo suficientemente decidido como para esperar a la mujer adecuada.

–¿Qué?

–Tienes una visión demasiado estereotipada del explorador –añadió él burlón, pero en serio.

–No tengo ninguna visión estereotipada de nadie –negó ella.

–¡Oh, sí!, la tienes. Crees que los exploradores somos hombres apasionados que olvidan pronto, hombres que huyen de los compromisos.

–¡Ah, claro! Y tú, en cambio, eres un alma sensible que sólo espera a la mujer adecuada.

–Quizá no espere mucho más –murmuró él con malicia.

Izzy se negó a oír esa última respuesta, se estaba ruborizando.

–De hecho –añadió Dominic acorralándola contra la columna del porche para que sólo pudiera mirarlo a él–, me alegro de que hayas sacado a relucir el tema.

–¿Qué tema? Yo no he sacado a relucir ningún tema. ¡Oh, eres irritante!

–Tengo una opinión muy clara con respecto al matrimonio.

–Apuesto a que sí –musitó ella.

–Déjame que te hable de los exploradores y del matrimonio.

–¿Qué?

–Matthew Flinders –dijo él–. Fue el hombre que dibujó el mapa de la costa de Australia.

Izzy conocía ese tono de voz. De pronto le perdonó las burlas y la arrogancia y preguntó:

–¿Otro de tus ídolos?

–Exacto –rió él–. Se casó con el amor de su infancia. Los burócratas no le permitieron llevársela de aventura con él, así que le escribió todos los días. Le pedía que le contara qué vestido llevaba, qué soñaba, cualquier cosa con tal de que ella le hablara de sí misma. Y cuando volvió a casa diez años más tarde, ella seguía esperándolo. Eso es lo que quiero –añadió Dominic en voz baja, muy serio.

–No es mucho –bromeó ella.

Hizo mal. Él estaba muy serio.

–Cuando tenía dieciocho años quería casarme con una chica –continuó Dominic–. Pero me fui a la jungla de Indonesia, y ella se decidió por mi hermano mayor.

–No parece que en tu familia seáis muy buenos juzgando a las mujeres.

El comentario dejó perplejo a Dominic, que soltó una carcajada y añadió:

—Tienes razón, deberías ver a la segunda mujer de mi padre. De hecho, ella es la razón por la que esta expedición se ha quedado sin fondos. Convenció a mi padre para que retirara la subvención que nos concedía su empresa.

Lo decía casi riéndose, e Izzy no lo comprendía.

—¿Y no estás enfadado?

—En aquel momento me enfadé, sí —reconoció Dom—. Pero tiene sus compensaciones. De no haber sido por eso, no te habría conocido.

Su mirada era cálida. Más cálida de lo que lo había sido en toda la tarde. ¿Se mostraría accesible por fin?, se preguntó Izzy.

—No comprendo.

—Son los milagros de las relaciones públicas. Una inutilidad por completo, pero los beneficios colaterales son interesantes.

—Yo no soy un beneficio colateral —afirmó Izzy.

Entonces él por fin la tocó. Fue un contacto muy cálido, un contacto que la hizo levantar los pies del suelo y que Izzy deseó no acabara jamás.

—Desde luego que no —dijo él—. Definitivamente eres la atracción principal.

Dominic no la soltó durante el resto de la noche. Cenaron de la mano, brindaron, se miraron a los ojos igual que si estuvieran solos y bailaron. Bailaron lenta y salvajemente, sueltos y muy agarrados… daba igual, estaban hechos el uno para el otro. Y todo el mundo se dio cuenta.

—A la cama —dijo él al fin sin molestarse siquiera en bajar la voz.

—Creí que nunca lo dirías —contestó sonriendo.

ELLA LE diría la verdad, pensó Dom. No seguiría mintiéndole cuando hicieran el amor. No podría hacerlo. Recordaría la primera vez que habían bailado juntos, la primera vez que se habían besado, y le diría la verdad.

Dominic la tomó en brazos a las puertas de su habitación y comenzó a besarla. No en la boca, sino en los párpados, en la nariz, en los hombros, en el cuello, en las orejas y en el tierno valle entre los pechos. Ella suspiró entrecortadamente como si la hubiera asustado, pero ninguna mujer se asustaba por un beso a esas alturas. El problema era que no se trataba de un simple beso. Ambos se estremecieron.

—Una nueva experiencia —dijo él con voz amortiguada contra su piel.

—¿Qué?

Pero él no respondió o, al menos, no con palabras. Sus brazos la estrecharon fuertemente y, sin dejar de besarla, Dom abrió la puerta y la hizo entrar. Ella se aferraba a las solapas de su chaqueta y jadeaba.

Dom cerró la puerta y recorrió con las manos todo su cuerpo a lo largo, estrechándola contra sí y respirando su fragancia. Ella gimió y le abrió la camisa. Pero todos los pequeños detalles fueron mal, como suele ocurrir siempre la primera vez, aunque a ninguno de los dos le importó.

Cayeron en la cama enredándose entre la ropa y el deseo. Él oyó caer al suelo los zapatos de ella. Ella perdió interés por su camisa y comenzó a dibujar la musculatura de su torso, gimiendo de placer mientras él besaba sus hombros, su nuca y sus pechos abultados…

Entonces Dom la oyó gritar de dolor.

—¿Qué ocurre?

Se le había enganchado un mechón de cabello en el reloj de él. Dom soltó una carcajada y le pidió que esperara un momento. Pero ella no quiso esperar mientras él lo desenredaba, quería abrazarlo y acariciarlo exactamente igual que hacía él, así que siguió acariciando el vello de su torso con la cara. Dom respiró hondo y echó la cabeza atrás, diciendo:

—Con cuidado…

Pero Izzy no era de las que podían esperar. Su dama de rojo lo deseaba desnudo, así que su camisa cayó hecha un ovillo al suelo. Inmediatamente ella trató de desabrocharle el pantalón, pero sin mucho éxito.

—¿Qué tienen de malo las cremalleras? —musitó ella—. ¿Cómo funciona esto? Prefiero unos vaqueros.

—Te enseñaré, déjame a mí —rió él.

Dom quiso ayudarla, pero se distrajo. Realmente era inevitable. Izzy llevaba demasiada ropa. Él trató de soltarle el vestido, pero descubrió que aquel cierre era imposible.

—¿Cómo funciona esto?

—No tengo ni idea —contestó tumbándose boca arriba y alzando los brazos por encima de las almohadas.

–Vale, hazlo tú –rió Dom sentándose en la cama.

–¿Es que no puedes? –preguntó ella con malicia.

–Si tú quieres, puedo hacer cualquier cosa –respondió él con gravedad.

Ambos se miraron a los ojos. Ella parecía incapaz de creer lo que él decía. No podía creer que estuvieran allí, en la cama, juntos. Entonces gimió, alargó los brazos y tiró de él hacia sí de un modo convulsivo, respirando entrecortadamente.

–Ámame –exigió ella en un susurro, sin dejar de mirarlo–. Ámame ahora.

Algo iba mal, pensó Dom. A esas alturas Izzy tenía que haberle dicho la verdad. Sin embargo ella había conseguido desabrocharse el vestido y se revolvía tratando de quitárselo. Era más de lo que un hombre podía soportar. Ya pensaría en ello, se dijo Dom inclinándose para tomar un pezón en la boca. Ella gimió. Sí, ya pensaría en ello después.

A partir de ese momento nada volvió a salir mal, nada fue insignificante.

Ella cayó dormida enseguida. Su cuerpo se rindió a un profundo sueño. Dom se apoyó en un codo y la contempló largamente. Se sentía saciado y satisfecho, pero a pesar de ello sentía también cierta pena. Deseaba que ella le hubiera dicho la verdad, que le hubiera dicho su nombre.

Bueno, su nombre lo sabía, ella era Izzy. Habían sido presentados, y ella había vuelto a repetírselo aquella noche, bailando música cubana. Pero había sido la música la que le había arrancado el secreto, no su amor por él. Dom trató de restarle importancia. Su dama de rojo no sabía mentir.

Dom acarició los rizos de su frente. Ella ponía todo su corazón cuando hacía el amor, sin fingimientos, sin evasivas, sin mentiras. Sólo…

¿Amor? Sí, la idea lo asustaba, pero era cierto. Y él lo sabía. Dom se inclinó y besó sus labios, se tumbó a su lado y se durmió. Definitivamente merecía la pena, se dijo medio dormido. Aquello era lo más sensato que había hecho jamás. Hablaría con ella al día siguiente. Le diría que estaban destinados el uno al otro, que sabía su nombre. Eso bastaría para montar un buen revuelo.

Izzy se despertó al amanecer y se levantó de la cama. Estaba desnuda. Se había desnudado en cuerpo y alma y estaba helada. El hombre al que había amado esa noche y al que había mentido se estiró en la cama y musitó algo en sueños, quizá la palabra «cielo». Era el típico tratamiento afectuoso que servía para cualquier mujer, aunque uno no recordara con quién se había ido a la cama. Izzy se sintió enferma.

Miró a su alrededor, pero no encontró su ropa. Sólo la chaqueta de él, que recogió. Olía a sándalo. Aquella fragancia le recordaría siempre a ese hombre. Izzy se envolvió en la chaqueta.

–Cariño… –dijo una voz masculina desde la cama.

Otro término impersonal.

–No me llames cariño.

–¿Qué ocurre? –preguntó él incorporándose rápidamente.

De pronto Izzy no pudo soportarlo, estaba otra vez temblando, pero no de amor. Ni siquiera de risa.

No recordaba haber experimentado ninguna de esas dos cosas por nadie nunca, ni siquiera por aquel hombre. Sólo sentía un profundo disgusto consigo misma.

Él se levantó de la cama y se acercó, inconsciente por completo de su magnífico cuerpo desnudo.

—¿Qué ocurre, mi amor? ¿Una pesadilla? Dime.

¡Una pesadilla! Sí, eso era, él era su pesadilla. Dom la rodeó con un brazo.

—¡No me toques!

Horrorizado, él la soltó y dio un paso atrás.

—¿Qué ocurre?

Pero Izzy era incapaz de explicar nada con sentido. Ni siquiera ella sabía qué le ocurría, pero el intento cálido y amoroso de Dom de abrazarla la había irritado. Comenzó a hablar precipitada y bruscamente, pero él sólo pudo entender las palabras «tercera cita» y «lo que tengo que hacer». Dom no pudo soportar verla así, así que la obligó a sentarse en una silla. No era buen momento para tocarla, pensó él acercándose a la cómoda para sacar una petaca de un cajón.

—Vino de Madeira del tío Gerald. Dios sabe cuánto tiempo lleva aquí —comentó él sirviendo un vaso—. Toma, da un trago.

Ella se lo bebió de un trago, como una medicina.

—¿Tan mal estás?

Izzy sacudió la cabeza. Era incapaz de sonreír. Parecía horrorizada, y eso lo llenaba de temor. Pero Dom no sabía por qué.

Dom retiró la colcha de la cama y se la echó por los hombros sin tocarla, sacó una bata del armario y se la puso, sentándose en el suelo a sus pies. No intentó tocarla, sólo la miró a los ojos.

—¿Quieres contarme qué ocurre?

Ella no abrió la boca, así que él le sirvió otro vaso, diciendo:

—Sabía que tenía que haber alguna razón para tener un tío alcohólico.

Trataba de aligerar la tensión y hacerla reír, y ella intentó sonreír, pero estaba pálida. Dom rogó en silencio para que su amor, su dama de rojo, le contara qué le ocurría. Y por fin ella dijo:

—Eres muy amable, ¿verdad?

—¿Amable? ¿Yo? ¡Qué va!

—Lo eres. Lo siento. Yo… debería haber sido sincera contigo, sólo que pensé que… esta vez… no me pareció…

Él alzó una mano y la interrumpió:

—Espera, no comprendo. ¿Puedes repetirlo? Empezando por eso de que deberías haber sido sincera conmigo. ¿Sincera sobre qué?

Izzy hizo un respingo con la nariz. Dom sonrió y sacó un pañuelo de un cajón, tendiéndoselo. Ella se sonó varias veces y se aclaró la garganta.

—Lo siento, no suelo hacerlo tan mal.

—¿Mal? ¿El qué?

—Sexo —respondió ella con un gesto hacia la cama—. La tercera cita. Lo siento.

—¿La tercera cita? —repitió Dom serio.

—Sí, ya sabes… en la primera intercambias el número de teléfono, en la segunda sales a cenar y a beber, y en la tercera se produce el encuentro de los cuerpos.

Pero Dom apenas la oyó, sólo observó su forma poco seria de tratar el asunto, y se enfadó.

—Será mejor que te expliques.

–No se trata de ti –afirmó ella–. Siempre soy yo.

–¿Estás diciendo que mi técnica no tiene nada de malo por si acaso me acomplejo? –preguntó él severo.

Izzy apretó los dientes. Eso era exactamente lo que trataba de decir, sólo que no parecía tener el efecto esperado. De hecho más bien producía el efecto contrario, y Dom parecía furioso.

–Sí. Quiero decir, no. Vamos, que lo siento.

–Gracias.

–Escucha, una vez me fui a la cama con…. Bueno, no lo hice, pero pensé que me vería obligada a hacerlo y… ¡Dios!

–¿Que tú qué?

–Estaba dando la vuelta al mundo en autobús –contestó ella con gravedad, tragando saliva–. ¿Comprendes? Lo había hecho antes, creía que todo era pan comido. Creía que podría enfrentarme a cualquier cosa. Pero… un grupo de rebeldes nos detuvo en un pequeño pueblo de las montañas –continuó volviendo a tragar–. Estaban muy nerviosos, era difícil hablar con ellos... a pesar de que yo hablo español muy bien. No querían razonar, eran incapaces. El caso es que no conseguí nada de ellos.

–¿Cuántos erais?

–Un autobús lleno. Los rebeldes dejaron a sus paisanos marcharse, sólo hicieron prisioneros a los turistas. Les dije a mis compañeros que cooperaran, que no los miraran a los ojos, que les dieran todo lo que pidieran y mantuvieran la cabeza gacha.

–Hiciste bien.

–Lo sé, pero… los rebeldes habían perdido a su líder y no parecían saber qué hacer –continuó Izzy–.

Uno de los turistas trató de enfrentarse a ellos, así que nos obligaron a internarnos en la selva con ellos.

Dom comenzaba a comprender. La tomó de ambas manos y la estrechó con fuerza, preguntando:

—¿Y tú conseguiste sacarlos a todos de allí?

—Oh, no, lo conseguimos entre todos, pero yo… negocié.

—Ah —asintió Dom apretándole las manos y tratando de reconfortarla—. Yo también he tenido que negociar.

Ella no dijo nada. Dom permaneció en silencio, concediéndole unos minutos, y luego preguntó:

—Supongo que el sexo era una de tus armas para negociar, ¿no?

Ella asintió con la cabeza, pero no lo miró. Retorcía el pañuelo con los dedos.

—Al final ni siquiera tuve que hacerlo —añadió ella—. De repente comenzó a entrarles miedo y huyeron. Nos dejaron allí, en la selva. Pero el hecho de tener que hacerme a la idea… —Izzy cerró los ojos—. No puedo olvidarlo, soy incapaz.

—Haré lo que tenga que hacer —repitió él lentamente las palabras que ella había dicho momentos antes.

—Sí.

—¿Cuánto tiempo hace de eso?

—Casi dos años —repuso Izzy.

—¿Y desde entonces nunca has salido por tercera vez con nadie?

—No… bueno, sí salgo. He aprendido a disimular.

Dom no comprendía, así que le pidió que se explicara. Ella sacudió la cabeza y lo hizo sin mirarlo a los ojos.

–¿Has visto la película *Cuando Harry encontró a Sally*? Bueno, pues ella tiene razón. No es tan difícil fingir un orgasmo. Cierras los ojos y finges que tienes un ataque de asma.

Hubo un silencio total en aquella mañana gris.

–Comprendo –dijo él al fin.

Izzy se atrevió por fin a mirarlo a los ojos. La expresión de él era indescifrable.

–¿Y es eso lo que haces? –preguntó Dom.

Izzy no confiaba en su propia voz, así que asintió. Él se puso en pie.

–Comprendo. No es de extrañar entonces que no quieras que te toque.

Ella se tapó la boca con la mano.

–Tu actuación de anoche fue perfecta, pero habría sido mejor que me rechazaras, ¿sabes?

Izzy se puso en pie, y la colcha cayó al suelo a sus pies. Ella se aferró a la chaqueta de él y respondió:

–No quería decir que...

–No importa, te he entendido –contestó Dom.

–No, no comprendes... –dijo ella alzando la voz.

–¡Oh, claro que sí! No quieres hacer el amor, pero anoche lo intentaste. ¿Debo sentirme agradecido? –preguntó él con amargura.

–No, por supuesto que no. No quería decir que..

–Porque, ¿sabes? –la interrumpió él–, no quiero que lo intentes. Quiero que vengas a mí y que estés conmigo y me ames. ¡No quiero que cierres los ojos y finjas que todo va bien cuando evidentemente todo va mal! –añadió él alzando la voz–. Quiero la verdad.

Izzy se lamió los labios resecos.

–¡No hagas eso!

—Lo siento. Sólo quería que supieras la verdad —contestó ella trémula pero decidida.

—¿La verdad?

—Sí.

—¿Toda la verdad?

—¿Qué quieres de mí? —preguntó entonces ella a gritos—. Jamás le había contado a nadie... el trato que hice con los rebeldes. Ni siquiera a mi hermana. A nadie. Pero te lo he contado a ti. ¿Qué más puedo hacer?

—¿Recuerdas o no la noche en que te acosté? —preguntó Dom deliberadamente.

—¿La noche en que...?

De pronto ella cayó en la cuenta. Gritó y se sentó al borde de la cama. Estaba pálida.

—Ah, ya veo que sí —dijo él implacable.

—Sabes que soy la que estaba en la discoteca, así que entonces debes saber que no soy Jemima —concluyó ella alzando la vista suspicaz—. ¿Desde cuándo lo sabes?

—Desde que te presentaste en el puente —respondió él con una mano ya en el picaporte de la puerta—. Es extraño, pero estaba convencido de que en cuanto me contaras por qué finges ser Jemima Dare todo se arreglaría, todo encajaría y los dos podríamos seguir caminando de la mano hacia la puesta de sol. Estaba tan seguro... —Dom se interrumpió y soltó una carcajada que la dejó helada—. Pero claro, tal y como tú dijiste, pertenezco a una familia que no sabe juzgar a las mujeres.

Izzy permaneció por completo en silencio. Él abrió la puerta.

—Estarás más cómoda sola —repuso él yéndose.

CAPÍTULO 11

IZZY NO volvió a dormirse aquella mañana, y se preguntó qué haría Dom. No hacía más que darle vueltas y más vueltas a todo en la cabeza. Desde el principio él sabía que no era Jemima pero, ¿sabría también que lo había llamado «mi amor» en su fuero interno?

No, imposible. Él no era un héroe. Pero, ¿cómo explicar entonces que supiera desde el principio que no era Jemima? Sólo había una respuesta: él y Jemima tenían que ser amantes. El salvaje baile del día de la inauguración de En el desván no había bastado para que él reconociera a nadie. Y menos aún el encuentro en el puente, entre tanto fotógrafo. Dijera él lo que dijera, no la había reconocido, sólo sabía que no era Jemima.

Y sin embargo…

Ella sí lo había reconocido. No recordaba su rostro, pero lo había reconocido. Por el pulso, por su fragancia a sándalo, por su voz profunda de chocolate, que le hacía el amor con las palabras con la misma paciencia con que se lo había hecho con todo su cuerpo aquella noche…

Izzy se vistió y se sentó en un sillón junto a la ventana para contemplar el amanecer. Hacía frío, tal

y como le había advertido él. Izzy deseaba reír y llorar al mismo tiempo.

¿Por qué sabía que Dom no era para ella? Porque
su hermana lo había visto primero, y ella jamás habría arrebatado nada a nadie. Ningún hombre en su
sano juicio la habría mirado siquiera pudiendo conquistar a Jemima, y Dom no era una excepción. Él
era demasiado guapo, demasiado famoso. Y encima
era un aristócrata. Además, ella le había mentido.
Aunque no tanto como él creía.

—Estoy perdida —se dijo en voz alta—. Completamente perdida. Dom me ha hecho suya sin que me
diera cuenta. ¿Qué voy a hacer?

Su aspecto por la mañana era lamentable, pero
nadie se dio cuenta. La cocina seguía pareciéndose a
Times Square, con gente entrando y saliendo y dejando mensajes a una mujer que pelaba patatas pa-
cientemente.

—Sírvete café, preciosa —le recomendó la duquesa—. Dom ha ido a recoger a Abby.

—¿Abby?

—No lo conoces mucho, ¿no? —preguntó la duquesa—. Su hermana, Lady Abigail. Está en casa de unos
amigos a unos pocos kilómetros, pero viene a comer
con nosotros. Tiene que venir, ella es la que tiene
que hacer el pudding.

—¡Ah! —exclamó Izzy—, qué amable.

Izzy tiró el horrible café por el fregadero, se sirvió agua y salió al jardín. Los puestos y toldos del
día anterior seguían aún allí, pero las mesas ya no

estaban. Izzy se sentó en la hierba y pensó en qué hacer.

Tenía que hablar con Dom. Le había hecho daño y había sido una estúpida, porque en su obsesión por cuidar de Jemima no se había dado cuenta de que traicionaba algo que era mucho más importante. Y tenía que hacérselo comprender.

Probablemente él no la perdonara. Desde luego no la amaba. Quizá hubieran tenido una oportunidad, pero ella la había echado a perder al empeñarse en seguir con la farsa ocurriera lo que ocurriera. Sin embargo, debía contarle la verdad, se lo debía. Quizá también se lo debiera a sí misma. Entre ellos había demasiadas mentiras.

Sin embargo, no sabía por dónde empezar. Ni siquiera sabía si él la escucharía. Quizá no quisiera volver a verla, pero tenía que intentarlo.

Izzy oyó el motor del jeep y se puso en pie, respiró hondo y salió al encuentro de Dom. Él aparcó justo a las puertas de la cocina y comenzó a sacar paquetes.

–Tranquila, Abby, no creo que esto se derrita por estar fuera de la nevera cinco minutos más –comentó Dom irguiéndose y viéndola por fin. Su rostro no expresaba nada–. Hola, ¿has dormido bien?

Izzy soltó una carcajada, y él añadió:

–Entonces quizá debamos hablar.

Ella tragó saliva y rogó:

–Por favor.

–De acuerdo –convino él respirando hondo varias veces y mirando a su alrededor distraído–. Deja que guarde esto y estoy contigo.

Pero antes de que pudiera hacerlo una chica muy parecida a él, que debía de ser su hermana, salió de la cocina con un periódico en la mano, diciendo:

—¡Dom, lo conseguiste! Está todo aquí, en el periódico. Operación Modelo-Amante. ¡Oh, estoy muy orgullosa de ti! Shackleton estaría orgulloso de ti. Y espera a que veamos los otros periódicos…

Al ver que Dom no le hacía caso, ella calló. Izzy creía que ya nada podía asustarla, pero se equivocaba.

—¿Operación Modelo-Amante? —repitió Izzy pálida.

—Ah, lo siento —se disculpó Abby—. Es una estúpida estratagema publicitaria que se inventó mi jefe para él. Trabajo en Culp & Christopher, relaciones públicas. Abby Diz —añadió Abby tendiéndole la mano.

—Isabel Dare —contestó Izzy mecánicamente, sonriendo amable sin mirar a Dom—. Así que una estratagema, ¿eh? Había oído hablar de ellas, pero jamás había formado parte de ninguna.

—¿Parte…? —repitió Abby mirando a su hermano en busca de ayuda—. No comprendo.

—Ya te lo explicaré después —repuso Dom sin apartar la vista de Izzy—. Ahora déjanos solos, anda, sé buena chica.

—Pero mis puddings…

—Todos tuyos —afirmó Dom apartándose del coche.

Dom tomó a Izzy del codo y la llevó lejos de la casa.

—¿Una estratagema publicitaria? —repitió Izzy atónita.

–No es tan terrible como parece –repuso él de inmediato.

–Estaba dispuesta a sincerarme contigo, iba a decirte que yo siempre he protegido a Jemima, que sé cuándo tiene un problema. Y esta vez era grave. Sólo trataba de concederle algo de tiempo para que se repusiera cuando… –Izzy se interrumpió y alzó la vista de pronto hacia él–. Pero ya no importa, ¿verdad? No te importaba quién fuera o por qué hacía lo que hacía mientras posara para las cámaras, ¿no es eso?

–¡No! –gritó él.

–¡Y pensar que iba a disculparme! ¡Ante ti! Y tú sólo me estabas utilizando para conseguir… ¡publicidad!

–No –insistió Dom bajando la voz.

–¡Te odio! –gritó ella.

Estaba rabiosa, pero no le importaba. Mejor sentir rabia que otra cosa, que de todos modos no tardaría en salir. Él la había engañado, y muy pronto se hundiría. Dom la guió a un rincón alejado rodeado de laureles desde el que no se veía la casa. Izzy estaba temblando.

–Escúchame, Izzy. Es así como te llamas, ¿verdad?

Ella asintió.

–Bien, esto ya es un paso adelante. Escúchame: los de la agencia de relaciones públicas no hacían más que decirme que tenía que conseguir entrar en el círculo de los famosos, pero yo siempre les decía que lo olvidaran. Pero entonces te vi… y desde ese momento sólo pude pensar en cómo volver a encontrarte.

–¿Y por qué no me buscaste? –preguntó Izzy.

—¡Lo hice, pero ni siquiera llevabas una maldita tarjeta de crédito en el bolso rojo! No tenía ni idea de quién eras, traté de preguntar, pero la única persona que lo sabía se marchó de la ciudad. Y todo el mundo tenía sugerencias que hacerme, muchas sugerencias. Estaba comprobando uno a uno los nombres de los invitados a la inauguración cuando volví a verte.

—No te creo —afirmó Izzy sencillamente.

—Ya lo sé —contestó él desesperado—. No sé cómo convencerte. ¿Cómo crees que sabía que no eras Jemima? Engañaste a todo el mundo.

—¿Porque sois amantes? —sugirió Izzy maliciosamente.

—¡No puedes pensar eso! —exclamó él horrorizado.

—Tú la conoces, ella te conoce.

—Sí, mi amor, tu hermana y yo nos sentamos en la misma mesa en una fiesta de caridad. Es una chica muy delgada y muy dulce, a su modo. Pero yo jamás la metí en un taxi ni traté de hacerla mía como hice contigo.

—¿Qué?

—Lo que hice aquella noche, lo que he estado tratando de hacer estos tres días es tan poco habitual en mí que nadie de mi familia lo creería —explicó Dom agarrándola—. No lo habría hecho con Jemima. No lo habría hecho con ninguna otra mujer. Izzy…

Dom la miraba de tal modo, que la cabeza le daba vueltas. De pronto Izzy pensó que quizá pudiera confiar en él. Quizá pudiera además convencerlo de que confiara en ella.

—Lo supe en el instante en que tu pierna se enredó entre las mías sobre aquella pista de baile —añadió él sencillamente.

Izzy sintió que se ruborizaba.

—Me encanta que te ocurra eso —continuó Dom contemplándola.

—¡Basta! —gritó ella tapándose las mejillas.

—Bien, tranquila —continuó él—. Escucha, no fue sólo sexo, Izzy. Yo he disfrutado mucho del sexo, y es genial. Pero el sexo no te agarra de las entrañas impidiéndote pensar en nada más. Desde el momento en que huiste de mí sólo he pensado en encontrarte… y hacerte pasar la noche conmigo. Y luego, cuando al fin lo hicimos… —Dom se interrumpió e hizo una mueca.

—No —rogó ella poniendo una mano en su pecho.

—Tengo que decirlo. Permíteme que te lo diga, Izzy. Lo necesito. Te quiero. No sé por qué o cómo ha ocurrido, simplemente lo sé. Y aunque tú no me quieras… bueno, es igual. Aún así te amo.

—¡Oh!, pero, ¿por qué no me lo habías dicho?

—¿Por qué no me lo dijiste tú a mí? —contraatacó Dom—. Te di una oportunidad detrás de otra, pero tú no me dijiste que no eras Jemima. No confiaste en mí.

—Sí, confié en ti —afirmó Izzy en voz baja.

—¡Si hasta te conté mi mayor secreto, esperando con ello animarte a confiar en mí! —exclamó Dom—. Pero no funcionó. Nada funcionaba.

Izzy se quedó mirándolo, y de pronto comprendió a qué se refería al hablar de su mayor secreto.

—No puedes escribir un libro.

—Nadie sabe lo terrible que es la dislexia —asintió él—. Nadie comprende por qué no escribo un libro sobre la expedición a la Antártida.

—Ahora que lo dices…

—¡No voy a permitir que cambies de tema! —la interrumpió furioso—. Izzy, quiero que sepas que jamás pretendí utilizarte. Ni siquiera lo intenté. Sólo utilicé a la gente de Culp & Christopher, eran mi único contacto contigo.

—Pero es que se me ha ocurrido una idea, podrías…

—¡Basta! —gritó él perdiendo por primera vez la compostura—. Escúchame. Habría hecho cualquier cosa por encontrarte, esa estratagema publicitaria no es nada. Habría sido capaz de hacer mucho más por ti…

—Te quiero. Y quiero escribir tu libro sobre la Antártida —afirmó ella en voz baja.

Esas palabras lo hicieron callar por fin.

—Izzy…

—A mí sí puedes dictarme, ¿no? Aunque no quieras dictarle al editor —repuso Izzy.

—Te dictaré una carta de amor todos los días. Incluso intentaré hacer poesía si eso es lo que quieres —contestó él abrazándola—. Izzy, no soy el mejor partido del mundo. Desaparezco durante meses para internarme en lugares peligrosos, jamás he leído un soneto en mi vida. Y mi familia se viste de pingüino. Pero conozco tus secretos, y tú conoces los míos. Creo que nos necesitamos el uno al otro.

—¿Quieres decir que te conformas con una amante que ni siquiera es modelo? —preguntó Izzy entre risas, mirándolo—. ¿Vas a contar a los periodistas que te enamoraste de mí por pura casualidad? ¿Como por accidente?

—Al infierno con la casualidad, me esforcé mucho.

—«Novia por accidente» —repuso ella maliciosamente—. Bonito titular. Tiene garra.

—Pero si se lo he dicho cien veces a los de la agencia, no quiero amantes —insistió él.

Izzy se quedó de piedra. De pronto toda su confianza en sí misma desaparecía, volvía a ser la hermana fea. Sólo por pura casualidad podía un hombre hacerle el amor.

—¿No?

—¿Te importaría que cambiara la oferta? —sugirió él.

—¿Cambiarla?

—Podría tratar de persuadirte para que te casaras conmigo —dijo él.

—¡Ah!

Hubo un silencio.

—No tiene por qué ser ya…. si necesitas tiempo, quiero decir. Yo estoy completamente seguro, pero comprendo que puede que tú… —Dom se interrumpió—. ¿Qué haces?

—Se me ha ocurrido que podía ir quitándome la ropa —explicó ella mirándolo con inocencia—. Como anoche nos hicimos un lío, pensé que lo mejor era empezar a desabrocharme ya.

—No tienes que demostrarme nada —aseguró él serio—. Sea cual sea el problema, lo resolveremos.

—Bien, pero hay un problema que no tenemos —afirmó ella dejando que su blusa cayera al suelo.

Dom tragó saliva y ella comenzó a desabrocharse los vaqueros. Se trataba de algo así como un desafío, pero también de mucho más. Y los dos lo sabían.

Izzy le dirigió una de las lánguidas miradas que le había enseñado Jemima. Deseaba que la persiguiera. Y pareció funcionar. Dom echó atrás la cabeza incrédulo, y ella comenzó a sentirse mejor.

–¿Crees que esto podría persuadirte? De casarte conmigo, quiero decir –añadió ella.

–¿Quieres decir… que te casarás conmigo? –preguntó él incrédulo–. ¿Así, sin más? ¿No tengo que escribir poesía ni tratar de conquistarte?

–No –negó Izzy mirándolo a los ojos y añadiendo–: Llevo veinticuatro horas llamándote mi amor en silencio, y anoche no podía apartar las manos de ti.

–Lo recuerdo, aunque comenzaba a pensar que habían sido imaginaciones mías.

–Nada de imaginaciones –negó Izzy–, creo que tú ya lo has dicho todo. No queda nada más que hacer.

–Claro que sí –afirmó Dom con ojos brillantes y maliciosos–. Trae aquí esos vaqueros.

Izzy rió, suspiró y se lanzó en brazos de su amor.

Llegaron justo a tiempo para la comida, que se celebraba dentro de la casa. Izzy llevaba la blusa arrugada, pero Dom no la dejó ir a cambiarse. Decía que le había tomado cariño a la prenda.

–Está bien, si te hace sentirte bien… –accedió Izzy.

–Yo no lo habría expresado así exactamente, pero… –murmuró él.

–Compórtate, tenemos que dar una explicación.

Dom pareció quedarse atónito, pero ella añadió:

—Al fin y al cabo ni siquiera saben mi verdadero nombre.

—Déjame eso a mí —afirmó Dom con confianza—. Sé cómo manejar a mi familia.

Una vez sentados a la mesa, Dom golpeó la copa con el cubierto justo antes de que Abby sirviera el postre y anunció:

—Tengo que deciros tres cosas. La primera, que la mujer que creéis que es Jemima es en realidad su hermana Izzy. La segunda —añadió sin hacer apenas ninguna pausa—, que estoy enamorado de ella. Y la tercera, que voy a casarme con ella.

Izzy se atragantó. Dom se reclinó en el asiento contento. Hubo un silencio total. Abby miró a Izzy incrédula y preguntó:

—¿Es eso cierto?

—Sí

—¿Todo?

—Todo —confirmó Izzy alargando una mano para tomar la de Dom.

—Bien —añadió él sonriendo—. Entonces serán dos puddings por cabeza, por favor, Abby. Tenemos muchas cosas que celebrar.

Un reto, una boda

La proposición del duque
Sophie Weston

Capítulo CXXX

APOSADO en la baranda del hotel ya alto
dejó y delgado, contemplaba aún la la torre-
lla cabaña. Estaba muy lejos de los terrados del
hotel, lejos de la muchedumbre del bullicio.

El hombre dejó escapar un hondo suspiro de placer.

La composición del duque

Una cálida brisa que llegaba desde el fondo el
aliento de una muchedumbre vociferante.

Un murmullo de voces llegaba sobre sí mismo nu-
merosas, pero al cabo se oía la voz de un personaje caliente.

En lo que había llegado hasta ahora las cosas se
toman decisiones y se preocupa mucha tierra.

Pero a veces se enardecía y se había dado cuenta,
envuelto en una lucha perpetua... la forma de son-
dando. ¿Y si hubiera otro nuevo... Si por si acaso
ella estuviera junto a él?

—La mujer posible —dijo Niall Ury5bien se veía
alto, burlándose de sí mismo...

Al otro lado de la capital la cubierta gran río Cá-
rrube Royale estaba encendida con un tenue resplan.
La gente empezaba a llegar en tropel en el rumbo de
«Limpieza la fiesta», pensó, «de...»

Tras despedir al camarero se sintió en semiambiente.
No llevaba camisa desabrochada los codos de su char-
vaquera debajo la descrita, sentía las manos firmes.

PRÓLOGO

APOYADO en la balaustrada, el hombre alto, ágil y delgado, contemplaba el mar. La sencilla cabaña estaba oculta en los terrenos del hotel, lejos de la animación y del bullicio.

El hombre dejó escapar un hondo suspiro de placer.

Una cálida noche. Una ligera brisa. Suave como el aliento de una mujer sobre su piel.

Un murmullo de voces flotaba sobre las aguas rumorosas, pero él estaba solo. Como siempre lo estaba.

Era lo que había elegido hacía muchos años. Se toman decisiones y se vive de acuerdo a ellas.

Pero a veces, en una noche perfecta como aquélla, envuelto en una brisa perfumada, se descubría soñando. ¿Y si hubiera sido diferente? ¿Cómo sería si ella estuviera junto a él?

–La mujer posible –dijo Niall Blackthorne en voz alta, burlándose de sí mismo.

Al otro lado de la bahía, la entrada al casino Caraibe Royale estaba encendida, como en Las Vegas. La gente empezaba a llegar en limusinas alquiladas.

«Empieza la fiesta», pensó Niall.

Tras despedir el ensueño, se estiró en la oscuridad. No llevaba camisa. Unos pantalones cortos de tela vaquera dejaban al desnudo las piernas bronceadas.

Pronto se levantaría la brisa marina y él iría a trabajar.

Niall sonrió. Más tarde, tras ducharse y afeitarse, vestido con el esmoquin de corte perfecto, con los oscuros cabellos brillantes a la luz de la luna, conduciría hasta el casino.

Entonces circularía entre turistas y jugadores profesionales, frío y misterioso, y se acercaría a las ruletas, a las mesas de *blackjack* y a las de póquer. Y jugaría.

Algunas veces ganaba y la gente lo envidiaba. A veces perdía y los demás se maravillaban de su elegante indiferencia. Pero, fuera como fuera, ellos guardaban las distancias. Incluso las mujeres que fantaseaban con el pensamiento de enamorarse del enigmático jugador nunca se quedaban con él. Y él tampoco lo deseaba.

Sólo por un momento, al amparo de la quieta y cálida noche, podía comportarse como el vagabundo de las playas que parecía ser. Estar solo tenía sus compensaciones, se recordó a sí mismo con ironía. Ninguna mujer aceptaría ese aspecto de su personalidad. Incluso aunque él deseara que lo hiciera.

Desde luego que no. La sonrisa murió en sus labios. Niall contempló las aguas del océano con serenidad.

«Acepta la verdad, Niall», pensó.

Era hombre de una sola mujer. Y esa mujer pertenecía a otro.

on

ing

de

de

CAPÍTULO 1

C UANDO Jemima Dare entró, la espaciosa y animada sala llena de gente quedó en silencio. En esos días solía suceder. Los presentes no hacían más que retener el aliento, pero era una reacción más elocuente que un redoble de tambores. Era como un mensaje: «La reina está aquí. O se la ama o se la odia».

«Eso es lo que soy ahora», pensó Jemima. «La reina de este pequeño mundo».

Podía sentir las miradas. Y la expectación que la presionaba. Durante un instante, apenas pudo respirar.

«Nunca desilusiones a tu público».

Así que Jemima Dare movió la cabeza para realzar su maravillosa melena cobriza, entornó los famosos ojos ambarinos y sonrió al silencio que la rodeaba.

Ese silencio había empezado cuando Belinda la eligió para presentar las campañas internacionales. Por segunda vez en el año había aparecido en la portada de la revista mensual *Elegance* y la corona quedó asegurada. Todas las modelos de la sala estaban verdes de envidia, y muchas la odiaban por eso.

Jemima cuadró los hombros instintivamente.

–Hola –saludó en general.

Pero de pronto todo el mundo había vuelto a sus actividades. Unas modelos se ajustaban la ropa del diseñador, otras se balanceaban sobre altísimos tacones, otras se concentraban en el peinado y otras en el maquillaje. Una o dos mujeres que habían sido sus amigas antes de convertirse en reina le devolvieron la sonrisa. Pero nadie habló.

Aunque la estancia parecía un horno tras el hielo y el granizo de las calles, Jemima sintió que se le helaba hasta el corazón.

«Ten cuidado con lo que deseas porque puedes conseguirlo».

Bueno, ella lo había deseado. Y lo había conseguido.

Todo había comenzado años atrás, cuando se presentó a la selección de aspirantes a modelo. Entonces tenía diecisiete años. Y había creído las palabras de Basil Blane.

–Niña, tienes dotes naturales. Puedo hacer de ti una estrella.

Y por supuesto lo había hecho. Era una estrella. La reina de las pasarelas. Sacerdotisa de los fotógrafos. Basil nunca le dijo cuál sería el precio.

Durante un instante recorrió con la vista la habitación llena de mujeres que se negaban a saludarla. Jemima se encogió de hombros. «Es el precio del éxito», pensó con cinismo mientras se abría paso entre ansiosas ayudantes y percheros donde colgaban los vestidos.

Durante más de cinco años, había navegado por el caótico espacio de entre bastidores durante las presentaciones internacionales de modelos. Y sabía hacerlo.

–Has llegado –dijo el diseñador–. Te he llamado varias veces. ¿Es que no sueles contestar al teléfono?

Era su primera gran presentación.

–Relájate, Francis. No suelo defraudar –declaró. Y era cierto. Era casi lo único de lo que se enorgullecía en su vida–. Voy a hacer que te sientas orgulloso de mí.

Consecuente con su palabra, dio el espectáculo de su vida en la pasarela. Una depredadora cubierta de sedas en busca de presa.

El desfile arrancó una ovación. El diseñador reunió a las modelos a su alrededor y dejó escapar unas lágrimas de emoción.

Jemima apoyó la cabeza en su hombro. La cascada de cabellos cobrizos se derramó artísticamente sobre la chaqueta de cuero de Francis. Todo parecía espontáneo, amistoso, incluso afectuoso. Y hacía las delicias de los fotógrafos.

Todo salió como se había planificado la noche anterior entre el personal de relaciones públicas, los publicistas, Francis...

¿Espontáneo? ¡Vaya broma!

Cuando se lo dijeron la noche anterior, durante un instante se sintió indignada. Acababa de llegar de París y últimamente los viajes la ponían nerviosa. Por un segundo olvidó que le pagaban mucho dinero por fingir espontaneidad.

–Intentáis difundir un rumor sobre Francis y yo –acusó.

Nadie devolvió su mirada.

–Es el negocio, Jemima –dijo hastiado el director de ventas de la empresa Belinda de Inglaterra–. Tú eres el rostro de Belinda. Necesitamos columnas en la prensa. Madame está en la ciudad para asistir a la presentación.

Todo el mundo temía a Madame.

Así que en ese momento Jemima apoyó la cabeza en el hombro de Francis y le sonrió como si fuera el chico de al lado en lugar de un diseñador de ropa adicto al trabajo, sin demasiado interés. Los *paparazzi* hacían fotos, deleitados. Los columnistas garabateaban en sus blocs. Incluso hubo un suspiro romántico por ahí.

Jemima casi podía ver los titulares de la prensa: *¿Jemima por fin enamorada?*

Pero mantuvo firme la sonrisa.

Cuando estuvieron detrás de las cortinas, Francis le soltó el brazo de inmediato. Parecía casi incómodo, como si no debiera tocar a la reina.

—Gracias, niña.

—De nada.

Llamaba «niña» a todo el mundo. La ilusión de intimidad era sólo para las cámaras. Una vez acabada la representación, ambos sabían que ella era inalcanzable. Todos los hombres sabían que lo era. Excepto uno. Y él...

Jemima tragó saliva.

—Tenías razón. Has hecho que me sienta orgulloso. ¿Supongo que no... que no te apetece salir a cenar más tarde? –sugirió mientras ella, con la ayuda de una asistente, se quitaba su última creación con movimientos seguros y expertos. Las orejas se le habían puesto rojas y no porque ella estuviera en paños menores. Jemima suspiró en su interior. «Sé amable», pensó–. No. Lo siento, Francis. Madame está en la ciudad y me puede llamar en cualquier momento.

—Entonces lo dejamos para otra ocasión –dijo mientras ella se ponía rápidamente el sujetador. Francis parpadeó–. Realmente has estado fantástica. Cada vez lo haces mejor.

—Gracias –respondió ella, sorprendida.

–Bueno, siempre estás maravillosa. Pero en los últimos meses he observado que hay algo nuevo. Como si fueras un ser peligroso o algo así. Y eso es muy sexy –rió el diseñador.

Francis podía ser poco agradable socialmente, pero era un auténtico profesional.

–Es muy amable de tu parte, Francis. Gracias –dijo ella, con sinceridad.

–Estás mucho mejor. Bueno, ¿qué tienes que hacer ahora?

Era la Semana de la Moda Londinense, y las modelos corrían de una presentación a otra.

–Tengo una reunión con el personal de relaciones públicas. A menos que me llame Madame Belinda, claro.

–Eso te pasa por ser una super modelo –comentó Francis, medio en broma.

–Semisuper. Han pasado los días de las grandes celebridades –afirmó Jemima al tiempo que se ponía unos ceñidos pantalones de piel de color tabaco y un top negro.

–Tú podrías hacerlas resurgir.

–Eso es mucho esperar –contestó mientras se abrochaba la chaqueta a juego.

Quizá afuera estuviera helando, algo muy típico de los febreros londinenses, pero podría haber fotógrafos.

–¿Y luego qué? ¿Vuelves a París?

Ella negó con la cabeza.

–Tengo una sesión fotográfica en Nueva York. Me voy mañana por la mañana...

«Por lo menos en teoría», pensó. Madame Belinda era capaz de cancelar un contrato con un día de antelación.

Jemima se estremeció. Si perdía el alto perfil por el que la habían contratado sería el fin de su carrera, y ella lo sabía. ¿Y luego qué?

No valía la pena preocuparse en ese momento. Ya afrontaría el hecho cuando sucediera.

Tras ponerse unos aros en las orejas y arreglarse los cabellos cobrizos, se miró al espejo.

—Bueno, correremos el riesgo de una pulmonía.

El diseñador se echó a reír. Tendría que haber estado con su público, pero por alguna razón continuaba allí.

—Lo digo en serio, Jemima. Eres una verdadera estrella.

Ella recogió su bolso.

—Bueno, no pienses mal de mí, pero no durará.

—¿Qué?

Jemima se arrepintió de su arrebato de sinceridad.

—Olvídalo —dijo con su sonrisa fotogénica—. Debo marcharme. La limusina espera.

La calle estaba atestada de vehículos, pero Jemima enseguida localizó la limusina. Conocía el coche. Conocía al chófer. Había insistido en que siempre fueran los mismos cuando estuviera en Londres. Era una de la razones por las cuales empezaba a tener fama de exigente.

A sus espaldas la llamaban la Bestia, la Diva Temible, la prima donna de las exigencias sin motivo. Se decía que hacía su lista de requisitos relacionados con el transporte, alojamiento y entretenimiento sólo para fastidiar a la gente. Porque podía permitírselo.

Si supieran...

Jemima se sentó en el asiento trasero, estiró las largas piernas y sacó el teléfono móvil del bolso. Escuchó los mensajes grabados. A las tres tenía una reunión con Madame Belinda en el Dorchester. No leyó los mensajes escritos.

La agencia de relaciones públicas la había invitado a comer al Savoy. Dos mujeres, un poco menos elegantes que ella, la esperaban sentadas en lujosos sofás, con un plato de canapés colocado en una brillante mesa de madera. Le ofrecieron vino, un cóctel, champán.

–Son malos para la piel –comentó, al tiempo que se acomodaba en un sillón con la gracia de una modelo–. Tomaré un vaso de agua.

Las otras dos intercambiaron una mirada de resignación. Ya hacía más de un año que trabajaban con ella. Su hermana Izzy incluso se iba a casar con el hermano de Abby, que era la más joven del equipo. Las mujeres satisfacían todos sus caprichos porque era Jemima Dare, el rostro de Belinda, y todas las revistas del mundo competían por su colaboración. Pero ellas no tenían que fingir que les gustaba hacerlo.

–¿Te importaría apagar el móvil? No queremos que nos interrumpan –pidió Molly di Perretti.

–Está apagado –dijo Jemima, cortante.

Abby le tendió una carpeta.

–¿Prefieres que primero te contemos las buenas o las malas noticias? –preguntó Molly.

–Las buenas. Soy optimista –respondió Jemima al tiempo que bebía un sorbo de agua.

–Te dedican muchas columnas en la prensa. El mes pasado fuiste la modelo más comentada de la prensa internacional.

–Fabuloso.

–Y las malas noticias son precisamente lo que dicen –manifestó Molly con dureza. Jemima alzó las cejas–. Trabajas menos y pides más. Dicen que eres muy arrogante y que todo el mundo te odia.

–Entiendo –Jemima no pestañeó.

Lady Abigail, que un día de otoño iba a tener que caminar al lado de Jemima y detrás de Izzy Dare por la nave de la iglesia y que no le producía la menor ilusión, intentó hablar con más suavidad.

–Es muy fácil ganarse una mala reputación en este negocio. Tendrás que tener un poco más de cuidado.

–Vamos, Molly. Dilo ya, puedo soportarlo.

–Te estás ganando fama de mocosa malcriada porque realmente te comportas como tal. Tus exigencias empiezan a ser desmedidas. Y no es que lo digan las otras modelos –Molly empezó a enumerar con los dedos–. Tienes que tener siempre la misma limusina, los chóferes que te apetecen. Aviones privados en lugar de vuelos normales. Luego te niegas a quedarte en el mejor hotel de Nueva York porque quieres estar sola. Hubo que alquilar un apartamento carísimo. Jemima, debo recordarte que no eres Greta Garbo. Despierta de una vez –exclamó con una mirada furiosa.

Jemima pareció aturdida.

–¿Los chóferes que me apetecen?

Los ojos de Molly se entornaron hasta quedar convertidos en un par de ranuras.

–De acuerdo. No sigas nuestros consejos. Veremos dónde vas a parar.

–Pago mucho dinero a tu empresa por mis relaciones públicas y análisis de los resultados. No te he contratado para que dirijas mi vida.

–De acuerdo, te diré la verdad ya que nadie lo hará –replicó Molly, acalorada–. Tu agente tiene mucho miedo de que la despidas como hiciste con el anterior. Y tu hermana te trata con guante blanco. Sólo Dios sabe por qué –declaró. Los famosos ojos marrones dorados de Jemima brillaron–. Cuando Belinda buscaba un rostro nuevo dijeron que querían a una joven profesional, aunque perfectamente normal. No más esqueletos elegantes. No más celebridades intocables. Querían una chica que tuviera familia, amigos y que hiciera cosas comunes y corrientes. A propósito, he puesto algunos recortes de prensa en tu carpeta –añadió, mordiente.

–Gracias –dijo Jemima, con los ojos relucientes.

–De nada –respondió Molly. Luego miró a Abby. El mensaje fue claro: «Me rindo»–. Abby, termina tú. Tengo mucho trabajo en la oficina.

Sin más, se marchó.

–Molly se apasiona mucho con su trabajo –comentó Abby en tono de disculpa.

Jemima tragó saliva.

–¿Verdad que sí? –replicó con fingida ligereza. Durante un segundo Abby pensó que la hermosa máscara iba a resquebrajarse. A Abby no le importaba lo que Jemima hiciera con tal de que dejara de mostrarse tan segura de sí misma, aburrida y tan indiferente. Pero Jemima se reclinó en el asiento y esbozó su famosa sonrisa–. Cuéntame acerca de mi familia. La última vez que hablé con Izzy dijo que no fijarían la fecha de la boda hasta que Dominic terminara su entrenamiento.

Abby también se dio por vencida.

Durante la comida Jemima estuvo mordaz, ingeniosa y a la defensiva. Se mostró encantadora con los camareros e indiferente a las miradas de la gente que había en el comedor.

Pero cuando uno de ellos se acercó a la mesa, Abby notó que se ponía tensa.

El hombre resultó ser un alegre abogado que llevaba un ejemplar de *Elegance Magazine* en la cartera y que tenía una sobrina que quería ser modelo. Con una de sus famosas sonrisas, Jemima firmó la portada de la revista y le sugirió que su sobrina terminara sus estudios antes de buscar empleo en una de las respetables agencias de modelos. Encantado, él le dio su tarjeta comercial y volvió a su mesa.

–¿Alguien que no piensa que eres una mocosa malcriada? –preguntó Abby.

–Sí –contestó Jemima al tiempo que rompía la tarjeta. Abby notó que le temblaban las manos.

–¿Te encuentras bien? –preguntó, preocupada.

–Por supuesto que sí –contestó Jemima, pero en los ojos dorados había algo parecido al miedo.

Abby se inclinó hacia ella.

–¿Estás segura? Parecía como si hubieras visto a un fantasma cuando ese hombre se acercó.

Jemima se encogió de hombros con arrogancia.

–Pensé que lo conocía. Pero era un perfecto desconocido. Gracias a Dios –añadió en un murmullo y con una mirada triste.

Abby estaba cada vez más preocupada.

–Jemima, ¿qué pasa? ¿Otra vez trabajas demasiado? –inquirió. Sabía que hacía seis meses, Jemima había trabajado hasta el agotamiento y que tuvo que tomarse un par de semanas de descanso. En ese tiempo Izzy conoció a Dom. Jemima miró hacia otro lado con una mirada inexpresiva–. Me gustaría que Izzy estuviera aquí –dijo Abby en tono afligido.

Izzy estaba con Dom en Noruega y regresaría dentro de dos semanas.

–No necesito que mi hermana mayor cuide de mí. Puedo hacerlo sola.

Ocultando su desaprobación, Abby se reclinó en la silla. Luego siguieron charlando sobre la familia. Ambas convinieron en que era un fastidio que Izzy y Dom todavía no hubieran confirmado la fecha de la boda. Pero era realmente fantástico ver que eran felices.

—Mira, he traído fotografías de la Navidad —dijo de pronto, más relajada—. Te haré copias de las que te gusten.

Jemima no aparecía en ninguna de las alegres fotografías. Había cenado con la familia en Navidad, pero al día siguiente había tenido que partir a las Seychelles. Miró rápidamente las fotos con ojo profesional.

—Todos con su pareja —comentó.

—¿Qué?

Jemima le tendió cuatro fotos en las que aparecía Abby bailando con su marido, un hombre alto y elegante. Otra de Izzy y Dom sentados bajo el árbol de Navidad, y riendo como locos y otra de Pepper, la prima de Jemima, con la cabeza soñadoramente apoyada en el hombro de su Steven.

—Incluso hasta mis padres están tomados de la mano —dijo al tiempo que le enseñaba la cuarta foto.

—Entiendo lo que quieres decir.

—Si me hubiera quedado, el grupo se habría desequilibrado.

—Vamos, habrías sido la estrella del grupo.

—Es lo mismo. Las estrellas no tienen pareja —dijo con un extraño tono de voz.

—¿Todavía no ha aparecido un hombre en tu vida?

—Ninguno digno de presentárselo a mi madre —declaró con ironía. Luego vaciló un instante—. Pongámoslo de esta manera: no busco un hombre que me siga por el mundo.

–Comprendo –dijo Abby. Aunque su marido hacía muchos viajes de negocios, nunca eran tantos como los de una modelo internacional. Luego la miró con curiosidad–. ¿Te sientes sola?

–¿De dónde podría sacar tiempo para sentirme sola? –bufó Jemima–. Este año he estado en Madrid, Milán, Barcelona, París, Londres. Y ahora me marcho a Nueva York, luego a Milán otra vez y luego de vuelta a Nueva York.

–Aun así, es posible sentirse solo. ¿Algunas veces piensas hacer otra cosa con tu vida? –preguntó.

Pero Jemima jugaba con las fotografías y al parecer no la oyó.

–¿Y ésta? –preguntó de pronto.

Abby vio que era una tarjeta postal en la que aparecía una playa, grandes olas y palmeras tropicales. Luego leyó el mensaje y sonrió.

–Ah, ésta. Es de un amigo. A veces me manda una postal para enseñarme lo que me estoy perdiendo.

–Pentecost Island –leyó Jemima–. ¿Dónde está eso? ¿En los Mares del Sur?

Abby negó con la cabeza.

–¿Quién sabe? Puede ser. Él viaja mucho.

–¿Él? –bromeó Jemima. Estaba firmada con una arrogante letra «N» en tinta negra–. ¿Emilio tendría que preocuparse?

–No, para nada. Este amigo me conoce desde que era una niña. Si hay un hombre en el mundo para el cual no tengo ningún misterio, es él. Es un maravilloso jugador profesional. Si está en esa isla es porque allí debe de haber un casino. Así que no puede ser un lugar remoto –dijo Abby mientras guardaba las fotos en el bolso–. ¿Dónde vas ahora? ¿Quieres que te lleve?

—Al Dorchester. Me espera Madame.

La expresión de Abby cambió completamente.

—Esa mujer me asusta. A veces puede ser tan desagradable... Estoy muy contenta de trabajar para ti y no para ella.

Jemima se encogió de hombros.

—A mí no me asusta.

—Eres muy valiente.

—¿Por qué? Es mi jefa, no el emperador Nerón. Y además, yo me puedo marchar, y ella no. Es su empresa.

Una hora después, Jemima sacudía su famosa melena roja con furia.

De pie en la sala de juntas, miraba fijamente a Madame, presidenta de Belinda Cosmetics.

—¿Quieres decir que has cruzado el Atlántico y me has obligado a sacar tiempo para ti en la semana más ocupada del año sólo para quejarte de que no tengo novio?

El vicepresidente, sentado al lado derecho de Madame ante la impresionante mesa, se puso pálido.

—Siéntate, Jemima —ordenó Madame, inconmovible.

Pero Jemima estaba decidida a librar la batalla. Madame le sostuvo la mirada.

—¿Quién demonios crees que eres?

—La mujer que te paga una considerable suma de dinero.

El vicepresidente era alto, moreno, apuesto y muy sofisticado. En el ambiente solían llamarle Suave Silvio. Jemima había salido un par de veces con él sin ningún entusiasmo.

Silvio tragó saliva, muy inquieto. Jemima lo ignoró.

–No te pertenezco. Tengo otros contratos –dijo mirando fijamente los ojos de lagarto de Madame.

–¿Y cuánto tiempo podrás mantenerlos si se divulga que te he despedido? –preguntó en tono glacial.

–¿Y eso significa que puedes obligarme a tener un novio? No lo creo –replicó en tono socarrón.

Madame se puso de pie con las manos apoyadas sobre la mesa y se inclinó hacia ella.

–¡Harás lo que yo te diga! –tronó.

Su actitud era intimidatoria. Pero Jemima estaba dispuesta a batirse en duelo.

–Trabajo para una campaña publicitaria. No para un harén –replicó airada. Suave Silvio gimió–. ¿Silvio salió conmigo obedeciendo órdenes? –inquirió. Madame hizo un gesto de rechazo–. Comprendo, así fue. Y supongo que fuiste tú la que sugirió al pobre Francis Hale-Smith que me invitara a cenar, ¿verdad? A propósito, he rechazado su invitación.

–Tú eres el rostro de Belinda. Si digo que tienes que tener novio, lo tendrás.

–No.

–¡Yo soy la que te pago! –gritó.

–Entonces me marcho –dijo Jemima con toda suavidad.

Sus miradas se encontraron durante unos eléctricos segundos. Madame parpadeó.

–Creo que tomaremos un café –dijo como si nada hubiera sucedido–. Silvio, pide que traigan café de inmediato.

Muy aliviado, el vicepresidente se puso de pie de un salto.

–Sí, Madame –dijo al tiempo que se apresuraba hacia un rincón donde había un teléfono.

–No pidas para mí –dijo Jemima–. Me marcho.

–Bueno, bueno. Siéntate y tomemos un café. Vamos a hablar sobre esto.

–Cuando firmé el contrato para representar el rostro de Belinda convinimos en cuatro sesiones anuales de fotografía y varias actividades de relaciones públicas. Y he cumplido mi parte.

Madame dejó escapar un bufido. Habían pasado cuatro años desde que *Elegance Magazine* la descubriera. En el ínterin había madurado y muchas experiencias no habían sido agradables.

Madame era una nueva experiencia. Pero Jemima aprendía rápidamente. Y una de las cosas que había aprendido era que en las controversias debía mantener el control de la situación.

–Dame una buena razón por la que no debería marcharme de inmediato.

Silvio casi dejó caer el teléfono.

–Una buena razón es que tú y yo podemos hacer negocios juntas –respondió Madame con sencillez.

–No, si piensas que debes elegirme los novios –replicó Jemima secamente mientras miraba a Silvio–. Al parecer no tenemos los mismos gustos respecto a los hombres.

–Silvio, sal un momento –ordenó Madame con los ojos brillantes, sin mirarlo. Silvio salió de inmediato–. De acuerdo. Vamos a poner las cartas sobre la mesa. Tenemos un problema.

Jemima alzó las cejas perfectamente delineadas.

–Te escucho.

–Vamos, siéntate. ¿Por qué las modelos serán tan altas hoy en día? Es como si le hablara a un poste eléctrico –comentó, irritada–. Cuando yo era modelo teníamos tallas humanas.

Jemima se echó a reír.

–Está bien –dijo y se sentó.

–La prensa... –empezó a decir. Su mirada ya no era la de un lagarto.

–Ha decidido que soy una mocosa malcriada –la interrumpió Jemima.

–No, la prensa disfruta con las mocosas malcriadas. Nuestro problema es que te están olvidando –declaró antes de pasarle varias revistas. Jemima vio que eran europeas y estadounidenses. Todas famosas–. Échales una mirada y dime si ves tu nombre. Ahí aparecen estrellas de cine, estrellas del deporte, incluso un maldito aristócrata desaparecido durante quince años. Pero nada sobre Jemima Dare. Y lo que es más importante, ningún rostro de Belinda.

Con el ceño fruncido, Jemima hojeó las revistas. Madame tenía razón.

–De acuerdo. Lo reconozco. ¿Y qué?

–Es hora de hacer algo.

–Ésta es mi última oportunidad, ¿no es cierto? –preguntó de pronto.

–Sí –dijo Madame.

–Sin embargo, diría que hay un «a menos que». ¿Cancelarás mi contrato a menos que...? ¿Qué quieres que haga? ¿Que salga con Francis...?

–¿Y por qué no? Tiene mucho talento. Llegará lejos.

–Y es un completo bobo.

Madame miró sus anillos de diamantes.

–Cuando buscábamos el nuevo rostro de Belinda, teníamos en mente un perfil muy específico –dijo lentamente–. Una mujer moderna, decidida, con una carrera, claro que sí, pero que también le importaran otras cosas, como amigos, ideas, el amor, los niños.

–Si quieres que tenga un hijo, olvídate –dijo Jemima con dureza–. Ésa no es una decisión que deba tomar porque una empresa de cosméticos o cualquier otra me lo pida.

Para su sorpresa, la expresión de Madame era de total deleite.

—Exactamente. Me gustas. Ése es el tono que quiero.

—Me rindo —dijo Jemima alzando las manos.

—Verás, yo te elegí para representar el rostro de Belinda. Me gustó el modo en que te presentaste. No ansiabas formar parte del grupo de los famosos. No te preocupaba que la risa te resquebrajara el maquillaje. Y todo eso me gustó.

—Gracias —dijo Jemima, desconcertada.

—Sin embargo, Silvio opinó que no eras suficientemente glamurosa. Pero yo le dije que no importaba, que estamos en el siglo XXI y que es hora de hacer cambios. Le dije que vivías con tu hermana y tu prima. Que hacías una vida normal. Por lo demás, las tres sois mujeres muy emprendedoras.

—Sí, lo somos —dijo Jemima al tiempo que recordaba a Pepper, la mujer ejecutiva y a Izzy, una chiflada aventurera.

—Así que pensé que había encontrado a mi mujer del siglo actual. Una maravillosa pelirroja que no se pasa la vida preocupada del volumen de sus posaderas. Una chica con una vida. Y con un futuro.

—Gracias —dijo Jemima, conmovida.

—¿Entonces, cómo se estropearon las cosas? ¿Qué le sucedió a esa joven encantadora con los pies en la tierra?

En ese momento llamaron a la puerta y el vicepresidente apareció con un camarero que llevaba una inmensa bandeja. Tras servir café y vasos de agua mineral, se marchó. Madame hizo una seña a Silvio para que se sentara.

–Cuando ese agente tuyo empezó a transformarte en una profesional de las fiestas, dije a Silvio que lo llamara para decirle que se abstuviera de actuar así. ¿No es así, Silvio?

–Así fue, Madame.

–Pero entonces lo despediste y pensé que tenías un buen instinto.

Jemima se puso rígida.

–No lo despedí.

Madame ignoró sus palabras.

–Sólo que ahora no sales para nada.

Jemima sintió que temblaba.

–Yo no despedí a Basil.

–Eso no es lo que he oído.

–Nos separamos de mutuo acuerdo.

Fue cuando lo amenazó con revelar lo que había hecho, como las píldoras para guardar la línea, la ruptura con la familia para mantenerla «bajo los focos», como solía decir. Sí, se había alegrado de rescindir el contrato cuando ella se enfrentó a él.

–Bueno, eso no importa ahora. Lo que sí importa es que no tienes vida privada. No sales con nadie, salvo por compromisos laborales.

–Yo trabajo, no tengo tiempo de salir.

–Encuentra el tiempo. Vuelve a ser una persona normal. No tienes que salir con un diseñador si no quieres. Pero sal con alguien. Voy a cancelar el viaje a Nueva York. Tómate un descanso. Ve a reunirte con chicos, con otras chicas. Quiero verte llevar una vida como la de nuestros clientes. Y quiero ver el resultado escrito en la prensa.

Madame se levantó. La entrevista había terminado.

–¿Y si no lo hago? –preguntó con suavidad.

Madame era capaz de reconocer un tono desafiante.

—Estamos planificando la campaña de Navidad y contaremos contigo. Pero es tu última oportunidad a menos que...

—Encuentre un novio —Jemima completó la frase—. Estoy casi segura de que eso es ilegal.

A Madame no le preocupaban las legalidades de poca monta.

—Hasta que vuelvas a hacer tu vida.

—¿Y si no lo hago?

Madame recuperó su mirada de lagarto.

—No formarás parte del equipo.

Jemima se levantó del sofá.

—Como ya he dicho, me despido.

Y se marchó antes de que los otros pudieran responder.

Jemima se acomodó en el asiento del taxi y llamó a su agencia.

—Belinda y yo acabamos de despedirnos mutuamente —anunció secamente.

Luego hizo lo que había evitado todo el día: revisar los mensajes escritos.

Los dedos le temblaban a medida que apretaba los botones. Había muchos de Basil que no leyó. Luego se fijó en uno que al principio creyó que era del servicio de limusinas. Pero se equivocó.

No, era el mismo de siempre. Las palabras cambiaban pero el tema se mantenía.

CAPÍTULO **2**

JEMIMA entró en el apartamento. Estaba oscuro
y silencioso.

–¿Pepper? –llamó, sin muchas esperanzas.

Pero no hubo respuesta. Bueno, era lo que esperaba. Izzy estaba lejos, en las pistas de hielo ayu-
dando a su amor en su entrenamiento.

Jemima fue a la cocina. Era el corazón del hogar
compartido. Allí se sentaban las tres y reían, discutían y hacían planes.

Todo estaba anormalmente limpio y ordenado. No
había flores en la mesa. No había mensajes en la pi-
zarra. Sin lugar a dudas, la única persona que había
estado allí era la señora de la limpieza. Luego encendió la radio y abrió el frigorífico.

Muchas botellas de agua, un par de botellas de
vino, un trozo de queso un poco añejo.

Jemima empezó a preparar café y cortó un trocito
de queso. Realmente no tenía hambre, pero Izzy
siempre le preparaba algo cuando llegaba tarde.

–Izzy está con su Dominic y Pepper con su Steven
en Oxford –dijo en voz alta–. Y yo podría estar ce-
nando con Francis Hale-Smith y nos tomaríamos de
la mano cada vez que una cámara apuntara hacia nosotros –se burló de sí misma.

Eso era mucho más frío que el piso vacío.

–Hola, Jay Jay. ¿Cómo te ha ido en París? –preguntó a una silla vacía.

Luego rodeó la mesa y se respondió a sí misma.

–Como siempre, muy ocupada. Y mi ex agente no me deja en paz. Últimamente parece que su única actividad es darme caza. ¡Maldición!

Jemima se desplomó en la silla y escondió la cara entre las manos. El teléfono empezó a sonar, pero ella lo ignoró. No había derramado ni una lágrima desde que Basil inició su campaña de persecución. Y en ese momento parecía que no podría parar de llorar.

Entonces se levantó de la mesa y buscó el rollo de papel de cocina.

Odiaba compadecerse de sí misma. La hacía sentirse débil.

Otra vez sonó el teléfono.

–Bienvenida a casa, Jemima –dijo una voz que conocía demasiado bien a través del contestador automático.

Jemima se quedó inmóvil con el rollo en la mano. Sintió que se le secaban los ojos y la boca.

–Responde. Sé que estás ahí.

Lentamente dejó el rollo en su sitio. Le dolía la garganta y tragó saliva, sin apartar los ojos del teléfono y sin moverse.

–Vamos, respóndeme. No seas estúpida. Te he visto encender las luces.

¿Pudo verla? La ventana de la cocina estaba cerca. Lentamente Jemima retrocedió hacia la puerta y luego salió al pasillo sin ventanas. Podía oír su propia respiración.

–Vamos, contesta. Es necesario que hablemos y tú lo sabes. Vamos, atiende la llamada. Me lo debes.

Dicho así, parecía razonable. Sólo que ella sabía que no lo era, ni tampoco Basil, que había dejado de serlo.

Jemima se apoyó contra la pared, con las manos sudorosas.

«¡Piensa!», se dijo a sí misma.

—¡Maldita sea! Yo te hice, zorra. Me perteneces —espetó con furia la voz a través del teléfono.

Jemima lo apagó.

«Seguramente estaba esperando fuera», pensó con agitación. O tal vez la había seguido. No lo había visto al salir de la entrevista con Madame. Pero la mitad de las veces no lo veía. Solía aparecer entre la gente, sonriendo, pero con una mirada enloquecida. «Tú eres mía», decía entonces.

Como lo había dicho a través del teléfono.

Jemima miró a su alrededor. Nunca había sentido el piso tan vacío. Entonces tomó una decisión.

«Debo salir de aquí».

Fue realmente fácil. En el bolso tenía un pasaje para Nueva York que ya no necesitaba y los billetes de primera clase se podían cambiar.

Todo lo que tenía que hacer era salir del edificio sin que su vigilante la siguiera.

El repartidor de pizzas quedó muy intrigado, pero un puñado de billetes fue de gran ayuda. Jemima aparcó la motocicleta ante una farmacia abierta todo el día y lo esperó para entregarle la llave del vehículo.

Mientras aguardaba llamó a un taxi, que llegó cuando el joven aparecía por la calle.

—Gracias —dijo Jemima.

–Me alegro de haberte ayudado.

Jemima le había dicho que tenía problemas con su novio y el joven no lo puso en duda.

–Mi héroe –exclamó ella al tiempo que lo besaba en la mejilla.

–Buena suerte –contestó el chico, radiante, mientras le abría la puerta del taxi.

La secretaria de la oficina de reservas fue muy amable. ¿Cambio de vuelo? No hay problema. ¿Dónde quería ir?

Durante unos segundos, la mente de Jemima se quedó completamente en blanco. Entonces miró los carteles que había detrás del escritorio y se encogió de hombros. Daba lo mismo puesto que era una huida y no unas verdaderas vacaciones. Sus ojos se posaron en una playa con palmeras tropicales y grandes olas en un mar de imposible color jade.

–Ahí.

–¿Al Caribe? Sí, señorita Dare. ¿Qué isla?

Cuando iba a responder que no importaba, desde el fondo de su memoria surgió un nombre.

–¿Hay por ahí un lugar llamado Pentecost Island? Y si existe, ¿hay vuelos regulares?

La secretaria sonrió.

–No, pero podemos llevarla vía Barbados, señorita Dare. ¿Primera clase otra vez?

Y eso fue todo. Muy fácil.

Nadie sabría dónde se encontraba. Ni siquiera Basil podría espiar, intimidar o sobornar a alguien para que se lo dijera.

Sola en el baño de la sala de espera de primera clase, Jemima se miró al espejo tan detenidamente como Basil solía estudiarla. Tenía muy buen aspecto. ¡Había vencido a Basil!

Su euforia duró toda la noche, durante la aburrida espera en el aeropuerto de Barbados al amanecer y durante el vuelo del avión local de la isla. Y duró hasta que desembarcó en Pentecost.

El aeropuerto era moderno, resplandeciente, limpio y muy pequeño.

Después de pasar por el control de pasaportes, se encontró en un vestíbulo donde apenas cabía una fila de sillas de plástico y un pequeño puesto de café.

—Un aeropuerto de juguete —comentó en voz alta, asombrada.

En el puesto había una máquina de café humeante y un delicioso bizcocho casero. Y una mujer voluminosa.

—Sí, no es grande —convino ella.

Jemima se sonrojó. Maldición, tendría que dejar de hablarse a sí misma en voz alta.

—Lo siento. No he querido decir...

Pero la mujer no parecía ofendida.

—Es pequeño, pero nos sentimos muy orgullosos de él —dijo alegremente al tiempo que le servía un gran trozo de pan de plátano.

Jemima comió con placer. Estaba delicioso.

—Creo que me he acostumbrado a los grandes aeropuertos —explicó mientras se chupaba los dedos—. Tengo que hacer algunas compras en la ciudad. ¿Hay oficina de turismo?

La mujer negó plácidamente con la cabeza.

—No. Los turistas ya saben dónde van antes de llegar a Pentecost.

—Comprendo.

La amable vendedora de café la examinó de arriba abajo y Jemima quiso gemir. Sabía lo que veían esos ojos: los vaqueros baratos, la camiseta con su brillante logo, muy divertida para Londres pero que allí simplemente parecía chabacana. Esos ojos además veían una cara pálida, cansada, y una melena roja peinada en dos trenzas casi deshechas.

Sin embargo, olvidaba el equipaje: las etiquetas doradas y plateadas demostraban que había viajado en primera clase.

Los ojos de la mujer se posaron en el bolso de viaje. Luego asintió lentamente.

—Usted tiene que ir a Pirate's Point —dijo al tiempo que indicaba un cartel puesto en un tablero de anuncios. Y ahí estaba. Jemima reconoció la fotografía al instante. Un mar de color turquesa, olas con blancas crestas como merengue y palmeras salvajes.

¡El amigo de Abby! El misterioso N. que le había enviado una postal y que no era un peligro para su matrimonio porque la conocía desde niña. Sí, estaba almorzando con Abby cuando oyó hablar de Pentecost por primera vez. Jemima observó el cartel con atención:

Pirates's Point Casino. Lujosa construcción, jardines, playas, cocina internacional. Y la posibilidad de ganar una fortuna. Todo lo que usted necesita en un solo complejo junto al mar.

Era exactamente lo que Jemima hubiese pagado por evitar. Se volvió a la dependienta.

—Bueno, la verdad es que quería quedarme en la ciudad para conocerla. ¿Sería muy difícil conseguir alojamiento?

La mujer negó con la cabeza.

—En esta época del año todo está ocupado. Hable con el señor Derringer en Pirate's Point. Él podrá darle alojamiento. En un lugar tan grande como ése, con casino y todo, seguro que le queda una habitación libre.

Jemima sonrió apesadumbrada. ¡El casino!

No era la fuga que había imaginado. Un montón de neoyorquinos enemigos del desierto, o del clima de Atlantic City, jugando en las máquinas tragaperras.

—Un casino no es precisamente lo que pensaba... Pero la mujer ya no la escuchaba. Miraba por encima del hombro de Jemima con una gran sonrisa.

—Tiene suerte. Aquí está el hombre que puede ayudarla. Hola, Niall.

Detrás de ella se oyó una voz con inequívoco acento inglés.

—Hola, Violet. ¿Cómo van las cosas?

¡Inglés! ¡Basil!

Jemima se volvió bruscamente y casi le tiró el bolso, dispuesta a defenderse. En una ocasión, Basil insistió en que hiciera un truco publicitario y, como ella se negaba, le había sujetado el brazo con fuerza en la espalda hasta que tuvo que aceptar. Lógicamente no pensaba que él lo hiciera en público. Aunque la lógica no tenía mucho que ver con sus sentimientos hacia Basil.

Pero no era Basil. Era un hombre que no había visto antes. Si lo hubiera visto no lo habría olvidado.

Era alto, sonriente, con unos pantalones cortos de tela vaquera, unas sandalias y un bronceado por el que las modelos habrían matado. Pero no fue el bronceado, ni el torso desnudo lo que llamó su atención. Fue su rostro.

No era especialmente apuesto. Realmente no. La nariz era demasiado grande y un tanto torcida. Los pómulos altos, demasiado prominentes. Pero en ese rostro había tal intensidad e inteligencia que lo hacía inolvidable.

En ese instante la miraba con las cejas muy alzadas.

—Parece que tiene mala conciencia —dijo. Jemima lo miró aturdida—. Como si la fueran a detener. Baje el bolso. Mire, no llevo esposas —añadió, divertido.

Jemima bajó el bolso sintiéndose como una tonta. Pero todavía ese hombre le quitaba el aliento. Parecía un príncipe del Renacimiento.

Por primera vez se fijó en su boca amplia y sensual. Sí, un hombre apasionado.

—La señora acaba de llegar y no tiene dónde alojarse —informó Violet al tiempo que daba unos golpecitos en el hombro de Jemima—. Así que llévala donde Al.

—¿Donde Al? —balbuceó Jemima.

El príncipe del Renacimiento le echó una mirada burlona y Jemima se sonrojó.

—Es un nombre local —dijo Violet despreocupadamente—. ¿La vas a llevar?

Estaba claro que él no quería. El hombre apretó los voluptuosos labios.

—Te gusta solucionar problemas, ¿verdad? —le dijo sin mirar a Jemima.

—No es necesario —dijo Jemima, ya sin miedo. Ese hombre no era Basil, era un extraño. Y ella sabía tratar a los extraños—. Realmente vine al azar y está claro que no fue una buena idea. Me voy a quedar aquí y tomaré el primer avión de vuelta.

—No puede hacerlo. El próximo vuelo sale mañana —dijo el inglés con toda calma.

Jemima maldijo en silencio.

–Entonces buscaré dónde alojarme en la ciudad.

Él se encogió de hombros y la miró con indiferencia.

–Sólo hay tres hoteles y están llenos.

Jemima pensó que no era vanidosa, pero hacía mucho tiempo que un hombre no la miraba con esa total falta de interés.

–Entonces no perderé el tiempo. Voy a dormir aquí.

–¿En el aeropuerto? –preguntó el Señor Indiferencia con sorpresa.

–Sí.

–Lo hace a menudo, ¿verdad?

Realmente nunca lo había hecho, pero sí su hermana Izzy, que era una viajera experta.

–¿Es un problema para usted?

Él volvió a encogerse de hombros.

–Para mí no. Pero aquí la ley sobre vagancia es muy seria. Probablemente la llevarían a la cárcel.

Jemima intentó mostrarse tranquila.

–Bueno, así se resolvería el problema de mi alojamiento, ¿verdad? –dijo con dulzura.

Demasiada dulzura, porque el hombre la miró francamente enfadado.

Ella le devolvió la mirada.

–Bueno, se ve que no quiere ir donde Al. Pero no veo otra alternativa, al menos por esta noche. Díselo, Violet –pidió casi riendo.

–Hágale caso –dijo Violet.

–La llevaré a Pirate's Point y Al le dará una habitación. Mañana puede venir en taxi al aeropuerto y tomar el primer avión.

Jemima se rindió ante lo inevitable.

–De acuerdo, entonces.

Los ojos del inglés brillaron divertidos.

–No hace falta que me lo agradezca.

–Gracias –dijo ella entre dientes.

–De nada.

En ese momento se abrieron las puertas de la sala de llegadas y un negro alto de uniforme blanco se acercó a ellos con una amplia sonrisa.

–Hola, Niall. Al te pidió que vinieras a buscar las cosas, ¿verdad? ¿Has traído la furgoneta?

Niall negó con la cabeza.

–El Range Rover.

–Bueno, acércalo al almacén, entonces. Tenemos mucho que cargar.

–¿Dónde están sus cosas? –preguntó Niall a Jemima.

Ella indicó el bolso de viaje que había dejado delante del puesto de café.

–¿Esto es todo?

–Así es.

–Sí que viaja ligera de equipaje.

–¿Qué se necesita para unas vacaciones en el Caribe?

Todo lo que llevaba era ropa para Europa en febrero. Había pensado comprar un bikini y unos pantalones cortos en el aeropuerto, pero no lo iba a admitir ante él.

–Una habitación en un hotel es una buena elección. ¿O acostumbra a dormir donde le entra el sueño?

Jemima pensó que era prudente pasar por una estudiante con mochila que iba de isla en isla. Por si a Basil se le ocurría seguir su pista hasta Pentecost.

–Voy donde me lleva el viento –dijo en tono travieso–. ¿Es un problema para usted?

Él se echó a reír.

–Usted sabe cómo impactar a un hombre –comentó con pesadumbre– . Su modo de vivir no es asunto mío. Vamos entonces, jinete del viento –dijo mientras se ponía el bolso en el hombro como si no pesara nada–. Hasta pronto, Violet.

–Le gustará Pirate's Point. Que se divierta –dijo Violet a Jemima–. Adiós, Niall. Vuelve pronto.

Los dos hombres salieron del edificio charlando entre ellos, ajenos a la presencia de Jemima.

Más allá de la puerta principal, y sin aire acondicionado, hacía un calor infernal. Jemima se paró intentando respirar.

El hombre llamado Niall se detuvo y miró por encima del hombro.

–¿Se encuentra bien?

–Sí, estoy bien.

Y lo estaba. Después de la fría lluvia de Londres, parecía que el calor la abrazaba. Jemima respiró hondo y alcanzó al inglés, mientras el hombre uniformado se dirigía hacia un almacén de grandes puertas de metal.

Niall abrió la puerta del Range Rover y puso el bolso en el suelo.

–Tendrá que apoyar los pies en él. Pondremos la carga aquí –explicó al tiempo que extendía el asiento trasero.

Jemima se acomodó y luego Niall condujo el vehículo con destreza y precisión hasta dejarlo colocado junto a las cajas, dentro del almacén.

–Parece que es un experto –dijo ella involuntariamente.

–Claro que sí, para ser un mensajero y conductor de taxi sin licencia... –respondió en tono burlón.

Ella miró la pequeña torre de cajas.

–¿Puedo ayudar?

–No, gracias. Lo hago mejor solo –dijo con una repentina sonrisa. Era soprendentemente sexy cuando sonreía. Un príncipe del Renacimiento comiéndose con los ojos a una posible favorita–. Pero gracias por el ofrecimiento.

Niall bajó del vehículo y otra vez Jemima sintió el aire caliente en la cara. Luego se puso a mirar los movimientos del inglés cuando empezó a cargar el vehículo con rapidez y gran economía de movimientos.

«No intenta parecer un hombre fuerte, pero ahí hay una gran fuerza latente. No me gustaría enfrentarme a él», pensó Jemima mientras contemplaba el movimiento de los músculos del torso y de los brazos desnudos.

Era mejor dejar de pensar que se había prometido no volver a temer a un hombre y concentrarse en su nombre. Si iba a dejar a un lado a la supermodelo Jemima Dare durante una semana, tendría que pensar en otro nombre.

–Me llamo Niall. ¿Y usted? –preguntó el inglés cuando iban por un camino recién asfaltado.

–Jay Jay Cooper.

«Habría pasado la prueba del detector de mentiras», pensó Jemima, complacida. Cooper era el apellido de su madre. Y la familia la llamaba Jay Jay.

Él asintió con seriedad.

–Bienvenida a Pentecost, Jay Jay. ¿Has venido otras veces al Caribe?

Jemima recordó que la última vez había sido en noviembre, para una sesión fotográfica encargada por Belinda. Había estado en una lujosa villa en una isla privada con un montón de equipaje, bien peinada y maquillada.

–De vez en cuando.

–¿Vienes por trabajo o de vacaciones?

–Esta vez por puro placer.

–¿Y qué haces cuando no estás viajando por placer?

Ella no estaba preparada para esa pregunta y tuvo que pensar con rapidez.

–Nada interesante. Un poco de todo.

Él le dirigió una mirada medio suspicaz, medio burlona.

–¿Y qué es un poco de todo?

–He sido camarera –respondió. Sí, cuando estaba en el colegio. Pero no era suficiente. Él seguía esperando. Otra vez recurrió a la experiencia de Izzy–. He trabajado como auxiliar en cruceros, más bien en tareas administrativas, ordenador y archivos, ¿sabes? En fin, básicamente cualquier cosa que me ayude a pagar el alquiler.

–¿Y también a pagar tus viajes?

–Supongo que sí.

–Yo también –Niall asintió con la cabeza.

–¿Qué?

Esa vez la mirada del inglés fue diferente. Una mirada más detenida, más profunda. De alguna manera más apreciativa, más pensativa. Como si no le creyera nada.

–Soy un vagabundo por naturaleza –se limitó a declarar Niall–. Me he dedicado a viajar por el mundo durante más de quince años. Posiblemente hemos coincidido alguna vez en algún lugar.

–Mmm, es posible –dijo ella con cautela.

–Podríamos comparar nuestras experiencias.

–Bueno... sí.

–¿Esta noche? Después de todo, cenaremos en el mismo lugar. ¿Qué te parece si nos reunimos en el bar?

—Estupendo —dijo con un entusiasmo tan fingido que le sorprendió que él no lo notara.

—Es una cita, entonces —comentó Niall alegremente—. ¿Las siete es una buena hora?

Jemima habría gritado. No llevaba más de dos horas en la isla y ya había aceptado una cita que no quería con un hombre que no le gustaba. Un hombre que además tenía la mirada penetrante de un gobernante del Renacimiento y que no aceptaría mentiras.

Jemima pensó con rabia que esa noche sería muy complicada.

Él le dirigió otra de esas miradas profundas y perturbadoras. Ella sintió que se le erizaba la piel y tragó saliva.

—Será un gran placer —se obligó a decir Jemima.

Él sonrió. Sin mirarlo, percibió una sonrisa ambigua que le hizo sentir calor no sólo en la cara.

—No tanto como para mí —dijo Niall, suavemente.

PIRATE'S Point fue una sorpresa. Jemima se había preparado para encontrar monstruosidades de hormigón a lo largo de la playa y luces de neón al estilo de Nevada.

—Es bonito —exclamó.

—Sí que lo es.

La bahía era un amplio semicírculo rodeado de una franja de arena de color marfil. El hotel correspondía exactamente al cartel del aeropuerto: bloques de tres plantas entre densos jardines. Incluso el casino, visible desde la carretera y situado en un promontorio en el extremo más occidental de la isla, parecía una hacienda de estilo español entre hibiscos y palmeras.

—Vaya, no hay letreros de neón.

Él dejó escapar una risita.

—Los casinos no son sólo lugares de hamburguesas y máquinas tragaperras. Instalar un casino en un lugar como éste es crear un estilo de vida —comentó en tono burlón, sin mirarla.

Jemima entornó los ojos.

—¿Eres un jugador experto?

—Podría decirse que sí —contestó él, con una sonrisa.

Jemima sabía que se reía de ella.

—Yo no juego —anunció.

Niall se echó a reír a carcajadas.

—Entendido.

Jemima habría gritado de rabia. Pero era suficientemente sincera para admitir que se merecía la burla. Su observación había sonado pedante y remilgada. Todo lo que ella no era.

—¿Te gusta tomar el pelo a la gente? —preguntó fríamente.

—Nunca me canso —comentó sin dejar de reír.

En ese momento el vehículo avanzaba por un camino sinuoso entre densos arbustos y viviendas con paredes cubiertas de parras.

Jemima contemplaba el mar, que de pronto desapareció tras un muro cubierto de buganvillas de un vivo color púrpura.

—Esto es asombroso. Cuando bajas por el camino ya no ves una construcción junto a la otra.

—Intenta no mostrarte tan asombrada cuando te presente a Al y Ellie. Han trabajado mucho en este hotel y están muy orgullosos de él.

Pero cuando cruzaron la entrada porticada, Jemima no tuvo tiempo de felicitar al dueño del hotel. Una mujer menuda los esperaba furiosa.

—Por fin has llegado, Niall. ¿Por qué has tardado tanto? —saludó ignorando a Jemima—. No hay nada en la cocina y la preparación de la comida lleva una hora de retraso.

—Lo siento, Ellie. Hubo que cargar muchas cosas.

La mujer saludó a Jemima sin interés y, tras abrir las puertas del vehículo, empezó a hurgar en el interior.

—Ellie es tu anfitriona —dijo Niall con una sonrisa—. Más tarde te la presentaré. Aquí viene Al. Él te dará una habitación.

—¿Una habitación? —preguntó Al—. ¿Se dedica a bucear o a jugar?

—A nada de eso —contestó Jemima, con sorpresa—. ¿Son los requisitos para hospedarse aquí?

—Normalmente nuestros huéspedes son buceadores o jugadores.

—Al distribuye las habitaciones según las actividades de los huéspedes. Los buceadores se levantan al amanecer y los jugadores se acuestan muy tarde. Al los separa para que no se molesten unos a otros —explicó Niall.

Al no era tan atractivo como Niall, pero mucho más amable.

—Hemos descubierto que el sistema funciona —explicó.

Luego tomó el bolso de Jemima y los condujo a un vestíbulo de piedra, muy fresco.

Anticuados ventiladores de aspas refrescaban el ambiente y había pequeñas palmeras en tiestos de bronce. En ese momento sonaba música de Cole Porter. Al fue a un escritorio y se sentó ante el ordenador.

—¿Así que con quién quiere dormir? —preguntó alegremente. Niall hizo un ruido ahogado y Al lo miró con una sonrisa—. Niall es jugador.

Jemima fingió no darse por enterada de la solidaridad masculina y sonrió a Al con dulzura al tiempo que ignoraba a Niall.

—Eso es lo que me ha dicho —convino en tono inexpresivo.

—Ella no juega —intervino Niall.

—Soy una alondra, no un búho. Así que déme una habitación junto a los buceadores.

Al le pasó una tarjeta de registro. Jemima tomó un bolígrafo y se inclinó sobre la mesa, pero no se le escapó la mirada que intercambiaron los hombres. Pura diversión masculina.

Se sintió indignada. Los hombres no se reían de ella. De pronto notó que Niall estaba a su lado. Demasiado cerca. Casi la tocaba. Al volver la cara notó que él controlaba su expresión. Jemima recordó que ya lo había hecho antes y que parecía acostumbrado a ocultar sus pensamientos. Y que lo hacía muy bien.

La joven dio un paso atrás. Los ojos de Niall se oscurecieron. Ella percibió perplejidad y sorpresa en su mirada. Y también vio la desnuda llama del deseo, urgente e inequívoca.

Ambos se miraron, mudos.

Jemima sintió un delicioso escalofrío en la espalda. «Cuidado, Jemima, podría no ser una buena idea», pensó.

Tras dejar el bolígrafo en el escritorio, se apartó un poco.

—¿Tarjeta de crédito? —preguntó Al, sin darse cuenta de nada.

Niall y Jemima se miraron como conspiradores.

Como en sueños, ella le tendió la tarjeta y luego, demasiado tarde, se dio cuenta de que allí aparecía su verdadero nombre.

Pero Al no hizo comentarios.

—Firme aquí —pidió. Tras examinar la firma, le devolvió la tarjeta—. Habitación 409. Tendré que mostrarle todo rápidamente. Esperamos a un grupo de un crucero a cenar esta noche.

—Si quieres, yo la llevaré a su habitación —se ofreció Niall.

Todo vestigio de deseo había desaparecido de su rostro, que en ese momento se mostraba sonriente.

–Lo siento. Normalmente no les pedimos a nuestros invitados que nos ayuden. Pero hoy es un día de locos.

Jemima miró a Niall con el ceño fruncido.

–¿Invitado? –preguntó, incrédula.

–Sí, soy invitado de Al –dijo en tono solemne–. Ven conmigo–. Niall intentó tomar el bolso de viaje de las manos de Al, pero Jemima se adelantó y se lo colgó del hombro.

–Nos veremos a la hora de la cena –dijo Al cuando se marchaban.

–Ése es el bar –informó Niall señalando una zona protegida de la playa–. Allí nos veremos más tarde. Ése es un comedor en una terraza ajardinada. Podemos cenar dentro si se levanta el viento. Allí está la piscina. Hay otra en la colina, cerca de mi cabaña. El agua es más fría, pero no tiene cloro. Aquí está tu bloque –dijo al tiempo que se apartaba para permitirle subir los peldaños que conducían a un sendero entre árboles.

–¿Tu cabaña? –preguntó Jemima, perpleja–. ¿Quieres decir que después de todo no te hospedas en la zona de los jugadores?

–Hay tres o cuatro cabañas en el prado. Elegí una de ellas. Es un sitio más privado.

Jemima volvió a sentir un escalofrío, pero no preguntó para qué necesitaba tanto aislamiento. Ni siquiera iba a pensar en ello.

–Seguro que sí.

–Pero los apartamentos están muy bien. Ya lo verás. En tu terraza hay grandes macetas con plantas de plátanos. La luz está aquí.

–Gracias –dijo Jemima, jadeando detrás de él por el peso del bolso de viaje.

Él la miró y se echó a reír. Con una mano le quitó el bolso y se lo puso en el hombro. Jemima lo miró furiosa, pero él la ignoró mientras subía ágilmente el último tramo de la escalera que conducía a un corredor. Niall se detuvo en una puerta al fondo del pasillo e introdujo la tarjeta para abrirla.

—Odio estas cosas. Se corta la luz y ya no se puede entrar.

—Ni salir —añadió ella.

—No sería tan malo —murmuró Niall—. En ciertas circunstancias, claro está —añadió con una fingida mirada de admiración.

—Si me quedo encerrada bajaré por el tubo del desagüe.

—Apostaría a que eres capaz de hacerlo. Bueno —dijo al tiempo que recorría el apartamento y señalaba lo más importante—. Aire acondicionado. Paraguas. Aquí la lluvia no dura mucho, pero es muy intensa. Velas, por si hay un apagón. Linterna. No olvides llevarla si quieres salir a contemplar las estrellas. Aquí oscurece temprano.

—Gracias.

—Claro que no tengo que recordártelo porque eres una viajera consumada.

—Aunque es muy agradable que le digan a una lo que tiene que hacer —comentó ella con una dulce y furiosa sonrisa.

La supuesta superioridad de ese hombre era irritante.

—Veo que tienes un problema de actitud.

—¿Qué dices? —preguntó en tanto se erguía en toda su considerable altura.

—Fascinante —comentó Niall al tiempo que la miraba fijamente como si fuera de una especie desconocida para él.

–Adiós.

–Pero no te he enseñado...

–Sea lo que sea, lo descubriré por mí misma –dijo al tiempo que daba un paso hacia él. Para su alivio, Niall retrocedió.

–Tu actitud no invita a un comportamiento amistoso.

–Te estoy muy agradecida. Adiós.

–Más bien hasta pronto. No olvides que tenemos una cita. O tendré que venir a buscarte –le recordó con suavidad.

Luego se marchó antes de que ella pudiera responder.

Niall volvió rápidamente a recepción. Al lo miró con sorpresa.

–Al, necesito una mesa privada para esta noche.

–¿Un romance con la señorita Cooper? –preguntó con una sonrisa.

Niall entornó los ojos.

–Me sorprendería mucho que su verdadero nombre fuese Cooper. O que hubiera algo de cierto en todo lo que dice. Enséñame la tarjeta de registro.

–Vaya. Te ha impactado, ¿no es así?

–Es una manipuladora –comentó Niall, irritado–. Tuve muchas madrastras y reconozco las señales. Pásame la tarjeta.

–¿Quieres cenar con ella porque te recuerda a tus madrastras? –inquirió Al con incredulidad.

Niall sacó la tarjeta del archivo de Al y la examinó con el ceño fruncido.

–Desde luego que no –dijo en tono ausente.

–¿Así que te gusta?

—Jemima Jane Dare —murmuró pensativamente—. Jemima Jane, voy a descubrir tu juego.

Al movió la cabeza de un lado a otro.

—¿Y para qué tomarte tantas molestias?

Niall vaciló un instante.

—No me gusta que me manipulen —declaró finalmente.

Con un suspiro, Al renunció a comprender a su viejo amigo.

—Es tu vida. Mesa para dos en la terraza, entonces. Se lo diré a Ellie.

Jemima ni siquiera deshizo el equipaje. Simplemente se dejó caer en la inmensa cama y cayó en un profundo sueño, sin sueños. Cuando se despertó ya había oscurecido. Durante un instante se sintió desorientado y luego recobró totalmente la conciencia.

Se encontraba allí huyendo de Basil.

Sólo para caer en los brazos de Niall, el vagabundo de las playas.

Jemima se sentó en la cama. Los últimos rastros de sueño desaparecieron. Encendió la luz y miró la hora. Eran casi las siete. Bueno, llegaría tarde.

«Un privilegio de mujer», pensó mientras abría el bolso de viaje.

No quería aparecer como una mujer ante Niall. No quería ningún reconocimiento a su femineidad. Y sobre todo, nada de coqueteo. Quería que se quedara con el recuerdo de una viajera anodina y asexuada que olvidaría al instante.

«Puedes hacerlo», se dijo a sí misma.

Pero Jemima Dare no necesitaba cosméticos ni peinados para ser una mujer estupenda. Bastaba con

una simple ducha. Tras lavarlos, sus cabellos quedaron como una nube esponjosa en brillantes tonos rojos y dorados. Luego se recogió el pelo en lo alto de
la cabeza.

Mientras se miraba al espejo sin ninguna vanidad,
reconoció que la mujer anodina y asexuada no era
una buena opción. Tendría que ser muy desagradable
con él, aunque al parecer Niall no tenía intenciones
de incorporarse a la fila de sus admiradores. Así que
la tarea no sería tan difícil.

Aunque entre ellos hubo un chispazo en el aeropuerto. Y cuando sus ojos se encontraron en ese extraño instante de desnudo deseo en recepción. Pero...

–Se necesitan dos para echar chispas –dijo en voz
alta.

En el aeropuerto no había esperado esa reacción, y
tampoco en la recepción del hotel. Pero ya lo sabía,
así que no bajaría la guardia.

Llegó con media hora de retraso. Había hombres
con elegantes chaquetas y otros que iban en camiseta. También había uno con esmoquin, de espaldas a
ella. En cuanto a las mujeres, su ojo experto le indicó
que ninguna llevaba la última creación de un diseñador, pero muchas iban muy bien vestidas. Y una o
dos mujeres mayores lucían joyas caras.

«Aquí circula mucho dinero», pensó. Sería interesante ver cómo encajaba en ese ambiente el vagabundo de las playas. Echó una mirada a su alrededor
nuevamente.

El hombre del esmoquin se volvió. Y Jemima
supo exactamente cómo encajaba Niall en el ambiente.

La chaqueta negra hecha a medida tendría que haberle conferido un aspecto más domesticado, menos poderoso. Pero no era así. Su fuerza primitiva quedaba oculta, mas no extinguida. Jemima recordó la piel bronceada del cuerpo y la calidez de su piel cuando los brazos desnudos de ambos se habían tocado.

Al verlo con esa ropa formal se le secó la boca.

¿Nada de coqueteo? Lo que sentía era mucho más intenso que el deseo de coquetear.

No estaba segura de saber qué era lo que sentía. Pero casi podría asegurar que nunca le había ocurrido antes, ni cuando era estudiante ni como modelo.

Ese sentimiento era nuevo. ¿Podría manejarlo?

Durante un instante, se quedó paralizada. No sabía qué hacer. Marcharse, quedarse, darle una excusa e irse. Enfrentarse a él... Jemima se llevó una mano a la sien.

Niall debía de haber intuido algo de eso por la expresión de su cara. Se quedó inmóvil, observándola. Luego alzó una ceja a modo de silenciosa pregunta.

Jemima se recuperó. Era ridículo. Desde luego que podía manejar la situación. «Nunca más sentiré miedo de un hombre. De ningún hombre», pensó. Y una vocecita interior, repuso: «No temes a este hombre. Tienes miedo de ti misma».

¿Miedo? ¡Ridículo!

Sin darse tiempo a pensarlo, Jemima fue derecha hacia él.

—Hola. Tomaré vino blanco con soda. Hay mucha gente, ¿verdad? —dijo atropelladamente y sin respirar.

Niall la miró divertido.

—No me reconociste, ¿eh?

—Al principio, no. La luz de estos farolillos chinos es muy suave —explicó. Aunque él no se dejó engañar. Jemima dio un paso atrás y lo miró de arriba abajo–. No está mal.

En lugar de tomar la ofensiva, él se echó a reír como si realmente disfrutara de la situación.

–Eres única –dijo al tiempo que le tendía una copa–. A tu salud.

–Esto no parece vino blanco con soda –dijo ella con suspicacia.

–No. Es una bebida que se llama Pirate's Punch.

–Entiendo. Y tú sabes mejor que yo lo que quiero beber.

Niall la miró sorprendido.

–No soy yo. Es la especialidad del hotel. Se le sirve gratis a todos los huéspedes como primera bebida de la noche. Pero si prefieres ese vino... –dijo al tiempo que hacía una seña al barman.

Jemima se sintió como una tonta.

–No, está bien, déjalo.

Pero Niall, que ya pedía el vino, no la oyó.

–Se echará a perder.

–Puedes tomarlo después.

Ella negó con la cabeza.

–No suelo beber mucho. Una sola copa me dura toda la noche.

–Eso no es normal.

–Mucha gente no bebe.

–Pero no las personas que viajan con una mochila sin tener un sitio donde dormir.

Ella rió con enfado.

–Cuidado, se te notan los prejuicios.

–¿De veras?

La sonrisa desapareció de la cara de Niall. Con aire triunfante, Jemima bebió un trago del Pirate's Punch. Y de inmediato empezó a toser, ahogada.

Niall, muy solícito, le dio unos golpes en la espalda.

–¿Qué contiene esta bebida? –preguntó Jemima, cuando al fin pudo respirar.

–Aguardiente, ¿verdad? –dijo Niall al tiempo que llenaba un vaso de agua con hielo de una jarra que había en la barra. Jemima bebió medio vaso casi de un trago.

–Gracias a Dios.

–Lo siento. Hoy el barman no ha estado acertado. Normalmente lo preparan con mucho zumo de mango. Es muy refrescante –explicó Niall.

El barman volvió con el vino de Jemima.

–¿Quieres que lo pruebe yo primero?

Jemima rió al tiempo que negaba con la cabeza.

–Creo que por el momento tomaré agua.

Niall dejó el vaso de vino en la barra.

–No te culpo. No he empezado bien –dijo, apesadumbrado.

A pesar suyo, Jemima estaba encantada.

–Olvídalo, después de todo ya puedo respirar –dijo. Niall la miró sonriendo, pero ella detectó su perplejidad tras la amable expresión–. ¿Qué pasa?

–Verás, eres una auténtica contradicción –declaró lentamente.

–¿Yo? ¿Y por qué? –preguntó, sorprendida.

Niall sopesó sus palabras.

–No quiero ofenderte más de lo que lo he hecho.

–¿Por qué no? Vamos –replicó ella con frialdad.

–Bueno, si ése es tu deseo. Verás, te pones furiosa por la más mínima cosa, te erizas cada vez que te miro y cuando el barman te prepara un cóctel que casi te mata, reaccionas con toda dulzura.

–Vaya –murmuró, ruborizada. Luego enderezó los hombros. Ese sonriente desconocido no sabía con quién trataba–. No creo ser tan contradictoria. El barman se equivocó en la cantidad de alcohol y eso no es una ofensa –añadió al tiempo que se encogía de hombros.

Niall alzó las cejas y apoyó un codo en la barra.

–Pero sí es una ofensa que yo te mire –dijo arrastrando las palabras.

Y lo era. En ese momento la miraba con los ojos brillantes de burla. Pero no sólo era burla. Y ambos lo sabían.

Esa vez Jemima tuvo que ingeniárselas para no ruborizarse.

–No digas tonterías.

–Deberías intentar ponerte en mi lugar.

Jemima miró hacia otro lado y luego se produjo un silencio demasiado prolongado. Buscaba una respuesta porque tenía que decir algo. Pero no fue la más adecuada.

–Bueno, será porque no te conozco demasiado.

–Ah –exclamó, muy satisfecho.

Jemima parpadeó con ganas de darse de patadas. Había sonado como una abierta invitación para pasar juntos la velada.

–De acuerdo, comencemos de nuevo. Soy Niall Blackthorne –se presentó con una encantadora sonrisa al tiempo que le tendía la mano.

Jemima estaba furiosa, pero ya no podía volver atrás. Se la estrechó a regañadientes.

–Hola –murmuró vacilante.

La palma era fuerte y fresca. Sus dedos temblaron al tocar los de él. Jemima tragó saliva.

–Estaré en Pirate's Point hasta el fin de semana. ¿Cuánto tiempo te quedarás, Jay Jay? ¿O tengo que llamarte señorita Cooper?

Estremecida, Jemima agarró el vaso de agua con las dos manos.

Ese nombre iba a ser un error. En aquella voz acariciante sonaba horriblemente íntimo. Jemima se mordió el labio inferior.

–Llámame como quieras. Total, me marcho mañana –dijo en tono cortante.

Él le dedicó una larga sonrisa.

Ella pudo sentir esa sonrisa en el pulso del cuello y se llevó la mano a la garganta, como si estuviera sofocada.

Niall lo notó y su sonrisa se hizo más amplia.

–Entonces nos queda sólo esta noche. Lo tomo como un desafío.

Los ojos de Jemima llamearon.

–¿Qué significa un desafío?

–No perder un minuto. Vamos –dijo al tiempo que le tendía la mano y se ponía en movimiento. Jemima lo siguió, furiosa consigo misma.

Atravesaron la verja y él la condujo a la playa. Ante ellos el mar susurraba y pequeñas olas chapoteaban en la arena.

–Ah, éste era el desafío –comentó Jemima al tiempo que le soltaba la mano–. Un romántico paseo por la playa. ¡Muy original!

–Un comentario muy cínico. Mira esas estrellas –dijo en tono risueño.

Las alpargatas de Jemima se resbalaban sobre la fina arena.

–Por el momento intentaré mantenerme en pie, gracias.

–Apóyate en mí.

–Muy amable.

Niall Blackthorne le tomó la mano y la puso en su brazo con firmeza.

–No resbalarás si caminas con pasos cortos.

Ella sintió que su pulso volvía a galopar. «¿Qué me pasa?», pensó.

–Gracias –dijo con la voz ahogada.

La brisa del mar estaba fresca. Niall notó que temblaba.

–¿Frío?

–Un poco.

Él se detuvo y le puso la chaqueta en los hombros. La prenda de lino se adaptó a su cuerpo como si la abrazara. De inmediato se sintió protegida y abrigada.

–¿Mejor?

–Mucho mejor –contestó ella, sin mirarlo.

Cuando llegaron al restaurante de la terraza, Jemima se quitó la chaqueta a su pesar.

Al se encargó de acomodarlos.

–Una mesa muy tranquila –comentó.

En vez de un cóctel, Jemima pidió zumo de mango.

–Parece que os conocéis hace mucho tiempo –comentó ella al pasar, cuando Al se hubo alejado.

–¿Al y yo? Eres muy perspicaz –dijo él mientras se ponía la chaqueta–. Nos conocemos hace quince años. Tal vez más. Nos hemos encontrado en muchos lugares de veraneo del mundo.

–¿Entonces sois amigos? –preguntó Jemima, intrigada.

Niall miró la pequeña vela encendida en el centro de la mesa con una expresión extrañamente serena.

–Diría que sí. Hemos visto muchas cosas juntos.

–Cuéntame.

Él alzó la vista y Jemima se quedó sorprendida. ¿Cómo pudo haber pensado que no era un hombre apuesto?

–¿Quieres saber la historia de un pasado delictivo? –preguntó en tono de suave burla–. De acuerdo. Tú lo has pedido.

Fueron historias muy divertidas desde cuando ni siquiera llegaban a los veinte años. Jemima rió con ganas. Luego le contó otra anécdota que les ocurrió en una isla paradisíaca. Esa vez se trataba de una mujer agraviada y con una pistola.

–Eso casi acabó con la carrera de Al –comentó Niall, entusiasmado.

–¿Y qué sucedió? –preguntó ella entre risas.

–Niall la disuadió –intervino Al junto a ellos con el zumo y una cerveza para Niall–. Lo hace muy bien –añadió al tiempo que les daba el menú.

–No podré comer todo esto –exclamó Jemima, acobardada, mientras estudiaba la extensa carta de platos locales.

Al se resintió.

–Todos los alimentos son frescos y buenos.

Niall se echó a reír.

–Te sugiero que los pruebes poco a poco. Te gustarán.

–Sólo con mirar los nombres se me hace la boca agua, pero debo cuidar la línea –comentó ella con un triste suspiro.

–Inténtalo –sugirió Niall con una encantadora sonrisa–. Es como caminar por la playa. Pasos cortos, uno detrás del otro, y llegarás donde tú quieras. Al, comeremos de todo. Veremos hasta dónde quiere llegar la dama –añadió con una sonrisa que más parecía una caricia.

Estaba claro, Niall se mofaba de ella y a la vez intentaba seducirla.

Jemima buscó su mirada.

—Esta dama sabe exactamente dónde quiere llegar. Sólo pescado y ensalada, por favor —dijo mirando a Al.

—Es una pena. Tal vez en otra ocasión —comentó Al con filosofía—. ¿Irás al casino esta noche?

—Desde luego —respondió Niall.

—¿Seguro? No pasará nada si te pierdes una noche —comentó al tiempo que se retiraba rápidamente.

Sorprendida, Jemima lo miró mientras se alejaba.

—¿Qué sucede?

—Al intenta salvarme de mí mismo —respondió Niall al tiempo que alzaba su copa en un brindis silencioso—. Sugería que pasara una agradable velada contigo en lugar de ir al casino, como hago normalmente.

—Ah —se limitó a murmurar Jemima.

Su respuesta no la complacía. ¿Por qué Al tendría que haberlo sugerido? Desde luego que no iba a ir al casino, pero Niall podía habérselo pedido.

—¿Y bien? ¿Entonces vas a invitarme a acompañarte al casino?

—No —respondió de inmediato—. Soy un jugador profesional. Es mi trabajo. ¿Dejarías entrar en tu oficina a un extraño?

Jemima lo miró, estupefacta.

—No trabajo en una oficina —atinó a decir.

Él se encogió de hombros.

—Donde sea. Mi opinión es que no hay lugar para diversiones cuando uno se está ganando el sueldo del mes.

Jemima se sintió desconcertada.

—Me abrumas —pudo decir.

Niall sonrió repentinamente. Cuando sonreía de ese modo la expresión de sus ojos y de su boca sensual eran irresistibles.

–¿Abrumarte? No creo que alguien pueda hacerlo. Y yo menos que nadie. Sólo consigo irritarte. Incluso cuando no lo intento.

–¿Has intentado hacerlo?

Los ojos del hombre bailaron.

–Cuando te enfadas te pones muy guapa.

–Siempre lo soy –dijo ella tranquilamente.

–¿Algún poeta escribe sonetos para ti?

Jemima ladeó la cabeza. Disfrutaba de la situación.

–Algo parecido.

–¿Eres modelo de un artista? –inquirió, claramente intrigado–. ¿Inspiración de un artista?

Ella rió al tiempo que negaba con la cabeza.

–Sigue adivinando.

Niall chasqueó los dedos.

–Eres Kuan Yin, la diosa de la fortuna que ha bajado a la tierra en forma humana.

–Diosa es un buen término –replicó ella en tono travieso.

–Entonces voy a cambiar de opinión. Si eres la diosa de la buena suerte vendrás conmigo al casino –dijo con una de sus encantadoras sonrisas.

Jemima dejó de reír.

–¿Qué?

Él alzó la copa en su honor.

–Bienvenida al mundo de Niall Blackthorne, el aventurero.

UNA PASARELA cubierta conducía al casino. Estaba iluminada con farolillos chinos y discretas luces entre los arbustos. Todo era bonito, seguro y civilizado. Pero más allá de las luces se percibían movimientos furtivos, susurros, croar de ranas, gruñidos de animales que no eran seguros ni civilizados. Y el hombre que se hallaba junto a ella tampoco era tranquilizador. Era demasiado impredecible.

Niall Blackthorne, aventurero. ¿Qué significaba eso?

—Me pregunto qué es ser un aventurero exactamente —dijo Jemima—. Llevar una vida aventurera significa, por ejemplo, que estás familiarizado con eso que se mueve entre los matorrales, ¿no es así?

—Bueno, hay muchos tipos de aventuras en lugares agrestes. Verás, tienes que visitar África. Tienes que aprender a conocer la naturaleza y la vida salvaje. En cuanto a eso que se mueve entre los matorrales, diría que es una cobaya grande —dijo amablemente.

—No te creo. Yo tuve unas cobayas cuando era pequeña. Y sólo son de un tamaño.

Él negó con la cabeza.

—¿Estás segura de haber estado antes en el Caribe? Esos animales abundan por aquí.

—La última vez que estuve en el Caribe, yo... —alcanzó a decir Jemima, y se paró en seco.

—¿Sí? ¿La última vez que estuviste en el Caribe, tú...?

—No buscaba cobayas —afirmó Jemima con convicción.

Luego se mordió el labio inferior. Se estaba convirtiendo en una horrible mentirosa. Tal vez debió haberle dicho su verdadero nombre y su profesión.

—¿Y qué buscabas? —preguntó, divertido. Pero también cauteloso.

—¿Quién eres? ¿La Inquisición? —preguntó malhumorada.

—Sólo intento aclarar los hechos. Creí oírte decir que eras una viajera experimentada. Pero parece que tu experiencia es un poco limitada.

Jemima se detuvo y lo miró con las manos en las caderas.

—Mi experiencia no es limitada.

Él también se detuvo y la miró de arriba abajo. Y entonces la malvada ceja se volvió a alzar.

—Vaya.

Muy enfadada, Jemima echó a andar a grandes pasos.

—Bueno, nunca he tenido que jugar para ganarme la vida —dijo después en un tono dulcemente venenoso—. Vamos, enséñame ese aspecto de la vida aventurera.

Más tarde entraron en el casino, que era como un hotel del futuro. Construido en forma octogonal, era más amplio de lo que se apreciaba desde el exterior. Seis de sus lados estaban formados por paredes de cristal que miraban al mar. Había pequeñas mesas de cóctel colocadas junto a las paredes exteriores. Allí los asistentes podían sentarse, jugar a juegos para dos personas o tomar una copa mirando las estrellas.

Pero lo más importante sucedía en el centro de la estancia.

—Es como una pista de patinaje –comentó Jemima, fascinada.

—Es cierto –convino él.

Había mesas para jugar a las cartas, mesas con ruletas y mesas de *backgamon*. Todas estaban iluminadas. Se escuchaba el murmullo sordo de las conversaciones. Pero principalmente se oía el sonido de las fichas, el runruneo de las ruletas, el sonido de las cartas en las mesas, el tintineo del hielo en las copas, el taconeo de zapatos altos en un suelo brillante.

—Es como una fiesta. Una fiesta muy elegante. Y no vengo vestida de forma apropiada –rió ella.

Él la miró.

—¿Te parece que es una fiesta? Vuelve a mirar.

Los camareros se movían con destreza con las bandejas sobre las cabezas de la gente. Pero entre tantas joyas y cuerpos bronceados no había la animación de una fiesta. No se oían risas, ni música. En cambio, el ambiente estaba tenso, todos los asistentes parecían atentos y expectantes.

—Ahora entiendo lo que quieres decir. Todo el mundo observa atentamente o juega.

—Es tu primera visita a un casino, ¿no?

—Sí –decidió admitir–. ¿Se nota mucho?

—Sí.

Ella alzó la barbilla, desafiante.

—¿Intentas decir que soy una ingenua?

—No me atrevería –replicó Niall, al instante.

Ella no lo creyó.

—¿Y cómo de ingenua?

—No lo sé. Tendré que estudiarlo –contestó él con una leve sonrisa. ¿Qué significaba eso? En todo caso no sonaba a una amenaza, más bien a una promesa–. Pero ahora no. Tengo que trabajar. Así que quédate a mi lado, muéstrate todo lo encantadora que puedas y no hables.

Niall pagó en dólares el zumo de naranja de Jemima. Ella abrió mucho los ojos al oír el precio del refresco.

–Vaya, esto acaba con cualquier presupuesto –comentó con remordimiento de conciencia. Fuera o no un jugador profesional, no tenía aspecto de poder permitírselo–. Tienes que dejarme pagar mi bebida.

Él negó con la cabeza.

–Gastos de negocios. Gracias de todas maneras –dijo con una repentina sonrisa.

La dulzura de su expresión la hizo parpadear y su corazón empezó a latir apresuradamente.

Niall observó todas las mesas con interés. Jemima se dio cuenta de que era una estrategia. Pero, a pesar de su curiosidad, no se atrevió a preguntarle. No se podía interrumpir a un hombre cuando estaba trabajando.

Más tarde, Niall se detuvo en una mesa de *blackjack*. Con un gesto casual le rodeó la cintura y ella contuvo el aliento. Era un gesto casi posesivo. Nadie lo había hecho en público desde...

Basil nunca le había rodeado la cintura con el brazo. Y debido a sus celos nadie se había atrevido a hacerlo. Y desde Basil, ella no permitía que nadie se le acercara demasiado.

«Una experiencia nueva», pensó Jemima con un escalofrío.

De pronto, uno de los jugadores abandonó la mesa y Niall retiró el brazo.

–Voy a sentarme un rato.

El crupier, con un esmoquin tan elegante como el de Niall, hizo un gesto de asentimiento.

Cuando Niall se hubo acomodado, el crupier inició el juego.

Jemima sintió un nudo en la garganta. ¿Qué le pasaba? Un hombre que no conocía retiraba el brazo de su cintura y de pronto se sentía afligida.

Sin desviar la mirada de los jugadores y del tapete verde, Niall le tomó la mano y la puso sobre su hombro.

—Dame suerte, preciosa.

Fue como un regalo inesperado. Un instante perfecto. Fue como si la amaran. Jemima se quedó inmóvil, como una estatua.

Minutos más tarde, dirigió su atención a la mesa. Observó que Niall perdía, pero no parecía importarle. Mantenía una postura casual, su voz sonaba divertida, con una sonrisa ligeramente triste. Sin embargo, bajo los dedos de Jemima, el hombro estaba tenso como un tigre a punto de saltar.

Y entonces pareció que su suerte empezaba a cambiar. Un poco al principio y luego más y más. En un momento puso una gran suma en el último turno de cartas. El crupier y los jugadores se mostraron impasibles, pero se produjo una corriente de tensión entre los espectadores.

Niall le cubrió una mano con la suya.

—¿Aburrida, cariño? Una última jugada y luego iremos a mirar las estrellas.

Fue perfecto. Las palabras de un amante indulgente aplacando a una belleza aburrida. Pero a pesar de su tono acariciante, Niall no apartó los ojos de la mesa.

Y volvió a ganar. La mesa empezó a atraer a la gente. De pronto Niall echó la silla hacia atrás.

—Me retiro —dijo al tiempo que se levantaba con un gesto de asentimiento hacia el crupier y sus compañeros de juego—. Buen juego. Gracias. Ahora, iremos a contemplar la luna, querida.

Niall se volvió hacia ella y el brazo maravilloso volvió a rodear su cintura. Pero ella no se emocionó.

«Soy la coartada de un jugador profesional».

—Continúa adelante con expresión devota. El director se acerca —le murmuró Niall al oído.

Tras mirarlo, Jemima pensó que representaba muy bien el papel de amante devoto.

Un hombre alto, de talante autoritario, se aproximó a Niall.

—¿Señor Blackthorne? ¿Se marcha pronto esta noche?

—Sí, porque he venido acompañado, Henry —respondió Niall con soltura.

—Esperamos que vuelva por aquí.

Niall asintió.

—Cuente con ello.

Luego cambió sus fichas en la caja. Jemima se sorprendió al ver la cantidad de dinero.

—¡Vaya! —exclamó.

—Hay que marcharse cuando se gana —dijo Niall con ligereza—. No se preocupe, Henry. Volveré mañana.

El director sonrió.

—Sabe que siempre es bienvenido en esta casa —dijo al tiempo que les abría la puerta—. Espero verlo pronto por aquí. Buenas noches, señor Blackthorne. Buenas noches, madame.

Jemima alzó las cejas.

—Nunca antes me habían llamado madame —comentó cuando se hubieron marchado.

–Has llevado una vida muy protegida.

Ella negó vigorosamente con la cabeza.

–No creo que sea por eso. Pienso que es porque nunca he salido de un lugar con un tipo que lleva un cuarto de millón de dólares en el bolsillo de la chaqueta.

–Henry no se va a afligir por eso –repuso Niall con cinismo–. La semana pasada estaba más preocupado.

Jemima se sintió intrigada. Era un alivio. Mejor que pensar en la inesperada punzada en el corazón que había sufrido horas atrás.

–¿Qué sucedió la semana pasada?

–Tuve una mala racha en el juego.

–¿Pero eso no es bueno para el casino? –preguntó, perpleja.

–No, si piensan que no puedes pagar tus deudas.

–Ah.

–No se le pregunta a un jugador profesional si tiene una mala racha. Pero Henry se mostró bastante amistoso, durante un par de noches. Seguramente habrán corrido rumores por Queen's Town.

–Tal vez sea porque supo que te dedicabas a hacer pequeños trabajos para el hotel. Algo así como el tipo de la «jet-set» que tiene que fregar los platos en un restaurante cuando no puede pagar la cuenta –sugirió ella.

Niall se echó a reír.

–No había pensado en eso.

–¿No estabas preocupado? –aventuró.

–¿Te refieres al hecho de contar mis pérdidas? –preguntó, atónito–. No. Perder va en contra de mis principios.

–Y de los del casino –añadió Jemima secamente.

—Por eso nos entendemos Henry y yo. Ambos consideramos los asuntos a largo plazo.

—Y por eso vas a volver mañana. Para que ellos recuperen una parte del dinero.

Se produjo un breve silencio.

—Muy perspicaz —dijo Niall, al fin.

—¿Así que tengo razón?

—Oh, sí. El profesional nunca se lleva demasiado. Puedes quedar excluido.

—¿Excluido? ¿Haces trampas?

—No es necesario. Se trata de ser más inteligente que la casa.

Caminaron en silencio durante un momento.

Para cualquiera que los observara podrían haber sido la pareja perfecta. Una mujer pelirroja de piernas largas que, sin ir formalmente vestida, era toda una belleza. Una belleza junto a un hombre alto, apuesto, con un esmoquin impecable.

Sólo que no eran una pareja. Jemima volvió a sentir la punzada en el corazón y se separó un poco más de Niall con su brillante sonrisa social.

—¿Así que tienes un sistema para jugar? —preguntó con la voz de Jemima Dare, celebridad internacional, profesional de los pies a la cabeza.

Había que dejarlos hablar de sí mismos y ellos pensarían que eras maravillosa.

Pero Niall no dio señales de pensar que era maravillosa. Más bien la miró con el ceño fruncido.

—¿Qué te sucede?

—Nada —respondió con una amplia sonrisa—. Pensé que utilizabas una estrategia para vencer a los casinos en su propio juego. ¿Es verdad, entonces?

—No funciona así. No hay un sistema para vencer a la ruleta. Se puede perder mucho dinero pensando que existen estrategias –Niall hizo una pausa–. ¿Qué te sucede, Jay Jay?

¡Si de pronto su voz no hubiera sonado tan amable! Si no la hubiera llamado por ese nombre que sólo utilizaban las personas que la querían. Fingiendo no haberlo escuchado, Jemima parpadeó rápidamente para evitar las lágrimas.

–¿Cómo se gana la vida un jugador profesional?

Niall la miró con atención y ella volvió la cabeza hacia otro lado.

–La mejor manera es jugar a las cartas. El *black-jack* es lo mejor. Si tienes buena memoria y disposición para el juego, puedes contar las cartas que han ido saliendo. Pero si te sorprenden es posible que te aparten del juego.

–¿Por qué? ¿Es ilegal?

–No. Contar las cartas es legal. Pero muy poca gente es capaz de hacerlo. Así que cuando un jugador gana constantemente, el personal de seguridad empieza a vigilarlo. Si estás haciendo trampa suelen entablar un juicio en tu contra. Si estás contando las cartas se limitan a echarte. Incluso hay una lista negra. Yo no aparezco en ella porque tengo cuidado de perder lo suficiente –explicó con una sonrisa devastadoramente dulce–. ¿Y ahora podemos hablar de ti?

–No –respondió ella instintivamente.

Él asintió con la cabeza.

–Entiendo. ¿Te apetece dar un paseo por la playa? Sería una pena perderse la luz de la luna.

A Jemima le dio un vuelco el corazón.

–Dejemos que se pierda. Estoy cansada –dijo con firmeza. Luego bostezó teatralmente.

–Mentirosa –dijo Niall con suavidad–. Te has pasado casi toda la tarde durmiendo.

–Es el desfase horario. En mi mundo son las seis de la mañana.

–Casi es hora de desayunar, entonces. Tenemos que hablar de eso alguna vez.

–¿Acerca de qué?

–Acerca de tu mundo –dijo. Ella dejó de reír–. Me interesa. Tú me interesas –añadió con una mirada lujuriosa.

Pero Jemima estaba muy acostumbrada a esas miradas que eran una rutina para ella.

–Mientes descaradamente –dijo con una mirada igual a la de él.

Él parpadeó, auténticamente sorprendido.

–Ya somos dos. No estás cansada. Muy al contrario –dijo en tanto tendía la mano hacia la de ella–. Vamos. Eres lo suficientemente mujer como para dar un paseo por la playa, ¿verdad?

Bueno, puestos así, desde luego que no había mucho que hacer. Salvo mantener la dignidad, por no mencionar el respeto a sí misma.

Sin embargo, no permitió que le tomara la mano. Eso habría sido pedir demasiado.

NO LES LLEVÓ mucho tiempo dejar atrás la luz de los farolillos. Pronto, el casino no fue más que un resplandor en el horizonte.

De inmediato, los ruidos de la noche parecieron acercarse a ellos. El crujido metálico de la brisa entre las palmeras. El gorgoteo de un manantial que caía desde una colina no lejos de allí. Los latidos del mar, como un animal paciente, a la derecha de ellos. Jemima tragó saliva.

–Todo muy primitivo –comentó con ligereza.

O al menos lo intentó. No quería que Niall le tomara la mano, pero... Dio un paso hacia él.

Niall la miró.

–¿Tienes frío?

Ella sacudió la cabeza.

–No. Sólo me encuentro un poco... fuera de lugar.

–¿Fuera de lugar?

Ella indicó en dirección al mar. No podía verlo, pero sí podía ver el haz de luz de luna que se movía al compás de olas invisibles.

–Mira eso. Es como estar al borde de otro mundo. Uno puede comprender por qué la gente cree en las sirenas, en los reinos bajo las aguas y todas esas cosas mágicas. Nunca antes había visto algo parecido. Tan hermoso. Pero un poco aterrador.

—Yo me crié junto al mar.

—No me digas. Entonces puedes tomarte con calma todo esto.

—Bueno, no me asusta —dijo él, en tono risueño. Jemima se volvió a mirarlo. Debía de ser por el murmullo del mar, o por la luz magnética de la luna tras el rostro de Niall. Algo mágico sucedía.

—Nada te asusta. Tú puedes enfrentarte a todo, ¿no es así? —Jemima hablaba con sinceridad, sin ninguna reserva—. No te importa nada, por eso puedes con todo —añadió lentamente.

—¿De dónde has sacado eso? —preguntó Niall, tras una tensa pausa.

Estaban tan cerca el uno del otro que ella tuvo que echar la cabeza hacia atrás para mirarlo.

—¿Quieres decir que no es cierto?

—Eso suena como una acusación —replicó Niall lentamente.

—Es inhumano no preocuparse por nada —replicó en tono gruñón.

—¿Preferirías que me atemorizara lo inesperado? Un hombre temeroso te habría dejado en el aeropuerto para que te las arreglaras sola —dijo en tono burlón.

Pero bajo ese tono había auténtico enfado.

—¿Qué había que temer en esa situación?

Entonces Niall la agarró de los hombros y la mantuvo inmóvil frente a él.

—Tú no lo sabes, ¿verdad?

—¿Saber qué? —preguntó ella, sin aliento.

Él guardó silencio durante un instante. Sólo se limitó a examinar su rostro. Jemima observó con sorpresa que frente a ella había un hombre diferente. De pronto le pareció que era un extraño. Ya no era el hombre arrogante, ni el amable jugador. Parecía más alto, más grave.

Y diabólicamente apuesto a la luz de la luna. Estremecida, Jemima se llevó la mano al diafragma para calmar su agitada respiración.

Niall no se dio cuenta.

—¿Quién eres? ¿Quién eres tú realmente? –preguntó con lentitud–. Toda tu historia es una mentira. No te dedicas a viajar. Y parece que mi hipótesis también es un error. Nunca has estado en un casino, ¿verdad?

El pelo oscuro brillaba a la luz de la luna y su mirada era insondable.

Jemima temblaba de pies a cabeza, con un frío repentino.

—¿Tu hipótesis? –repitió.

—Mi hipótesis es que estás aquí para investigarme. No serías la primera.

—Ah.

Jemima cruzó los brazos en torno a su cuerpo.

—No es que lo hicieras muy bien, señorita Jay Jay Cooper, que viaja bajo el nombre de Dare –dijo con ironía.

¡La maldita tarjeta de crédito!

—¿No es ilegal la intrusión informática en un hotel?

—No lo hice. Me limité a mirar tu tarjeta de registro.

Ella se mordió el labio inferior.

—Eso es un robo a hurtadillas.

—Pero muy práctico –aseguró Niall, sin el menor arrepentimiento.

—¿Como invitarme a cenar contigo?

—Lo hice para limitar los daños. Si me estabas investigando quería mantenerte vigilada –replicó con dureza–. ¿Y qué mejor que ir tomados de la mano al casino?

Jemima escondió las manos detrás de la espalda.

–Furtivo y además indecente.

Él se encogió de hombros.

–Pero da resultados.

Jemima miró las estrellas que brillaban como diamantes tras los hombros de Niall. Si mantenía los ojos fijos en las estrellas no se iban a llenar de estúpidas lágrimas. Seguramente las noches del Paraíso serían como aquélla. Sólo que en el Paraíso la gente no jugaba a juegos de azar, no espiaba ni mentía.

–¿De veras que da resultados? –preguntó, desafiante.

–Sí. Por ejemplo, sé que tienes dos nombres. Al menos dos. Y eso es una pista.

–¿Pista para qué?

–Para saber que no eres lo que pretendes ser –afirmó él.

–¿Y quién soy? –preguntó ella con dureza.

–¿Te importa?

–Claro que me importa que hayas fisgoneado en mi tarjeta.

–No es eso. Te importa mi descubrimiento.

–No has descubierto nada –le espetó.

–¿Tú crees? He descubierto muchas cosas.

–¿Como qué, por ejemplo? –preguntó con incertidumbre

–Como que te proteges como si alguien te siguiera la pista. Como que no te gusta que te tomen de la mano. Como que cuando te ríes tu rostro se transforma –concluyó con suavidad al tiempo que le tocaba el labio inferior, sin poder evitarlo. Con el pulso atropellado, Jemima tragó saliva–. Como que deseo conocerte de verdad.

Ella lo miró en silencio.

Niall le devolvió la mirada. Jemima pensó que él no tenía derecho a expresar con esa mirada tanta seriedad e interés. Era un vagabundo de las playas que vivía burlando a los casinos. Estaba loca si pensaba que se podía confiar en él, ni siquiera por un momento.

–Yo...

–No te marches mañana. Quédate en Pirate's Point. Démonos una oportunidad.

Ella no dijo nada porque podía ser otra trampa. Sin embargo, sabía que iba a arriesgarse.

–Lo pensaré –murmuró.

Pero ya estaba segura de que se quedaría.

A la mañana siguiente tras desayunar, sacó un poco de fruta de la mesa y se encaminó a la playa. Ya había algunas personas bañándose pero comprobó complacida que nadie le prestaba atención.

Terminó de comer el trozo de piña y miró el mar con anhelo. Tenía que comprarse un bañador. Así que decidió volver al hotel.

Al estaba en recepción y la miró sonriendo.

–Hola. ¿Ha dormido bien?

–Como un tronco. ¿Algún mensaje para mí?

–No.

Jemima suspiró con satisfacción.

–¿Quiere llamar a sus familiares para decirles que está bien?

–No lo había pensado. Sí. Tiene razón. ¿Hay algún café cibernético en la ciudad?

—Si quiere acceder a su correo electrónico puede utilizar el ordenador de la oficina. Le doy una tarjeta y la cargo a su cuenta.

—Muy bien —dijo ella al tiempo que miraba al vestíbulo—. ¿No habrá una boutique aquí? Quería comprar un bañador. Pero las tiendas de Londres y las del aeropuerto de Barbados estaban cerradas. Y aquí...

Al le tendió una tarjeta mientras le indicaba una puerta discretamente oculta tras una palmera.

—No hay boutique, lo siento. Tendrá que ir a la ciudad. A la hora del desayuno Niall comentó que la iba a llevar.

—¿Qué?

Al se echó a reír.

—¿No se lo dijo? Mire, aquí viene.

—Maravillosa mañana —saludó Niall de buen humor cuando llegó hasta ellos—. ¿Lista para partir?

Llevaba unas bermudas que dejaban ver unas piernas musculosas y bronceadas, lo mismo que el pecho cubierto de vello. Jemima desvió la mirada.

—No recuerdo haber aceptado una cita.

—Dijiste que pasarías el día conmigo. No puedes arrepentirte ahora.

—Claro que puedo —replicó ella sin pensarlo dos veces. «Dignidad, Jemima. A este hombre hay que ponerlo en su lugar, pero sin agredirlo», pensó—. Quiero decir que no es conveniente.

—¿Por qué de pronto no es conveniente? No tienes nada que hacer. Ayer dijiste que pensabas marcharte.

—Necesito enviar unos cuantos correos electrónicos. No sé cuánto tardaré. Por lo demás, cuando acepté que nos viéramos hoy pensé que nos quedaríamos en Pirate's Point. No esperaba un tour misterioso.

Ambos hombres guardaron silencio.

Jemima se alejó con una sonrisa de satisfacción.

La oficina resultó ser un pequeño centro de negocios. Había ordenador, fax, impresora, una estantería con guías telefónicas internacionales y cuatro relojes en la pared que indicaban las horas del mundo.

Jemima se instaló ante el ordenador para acceder a su correo electrónico.

La agencia estaba aterrada. ¿Dónde se había metido? ¿Por qué no había llamado? ¿No había olvidado la reunión del próximo miércoles en el Dorchester, verdad?

Con remordimientos de conciencia, Jemima respondió que no lo había olvidado y les envió las señas del hotel.

Utilizadlas sólo en caso de absoluta necesidad. Estoy muy bien y muy relajada.

Escribió.

Pepper quería saber si no le importaría que su traje de dama de honor fuera de color rosa.

Vísteme de rosa y renuncio ahora mismo.

Respondió Jemima.

Y había uno de Izzy. Se sentía inmensamente feliz y enamorada. De hecho no creía poder esperar hasta el otoño para casarse y no quería separarse de Dom. Si conseguían una fecha, ¿no le importaría ser dama de honor dos veces en un mes?

La felicidad de su hermana la hacía feliz también, aunque no pudo evitar la fría sensación de soledad que se apoderó de ella al leer el mensaje de Izzy. ¿Y qué más daba si decidía casarse ese mes o en agosto? Un día, y muy pronto, se marcharía del apartamento que compartían para irse a vivir junto a Dom y más tarde criar a unos pequeños exploradores del Ártico.

Mientras no me pidas que me vista de rosa, estoy dispuesta a todo.

Escribió después de pensarlo un rato.

También había mensajes de Basil que no leyó.

Los otros mensajes podrían haber esperado, pero quería dar tiempo a Niall para que se marchara. Así que envió mensajes a un fotógrafo, a una organización benéfica y a un par de periodistas. Luego los copió para Abby, y los envió a la empresa de relaciones públicas.

Mira cómo intento ser amable con la gente. Nos veremos a mi vuelta. Besos, J.

Después de todo eso, no había más razones para quedarse en la oficina.

Tras dejar todo en orden, salió al vestíbulo sigilosamente.

Niall todavía estaba allí, apoyado en el escritorio y charlando con Al.

Jemima se ocultó detrás de la palmera, con la esperanza de que Niall acabara la conversación y se marchara.

–¿Qué hacías anoche meditando tristemente en la oscuridad? –preguntó Al.

Jemima se puso tensa. ¿Los habían visto paseando en la oscuridad?

–Ah, los ojos del mundo estaban puestos sobre mí –rió Niall.

–Nunca he sabido que desperdicies tu tiempo de juego sentado en el muelle a la luz de la luna. Y además que lo hagas solo. ¿Es que ella te rechazó?

–Bueno, es hora de marcharme –dijo Niall al tiempo que consultaba su reloj.

Al ignoró sus palabras.

–Lo hizo, ¿no es cierto?

–Deberías intentar ocuparte de tus propios asuntos, Al.

–Vaya. Te llevaste de juerga a la mocosa de la mochila pero ella no quedó deslumbrada. Es la primera vez que te pasa. Estás acostumbrado a hacer lo que quieres y siempre sales impune.

Jemima parpadeó. ¡La mocosa de la mochila! ¿Así la llamaban? La rabia empezó a invadirla.

¿Al pensaba que Niall era un seductor? Bueno, a ella habían intentado seducirla los mejores. Él tendría que trabajar mucho para alcanzar su nivel. Se lo debía a sí misma por propio respeto. Y por la mitad de las mujeres del Caribe, al parecer.

Jemima salió de su escondite de detrás de la palmera y se aproximó al escritorio con los ojos brillantes y una sonrisa irónica.

–¡Qué bien! Todavía estás aquí. He cambiado de opinión. Después de todo, puedes llevarme al pueblo.

Niall no era estúpido. Alzó una ceja con expresión desconfiada. Tampoco era cobarde. De hecho, Jemima sospechó que entre ellos se había entablado un duelo bastante primitivo y que estaba decidido a ganar.

–Es mi día de suerte –manifestó Niall con seriedad.

–Todo lo que necesito es que me lleves al pueblo.

–Entonces debería estar agradecido por ello –dijo él, pero su tono no era de agradecimiento. Más bien sonaba divertido, intrigado y un poco resentido.

Más tarde, la dejó en la plaza del mercado en Queen's Town cuando ella se lo pidió.

–Estaré en el muelle por si cambias de parecer.

–Bien –dijo Jemima, sin la menor convicción.

Luego bajó del vehículo y cerró la puerta de golpe. Casi había esperado que Niall intentara persuadirla.

Pero no lo hizo. En cambió alzó una mano en señal de adiós, se puso las gafas de sol y arrancó el vehículo rápidamente.

Queen's Town resultó ser tan pequeño como el aeropuerto. En la plaza principal había un par de destartaladas construcciones del siglo XVIII con hermosos balcones forjados. Todas las tiendas estaban muy bien provistas, pero no había nada que le quedara bien a Jemima.

Al fin renunció a la búsqueda. A pesar de sí misma, o quizá llevada por un oculto deseo, fue a pasear por el puerto.

Hacía mucho calor y el aroma de exóticas frutas, pan caliente y café perfumaban el aire. Había mucha gente, aunque nadie se apresuraba.

Las barcas estaban descargando. Jemima vio peces de todos los colores, cestas llenas de grandes tomates, mazorcas doradas y berenjenas de un tono púrpura, entre otras hortalizas.

La joven suspiró de placer mientras compraba un café a un vendedor ambulante, feliz de que le pagaran en dólares. Luego se apoyó en el rompeolas y se quedó contemplando las pequeñas embarcaciones que empezaban a descargar sus mercancías. La piedra estaba caliente, como el aire salino contra su cara.

De pronto oyó su nombre y alzó la vista.

Niall estaba de pie en la cubierta de una embarcación atracada junto a unos escalones de piedra gris. Se había puesto las gafas de sol en la cabeza. Sus miradas se encontraron. Al parecer el duelo entre ellos todavía continuaba sin que ninguno de los dos supiera cómo iba a acabar.

Jemima se dirigió hacia él sin decidir si era bueno o no.

Niall se había quitado la camisa y su piel brillaba a la luz del sol.

Jemima tragó saliva.

—Hola.

—¿Me vas a dar otra oportunidad, después de todo?

Antes de responder, ella trató de aquietar su respiración.

—Depende de lo que me ofrezcas.

Niall saltó del barco al pavimento.

—Hablemos sobre eso.

Jemima se puso tensa, pero él no la tocó. En cambio se puso frente a ella buscando sus ojos, como si realmente no creyera lo que había dicho o que estuviera allí.

De pronto ella deseó intensamente haber sido sincera con él.

—¿Qué te parece pasar el día en una isla desierta?

—¿Qué?

Él se echó a reír. Era maravilloso cuando se reía.

—Déjame enseñarte una auténtica isla deshabitada. Queda a dos horas de navegación. Iremos sin tripulación. Los dos solos. Yo me encargo de todo.

¿Un día a solas con él en medio del Caribe? ¿Podía confiar en él? ¿Podía confiar en sí misma?

De pronto oyó la voz de Madame en su mente. «No tienes vida. No sales con nadie a menos que sea por motivos profesionales». «No tengo vida propia, ¿eh? Yo se lo voy a demostrar. Y también a este pirata renegado», pensó de pronto.

Jemima echó la cabeza hacia atrás.

—Si puedo encontrar un bañador, entonces soy toda tuya —dijo con una brillante sonrisa.

Él alzó una ceja.

—Yo voy a encontrar un bañador para ti. Y que empiece la aventura —anunció con una reverencia.

—De acuerdo. ¿Dónde? He encontrado crema para el sol y un sombrero. Pero todos los bañadores me quedaban grandes.

—Confía en mí. Lo encontraremos.

Niall la agarró de la mano y se precipitó al mercado. Luego la llevó a un puesto lleno de prendas de colores.

—Éste —dijo casi de inmediato al tiempo que sacaba un bikini de color turquesa de entre un montón de ropa.

Jemima parpadeó. Los últimos bikinis que se había puesto eran de un gran diseñador. De pronto se echó a reír. ¡Jemima Dare con un bikini de veinte dólares que seguramente no podría usar más de dos veces!

—Me quedo con éste —dijo.

Era el mismo modelo, pero de una talla diferente.

Niall lo pagó rápidamente mientras ella buscaba dinero en su bolso.

Luego descubrió que Niall le había comprado un sarong de color lapislázuli y azul marino y un par de pantalones cortos muy prácticos.

—No has debido hacerlo —dijo ella como una adolescente con su primer novio—. Nadie me ha comprado ropa desde que era una niña.

—Entonces disfruta de la nueva experiencia —sugirió Niall, con ligereza.

—Si vamos a estar todo el día al sol voy a necesitar más crema.

Niall le indicó un puesto y la dejó sola.

Su marca registrada era una palidez etérea. No podía volver a Londres con la piel bronceada. La próxima semana tendría una sesión fotográfica.

Pero ese día iba a ser todo suyo.

Más tarde compró una crema hidratante y unas enormes gafas de sol. Cuando se reunió con Niall en el muelle vio que llevaba unas grandes bolsas.

—¿Comida para una semana? —preguntó cuando estuvieron en la embarcación.

—No te preocupes. Debo volver al atardecer. No olvides que trabajo de noche.

—¿Qué es todo eso?

—Es la merienda y cosas que puedes necesitar.

—¿Yo? ¿Otro regalo?

—Aquí las tienes —dijo al tiempo que sacaba unas sandalias negras de goma de una bolsa.

—¿Para qué diablos...?

—Erizos de mar —explicó Niall—. Son unos animalitos con espinas, muy antipáticos. No debes andar descalza por la playa. Están en todas partes y puedes pisarlos. Eso produce mucho dolor y a veces una infección en el pie —añadió al ver su cara de asombro—. Así que póntelas para caminar, incluso para nadar.

—Gracias.

—Es un placer para mí —dijo con una sonrisa.

«Es irresistible», pensó Jemima.

Niall sacó del puerto la pequeña embarcación a vela con mano experta. Cuando se encontraron en mar abierto fue a sentarse junto a Jemima.

—Fantástico, ¿verdad? —preguntó con la cara al sol.

La brisa le alborotaba los cabellos oscuros.

—¿Sales a navegar regularmente? —preguntó ella.

Él se levantó para ajustar la vela y luego miró el mástil con los ojos entornados.

—¿Regularmente? Ahora casi no lo hago. Cuando era niño siempre salíamos a navegar. Aprendí cuando los otros chicos montaban en su primera bicicleta.

Jemima observó cómo se adaptaba al movimiento de la embarcación y no se sorprendió. Niall orientó la vela y luego volvió a sentarse junto a ella con un brazo tocando casualmente su espalda.

Jemima se inclinó hacia delante.

—¿Naciste en Pentecost?

Niall pareció no entender la pregunta al principio.

—¿En la isla? No. ¿Qué te hace pensarlo?

Ella miró la pequeña cubierta.

—Tu embarcación.

—Ah, eso. No es mía. La he pedido prestada. Ya no tengo una embarcación. Ni en Pentecost ni en ninguna parte.

¿Había una nota de pesar en su voz?

—¿Por qué no? ¿Es muy cara?

Él se encogió de hombros.

—Supongo que por un estilo de vida. Paso mucho tiempo viajando.

—¿Tú elegiste este tipo de vida nómada?

Niall escrutó el océano.

—De alguna manera. ¿Quieres conocer la historia completa de mi vida escandalosa? —preguntó al ver que ella callaba.

«¡Sí!», pensó ella. Pero el duelo continuaba. Así que se encogió de hombros como si no le importara.

—Si quieres...

—De acuerdo, entonces. Me escapé de casa cuando tenía diecisiete años.

Por alguna razón ella se sintió conmocionada.

—¿Te escapaste? ¿Te trataban mal?

Niall dejó escapar una risita.

—No me tenían fregando el suelo, si te refieres a eso. Un día tuve una violenta discusión con mi madrastra de turno. Y mi hermano pensaba que me podía tener atado. Les dije a ambos que se fueran al infierno. Robé un poco de dinero que había en la cocina y me marché.

Jemima frunció el ceño. Esa familia no se parecía a ninguna que ella hubiera conocido.

—¿Y tu padre?

—Estaba fuera tramitando otro divorcio. Aunque entonces ninguno de nosotros lo sabía. No me mires tan horrorizada. Éramos una familia que no funcionaba —comentó riendo.

—Al parecer estabas mejor sin ellos.

—Me llevé bastante bien con una o dos madrastras. Aunque mi hermano era un completo bastardo. Se parecía mucho a mi padre en algunas cosas. Oye —añadió al tiempo que le alzaba la barbilla. Jemima intentó reprimir las lágrimas—. No te pongas triste. Eso sucedió hace mucho tiempo.

—No estoy triste —mintió ella—. Es que yo quiero mucho a mis padres y tengo una hermana formidable. Pienso que es una pena que las familias se odien. Supongo que no los has vuelto a ver.

—Hace más de quince años que no voy a casa —dijo alegremente—. Mi padre murió, y mi hermano, bueno, ¿has oído hablar de la costumbre inglesa de tener un hijo heredero y otro de recambio? Él siempre prefirió a mi hermano.

—¿Qué?

—Verás, si alguien quería dejar sus bienes a sus descendientes, solía tener un hijo que lo heredaría todo y luego tenía otro como una póliza de seguro, por si el primero contraía una enfermedad. Bueno, yo soy el hijo de repuesto.

—¿Por eso te convertiste en un jugador profesional? ¿Para contrariar a tu familia?

—He nacido para jugar —aseguró solemnemente—. Tengo una memoria fotográfica y soy un as para los números.

—¿Nunca has deseado hacer otra cosa?

—Algún día tal vez.

En un momento dado, un golpe de viento se llevó el sombrero de Jemima.

—¡Maldición! Me he quedado sin sombrero.

—Te equivocas. —dijo Niall al tiempo que desaparecía por la escalerilla.

Al poco tiempo volvió a aparecer con un sombrero de paja bastante destartalado.

—No lo pierdas. Es el sombrero de la abuela de Ellie. Lo usaba para trabajar en el jardín. Se lo pedí esta mañana porque ibas a necesitarlo. En estas latitudes el sol es muy intenso.

—Gracias —dijo mientras se lo ponía sobre los alborotados cabellos—. Parece que vienes mucho a esta isla, aunque no vivas aquí.

—Voy a todos los lugares donde haya una mesa de *blackjack*. Desde Las Vegas a Londres. Desde Nueva York a Mónaco.

—Yo vivo en Londres —comentó Jemima, como de pasada.

—Creía que eras otra nómada.

—¿Yo? ¿Por qué?

—Viajas sola, con un mínimo de equipaje. No te molestas en reservar una habitación de hotel. Y no te gusta que te lleven el bolso de viaje. Como si cargaras con algo muy valioso para ti.

—No, nada de eso.

—¿Entonces no has venido a Pentecost por un motivo de trabajo?

Ella se echó a reír.

–Muy lejos de eso. Supongo que me he escapado, como tú.

–¿Te has escapado? –preguntó como si no la creyera.

–Sí –admitió ella finalmente–. Había algo que no podía solucionar y huí.

–¿Pero vives en Londres? Posiblemente allí tienes un trabajo estable.

–Sí, muy estable –dijo disimulando una sonrisa.

–¿Me quieres decir qué significa esa sonrisa disimulada?

–Eres muy agudo.

–Soy un experto en lenguaje corporal.

Toda la diversión desapareció de los ojos de Jemima.

–¿Puedes leer en mí? –preguntó muy inquieta.

–Hasta cierto punto.

Jemima se dio cuenta de que no le sacaría más información, así que se quitó las sandalias, se ajustó más el sombrero y se dedicó a disfrutar del paisaje. Una suave y deliciosa brisa le refrescaba la piel. Muy alto, en el cielo azul, los pájaros volaban majestuosamente.

–Es como un sueño –comentó ella mientras se estiraba con gran placer.

Niall estaba ocupado con el timón, pero la miró con una sonrisa.

–Con una isla solitaria esperándonos. Sin gente, sin edificios, sin electricidad. Sólo nosotros y los elementos. Desde luego que eso significa que tendremos que hacer fuego y proveernos de ciertos alimentos...

–No me importa. Puedo hacerlo. Por un día en el Paraíso puedo hacer cualquier cosa.

De pronto vio que llegaban a un puerto natural. El agua era cristalina.

Niall arrió las velas y se dejó llevar por la corriente.

Al principio Jemima vio grandes árboles oscuros y luego una playa sombreada.

—Es un manglar. Hay un arroyo que llega hasta el mar. Allí podremos conseguir agua fresca —dijo al tiempo que dirigía la proa hacia un lugar protegido entre las rocas y dejaba caer el ancla. Luego saltó al agua y se volvió para ayudar a Jemima.

Pero ella ya había saltado tras él. El agua le cubría los muslos y Niall la sostuvo con firmeza mientras ella contemplaba la playa.

Había una avenida de palmeras, las ramas eran como grandes abanicos y la arena, muy suave, llegaba hasta donde empezaba la maleza.

Por alguna razón, Jemima sintió que se le llenaban los ojos de lágrimas y sacudió la cabeza con impaciencia.

Niall la miró atentamente y luego, con toda suavidad, le despejó un mechón de cabello de la cara.

Ella se quedó inmóvil, como en un sueño. Confusa y, de alguna manera, increíblemente tímida.

La mano le rodeaba la cara, los ojos oscuros buscaban su mirada sin el menor vestigio de burla.

—Tendrás tu día en el Paraíso. Confía en mí —dijo Niall suavemente.

TOMADOS de la mano fueron riendo y chapoteando por el agua hasta llegar a la playa.

Por un momento, Jemima pensó en Izzy y Dom, en sus padres. Tomarse de la mano significaba «te quiero, estamos juntos». Bueno, al menos para los demás.

Pero Niall Blackthorne era un desconocido. Y no la amaba. Pensaba que ella era sexy y divertida. Y deseó no serlo.

Bueno, en ese momento no valía la pena pensar. El lugar era mágico y el hombre, maravilloso.

–¡Las primeras huellas! –exclamó alegremente–. Puedo resistirlo.

Luego se puso a bailar, riéndose de Niall. Él le soltó la mano.

Bajo los pies descalzos sentía la arena ardiente y echó a correr. Finalmente se tumbó en el suelo bajo la rama de un árbol, al borde de la playa, y volvió la vista atrás. Niall la miraba riendo y le hizo un gesto de saludo burlón.

–Podrías entrenar a un equipo de rugby –comentó cuando estuvo a su lado.

–Lo tomaré como un cumplido –dijo ella con una sonrisa.

De pronto se dio cuenta de que Niall llevaba una bolsa.

—¿Qué contiene?

—Cerveza...

—Es una idea muy masculina de la merienda ideal.

—Y tu bikini. Y el tubo de respiración para bucear, y...

—¿Qué es eso, por el amor de Dios? —inquirió Jemima, ahogada.

—Un machete —respondió con calma.

—¿Tienes un machete? —casi chilló.

—No, me lo ha prestado Al. Pero sé usarlo, no te preocupes.

Ella se dejó caer en la arena.

—Estoy a solas con un asesino —proclamó en tono dramático, mirando al cielo.

—Este objeto sólo mata mangos y frutos del pan.

—Me vas a raptar y vas a convertirme en un pirata como tú. Y nunca más veré a mi familia —anunció, divertida, al tiempo que lo miraba con una expresión trágica.

—Para ser un buen pirata tienes que tener talento y ser realmente una chica mala —dijo mientras le tendía el bikini.

—Toda mi vida he sido una chica buena —declaró, desilusionada.

Niall alzó la vista hacia ella. Sus ojos brillaban.

Y antes de que ella pudiera respirar o decir una palabra, se inclinó y la besó.

Fue un beso intenso y rápido. Un beso que podía haber sido medio en broma, como parte del juego del pirata.

Pero Jemima sabía que no lo era, por más que Niall hubiera vuelto de inmediato su atención a la bolsa sin decir una palabra. Ella todavía podía sentir en los labios la presión de su boca, más elocuente que cualquier palabra.

Sí, lo sabía. ¿Pero sabía qué quería hacer? No, por el momento.

Más serena, Jemima se sentó y le ayudó a sacar las cosas de la bolsa.

—Las sandalias —dijo Niall al tiempo que se las tendía—. Póntelas. Si pisas un erizo te advierto que el médico está muy lejos.

Ella no discutió.

—Gracias —dijo mientras se las ponía.

Jemima no quería que volviera a tocarla, no mientras se encontrara sumida en tal torbellino de emociones. Y él no lo hizo.

—Vamos a visitar nuestra isla —dijo Niall en cambio.

Ella se puso de pie, aliviada.

—¿Entonces has estado antes aquí?

—Sí. Lo siento. Ha habido otras huellas de pisadas antes que las tuyas.

—¿Pero la isla está deshabitada?

—Sí. Ningún McDonalds a la vista. Nosotros buscaremos la comida. Y es mejor hacerlo ahora —dijo en tanto sacaba un bidón de la bolsa—. Para el agua fresca. No espero que mis acompañantes beban sólo cerveza caliente.

¡Sus acompañantes! Jemima recordó la divertida acusación de Al: «Haces lo que quieres y siempre sales impune». ¡Era un conquistador! «Ten cuidado», dijo Jemima a su trémulo corazón mientras lo seguía con el ceño fruncido. Pero Niall no pareció darse cuenta.

Se notaba a las claras que Niall conocía bien la isla.

—A la vuelta cortaremos algunos —dijo mientras indicaba un árbol de mango que se encontraba cerca de la playa.

—¿Hay un arroyo cerca? —preguntó Jemima.

—Tienes buen oído. Sí —comentó Niall en tono impersonal.

—¿Sacaremos agua de allí?

—Un poco más arriba, donde el agua surge de las rocas. Aquí hay mucho lodo.

—No me había dado cuenta de que el camino era tan empinado —comentó, intentando ocultar su dificultad para respirar—. Ni de que había tantos árboles.

Niall no se detuvo, pero fue más despacio.

—Esto tendría que ser una selva, sólo que subió el nivel del mar y lo inundó todo, menos las partes altas. Los lugareños dicen que los demonios de la jungla viven allí.

—Pensé que eras sólo un visitante, pero más pareces un residente.

Él se encogió de hombros.

—Me gusta conocer los lugares donde me encuentro.

—¿Algo así como marcar tu propio territorio?

Niall se echó a reír.

—Eres muy perspicaz.

—¿Viajas todo el tiempo de casino en casino? ¿No tienes casa? ¿En ninguna parte? —preguntó con curiosidad.

—Realmente no.

—¿Pero dónde guardas tus libros y tu música?

Niall sonrió.

—Compro libros en los aeropuertos y los dejo en la habitación de los hoteles. Tengo un walkman y cinco discos compactos. Por naturaleza no me gusta anidar.

–¿Pero dónde te envían las cartas?

–Para eso están los correos electrónicos.

–¿Y tus regalos de cumpleaños? –preguntó en tono triunfal.

–Nadie me envía regalos –comentó con indiferencia.

Jemima se quedó sinceramente consternada.

–Eso es terrible.

–No, no lo es. No me gusta acumular objetos inútiles y perdería mucho tiempo enviando cartas de agradecimiento. Por lo demás, nadie espera un regalo de mi parte.

La crudeza de sus palabras la dejó en silencio.

De pronto, Niall se detuvo ante un árbol y miró hacia las ramas.

–Fruto del pan. Quédate quieta. Ahora verás las maravillas que hace un machete –anunció al tiempo que cortaba un fruto del tamaño de un balón de fútbol. Luego lo olió.

–Demasiado maduro. Pero se puede cocinar. De todos modos será una experiencia para ti.

–Una de tantas –murmuró Jemima.

Niall no respondió. Sacó una bolsa de red del bolsillo, metió la fruta y se la colgó del hombro. Luego empezaron a descender hasta llegar a una pequeña caída de agua. Niall puso el bidón bajo el chorro.

Mientras tanto Jemima miraba y escuchaba.

El agua caía borbotando de entre unas piedras como granito. El aire llevaba a sus oídos carreras precipitadas de pequeños animales, chillidos y trinos. Olía a vegetación y a algo denso y dulce como el perfume de las lilas. Todo estaba quieto, todo era extraño.

Instintivamente se acercó a Niall, que en ese momento enroscaba la tapa del bidón. Él la miró.

–¿Todo bien?

–Este lugar... me hace sentir muy pequeña –balbuceó intentando traducir su inquietud en palabras.

–Te sentirás segura mientras permanezcas en el sendero.

–Supongo que sí.

Niall se puso de pie.

–Yo te cuidaré –dijo en tono amable, pero impersonal.

De pronto Jemima ya no lo quiso impersonal. Lo quiso interesado, protector y...

«Pirata. Admítelo, Jemima». Quiso que el pirata la tomara en sus brazos y la llevara a bordo de su barco. «Eso es lo que andas buscando. ¡Qué idiota eres!».

Jemima tragó saliva.

–Desde luego que lo harás. Por un momento me sentí insegura. Pero ahora estoy bien.

Bajaron hacia la playa y cuando reconocieron su pequeño árbol y el espacio sombreado bajo las ramas, ella casi echó a correr.

–Quiero nadar.

De espaldas a él, Jemima se puso el bikini y corrió al mar como si la persiguieran todos los demonios de la jungla.

Casi pensó que Niall la seguiría. Pero no lo hizo. Pronto olvidó sus equívocos sentimientos al sentir el placer de nadar en un mar de cálidas aguas sedosas.

Siempre había sido una buena nadadora y las claras y tranquilas aguas no le exigieron ningún esfuerzo.

Nadó lentamente un buen rato y poco a poco su agitación se calmó.

Niall Blackthorne era un desconocido muy sexy que ella no sabía interpretar bien, eso era todo. No tenía por qué sentir que todo su mundo se trastocaba. Si volvía a tocarla podría manejar la situación, y también si no lo hacía.

Nadaba atenta a la distancia que la separaba de la playa. A veces Niall le hacía señas con la mano. Pero no se unió a ella.

Más tarde, tuvo que admitir que estaba cansada. Nadó hacia la playa con lentas brazadas hasta llegar a la orilla.

Pronto descubrió que Niall había hecho un fuego y que reposaba bajo la sombra del árbol con la cabeza apoyada en la camisa.

Jemima apartó la mirada del pecho desnudo.

—Enhorabuena. Has hecho un buen fuego. ¿Para qué lo necesitamos?

—Para una barbacoa. Cuando tengas hambre iré a pescar.

Jemima sacudió la cabeza.

—Definitivamente, no. He estado nadando con esos peces. Son mis amigos.

Se produjo un silencio incrédulo y luego Niall se echó a reír.

—También he traído comida del mercado —dijo cuando se hubo calmado.

La comida consistió en una deliciosa lechuga, aguacates, tomates, pollo frío y plátanos. Jemima comió y bebió el agua fresca del bidón con gran placer.

—Maravilloso, aunque es una pena haber desperdiciado tu fuego. Lo siento.

Niall estaba sentado con las piernas cruzadas, todo vitalidad y piel bronceada. Encogió sus fuertes hombros y Jemima contuvo el aliento.

—No te preocupes. Alguien vendrá por aquí y podrá utilizarlo.

–¿Te refieres a alguien menos remilgado que yo?

–Me gusta que seas así.

–Piensas que soy terriblemente aniñada, ¿verdad?

Los ojos de Niall se oscurecieron mientras negaba con la cabeza.

–No querrás saber lo que pienso.

–Vamos, puedo soportarlo.

–¿Estás segura?

Sus miradas se enlazaron. Ella no pudo apartar los ojos y sintió que sus defensas se desmoronaban. Las defensas contra él, contra sí misma, todo se volvió líquido y fluyó hasta llegar a las aguas soleadas del gran océano que veía detrás de la cabeza de Niall. Toda su armadura se disolvió, la burla hacia sí misma, las bromas, las risas defensivas. Y lo último que desapareció fue su actitud sofisticada. Quedó desnuda y desconcertada. Y vulnerable.

Y entonces, Niall la estrechó entre sus brazos.

Fue como salir del mundo. La cabeza de Jemima cayó hacia atrás. Tenía los ojos cerrados, como si el aire fuera demasiado brillante para ellos. Fue consciente de cada átomo de su cuerpo tembloroso y del calor que lo invadía. Calor y la sensación del poder físico de ambos. Luego puso las manos en los hombros de Niall y sintió la electricidad que surgía de él.

«Ha perdido el control. Ya somos dos», pensó.

Ambos cayeron en la arena, estrechamente enlazados, sin aliento. Ella oyó los latidos del corazón de Niall que parecían palpitar en su propio cuerpo. ¿Cómo un simple beso podía ser algo tan grande?

Sólo que no era un simple beso. Era un viaje hacia las galaxias más lejanas.

Niall se apartó un poco y sacudió la cabeza con una pequeña risa. Parecía tan asombrado como ella.

—¡Vaya! —fue todo lo que pudo decir.

Pero Jemima comprendió el significado de esa exclamación. Para ella significaba lo mismo. Pudo sentir que también sonreía. Todo era enteramente nuevo. Y maravilloso.

—¡Vaya! —dijo riendo con placer.

Él tocó sus labios. Su brazo bronceado estaba cubierto por una fina capa de arena. Ella lo recorrió con los dedos, apenas rozando su piel.

—Estás frío.

Niall se estremeció bajo su contacto. Pero el tono risueño de su voz era el mismo que ella reconocería desde el fondo del corazón durante el resto de su vida.

—No siento frío —afirmó Niall.

—Es cierto —dijo divertida al tiempo que le lanzaba un beso.

Los ojos de Niall se oscurecieron y volvió a estrecharla entre sus brazos. Y entonces fue ella quien lo besó. Ambos estaban estrechamente abrazados, cubiertos de sudor, arena y sal marina, pero daba lo mismo. Jemima lo deseaba. Lo necesitaba como nunca había necesitado nada ni a nadie.

Y era un sentimiento mutuo. Incluso fuera de control y hambrienta de él, ella lo supo. El cuerpo de Niall se lo dijo.

Él alzó la cabeza.

—Volvamos a la barca.

En su frenesí, Jemima no estuvo segura de haberlo oído bien.

—¿Qué?

—A la barca. Ahora.

Jemima no podía creer ni por un segundo que él considerara la idea de no tocarla.

–Seguro que no quieres volver.

–Jay Jay –gimió Niall, al tiempo que le tomaba las manos–. Quiero hacer el amor contigo. Eso significa protección, nada de arena, incluso un cojín. Déjame cuidarte, Jay Jay. Necesito hacerlo.

Ella sintió una inmensa ternura y le acarició suavemente la cara. Niall temblaba.

–Sí –dijo simplemente.

Ambos corrieron hacia la embarcación tomados de la mano. «Esta vez sí que es real», pensó Jemima.

En la cubierta, se quitaron la arena mutuamente con grave ceremonia. Niall llevó unos cojines y los puso lejos del sol. Luego, mientras la besaba, le quitó el bikini. Ella tuvo más dificultad con las bermudas de Niall. Luego ambos se sumieron en el océano del amor.

Más tarde, reposó entre los brazos de Niall, con los cuerpos estrechamente unidos, como nunca había estado en su vida. Y se sintió completa.

–Asombroso –dijo, soñolienta.

Le pareció que Niall besaba sus hermosos cabellos cobrizos, que nunca habían tenido peor aspecto. Estaban húmedos, enmarañados y llenos de arena. ¡Y él los besaba!

–Ésta es una experiencia nueva –murmuró al borde del sueño.

Y se durmió sintiéndose amada.

Jemima se despertó con el aroma del café y se sentó frotándose los ojos. Miró a su alrededor. El sol se había movido y el cielo había cambiado. Había unas cuantas nubes en el horizonte.

Niall asomó la cabeza por la escotilla.

–¿Ya estás despierta?

Jemima volvió la cabeza. Él le sonreía.

Fue como tomar el primer desayuno juntos. Fue como estar en una luna de miel tradicional.

Ella alargó una mano hacia él.

Él se la besó, inconsciente de su gesto. Como si fuera lo más natural del mundo. Como si él también la amara.

—¿Café?

—Mmm.

Niall, vestido con las bermudas, llevó dos jarritas de fragante café a la cubierta, se tendió junto a ella y tomaron café en perfecta armonía.

—Creo que me gustan los barcos de vela —comentó ella, con voz soñadora.

—Una vez me embarqué en un barco bananero.

—¿Eso fue cuando te escapaste de casa ?

—Sí.

—Cuéntame.

—De acuerdo. No fue nada muy especial. Tuve una gran discusión con mi padre. Quería enviarme al ejército. Yo quería ir a la universidad y estudiar matemáticas. Se me dan muy bien.

—¿No podía pagarte los estudios?

—Sí podía, por eso no pude conseguir una beca. Gastaba mucho dinero. Se le iba de las manos como el agua, pero habría podido pagarme la carrera. Simplemente no quiso hacerlo. Él y mi hermano no tenían estudios superiores, ¿así que por qué habría de tenerlos yo? Los hijos menores debían limitarse a obedecer.

Jemima estaba indignada.

—Bastardo.

Niall la abrazó.

—Entonces mi vida era un desastre. Aunque los desastres también pueden ser una oportunidad. Se me daban bien los números y había estado en un par de casinos durante unas vacaciones. Pensé que podía viajar por el mundo como crupier. Incluso tenía el esmoquin. Mi padre siempre desembolsaba dinero para algo que a él le parecía importante.

—¿Y cómo pasaste de crupier a jugador?

—Nunca fui crupier. Era demasiado joven. Así fue como pasé al otro lado de la mesa. Mientras tanto trabajaba en lo que podía para mantenerme. He sido camarero, mensajero, cargador de carne, en fin...

—Y marinero en un carguero de plátanos.

—Ése fue uno de los buenos trabajos.

Ella le besó el cuello.

—Me alegro.

Niall le alzó la barbilla y la besó en los labios con dulzura.

—Gracias por alegrarte.

Ella le devolvió el beso con entusiasmo, hasta que él empezó a recorrer su esbelto cuerpo con las manos.

—Estás ardiendo. ¿Dónde está tu crema?

Ella sacó el tubo del bolso y se la pasó.

—Aquí la tienes.

—Túmbate.

Riendo, Jemima se tendió sobre la sábana que Niall había puesto. Él empezó a ponerle la crema con distraída aplicación.

—¿No has vuelto al hogar desde entonces?

—Define lo que es un hogar.

Ella despertó de su ensueño sensual.

—No hablas en serio.

—Mi padre tuvo dos hijos, tres casas y cinco esposas. Fui al internado cuando tenía cinco años. Pasaba las vacaciones con familiares o con compañeros del colegio. Así que tú dirás – explicó al tiempo que le daba crema en las piernas.

Jemima estaba horrorizada. Se sentó de golpe y lo abrazó con fuerza.

—Lo siento.

—Escucha –dijo Niall apoyando la cabeza en su pecho–. Todo eso me convirtió en el hombre que soy ahora.

—Comprendo.

Niall le acarició una mejilla.

—¿Estás llorando? –preguntó, atónito.

Ella giró la cabeza.

—Por supuesto que no.

Entonces él tomó su cara entre las manos.

—Nunca había llorado nadie por mí. Pero no es necesario, cariño. Lo he hecho bien.

Jemima tragó saliva.

—¿Así que nunca vuelves a tu... casa? ¿A Inglaterra? –preguntó, vacilante.

—Vuélvete. Te pondré crema en la espalda –se limitó a decir Niall. Demonios, había sonado como si quisiera una relación con él. Como si le hubiera dicho: «Ven a Londres y sé mi amor». Eso no era lo que se le decía a un pirata. Posiblemente lo había estropeado todo. Estúpida, estúpida. Jemima se dio la vuelta, contenta de ocultar su sonrojo–. A veces voy a Londres –dijo Niall pensativamente–. Pero sólo he vuelto una vez a una de las casas de mi niñez.

—¿Me lo quieres contar? –pidió ella, con súbita compasión.

Él retornó rápidamente al presente.

—Eres lo más dulce que he encontrado en mi vida.

Jemima se sentó y le quitó el tubo de las manos.

—Cuéntame.

—Tenía veintiocho años. Pensaba que ya lo sabía todo. Había estado en todas partes, había hecho de todo. Nunca me había tomado en serio a una mujer. Y de pronto allí estaba. La mujer posible. La mujer de la que no puedes separarte.

Se produjo un silencio total. «¿Por qué siento como si me hubiera disparado un tiro?», pensó Jemima.

—¿Qué sucedió? —preguntó con mucha suavidad.

—No me aceptó —respondió Niall inexpresivamente.

—Está loca.

—No mucho. Es una mujer hogareña. Yo no he tenido hogar desde los diecisiete años. Y nunca quise tenerlo. Pero Abigail lo deseaba. Quería un hogar como el de su niñez. A las mujeres les gusta el misterio, ¿no? O al menos lo piensan. Bueno, mi Abigail me conoce demasiado bien para pensar que soy un hombre misterioso —dijo con ternura—. Y odiaba la vida errante. Quería gatos, perros y caballos. Y una gran casa donde mantenerlos. Se crió en un lugar así. Estaba hecha para ese tipo de vida. Y yo no podía dárselo, eso es todo. Su elección fue acertada.

«Mi Abigail», pensó Jemima. ¿Diría alguna vez «mi Jay Jay» con ese anhelo en la voz? No, desde luego que no. Ella era un entretenimiento sexual para una tarde tropical. Era una locura pensar otra cosa.

—¡No puedes seguir enamorado de ella! —exclamó Jemima sin poderlo evitar.

Niall se encogió de hombros.

—¿No? Creo que soy hombre de una sola mujer.

Jemima quiso morirse. El dolor le hacía gritar en silencio. Entonces, ¿para qué volver a clavar el cuchillo en la propia herida?

—Tal vez algún día volverás para casarte con ella —dijo con toda calma, a pesar de su dolor.

Niall no respondió de inmediato.

—No es probable —dijo finalmente, sin la menor emoción.

—No te des por vencido —dijo Jemima, con fingido optimismo—. Tal vez con el juego podrías ganar dinero suficiente para comprar una mansión con piscina y un helicóptero. Y todos los caballos que ella desea.

—Pero seguiría siendo el mismo de siempre —respondió Niall con serenidad.

CAPÍTULO 7

TRAS LA conversación, el día se ensombreció
para ella.

Sin embargo, no demostró su dolor ante él. Se
volvió a tumbar ocultando la cara para que no viera
sus ojos demasiado brillantes y le pidió que terminara de aplicarle la crema en la espalda. Mientras
Niall lo hacía, todo el tiempo rió y bromeó con él.

Terminaron por hacer el amor nuevamente. Niall
estuvo apasionado, atento, absorto en ella. Todo lo
que una mujer podía desear. Pero cuando se durmió
sobre su pecho, Jemima contempló las nubes y deseó
estar en cualquier otro lugar del mundo.

Más tarde, se separó de él. Su ropa estaba en la
playa. Se puso la parte inferior del bikini, pero no
pudo encontrar el sujetador, así que se cubrió con una
camisa de Niall que encontró en la pequeña cabina.
Jemima se estremeció al sentir el contacto de la tela
en la piel.

A pesar de las nubes, hacía más calor. La brisa ya
no era fresca. La luz del sol brillaba demasiado. Le
dolían los ojos.

«Debo irme», pensó.

De pronto sintió ese deseo como una necesidad física. Pudo sentirlo en la piel, en los huesos, en la sangre, donde Niall la había tocado. Tenía que huir de él,

estar sola, aunque fuera por un rato. Tenía que encontrar el modo de enfrentarse a esa nueva angustia.

Le dio la espalda a la playa donde había reído, al mar donde había jugado, a la barca donde Niall Blackthorne la había llevado al paraíso.

Jemima echó a correr hasta que de pronto, tras sortear unas rocas con dificultad, se encontró en otra playa de aguas prístinas. Entonces se dedicó a pasear por la orilla del mar.

Así que Niall quería a otra mujer. La amaba de verdad. Bueno, ¿qué le importaba a ella? Sólo hacía treinta y seis horas que lo conocía. Y la mayor parte del tiempo se había peleado con él.

«Vamos, has pasado por cosas peores que ésta. Basil te trató mal y te manipuló hasta hacerte perder la estabilidad emocional. Y venciste. También podrás salir vencedora esta vez».

«Pero Basil no me rompió el corazón». Jemima se paró en seco. ¿Significaba que Niall podía hacerlo? ¿O que ya lo había hecho?

Ridículo. Pero no lo era. Era horriblemente cierto. Jemima cerró los ojos.

De pronto oyó que la llamaban a voces.

Jemima se volvió. Niall se acercaba a ella. Todavía estaba muy lejos para ver su expresión, pero parecía preocupado.

Tras enderezar los hombros, alzó una mano en señal de saludo. Como si le alegrara verlo después del apasionado encuentro amoroso. «Sonríe a la cámara», pensó mientras él se acercaba.

Intentó estudiarlo desapasionadamente, pero al hacerlo sintió que se le secaba la boca. ¿Por qué era tan atractivo? Porque lo era. Y no era la única mujer que reconocía ese hecho.

—Pareces muy seria —comentó él cuando estuvo a su lado.

—Estaba pensando.

—¿Eso es todo? —preguntó al tiempo que la rodeaba con un brazo.

Luego pasearon por la orilla del mar. Jemima apoyó la cabeza en su hombro para ocultar los ojos.

—¿Las has visto? —preguntó con fingida alegría al tiempo que indicaba unas brillantes mariposas que danzaban entre los arbustos.

—Esos arbustos son acacias. Tienen unas espinas como dagas —explicó Niall.

—Eso parece —dijo ella, sin entusiasmo.

Niall se paró en seco y buscó su mirada.

—¿Qué pasa, cariño?

—Nada. Tal vez he tomado demasiado el sol. El ambiente está muy bochornoso, ¿no crees?

Él miró al cielo.

—Probablemente se avecine una tormenta. Tal vez deberíamos volver. O quedarnos aquí a pasar la noche. Y podríamos encender ese fuego, después de todo —sugirió. Jemima no respondió. Niall le apretó los brazos—. ¿Qué te sucede, Jay Jay? —preguntó. Ella tragó saliva mientras negaba con la cabeza, sin poder hablar—. De acuerdo. Volveremos a Pentecost. ¿Estás segura de que eso es lo que quieres? —preguntó Niall con un suspiro.

—Totalmente segura. Tengo que lavarme el pelo. Nunca en la vida me he sentido tan horrible.

Fueron a la primera playa a recoger las cosas y luego se encaminaron a la embarcación. Niall cargaba la pesada bolsa.

—Eres muy fuerte —bromeó ella, con gran esfuerzo.

Niall sonrió, aunque en sus ojos persistía la mirada interrogativa.

Sin embargo, tenía muchas maniobras que hacer en el velero. No tenía tiempo para pedir explicaciones.

El cielo se había oscurecido y soplaba el viento.

Cuando al fin atracaron la embarcación en el muelle, gruesas gotas caían sobre la cubierta.

Más tarde corrieron hacia el vehículo. Pero ya no iban tomados de la mano.

La lluvia pronto se convirtió en una tormenta. Niall conducía concentrado en la cortina de agua que barría el parabrisas.

Cuando llegaron al hotel se detuvo ante el bloque de Jemima. Niall apagó el motor y se volvió hacia ella.

—Dime, Jay Jay. ¿Qué he hecho?

—Me has regalado un día maravilloso —repuso ella, con ligereza—. Gracias. Y ahora me voy a la ducha.

Jemima bajó del vehículo antes de que él pudiera detenerla.

Niall se precipitó al vestíbulo y se puso junto a Al, que se encontraba tras el mostrador de recepción.

—Hola. Ha llegado otro huésped inesperado en el avión de esta mañana —informó Al, complacido.

—Enhorabuena. Enséñame el libro de registros —pidió Niall, cortante.

—¿Por qué?

—Jay Jay Cooper. Quiero ver su registro otra vez.

Al protestó, pero Niall no le hizo caso. Sin ceremonias lo sacó de la silla, se sentó ante el ordenador y accedió a la información que buscaba. Conocía el sistema porque en los primeros tiempos del Pirate's Point había ayudado muchas veces a Al en recepción.

Sí, allí estaba. Tarjeta de crédito: Jemima Dare.

—Dare —leyó Niall con el ceño fruncido—. No aparece el apellido Cooper. ¿Por qué? ¿Está casada? ¿Tal vez huye de su marido?

—¿Todavía no te ha contado nada?

Niall ignoró la pregunta. Abrió una página de Internet y empezó a buscar.

—¿Qué haces?

—Investigar con quién he pasado el día —respondió Niall, furioso—. Vaya, aquí la tenemos.

Jemima Dare. Modelo internacional. En cientos de poses provocativas lo miraba como lo había hecho esa tarde, con aquellos grandes ojos de color ámbar y esa deliciosa boca tentadora con los labios entreabiertos. Niall sintió una punzada de dolor.

Al, que miraba por encima de su hombro, dejó escapar un suave silbido.

—¡Qué diferencia! No parece la misma.

—¿De qué hablas? Parece exactamente la misma sirena que es.

—Bueno.

Al no supo qué más decir. Así que se limitó a darle unos golpecitos en el hombro para expresar su simpatía. Parecía que esa vez el asunto era serio.

—De pronto se quedó muda. Cerrada como una ostra —dijo Niall para sí mismo—. No debí quedarme dormido. Pero, ¿por qué no quiso hablarme?

Al movió la cabeza de un lado a otro.

—¡Mujeres!

—Apuesto a que ahora se marchará.

—Niall, no digas tonterías. Baja a la realidad. Ella es una mujer. Tú eres tú. Verás cómo cambia de idea.

Niall negó con la cabeza.

—No, a menos que pueda conseguir que confíe en mí. Apuesto a que se marchará mañana. Y esta noche me va a evitar como a una plaga. Y no sé por qué —dijo con un puñetazo en la mesa—. Ni un conjuro vudú podrá ayudarme ahora.

—Vudú, ¿eh? Hablaré con Ellie, ahora mismo —anunció Al, con autoridad.

Jemima pasó largo rato bajo la ducha. Se lavó el pelo cuidadosamente con todos los productos que había llevado. Luego se puso rulos. Todo eso le llevó una hora e hizo que se sintiera limpia. Pero no hizo nada contra el dolor que sentía en el corazón.

Se estaba secando el pelo cuando oyó que llamaban a la puerta. «Es él», pensó de inmediato. Se puso la bata del hotel y fue a abrir.

—Estoy muy cansada... —alcanzó a decir.

Pero no era Niall. Era Ellie, su anfitriona.

—Perdóname —dijo al tiempo que entraba como si Jemima la hubiera invitado—. Me pregunto si puedo pedirte un favor.

—Claro —respondió en tono abatido al ver que no era Niall—. ¿De qué se trata?

Según Ellie, una de las huéspedes del hotel la había reconocido.

—Ella tiene razón, ¿no es cierto? ¿Eres Jemima Dare, la modelo? Te he visto en la revista *Elegance*.

—Entonces no intentaré negarlo.

—Verás, me preguntaba si aceptarías ser nuestra invitada de honor en la fiesta de esta noche. Sé que estás de vacaciones y que deseas el anonimato, pero cuando la noticia aparezca en la prensa ya te habrás marchado. Y sería una especie de salvavidas para Pirate's Point. Hemos puesto todos nuestros ahorros en esta empresa. La mitad del hotel está vacío. Y me temo que no tendremos clientes después de Semana Santa, a menos que suceda algo especial.

Jemima se llevó una mano a la cabeza.

—¡Qué mundo más loco!

—¿Qué?

—Piensas que si alguien como yo, que básicamente soy una percha para colgar ropa, se hospeda aquí, hará que la gente desee venir a pasar sus vacaciones en el hotel. ¿No es así?

Ellie la miró desconcertada. La idea de la fiesta había sido una ocurrencia repentina para ayudar a Niall, aunque los invitados eran reales.

—Sí —respondió escuetamente.

Jemima dejó escapar un resoplido resignado.

—De acuerdo. No sé hacer otra cosa mejor, así que mi presencia podría colaborar en la publicidad del hotel. Aunque te advierto que si quieres que me vista con elegancia no podré hacerlo.

A Ellie le costó creer en su buena suerte.

—No te preocupes. Puedes ponerte cualquiera de mis vestidos. Vamos a verlos.

Eso arrancó a Jemima de su indiferencia.

—No debo salir así. Alguien podría reconocerme. Dame cinco minutos.

Al cabo de dos minutos, volvió a la sala con vaqueros y una camisa. Luego, Ellie la llevó en uno de los pequeños coches del hotel a su vivienda particular.

—¿Quiénes asistirán a la fiesta?

—Todos los huéspedes del hotel. También vendrá el ministro de turismo de la isla —informó, aunque no le dijo que era su primo–. Contamos con el editor del *Queen's Town Messenger* y tal vez con el director de la compañía aérea local.

–¿Niall vendrá también?

Ellie prefirió decirle la verdad.

–Sí.

Cuando llegaron a la casa, Ellie la llevó a su habitación.

Tras abrir un armario, sacó un conjunto blanco compuesto por una falda de muselina con volantes en el bajo y un top acordonado. Parecía demasiado sencillo, hasta que uno se fijaba en el exquisito bordado a modo de hojas caídas sobre un hombro y reproducido en la falda.

–Te recomiendo éste. Lo llevo con un chal de seda para que no parezca un traje de novia –comentó Ellie.

–Me lo pondré con el chal más alegre que tengas.

Ellie encontró un chal de seda en tono esmeralda. Tenía pequeñas aplicaciones de cristal que reflejaban la luz al moverlo.

Jemima llevó la ropa a su habitación. La fiesta comenzaba a las siete. Tumbado en la cama se puso a mirar al techo. Otra vez empezaba a aparecer el dolor.

A las siete y cuarto se levantó. Luego se puso el precioso traje de Ellie y se sentó ante el espejo.

Después de quitarse los rulos, se peinó con movimientos rápidos y expertos. En unos cuantos minutos lucía una melena suavemente ondulada que brillaba como el fuego, como rubíes engastados en oro, como el vino. El maquillaje no era tan importante como el peinado. La piel, de un pálido tono dorado, no necesitaba retoques. Luego se aplicó un leve toque de sombra en tono gris de modo que sus ojos parecían más grandes, profundos y misteriosos. Luego se pintó los labios cuidadosamente, primero con un delineador, y después aplicó un provocativo tono cobrizo y concluyó con un toque de brillo ligeramente más oscuro en el labio inferior.

Cuando estuvo lista, volvió a mirarse al espejo. Si Niall no se derretía de admiración al verla, tendría que pensar en retirarse de la profesión, pensó con humor negro.

Se puso el brillante chal esmeralda en torno a los hombros, se ahuecó la melena radiante y...

Y se marchó a demostrarle a Niall Blackthorne que había algunas mujeres que podían vivir muy bien sin él.

Jemima descubrió que la fiesta se celebraba en la playa. Guiada por el murmullo de voces y el tintineo de copas, atravesó la terraza y continuó por un sendero flanqueado por setos hasta llegar a un espacio muy iluminado, con una tarima en el centro. Jemima se detuvo, tragó saliva y se preparó. Luego subió a la tarima como si estuviera en una pasarela. A su alrededor las voces se apagaron cuando la gente se volvió para mirarla. Entrenada durante largos años, Jemima miró por encima de los invitados y ladeó la cabeza con una mano en la cadera.

Luego se desplazó entre los invitados sin mirar a los lados, derecha hacia el maestro de ceremonias.

—Hola, Al. Eres un encanto al haberme invitado. ¡Una auténtica fiesta caribeña! —dijo con voz acariciante al tiempo que lo besaba en las mejillas, teniendo cuidado de no estropear la obra de arte que eran sus labios.

Las cámaras de los fotógrafos empezaron a funcionar.

Al la miró sorprendido.

—Estás maravillosa —dijo impulsivamente.

—Gracias —respondió ella al tiempo que ponía una mano en su brazo y sonreía a un fotógrafo—. Preséntame a tus invitados, querido.

Al tragó saliva. Luego la paseó entre la gente.

Lo más selecto de Pentecost se hallaba en la reunión. Jemima dijo unas palabras apropiadas sobre la isla al ministro de turismo, y un par de trivialidades al editor que llevaba una camisa hawaiana.

Luego habló de vestidos y de las tendencias de la moda con la mujer del ministro; de Nueva York con el director de la compañía aérea; de París y de los famosos conocidos con el resto de los invitados.

Jemima habló y sonrió hasta que la orquesta empezó a tocar.

En ese momento, Niall Blackthorne subió a la tarima desde las sombras.

Jemima sintió que se le secaba la boca y bebió un sorbo de su cóctel de ron.

—Baila conmigo —dijo él.

—¿Me lo dices o me lo pides?

Él le rodeó la cintura con un brazo y la sacó de la luz.

—Adivina.

—No puedo bailar con una copa en la mano.

Niall se la quitó, y sin ceremonias vació el contenido sobre la arena. Luego, riendo, se puso la copa en un bolsillo de la chaqueta.

Los invitados ya habían empezado a bailar al compás del irresistible ritmo de la música caribeña. Niall la tomó entre sus brazos y se unió al grupo. La sostenía con suavidad, pero Jemima pudo sentir el calor de sus manos a través de la seda y la muselina del traje de Ellie.

El dolor que sentía era casi sofocante.

Niall se inclinó de modo que sólo ella pudiera oír lo que decía. Jemima sintió su cálido aliento entre los cabellos.

—¿Por qué huyes de mí? —murmuró en su oído.

Jemima trastabilló por la sorpresa y Niall la sostuvo con firmeza.

—No sé de qué hablas —dijo, finalmente.

—¿No lo sabes, señorita Jay Jay Cooper?

Ella se encogió de hombros. No era fácil concentrarse entre sus brazos.

—Soy una celebridad. Siempre viajamos de incógnito.

—Tan de incógnito que tuviste que comprar un bikini en un puesto del mercado de la ciudad. Dime la verdad.

—Bueno, soy incompetente. Y eso no es un crimen.

—Tampoco es la conducta típica de una celebridad. Porque eso se te da muy bien, ¿no es verdad?

—Me alegro de que te des cuenta. Intento hacerlo lo mejor posible.

—Entonces, ¿por qué llegaste aquí peinada con trenzas y le dijiste a Al que tu apellido era Cooper?

Jemima cerró los ojos un instante.

—Porque quise.

—Eso no tiene sentido.

—De acuerdo. Estaba cansada de ser una princesa caprichosa. Quería comprobar por mí misma cómo era la vida de una persona común y corriente —dijo, desesperada.

Él se echó a reír.

—No me convences. Intenta hacerlo mejor.

—Lo intento —replicó Jemima, entre dientes.

—Creo que se debe a una de estas tres razones. Lo hiciste por un motivo profesional, por dinero o por un hombre. ¿Cuál de ellas es?

—No fue por dinero —dijo Jemima involuntariamente.

—Un hombre. ¿Tu marido? —preguntó Niall al tiempo que escrutaba su rostro. Ella negó con la cabeza—. ¿Tu novio?

—Déjalo, por favor.

—Un novio —afirmó él—. ¿Qué sucedió? ¿Dejaste de quererlo? ¿O él a ti?

—No. Podría manejar esa situación —confesó Jemima, sin pensar.

—Suena como si pudieras hacerlo con alguna ayuda —comentó Niall, con una mirada penetrante. Jemima dejó escapar una risa desesperada—. Si necesitas un paladín, entonces yo soy tu hombre —declaró con decisión.

«No, no lo eres. Eres hombre de una sola mujer. Y yo no soy esa mujer».

—No lo creo —dijo ella con frialdad.

—Te equivocas —replicó Niall, en el mismo tono.

—¿Qué tienen que ver mis asuntos contigo?

—Digamos que me intrigas. Esta tarde fuimos amantes.

La declaración la tomó por sorpresa y sintió una punzada de dolor.

—Fue sólo una diversión bajo el sol. No lo tomes tan en serio —se oyó decir Jemima en tono trivial.

Las manos de Niall la ciñeron con alarmante firmeza.

—No hablas en serio.

—Estamos en el siglo XXI, y las mujeres disfrutan del sexo con libertad.

—Algunas lo hacen. Tú no —afirmó con voz severa.

—Hablas como si me conocieras muy bien —replicó ella, repentinamente furiosa.

—¿Y tú crees que no?

—Digo que no sabes nada de mí. Y ahora déjame ir. No quiero bailar contigo. Nunca he querido.

Niall la miró con profundo asombro y las manos se apartaron de su cuerpo como si ella les hubiera clavado un alfiler. Entonces se separó con exagerada cortesía.

Jemima se alejó del lugar iluminado sin volver la cabeza.

No vio al hombre que salió de entre la gente y fue tras ella. Pero Al lo vio.

—Oiga —dijo.

Pero el hombre había desaparecido.

Al buscó a su mujer.

—Ellie. Uno de los invitados acaba de salir tras Jemima Dare —dijo con urgencia.

—Tiene suerte.

—No, quiero decir que ella se marchó hacia la playa y que él la siguió. Creo que ella ignoraba que estuviera aquí.

Ellie sabía detectar una emergencia. De inmediato se despidió amablemente del presidente de la Cámara de Comercio.

—¿A la playa? ¿Y tú no lo detuviste?

—Lo llamé. Pero él no me oyó.

—O no quiso hacerlo. ¿Quién es? ¿Buceador o jugador?

—No, es el tipo que llegó esta mañana en el avión de Barbados.

Ambos se miraron con un mal presentimiento.

–Necesitamos a Niall. ¡Allí está! –dijo Ellie tras buscar con la mirada entre la gente–. Niall, ven. Apresúrate.

Niall se acercó a ellos con expresión abatida. «¿Qué le ha hecho esa mujer?», pensó Al, indignado.

–¿Una emergencia? –preguntó Niall con una sonrisa forzada–. ¿Hay que traer más cerveza?

Ellie le informó de la llegada del desconocido desde Barbados.

La cara de Niall cobró vida de inmediato.

–Maldición, es un tipo que la acosa. Eso es lo que ella quiso decir. ¿Pero, por qué diablos no me lo dijo directamente? ¿Qué dirección han tomado?

–Hacia el casino.

De hecho, era el lugar más solitario de la playa.

Niall echó a correr.

L A BRISA estaba impregnada de olor a mar y el cielo parecía un manto de terciopelo incrustado de diamantes. Pero Jemima no prestó atención.

«Inténtalo otra vez». Habían sido las palabras de Niall. ¡Bastardo cínico! Había contestado a todas sus preguntas hasta que salió con esa exigencia.

¿Pensaba que podía despojarla hasta llegar a sus más íntimos secretos? ¿Creía que una tarde de sexo le daba derecho a intentar saberlo todo sobre ella? ¿Para entretenerse?

«No estoy disponible, mi corazón pertenece a una mujer que no me aceptó. Pero nos vamos a entretener juntos, chica afortunada». ¿Eso era lo que decía a todas las mujeres? ¿Y ellas volvían a él pidiendo más de lo mismo? Sinceramente, a veces se avergonzaba de su propio sexo.

Jemima apretó los dientes.

En ese momento oyó que alguien corría tras ella. Furiosa, se volvió con las manos en las caderas.

—¡Me pones enferma. La mala fama de los hombres se debe a tipos como tú! —gritó a voz en cuello.

Pensó que él se detendría. Tal vez que le respondería a gritos. O quizá que se reiría con prepotencia, como a veces lo hacía.

Sólo que él no gritó. No se rió. No se detuvo.

A medida que la figura se apresuraba hacia ella en la oscuridad, Jemima empezó a presentir algo malo.

—¿Niall? —llamó, insegura.

La figura dejó de correr, pero avanzaba con paso rápido. Envuelta en las sombras podía ser cualquier persona. Aunque había algo amenazante en la forma en que se aproximaba a ella.

—¿Niall? —volvió a llamar.

La sombra se detuvo muy cerca.

—¿Quién es Niall? ¿El último estúpido? —inquirió Basil Blane, jadeante.

Jemima respiró hondo. Basil dejó escapar una risa que le heló la sangre.

—¿Qué haces aquí? —preguntó mientras él se acercaba con aire fanfarrón.

—Te dije que no te dejaría marchar, pequeña. Te he encontrado. Tú eres mía.

El viejo y familiar terror pareció envolverla como una capa.

—No te debo nada —declaró con valentía.

—No es cierto. Ambos lo sabemos. Cuando fuiste a verme eras un insecto vestida con un uniforme que no te quedaba bien.

—Yo no fui a verte —protestó Jemima, olvidando por un instante su miedo ante la injusticia de esas palabras—. Tú me cazaste.

—Yo te descubrí.

—Nunca pedí que me descubrieran. Me viste en la obra de teatro del colegio y no me dejaste marchar hasta que mis padres consintieron en permitirte esa sesión fotográfica.

—¿Y no te arrepentiste, verdad?

—Tal vez debí haberlo hecho. Por tu culpa falté mucho al colegio.

—Y también ganaste mucho dinero.

Jemima guardó silencio. No podía negarlo. Su padre se había quedado sin trabajo. Sin quejarse, se había dedicado a buscar un nuevo empleo, pero todo el mundo sabía que no lo encontraría a causa de su edad. Las deudas se amontonaban y el dinero de la hipoteca se había acabado. Jemima, la joven de dieciisiete años, ya había empezado a ganar dinero por las sesiones fotográficas.

—Tu familia sobrevivió gracias a mí.

—Acepto que todos agradecieron que yo pudiera ganar dinero —convino ella.

—Tu maldita hermana no habría terminado sus estudios si yo no te hubiera introducido en el grupo juvenil de modelos. Y ahora me mira por encima del hombro —acusó Basil, con rabia.

Ésa no era toda la verdad y ambos lo sabían.

—No puedes culpar a Izzy...

—Y tú eres peor. Ahora que eres famosa lo único que quieres es deshacerte de mí.

—No es así.

Oh, Dios, estaba haciendo lo mismo de siempre: justificarse como si él tuviera razón. Jemima oyó su propio tono de disculpa y lo odió.

—No me digas que no es así. Yo sé bien cómo es —tronó Basil al tiempo que daba un paso adelante. A la débil luz de la luna ella no podía ver su expresión. Pero notó que el hombre temblaba—. Me utilizaste. ¿Y ahora piensas que puedes tirarme a la basura?

—¡No te utilicé!

Pero él no la escuchaba.

—Lo hice todo por ti.

—Demasiado —replicó ella secamente, aunque temblaba.

Las luces de la fiesta que había dejado atrás parecían tan lejanas como las estrellas. La brisa le llevaba ráfagas de la música de la orquesta. Estaba absolutamente sola en la playa con un hombre que la odiaba.

Basil estiró la mano, Jemima pensó que iba a golpearla y saltó hacia atrás. Pero él le agarró la muñeca.

Con todas sus fuerzas ella intentó soltarse, pero fue en vano.

—Déjame ir, Basil —dijo calmadamente.

Él pareció no oírla.

—¿Qué demonios se supone que tenía que hacer? ¡Era mi trabajo!

—Basil, suéltame y hablaremos —pidió ella. Odiaba su tono suplicante, pero nunca antes lo había visto así. No sabía lo que ese hombre podía hacer.

Él le dirigió una mirada rabiosa. Su frustración, como un arma, estaba marcada en su rostro.

—Era tu representante. Me pagabas para que me hiciera cargo de tu vida.

—¿Hacerte cargo?

Su comportamiento era irracional. Jemima intentó liberar la mano, pero la de él era de hierro.

—Sólo tu maldita hermana no lo entendía. Siempre me odió.

Basil movía la cabeza de un lado a otro, como una serpiente. Repentinamente, Jemima sintió pavor y abandonó todo razonamiento con él.

—¡Para, Basil! —ordenó, cortante.

La sorpresa le hizo aflojar la mano y ella aprovechó ese segundo para zafarse y echar a correr. Pero como llevaba las alpargatas con cuña alta, resbaló en la arena y cayó de rodillas.

En un segundo Basil se abalanzó sobre ella, jadeando como una bestia. Jemima sintió que el precioso vestido de Ellie se rompía. Intentó defenderse, pero nunca había golpeado a nadie en su vida, así que lo único que pudo hacer fue protegerse la cara.

Basil estaba absolutamente fuera de sí. Empezó a zarandear a Jemima como si quisiera destruirla, murmurando frases y palabras sin sentido.

Jemima intentó gritar, pero estaba tan ocupada defendiéndose que la voz se negó a salir de su garganta. Era como una horrible pesadilla.

–Mía –repetía Basil una y otra vez–. Estúpida. Ingrata. Zorra. Mía. Os lo voy a demostrar. Mía.

Y entonces, sorprendentemente, se oyeron unos pasos que corrían hacia ellos. Basil no los oyó. Pero Jemima sí. Tras empujarlo con un supremo esfuerzo, logró ponerse de rodillas y gritó.

–¿Jay Jay? –llamó una voz.

¡Niall!

–¡Oh, gracias a Dios! –exclamó medio llorando.

Con un gruñido, Basil saltó hacia delante y la tiró sobre la arena. Ella sintió el olor de la piel de la chaqueta italiana junto con el olor a ron de su aliento. Basil le sujetaba los brazos por encima de la cabeza cargando todo su peso sobre los senos de la joven. Ella pensó que iba ahogarla.

Y de pronto reunió fuerzas para defenderse.

–¡Apártate de mí! –gritó jadeante–. Eres un hombre vil. ¡Te odio!.

–Jay Jay –llamó la voz, bastante más cercana.

Basil no se dio cuenta.

–¡Estoy aquí! ¡Socorro!

El dolor de las costillas desapareció de pronto, como si alguien le hubiera quitado una losa de encima. Y otra vez pudo sentir la brisa nocturna en la cara. Con los ojos cerrados, intentó recobrar el aliento.

Entonces oyó violentos ruidos sordos. Jemima se apoyó en un codo. Vio puñetazos y patadas, pero no pudo saber quién golpeaba a quién.

–¡Niall! –gritó, alarmada.

Por fin se puso de pie y miró a su alrededor buscando una manera de impedir la pelea. Instintivamente se llevó una mano al costado dolorido. De alguna manera tenía que detenerlos, antes de que alguien resultara herido por su culpa.

Estaba claro que era inútil gritarles. Buscó algo para separarlos, aunque fuera un trozo de madera. Pero no había nada.

De pronto vio la chaqueta de Niall en la arena. Probablemente se la había quitado antes de arrojarse sobre Basil para librarla de él. Tras recogerla, Jemima oyó que se rompía algo. ¡La copa que Niall se había puesto en el bolsillo!

Rápidamente arrojó la prenda sobre ellos, evitando que cayera sobre sus caras. Los ruidos se convirtieron en gruñidos de rabia frustrada.

Basil apareció primero. Pero de inmediato Niall se abalanzó sobre él y lo lanzó sobre la arena. Basil cayó de bruces y Niall le puso una rodilla en la espalda.

Entonces miró a Jemima.

–¿Estás herida? –preguntó todavía jadeante, pero totalmente controlado.

Ella se apartó la mano del costado.

–No. Estoy bien –se apresuró a contestar.

Niall ya había recuperado el aliento.

–No lo pareces. ¿Qué te ha hecho esta basura?

–Nada.

–Lo he visto.

Ella apartó la vista y parpadeó. Niall esperaba.

–Bueno, nada grave –murmuró luchando contra las lágrimas.

–¿De veras? –preguntó con incrédula amabilidad–. Me parece que no estamos de acuerdo. Te tenía en el suelo –dijo con aspereza. Basil se removió en la arena al tiempo que murmuraba unas palabras. Niall aumentó la presión de la rodilla sobre su espalda–. ¿Y bien?

Ella se retiró un mechón de pelo de la cara.

–Es... complicado.

–¿Complicado? Ah, así que éste es el novio que no lo es, pero que no pudiste manejar.

Por alguna razón, la certeza de su afirmación enfureció a Jemima.

–¿Te dedicas a grabar nuestras conversaciones?

–Tengo buena memoria.

–Para contar cartas. ¿También has contado mis errores? –preguntó en tono sarcástico.

–¿De qué demonios estás hablando?

Los ojos de Jemima se volvieron a llenar de lágrimas.

–No hace falta que me grites.

–¡No estoy gritando! –gritó Niall a voz en cuello.

Jemima volvió a apartar la mirada y entonces vislumbró una luz que se acercaba a ellos.

–Viene alguien.

–Qué bien. Alguien que ponga orden aquí –dijo Niall al tiempo que miraba por encima del hombro–. ¡Hola, Al!

Al llegó hasta ellos con una antorcha que iluminó su rostro alarmado antes de levantarla para iluminar la escena.

–Jay Jay, ¿eres tú? ¿Estás bien? –preguntó, afligido.

Ella asintió, horriblemente cansada de pronto.

—Fue una verdadera suerte haber visto que ese tipo te seguía —comentó Al, sinceramente conmovido—. ¡Qué alivio para ti!

—No tanto como para que se note —intervino Niall, con ironía.

Basil dejó de removerse y de murmurar. Niall retiró la rodilla y se levantó.

—¿Te ha hecho daño? —preguntó Jemima, verdaderamente preocupada.

—¿De veras te importa?

—Chicos, tendréis que continuar vuestra pelea en casa. La gente más importante de la isla se encuentra en la fiesta. No quiero que piensen que Pirate's Point es un sitio donde la gente viene a pelear los viernes por la noche. Sed discretos, ¿de acuerdo?

Niall ayudó a Basil a ponerse en pie.

—¿Cómo podrás mantener la discreción cuando Jemima denuncie a este tipo por agresión?

—¿Podemos hablar de eso en casa? —sugirió Al.

Niall se encogió de hombros. Luego agarró a Basil por el cuello de la camisa y lo arrastró junto a Al. Sólo se detuvo para recoger la chaqueta.

Jemima los siguió con expresión abatida. La blusa prestada colgaba dejando un hombro al descubierto. Su aspecto rozaba la indecencia. Jemima apretó la parte delantera de la prenda contra el pecho.

Al los condujo a la terraza de su cabaña.

—Estoy de acuerdo en mantener la discreción. Pero te lo advierto, nada de encubrimientos. Este gorila pudo haberle causado serios daños —dijo Niall secamente al tiempo que empujaba a Basil por la escalinata.

La luz de la lámpara de la terraza reflejó la palidez de la cara de Basil. Pero se las ingenió para recuperarse.

—No sabes de qué estás hablando.

—Entonces explícamelo tú —respondió Niall con una mirada de desprecio.

Basil indicó a Jemima con la cabeza.

—Pregúntale a ella —dijo en tono resentido.

A Al le pareció una petición razonable, pero los labios de Niall se convirtieron en una dura línea.

—Te lo pregunto a ti —dijo con engañosa suavidad.

Basil dejó escapar un bufido.

—También te ha atrapado, ¿no es verdad?

Jemima parpadeó antes de dejarse caer en una silla de junco. Le dolían las costillas y sentía el escozor de una rozadura en una mejilla. La brisa marina le enfriaba el hombro desnudo. Jemima se estremeció.

Tras sacudir la chaqueta, Niall se la puso sobre los hombros, se arregló el pelo y se alejó en seguida.

—Gracias —murmuró ella.

Pero afortunadamente Niall no la miraba en ese momento. Sus ojos sombríos y entornados estaban clavados en Basil.

—¿Decías?

—Actualmente ella es el rostro de Belinda. Dios, yo le conseguí ese contrato. Y mira lo que me ha hecho.

—Basil, yo... —balbuceó Jemima.

Niall la ignoró.

—En este momento veo lo que le has hecho tú a ella. Y me dan ganas de llevarte a patadas a la playa otra vez —dijo con suavidad.

Basil se sentó rápidamente.

–Hablemos claramente sobre este asunto, Niall.

–No conoces toda la historia –intervino Al apresuradamente.

Basil se volvió a él con ansiedad.

–Tienes razón. La chica no era nadie, hasta que yo la descubrí. Me dejé los riñones trabajando por ella, incluso renuncié a mis otros clientes. ¿Y qué hizo entonces? Cuando consiguió el gran contrato decidió despedirme.

Jemima cerró los ojos. La historia parecía tan plausible...

–No es cierto –aseguró, a sabiendas de que nadie la creería.

Nadie que escuchara a Basil volvería a creerla. Había estado contando tanto tiempo la misma historia que se la sabía de memoria. Y creía en ella apasionadamente. Incluso hasta la habría convencido si no fuera porque ella sabía cuál era la verdad.

Jemima abrió los ojos e intentó contar su versión a los demás. Ignorando a Al, miró fijamente a Niall mientras hablaba.

–No lo despedí. Nunca lo habría dejado si...

–Si su hermana no hubiera empezado a trabajar para esa acaudalada prima estadounidense y después decidiera que yo ya no era lo suficientemente bueno para su hermanita –la interrumpió Basil.

Jemima tragó saliva. Ésa era una parte de la historia que no le gustaba abordar.

–No fue culpa de Izzy...

–Estabas feliz conmigo hasta que ella empezó a interferir.

Jemima dejó escapar una amarga carcajada.

–¿Y por qué interfirió?

–Porque yo no era suficientemente amable...

De pronto Jemima fue incapaz de soportar por más tiempo y se levantó de la silla.

—Porque me estabas matando. ¡Maldita sea! —exclamó. Los hombres parpadearon. Incluso Basil pareció conmocionado—. No puedes culpar a Izzy. Ella no tuvo nada que ver en el asunto. Fue cosa tuya y mía, Basil. Sólo tuya y mía.

Basil empezó a envalentonarse.

—Eso es una locura. Estábamos bien hasta...

—Puede que tú lo estuvieras. Yo no. Cuando Izzy vio lo que me estabas haciendo hizo lo mismo que yo habría hecho por ella. Eso es todo.

—¿Qué te hizo? —inquirió Niall.

Oh, Dios, iba a tener que decirle la verdad. Era mucho peor que mostrarse como una débil mocosa. Él la despreciaría por eso.

—Aquello se acabó. Es parte del pasado —dijo con cobardía.

Niall se aproximó a ella.

—Está claro que no lo es. Tu mejilla está sangrando —murmuró con el ceño fruncido al tiempo que se la tocaba con toda suavidad.

—Vaya, el pelo sucio y ahora una herida en la mejilla. ¿Qué va suceder con mi reputación? —preguntó en tono de broma.

Pero Niall no estaba dispuesto a permitir que se desviara del tema. Su expresión era amable, pero absolutamente implacable.

—Explícamelo. ¿Qué te hizo exactamente? —inquirió, totalmente inexpresivo.

—Sí —intervino Basil, triunfante—. ¿Qué hice que tú no quisieras? ¿O que no me pidieras?

La mirada que Niall le lanzó era tan agresiva que Basil se echó hacia atrás en la silla y levantó las manos.

–No... –exclamó, presa del susto.

–Entonces no interrumpas a la dama.

Jemima se llevó las manos al peinado en ruinas. «Di la verdad y no mires a Niall. Así no verás su reacción. Luego te marchas sin volver a pensar en ello», se dijo a sí misma.

–Basil me daba pastillas para suprimir el apetito. Muchas pastillas –confesó, con la misma falta de expresividad que Niall.

–¿Sí? ¿Es que te las puse en la boca a la fuerza? –preguntó Basil, en tono sarcástico.

–No –aclaró Jemima penosamente–. Dijiste que me estaba poniendo tan gorda que nadie me contrataría. Dijiste que la cámara realzaba los kilos sobrantes. Dijiste que lo que estaba de moda era un físico delgado, muy delgado. Y yo te creí. Quería hacerlo bien. Y decidí tomar las pastillas. Tienes razón.

–¿Veis? –Basil apeló a los otros, con las manos abiertas.

Niall escuchaba absorto. Jemima no lo miró. No podía soportar hacerlo. Pero incluso así sintió su mirada magnética.

Le ardía el pecho y bajó los ojos. La maldita blusa se había vuelto a deslizar del hombro.

Rápidamente volvió a cubrirse con la tela rasgada.

Niall dejó escapar un sonido indescriptible. ¿Desprecio? ¿Ira? ¿Repugnancia? No quiso saberlo.

–Me tenía encerrada en la habitación de un hotel de Londres. La mayor parte del tiempo estaba como drogada, medio loca. Hasta que mi hermana Izzy me sacó de allí –les informó. Luego irguió los hombros dispuesta a confesar la parte más delicada y vergonzosa de su historia–. Izzy me llevó a una clínica y pasé un mes sometida a una terapia de desintoxicación.

Se produjo un silencio total. Sólo se oía el viento entre las palmeras y el extraño chillido de algún animal bajo tierra. La mirada de Jemima cruzó el jardín y se posó en las estrellas. Pensó que nunca olvidaría esas estrellas. Ellas le impedían constatar el desprecio de Niall.

–¿Y qué pasó después? –preguntó Niall.

–Cuando salí de la clínica le dije a Basil que me marchaba. Y que si se oponía a la rescisión de mi contrato, contaría ante los tribunales lo que había hecho. Después de todo, tenía pruebas médicas. Esa decisión pudo haber acabado con mi carrera, pero cualquier cosa era mejor que volver a vivir esa pesadilla.

–Yo te hice –explotó Basil.

Pero sus palabras empezaban a perder fuerza. Incluso tal vez hasta para sí mismo, porque luego guardó silencio sin que nadie se lo pidiera.

–Desde entonces me ha estado acosando hasta casi volverme loca. He tenido que hacer maniobras de todo tipo, como asegurarme de tener siempre el mismo chófer para evitar que secuestrara mi coche, en fin... Ha sido horrible. No volveré a pasar por esto. Ninguna carrera lo merece.

Jemima se levantó de la silla y pasó junto a Niall sin mirarlo. Pero pudo sentir el calor de su cuerpo. Habría dado cualquier cosa por volver a ese fuego y sentir que ése era su lugar.

Pero no lo merecía.

En cambio miró a Basil.

–Hemos terminado, Basil. Si te vuelves a acercar a mí, llamaré a la policía.

–No lo harás –dijo.

Por el modo de esquivar su mirada, Jemima supo que estaba seguro de que ella lo haría.

—Esta vez no voy a interponer ningún cargo contra él. Se lo debo. Lo que vosotros hagáis es cosa vuestra —declaró con firmeza. Luego se dirigió a Niall—. Espero que no estés herido. Gracias por tu ayuda. No volveré a necesitarla. Te lo prometo.

Jemima salió de la terraza a la oscuridad del jardín antes de que las lágrimas se desbordaran de sus ojos.

Le llevó algún tiempo encontrar su apartamento. Cuando al fin llegó, se echó a llorar tendida en la cama.

Más tarde se duchó y se lavó el pelo.

Cuando volvió a la habitación, tomó la chaqueta de Niall, sacó los trozos de cristal del bolsillo y se cubrió con ella.

Al día siguiente se marcharía. Iría a casa y dejaría la chaqueta atrás. Tal vez con una nota de agradecimiento.

Pero esa noche, por última vez sentiría el olor a acacias, a noches caribeñas, a madera. El olor de Niall.

ALA MAÑANA siguiente volvió a ser ella misma, imperturbable y dispuesta a todo. Excepto por la rozadura de la mejilla, era Jemima Dare, supermodelo.

Tan pronto como se hubo levantado, llamó a recepción.

–Quiero que me preparen la cuenta, por favor. Me marcho hoy.

Luego se puso en contacto con la compañía aérea. Ese día no había vuelos para Londres.

–Puedo conseguirle un billete para el vuelo de las tres a Antigua –sugirió el agente ante su insistencia–. Y desde allí puede tomar un avión directo a Londres. Debe presentarse en el aeropuerto una hora antes de embarcar. ¿Primera clase?

–Sí, gracias.

–La reserva ya está hecha. Esperamos que vuelva pronto.

«Ni por todo el oro del mundo», pensó Jemima.

El servicio de desayuno había terminado. Pero de inmediato apareció una sonriente camarera en la terraza.

–¿Café? ¿Tostadas?¿Desayuno inglés?

–Sólo un café, por favor.

–¿Mango? ¿Piña? ¿Sandía? –preguntó una voz conocida.

Jemima se puso rígida.

Niall apareció junto a ella con pantalones cortos y otra vez sin camisa. Ella deseó con tanta intensidad tocar su pecho dorado que sintió un hormigueo en las manos. Y en todo el cuerpo.

—Buenos días —saludó, con la voz sofocada.

—Hola —Niall se sentó a la mesa, frente a ella—. Traiga un poco de fruta variada —pidió a la camarera.

La mujer se retiró con una sonrisa conspiradora.

Pero Niall no sonreía. La miró un largo instante.

—¿Cómo te sientes?

Maldición, ¿cómo podía parecer tan interesado? Como si ella le importara mucho.

—Bien, gracias. Un poco magullada.

Niall le tocó suavemente la mejilla.

—Debe de dolerte.

Ella desvió la mirada y se encogió de hombros.

—Lo que más importa es el aspecto. Una rozadura fea. La próxima semana tengo una sesión fotográfica importante.

—Tu profesión es una locura —comentó con simpatía.

—Tienes razón —convino ella, cordialmente—. Pero me lleva por todo el mundo y me proporciona un estilo de vida que de otro modo sólo habría podido soñar.

—¿Y eso es importante? —preguntó con seriedad.

—Me impide hacer tonterías —repuso ella, en tono ligero.

Niall le tomó la mano sobre la mesa.

—Pero no es así, ¿verdad?

Ella no pudo soportar el suave tono de broma.

—Lo será en el futuro. He aprendido la lección.

—Jay Jay.

–¡No me llames así! Soy Jemima.

Él parpadeó. Sus ojos se habían oscurecido de tal modo que ella podría haberse ahogado en su mirada.

–De acuerdo, si es eso lo que quieres, Jemima.

¿Cómo podía ser tan devastador sin ser apuesto?

«Podrás superarlo. Tienes que hacerlo», pensó ella.

La camarera llegó con el desayuno de Jemima y un fragante café para Niall.

–Ha llamado Gordy del *Messenger*. Viene a verles –informó.

–Tendrá que darse prisa. A las dos debo estar en el aeropuerto –advirtió Jemima.

–No tienes que verlo si no lo deseas –dijo Niall suavemente cuando la mujer se hubo marchado–. Si quieres, puedo interceptarlo.

Por un instante se sintió amada. Y saboreó ese segundo.

Luego sacudió la cabeza.

–No. Forma parte del trabajo. Mi público quiere fotografías y las tendrá. Ése es el negocio.

–No tienes vida privada en absoluto, ¿verdad?

Ella le dirigió una brillante sonrisa.

–No, mientras desee mantenerme en la cumbre.

–¿Y lo deseas? –preguntó al tiempo que se inclinaba hacia ella.

Jemima desvió la mirada.

–Verás, esto no dura mucho. Me queda un año. Tal vez dos. Y entonces llegará un rostro nuevo y los periodistas se sentirán entusiasmados con la novedad. Y tendré mucha suerte si mi agente consigue sólo uno de los diez trabajos que busca para mí.

Él se echó a reír.

–¿Ése es el destino que te aguarda?

–Casi con certeza –replicó ella alegremente.

–Así que sería inútil que un hombre te pidiera que lo esperases.

¿De qué estaba hablando? Él no quería que ella lo esperara. De hecho, él no la quería para nada. Después de todo, si él la quisiera ella no tendría que esperar.

–Totalmente inútil. Mi lema es que nada dura, así que hay que tomar en el momento lo que se ofrece.

–¿Realmente piensas así?

–Considera lo que sucedió ayer –dijo Jemima con un dolor casi físico–. ¿Te parecí una chica dispuesta a retrasar el encuentro entre nosotros? Si se ofrece una nueva experiencia sensual, hay que vivirla en el acto.

Niall torció el gesto.

–Bueno, ciertamente fue sensual. Extraordinaria –comentó secamente–. Memorable.

Su comentario fue tan inesperado que Jemima se quedó boquiabierta y sintió que se sonrojaba.

–¡Maldición! –dijo casi llorando, y lo odió por eso.

Él no ocultó que se había dado cuenta de su pesar.

–Límpiate la nariz y come un trozo de mango fresco –dijo, sin la menor compasión–. Es otra gran experiencia sensual que no deberías retrasar –añadió, mordiente.

De pronto, Jemima se dio cuenta de que no podía más.

–No tengo hambre.

Y se marchó antes de que él pudiera detenerla.

Rápidamente volvió a la habitación y empezó a preparar su equipaje con manos temblorosas.

Cuando encontró el bikini que él le había regalado, le dio un vuelco el corazón.

—Nada de recuerdos —dijo con firmeza—. Es hora de volver a la realidad.

Tiró el bikini al cesto de los papeles y cerró el bolso de viaje. Tan poco equipaje, tan poco tiempo y todo su mundo se había trastocado.

«Pero veamos el lado bueno. Al fin te has enfrentado a Basil. Ya no le tienes miedo. Ni a él ni a nadie», pensó.

Era cierto. ¿El corazón destrozado? Era posible. ¿Miedo? No. Nunca más.

Y tuvo la oportunidad de comprobarlo casi de inmediato. Cuando fue a recepción a pagar la cuenta, Al estaba charlando con Niall, de espaldas a ella.

Jemima se acercó a ellos con la barbilla alzada.

—Hola.

Ambos se volvieron a mirarla. Al sonrió, pero la expresión de Niall fue indescifrable.

—Hola —saludó Al.

—Prepárame la cuenta, por favor. ¿Y me puedes pedir un taxi para ir al aeropuerto?

—Yo te llevaré —dijo Niall.

—No me gustaría causarte molestias.

—Lo has hecho desde el principio y nunca te ha importado.

Al los miraba con la boca abierta.

—Razón suficiente para que no nos veamos más —replicó, furiosa.

—Yo te llevaré —dijo Niall obstinadamente.

—No iré contigo.

—Tranquilos, chicos. Jemima, los taxis están en el puerto esperando un crucero. Pero si no puedes soportar la compañía de Niall, puedes ir con Gordy a la ciudad —dijo Al.

—Seguro que sí. Buena idea. Para conseguir más publicidad gratuita —dijo Niall, furioso.

—Creo que no necesito publicidad —replicó ella.

En ese momento llegó el editor. Pero apenas se fijó en Jemima. Pasó junto a ella, junto a Al y fue directamente hacia Niall al tiempo que se quitaba las gafas de sol.

—Niall, hombre. Encantado de verte.

Niall entornó los ojos.

—Hola, Gordy. Nos vimos anoche.

—Y esta mañana he recibido un correo electrónico con foto incluida —informó mientras le ponía una mano en el hombro con una sonrisa de oreja a oreja—. Eres el duque de Powrie y exijo mi premio.

Niall dejó escapar una especie de bramido.

¿Conmoción? ¿Furia? ¿Consternación? «Una mezcla de todo», pensó Jemima. Así que era el duque de Powrie.

Ése fue su momento de revelación. Niall era un aristócrata. Debió haberse dado cuenta cuando le contó que entre el hijo heredero y el de recambio, él era el segundo.

Jemima tuvo la extraña sensación de que se había abierto una galaxia entre ellos. Más que una galaxia, el universo entero. Ella no pertenecía al mundo de la aristocracia. Y Niall sí.

Niall no se había movido, pero a ella le pareció tan lejano que si lo llamaba no podría oírla.

Jemima retrocedió unos pasos. Nadie se dio cuenta. Gordy y Niall todavía discutían acaloradamente y Al hacía de árbitro. Era la oportunidad ideal para escapar. Y así lo hizo.

Luego encontró a Ellie en la cocina.

—Necesito marcharme ahora mismo. ¡Ayúdame! —pidió con ansiedad.

Ellie dejó de dar instrucciones al personal y la miró con perspicacia.

—¿Se trata de Niall?

Jemima sacudió la cabeza.

—No me preguntes.

La solidaridad femenina ganó la partida. Ellie tomó la tarjeta de crédito de manos de Jemima y preparó la cuenta que Al aún no había hecho.

Más tarde, Ellie la llevó al aeropuerto en el coche familiar.

—¿Qué le digo si quiere ponerse en contacto contigo?

—No lo hará.

—¿Y si lo hace?

—Dile que le deseo lo mejor.

Jemima nunca volvió a recordar el vuelo a Londres. Si ese día un ambicioso *paparazzo* le hubiera hecho una fotografía con el pelo desarreglado, la mejilla hinchada y con una rozadura, y los ojos llorosos y rojos, la habría vendido por una buena suma de dinero.

Pero nadie la reconoció.

Fue directamente a su piso. Esa vez se alegró de que estuviera vacío. No hubiera podido enfrentarse a Izzy y Pepper. Eran su familia. Más que eso, eran sus amigas. Pero estaban enamoradas y pensaban que el amor era la felicidad. Mientras que para ella era un animal salvaje y hambriento que no dormía y que no dejaba de roerla.

«Debo de estar loca», pensó.

Madame volvió a llamarla. Pero esa vez Jemima acudió a la convocatoria con un ánimo totalmente diferente.

–Vamos a poner las cartas sobre la mesa –anunció en la sala antes de que Madame tuviera tiempo de ir a su encuentro–. Haré mi trabajo. Seré la embajadora de Belinda. Iré a las fiestas, a los estrenos. Pero no aceptaré ninguna cita porque tú pienses que es bueno para mi carrera. Y si quieres esto último podemos romper el contrato ahora mismo.

Madame alzó las finas cejas negras.

–De acuerdo. La nueva campaña se llamará: *El rostro de Belinda. Una mujer independiente* –fue todo lo que dijo.

«Mi vida está totalmente resuelta», comunicó Jemima más tarde a su hermana y a su prima.

Niall regresó a Londres a finales de junio, bajo un fuerte aguacero primaveral.

Salió al vestíbulo de la terminal cuatro con la bolsa de viaje colgada del hombro. En el control de pasaportes lo ignoraron.

«Qué bien», pensó Niall y se preguntó cuánto iba a durar. ¿Tenía que aparecer en su pasaporte el título de duque?

Había sido un vuelo agitado. Casi nadie había dormido. Pero a su alrededor los viajeros, que apenas se tenían en pie de cansancio, hacían el último esfuerzo para correr a los brazos de aquellos que los esperaban.

Niall no estaba cansado. Pero no tenía a quién abrazar. Nadie lo esperaba.

También era bueno. Nunca le había gustado que lo fueran a esperar. Siempre había procurado llevar la vida que le apetecía: sin trabas. Y lo único que había tenido en común con su padre era el odio a demostrar sus sentimientos en público.

Así que se sintió conmocionado al descubrir que si Jemima Dare hubiera estado allí, habría dejado caer la bolsa para abrir los brazos de par en par, y entonces la habría abrazado y besado sin ningún recato.

Y luego la habría llevado al hotel más cercano para hacer el amor hasta quedar rendidos.

Pero era inútil buscar a Jemima. Ignoraba su llegada. Nadie sabía que llegaría esa mañana, ni siquiera su abogado, que le había escrito varias veces con creciente desesperación.

Por lo demás, si ella lo hubiera sabido no habría ido a esperarlo. Lo odiaba. Ni siquiera se había despedido cuando se marchó.

Desde luego que él no había aceptado el hecho. Niall, que nunca en su vida había tenido que perseguir a una mujer, montó una campaña impresionante. Había llamado, enviado mensajes por el correo electrónico, mandado flores. Incluso un mango.

Pero no había tenido la menor respuesta. Se podría pensar que ella había desaparecido de la faz de la tierra.

Excepto por los chismes de la prensa. Había tenido que leerlo todo a causa de su designación, que había asumido con talante imperturbable. Los medios de comunicación lo mantenían al día respecto a las hazañas de Jemima Dare. Salía con un fotógrafo, en la Exposición Floral de Chelsea le habían puesto su nombre a una rosa, había bailado toda la noche en una fiesta benéfica...

Niall maldijo a todos los organizadores de fiestas benéficas, a todas las rosas y maldijo doblemente a los fotógrafos.

Un hombre vestido con un impecable uniforme de chófer esperaba entre la gente con un cartel que decía: «Pasajero Blackthorne».

Niall se detuvo en seco. Luego se acercó al hombre.

—¿Blackthorne?

—Buenos días, su excelencia. Bienvenido a casa. La limusina espera. ¿Puedo llevarle el equipaje?

Que Jemima no hubiera ido a esperarlo era una cosa. Pero que lo hubiera localizado un hombre con una limusina era algo insoportable. Ése era el precio de ser un duque. Nunca más volvería a tener vida propia.

En el discreto y exclusivo hotel St. James, donde su abogado le había reservado una habitación, todos se dirigieron a él como «Su Excelencia». Un mayordomo que se hacía pasar por empleado de recepción le dio la bienvenida, lo felicitó por el acceso al título nobiliario y le informó acerca de las investigaciones de la prensa.

—Hemos recibido muchas llamadas telefónicas de gente que pregunta si se hospeda usted con nosotros, su excelencia.

—¿Periodistas?

El mayordomo se permitió una ligera sonrisa.

—Esas personas no suelen identificarse, su excelencia. Pero hemos aprendido a detectarlos.

—Vaya —exclamó Niall, impresionado—. Tendrá que darme algunas indicaciones.

El mayordomo inclinó la cabeza.

—Con mucho gusto, su excelencia.

Niall gruñó.

—Cada vez que me llaman así miro hacia atrás esperando ver a mi padre. Y ahora supongo que tendré que resignarme por el resto de mis días. ¿Qué le parece si me llama señor Blackthorne? –sugirió Niall, divertido.

–Informaremos al personal de su deseo.

Y cumplió su palabra. Cuando Dom Templeton-Burke fue a tomar una copa con él un par de días más tarde, el personal negó que el duque de Powrie se hospedara en el hotel.

–Pero está allí –dijo Dom al ver que en ese momento Niall bajaba la escalera hacia el vestíbulo–. Es mi primo, por amor de Dios. Me pidió que viniera –añadió cuando el botones amablemente le interceptó el paso.

En ese momento Niall lo vio y se acercó:

–Llegas pronto. Justamente venía a avisar que vendrías. Aquí son muy... protectores –informó mientras lo conducía al bar–. Entre estas paredes vuelvo a ser el señor Blackthorne –dijo mientras iban a sentarse, tras pedir sus bebidas.

Niall había estado en el colegio con los hermanos Templeton-Burke y solía pasar gran parte de las vacaciones de verano con ellos. Eran tan buenos amigos que Dom solía decir que era su primo. Dom sabía muy bien cómo era la vida familiar de los Powrie.

–Todo esto puede contigo, ¿verdad?

–No tienes idea del alivio que siento al hablar con alguien que no piensa que todas las noches debería asistir a fiestas lleno de entusiasmo –comentó. Dom alzó las cejas–. Creo que posiblemente odiaba a mi padre. La verdad es que no he pensado mucho en él durante estos años –dijo pensativamente–. Me di cuenta el otro día cuando comprobé el caos en que él y Derek han convertido el patrimonio familiar. Una pésima administración de los bienes familiares. Y pensé que ambos eran unos cerdos. Unos cerdos holgazanes, derrochadores, estúpidos. Y rencorosos, además.

—Vaya —exclamó Dom, sorprendido.

—Oh, sí. Mi padre se opuso a que estudiara Matemáticas en la universidad, porque él podía impedirlo. Y Derek pensaba que era fabuloso parecerse a él. Hace tres años que no se hacen reparaciones en la casa solariega. Todo el dinero se fue en las patéticas carreras de coche de Derek. Va a ser muy difícil rehabilitarla.

—¿Pero lo harás?

—Sí, lo haré.

—Lo que tú necesitas es una buena esposa que te ayude.

—Creo que no —respondió Niall sonriente, pero con firmeza.

—Lo siento. Hay una dama por ahí, ¿no es así?

Niall se encogió de hombros.

—Puede ser.

—Vamos, Niall. ¿Sí o no?

—Bueno, sí —admitió Niall—. Pero no me habla.

—Sí que es curioso viniendo de un hombre que ha pasado los últimos quince años jugando en los casinos del mundo. Vamos, yo te ayudaré. ¿Quién es ella?

Pero Niall se negó a decirlo.

—Mi mejor amigo no está bien —confió Dom esa noche a su amada mientras veían una película abrazados en el sofá—. Está viviendo en un hotel y le haría bien sentirse en casa. Podríamos organizarle una fiesta.

–Claro que sí. Si es tu mejor amigo, también lo será para mí –dijo Izzy amablemente.

Dom la abrazó.

–¿Te he dicho alguna vez que eres una mujer maravillosa?

–Con mucha frecuencia, pero no dejes de hacerlo. ¿Qué le pasa a tu mejor amigo?

–Es duque y no quiere serlo.

–Le ayudaremos a olvidar –prometió ella.

Así que ese fin de semana, Niall fue invitado a una fiesta para conocer a su futura «prima».

–Soy Niall, amigo de Dom.

–Bienvenido.

Cuando Niall vio a la esbelta mujer pelirroja que le había abierto la puerta se quedó boquiabierto.

–Seguramente piensas que la has visto antes –dijo Dom detrás de ella al tiempo que le ponía un vaso de vino en la mano–. Niall, ésta es Izzy. Izzy, éste es Niall.

–Hola –saludó Niall débilmente.

–Ilusión óptica, compañero. No te sorprendas. Sucede a menudo. Has visto muchas fotografías de su hermana. Jemima es modelo. Seguramente la has confundido con ella. Sus fotografías aparecen en todas partes.

Niall se recuperó.

–Conozco a Jemima no sólo en fotografías.

En ese preciso momento, Jemima entraba desde la cocina con una bandeja. Y se quedó inmóvil en el sitio.

–Jay Jay, ¿te encuentras bien? –preguntó su hermana.

Niall no podía apartar los ojos de ella. Llevaba una bandeja con copas llenas de champán y se estaba riendo. Bueno, se reía hasta el momento en que lo vio.

Estaba estupenda, la gloriosa melena suelta, un breve top de un brillante tono esmeralda con los hombros desnudos y pantalones de un color verde oscuro. Su aspecto era maravillosamente sexy.

—Hola, Jemima. ¿Te acuerdas de mí? —saludó en tono glacial.

Los hermosos ojos castaños relucieron.

—¡Vaya, el duque! ¿Cómo podría olvidarme? —exclamó al tiempo que colocaba la bandeja en una mesa. Izzy y Dom se miraron asombrados—. Claro que no me dijo que era duque. Y me pregunto por qué —añadió con una antipática sonrisa.

—Porque no lo he sido hasta ahora —repuso Niall, perplejo—. Tenía que acabar un trabajo antes de iniciar mi nueva vida.

Jemima le lanzó una mirada furiosa.

—¿Un trabajo? —preguntó con una ligera risa. Izzy frunció el ceño—. ¿El juego?

—Comprendo que jugar es una ocupación de menor categoría comparada con una gloriosa percha para colgar ropa —respondió amablemente.

Durante la fiesta se evitaron todo el tiempo. Pero casi al final, cuando los invitados empezaban a retirarse, Niall la abordó en el estrecho vestíbulo.

—Jay Jay.

—No me llames así. ¿Qué haces aquí?

—He vuelto a Inglaterra.

—No me interesan tus viajes. ¿Qué estás haciendo en mi casa?

—Creí que era la casa de Izzy.

—Ah, sí. Tú eres el afligido amigo de Dom, casi su primo, según él. Me preguntaba qué le sucedía al hombre misterioso. Supongo que te desanima ser un duque sin domicilio fijo.

—Tengo varios domicilios fijos —replicó Niall, picado—. Un castillo ruinoso en Escocia y varios pisos en alquiler muy mal administrados, por lo demás. Todo debido a la incompetencia de mi padre y de mi hermano.

—¿Y vives en un hotel?

—Mientras decido qué es lo que voy a hacer. Veo que estás muy interesada en mis planes de vivienda.

Ella se sonrojó.

—Me importa un bledo dónde vivas. Mientras no intentes meterte en mi vida. ¿Esperas que crea que has venido aquí esta noche sólo porque Dom sintió pena por ti?

Niall la miró fijamente.

—¿Por qué no habrías de creerlo? ¿Cuándo te he mentido?

—No me dijiste que eras duque.

La hermosa boca sensual temblaba de ira. Niall estaba furioso con ella. Pero a la vez deseaba besar esa boca trémula hasta que dejara de atacarlo y escuchara la verdad.

—Y tú no me contaste que huías de un tipo que te acosaba. Diría que eso nos deja a la par —respondió con toda calma.

—No le conté a nadie lo de Basil —replicó, furiosa.

Niall sintió que la calma lo invadía de pronto.

—¿A nadie? ¿Ni siquiera a tu hermana? —inquirió. Jemima se encogió de hombros, sin responder. Respiraba aceleradamente y el pulso le latía en la base del cuello— ¿Y se lo has contado ahora?

—¿Contarles qué?

Él dejó escapar un bufido de incredulidad.

–¿Así que soy el único que sabe que Basil te ha perseguido por medio mundo?

Jemima inmediatamente se puso a la defensiva.

–¿Por qué podría importarte?

–Me importa porque fuiste mía por un día –dijo deliberadamente. Jemima sintió que se ahogaba–. Y deberías volver a serlo –añadió en un tono salvaje.

Nunca antes había besado a nadie como la besó en ese instante. Con desesperada dureza. Cuando al fin se apartó, Jemima temblaba sin dejar de mirarlo, con los ojos muy abiertos por la consternación.

Niall se alejó de ella. Sentía un frío que le llegaba a los huesos.

–No debí haber venido. No lo volveré a hacer.

CAPÍTULO 10

JEMIMA sobrellevó su vida bastante bien hasta la boda de Pepper.

Un joven diseñador de En el desván, la tienda de ropa de Pepper, diseñó para la novia un brillante traje en tono bronce y para las damas de honor sencillos vestidos en tono miel para Izzy, melocotón para la encantada pupila de Steven y oro para Jemima.

—Será una combinación encantadora. Esta gama de colores brillantes realzará vuestros cabellos rojos. Estarás espectacular, Pepper.

Pero Pepper se sentía nerviosa.

—No quiero nada espectacular. Basta con ir limpia y arreglada.

Las hermanas se echaron a reír.

Días más tarde, Izzy pensó de pronto que Jemima acudiría sola a la recepción.

—¿Quieres ir con alguien? —preguntó un tanto afligida—. Tal vez si invitas a ese fotógrafo con el que sales últimamente...

—No, gracias.

—Pero, ¿por qué? Estoy segura de que a Pepper le encantará verlo en la fiesta.

—Tal vez. Pero puedo pasar muy bien sin él.

—¿Estás segura?

—Claro que sí.

–¿Y no sería divertido que un tipo te lleve a la boda?
«Oh, Niall, Niall», pensó Jemima.

–No, no sería divertido –respondió Jemima, con firmeza.

–Has cambiado –comentó Izzy.

–Ya no voy agarrada a tus faldas, hermanita. Tenía que pasar alguna vez –comentó en tono ligero.

–No se trata de eso. Cuando Basil Blane te hizo la vida imposible, pensé que lo habías superado bastante bien. Sin embargo, tengo la sensación de que te vigilabas todo el tiempo, como si no quisieras volver a caer otra vez. Y ahora, no sé, es como si de alguna manera hubieras dejado de preocuparte.

–Ahora estoy en mis cabales. He encontrado mi camino –repuso Jemima con frivolidad.

Pero Izzy no se rió.

–Sí, puede ser. ¿Es por eso por lo que no quieres llevar al fotógrafo a la boda? ¿Por temor a que sea otro Basil Blane?

Jemima puso las manos sobre la mesa y se levantó. Se encontraban en la cocina, rodeadas de listas de la boda.

–Escucha: Basil me importa un bledo. No temo a los hombres. Temo engañarme a mí misma –dijo con calma. Izzy frunció el ceño, confundida–. ¿Estás enamorada, verdad? –preguntó. Izzy asintió con una sonrisa–. Bueno, yo no lo estoy. Y no quiero ir del brazo de un hombre para aparentar. Si me enamoro de alguien que me ame lo enseñaré orgullosamente. Y si no me enamoro, me sentiré orgullosa de ser yo misma. Estar enamorada es algo demasiado importante como para jugar con ello.

–Sí que has cambiado –dijo Izzy, lentamente–. ¿Cuándo has aprendido tanto sobre el amor? –preguntó. «Cuando encontré a un hombre de una sola mujer», pensó Jemima, pero optó por encogerse de hombros, sin responder–. ¿Tal vez has encontrado a alguien? –inquirió, vacilante.

Jemima volvió a sentarse y ordenó las listas de Pepper.

–O tal vez nací para estar sola. Sea como sea, sobreviviré.

El día de la boda amaneció claro y brillante. La ceremonia se iba a celebrar en la capilla del Colegio de Oxford, donde Steven era rector. Así que si el tiempo lo permitía, las fotografías y la recepción tendrían lugar en el jardín del Rectorado.

Jemima sobrellevó la ceremonia bastante bien. En el momento de los votos se las arregló para que sus ojos sólo se empañaran en lugar de echarse a llorar a lágrima viva como era su deseo. Incluso impidió que un pequeño paje pisara la cola del vestido de Pepper e hizo que Windflower, la pequeña pupila de Steven, lanzara el ramo de flores después de que la pareja hubo firmado el registro.

También posó sonriente para los fotógrafos junto con las otras damas de honor.

En un momento dado, recordó haberse sorprendido cuando Pepper quiso invitar a Abby Diz. Era cierto que había colaborado en En el desván. Pero no eran grandes amigas. De hecho Jemima era más amiga de Abby que Pepper. Bueno, después de todo Abby iba a ser la cuñada de Izzy. Era casi de la familia.

Así que Abby había llegado a la ceremonia con su gallardo y adorado marido argentino. Y con un embarazo bastante avanzado.

Tampoco habría importado si sólo... si sólo...

Jemima dejó a los invitados que hacían fotografías en el jardín de rosas, volvió a la recepción y vio...

Y vio a Niall Blackthorne, casi irreconocible con un frac gris perla y una corbata a juego, charlando con la maravillosa lady Abigail.

Un fantasma desgarrador le susurró al oído: «Mi Abigail». Y de pronto recordó dónde había oído hablar por primera vez de la isla de Pentecost.

–¿Dónde está eso? ¿En los Mares del Sur? –había preguntado.

Y Abby, sí, lady Abigail, había negado con la cabeza.

–¿Quién lo sabe? Puede ser.

Jemima sintió como si alguien le hubiera vertido un cubo de hielo en la espalda. Las piernas empezaron a temblarle repentinamente y tuvo que sentarse en un banco de madera.

–Me conoce desde que era niña –había dicho Abby.

¿Cómo era que no lo había recordado hasta ese momento? Había tenido todas las claves. Incluso había preguntado a Abby si eso preocuparía a su marido. «Estúpida. He sido tan estúpida».

Pero no había sido la única. Porque Abby, segura y ciega por el amor que le profesaba a su marido, también había dicho: «Si hay un hombre en el mundo para quien no soy ningún misterio, es él».

Qué equivocada estaba. ¿Misterio? Era la dueña del corazón de Niall. Era su sueño. Era la mujer posible.

Y en ese momento se encontraba con él, floreciente, con el hijo de su marido en su seno.

Sin embargo, al mirar a Abby, tan felizmente enamorada, tan plena, Niall debía saber que no había esperanzas para él.

«Tiene que sentirse tan herido», pensó Jemima con un vuelco en el corazón.

«Maldita Pepper, malditos invitados a la boda, maldita Abigail. Entre todos han destrozado el corazón de mi amor», pensó Jemima.

Entonces cruzó el jardín y fue hacia ellos para salvarlo, sin pensar que ella también resultaría herida.

Sin embargo, todo lo que le importaba era que Niall tuviera a alguien a su lado. Si iba a tener que decir adiós a la mujer posible, no tendría que hacerlo ante una multitud de curiosos. Lo haría de la mano de una verdadera amiga. Una amiga que sabía tanto como él lo que era sufrir por amor.

Y fue en ese instante cuando lo reconoció por fin. A regañadientes. Con cierta pesadumbre. Con resignación.

«Soy mujer de un solo hombre. Maldita sea. Y se llama Niall Blackthorne».

Ella no era aristócrata. ¿Pero realmente importaba?

De pronto recordó que Niall le había enviado muchos mensajes que nunca había respondido. Incluso le había enviado un mango. Había llorado al recibirlo, recordando aquel día mágico en la isla.

«¿Por qué habría enviado todo eso si no me quisiera? Al menos un poco. Tal vez no soy la mujer de sus sueños. Pero sí que me amó aquel día en la embarcación». Y eso tenía que contar para él.

Jemima estaba a tres pasos de Niall, con los ojos fijos en su espalda.

Tras respirar hondo y cuadrar los hombros, se puso a su lado.

—Niall —dijo al tiempo que le tomaba la mano como lo había hecho hacía unos meses—. No sabía que ibas a venir —agregó con cálida voz. Él la miró sorprendido—. Me alegro mucho de verte.

Jemima pensó que estaba más delgado. O tal vez era por el frac. En todo caso parecía más alto, más delgado y de alguna manera más formidable. Y ciertamente indescifrable. Y si parecía un extraño que la miraba imperturbable, era por culpa de ella. Durante un segundo, Jemima se sintió amedrentada. Pero se esforzó por no demostrarlo.

—Jemima —dijo Niall, con cautela.

—Llámame Jay Jay. ¿Cómo has estado? —preguntó, radiante de amor hacia él y deseosa de apoyarlo.

Él no miró a Abby. «¡Cómo debe de sufrir! Le voy a demostrar que hay una alternativa. Que las personas pueden volver a enamorarse».

—Bien, gracias —respondió, todavía cauteloso.

—Oh, es tan emocionante... Niall es un héroe, Jay Jay. Ha atrapado a unos delincuentes —afirmó Abby encantada.

—¿Qué?

—No lo hice yo solo, Ab —dijo Niall, incómodo.

El diminutivo empleado por Niall se clavó en ella como una daga.

Jemima retiró la mano. O al menos intentó hacerlo. Pero los dedos de Niall apretaron la suya con fuerza y no pudo moverla. Ella volvió la cabeza y descubrió que su expresión ya no era indescifrable. Sus ojos brillaban. El sexy vagabundo de las playas estaba muy vivo bajo el elegante traje que lo ocultaba.

Jemima se ruborizó.

–Ha estado siguiendo la pista a unos blanqueadores de dinero –informó Abby, ajena a lo que sucedía entre ellos.

Jemima se esforzó por interesarse en la conversación. Niall había empezado a acariciarle la palma de la mano con el pulgar. Así era imposible concentrarse en nada.

–Creí que eras un jugador –dijo, casi sin aliento.

–Y lo soy. Sólo que acepté hacer de policía por un tiempo. Digamos que fue un empleo secundario.

–No entiendo.

Niall se encogió de hombros con indiferencia, pero el pulgar no dejaba de acariciarla.

–Los blanqueadores de dinero suelen utilizar los casinos para hacerlo circular. Aparentemente es como si lo ganaran en el juego. Es una estratagema bastante inteligente. Me dediqué a observar quién ganaba más que la media. Y quién perdía. Y luego intenté comprobar si trabajaban juntos.

–Debe de haber sido muy emocionante –comentó Abby, excitada–. ¿Corriste peligro?

–Sólo a causa de una pelirroja que se me cruzó en el camino.

Jemima se quedó estupefacta.

–Una mujer fatal. ¿No es así como las llaman? ¿Y te identificó? –preguntó Abby, embelesada.

–No, pero hubo un momento en que creí que lo había hecho –declaró Niall mientras miraba a Jemima fijamente–. Esa mujer se presentó con una historia muy poco fiable.

–¿De veras? –preguntó Jemima, casi enloquecida por la caricia en la palma de la mano–. ¿Y qué hiciste?

–Controlarla –respondió Niall suavemente.

–Debió de ser duro para ti.

–Pero valió la pena.

¿Su boca siempre había sido tan sensual? Jemima apenas podía retirar los ojos de ella. Muy pronto, hasta Abby iba a darse cuenta de lo que pasaba entre ellos.

–¿Y esa mujer era lo que parecía ser?

–Mucho más que eso.

De pronto ella sintió la caricia de su boca en la piel bajo el cielo resplandeciente, el olor de la embarcación, el vaivén de las olas. Y el amante absorto en su cuerpo, entregado a él como si se hubieran pertenecido desde el principio de los tiempos.

–¿Y la experiencia fue buena? –preguntó Jemima por último, casi sin aliento.

–Entonces pensé que lo era.

–No me digas que has estado seduciendo a una espía, Niall –intervino Abby.

Jemima sintió ganas de gritar. Oh, Dios, ¿cómo podía ser tan ciega esa mujer?

Niall se echó a reír de repente y dejó de bromear.

–Se te puede tomar el pelo tan fácilmente, Abby. Me limité a tomar algunas notas y a hacer unas llamadas telefónicas. Eso fue todo. Nada sofisticado.

–¡Qué malo eres! Mejor será que vaya a buscar a mi marido.

Abby alzó una mano en señal de adiós y rápidamente se alejó.

Cuando se quedaron solos, Niall se volvió a mirarla.

–Tienes un aspecto extraordinario.

–Se debe a estas vistosas galas y al pelo limpio.

Con una risita, Niall le tocó suavemente la melena sedosa. Jemima entreabrió los labios.

–Me dejas sin aliento –dijo Niall. Ella apenas se atrevía a creerlo, pero su mirada era acariciadora–. Tengo que hablar contigo. ¿Dónde podemos ir?

–Hay un jardín privado. Estuvimos haciendo fotos junto a los rosales. Pero está lleno de aficionados a la fotografía.

–No será por mucho tiempo.

Fueron al jardín rodeado por un muro.

–En este momento han empezado a servir la comida. Será mejor que os deis prisa antes de que se acabe –anunció Niall en voz alta.

Los invitados lo creyeron y se marcharon en el acto.

Niall cerró la verja con llave.

–Espero que no nos quedemos encerrados para siempre. Esa llave parece ser muy vieja –observó Jemima.

–No me importa. Te construiré un refugio y viviremos de escaramujos y del agua de la lluvia –dijo Niall en tono poético–. Oh, mi amada, mi amada, mi amada, pensé que te había perdido para siempre.

Y la abrazó con la desesperación de un hombre que se ahogaba.

Sus besos fueron más intensos, apasionados y ardientes de lo que ella recordaba.

–Oh, Niall.

–Soy un estúpido, un tonto despiadado. ¿Por qué tuve que hablarte de mi primer amor de adolescencia en vez de decirte que eras la luz de mi vida y que deseaba que te quedaras junto a mí?

–¿Qué dices?

–Mi única justificación es que las cosas prácticas se me dan muy bien, pero, ¿decirle a la mujer de mis sueños que la necesito? Olvídalo.

–La mujer de tus sueños. Ésa es Abby. Ella y tú pertenecéis al mismo mundo. Ella es como tú. Quiere una gran casa, caballos y todo eso.

Niall perdió la inspiración poética repentinamente.

–Eso son bobadas.

–Ella tiene un título nobiliario. Mientras que yo soy una celebridad del momento que vive de su aspecto físico.

–Lo único malo de ti es que eres snob.

–¿Qué? ¿Cómo te atreves?

–Sí, lo eres. Te enamoraste de mí cuando ignorabas que era un duque.

–A propósito, ¿por qué no me lo dijiste?

El rostro de Niall se ensombreció.

–Porque intentaba acostumbrarme a la idea. Y tenía que acabar el trabajo de identificar a los blanqueadores de dinero antes de volver a Inglaterra y hacerme cargo de mi nueva situación.

–No quisiste volver a Inglaterra porque Abby vive aquí. Y tú no podías tenerla –dijo Jemima, con tristeza.

Niall gruñó.

–Oh, Dios, le has dado demasiada importancia a un asunto del pasado.

–No entiendo.

–Bueno, la culpa es mía –murmuró Niall–. Escúchame, hermosa revelación. Me salvaste de andar errante diciéndome a mí mismo que mi corazón estaba destrozado por el resto de mis días, como una mala poesía victoriana. Me hiciste desearte. Luego me hiciste amarte. Luego todo fue muy duro cuando te marchaste sin decir adiós. Así que, ¿quieres dejar de trastornarme la cabeza y hacer lo más decoroso que podemos hacer? Sabes que tú también lo deseas.

A pesar de la risa, la mirada de sus ojos era muy seria. Las manos de Jemima instintivamente fueron hacia él.

–Aclaremos esto. ¿Me estás pidiendo que me case contigo?

Él alzó los ojos al cielo.

–Bien sabe Dios que lo intento. Lo intento.

Los ojos de Jemima bailaban de alegría.

–No me convences. Inténtalo otra vez.

Y él lo hizo.

EPÍLOGO

MADAME se puso furiosa –dijo Jemima a Niall.

El sol se ponía lentamente y ellos paseaban por el puerto. El aire vibraba, cálido.

La brisa alborotaba levemente el cabello suelto y fragante de Jemima que Niall aspiró con placer.

–Mmm.

Ella dejó escapar una risita.

–Aunque le encantó saber que había atrapado a un duque. Incluso cuando le dije que nos casaríamos en el Caribe, todavía pensaba que podía organizar la fiesta.

–Yo le habría dicho que eso iba a ser imposible. Cuando realmente quieres algo no hay quien te detenga –comentó Niall tranquilamente.

–Yo te quiero a ti.

–Y todos los días doy las gracias por ello.

Aunque parecía hablar con ligereza, ella sabía que sus palabras eran profundamente sinceras.

Jemima lo tomó del brazo.

–Y yo también.

Él la miró, con unos ojos llenos de amor.

–¿Estás segura de que no te importa haber renunciado a una gran boda?

–Ya he tenido suficiente de esas bodas. Quiero compartir algo tuyo.

–¿De veras?

En ese momento se encontraban apoyados en la barandilla de la vieja embarcación en la que viajaban, que para ella era el cielo.

–De todos modos no conozco a nadie que se haya casado en un carguero de bananas –comentó Jemima en tono malicioso–. Me quedaré en la cama todo el día mientras tú descargas cajas de plátanos.

–Estaremos juntos en la cama –declaró Niall con firmeza al tiempo que la besaba.

–Sí, por favor.

–Eres una sirena –dijo él con cariño–. A propósito. Tengo algo para ti.

–¿Una reliquia ducal? –bromeó intrigada.

–No. Una reliquia tuya. Algo para recordar que casi perdí lo que era real porque estaba demasiado acostumbrado a mi viejo cuento de hadas.

Le había costado bastante convencer a Jemima de que no era una sustituta de su imaginaria Abby, pero finalmente lo había conseguido.

Niall sacó del bolsillo dos prendas de color turquesa.

–Mi bikini –gritó Jemima, encantada–. Estoy tan contenta de que hayas encontrado otro igual... Fui tan estúpida al tirarlo como lo hice... Fue porque estaba muy herida...

Él le rodeó la cara con las manos.

–Sé que lo estabas, mi amor. Fue culpa mía.

–No del todo.

–En gran parte –dijo al tiempo que la abrazaba con fuerza–. No puedo prometerte que no volveré a cometer otra estupidez. Pero si lo hago, te ruego que me muestres este maldito bikini y lo haré mejor.

–Oh, mi amor –murmuró Jemima, conmovida.

La tripulación del carguero se quedó muy admirada al ser testigo del largo y apasionado beso de los enamorados.

Más tarde, cuando se encontraban en alta mar, después de que el capitán los casara bajo las estrellas mientras sostenía un viejo farol para leer las frases preceptivas, Niall la llevó a la pequeña cabina de pasajeros e hicieron el amor totalmente entregados el uno al otro. Luego, cuando ella reposaba en sus brazos, Niall dijo:

—A propósito. No es otro.

—¿Qué? —preguntó Jemima al tiempo que acariciaba su cuerpo desnudo con toda naturalidad.

—El bikini. Fui a tu habitación y lo rescaté del cesto de los papeles. Es el bikini auténtico.

Ella se apoyó en un codo y lo miró con sorpresa.

—¿Qué?

—Es el auténtico. Como nuestro amor. Como nosotros —murmuró serenamente, al tiempo que la apoyaba contra su corazón.